Arena-Taschenbuch

Band 51251

Disclaimer

Liebe/r Leser/in,
alle in diesem Buch beschriebenen Orte existieren wirklich und können offiziell besichtigt werden. Allerdings nicht auf die Weise, wie es die Personen in diesem Roman tun. Bitte halte dich immer an die Warnhinweise. Autor und Verlag distanzieren sich ausdrücklich von allen Zuwiderhandlungen und übernehmen keine Haftung für eventuelle Unfälle oder Beschädigungen.
Für nähere Informationen wende dich bitte an die zuständigen Eigentümer oder Behörden.

Weitere Bücher von Thomas Thiemeyer im Arena Verlag:

World Runner. Die Gejagten

Evolution. Die Stadt der Überlebenden
Evolution. Der Turm der Gefangenen
Evolution. Die Quelle des Lebens

Thomas Thiemeyer,

geboren 1963, studierte Geologie und Geografie, ehe er sich selbstständig machte und eine Laufbahn als Autor und Illustrator einschlug. Mit seinen preisgekrönten Wissenschaftsthrillern und Jugendbuchzyklen, die mittlerweile in dreizehn Sprachen übersetzt wurden, ist er eine feste Größe in der deutschen Unterhaltungsliteratur. Seine Geschichten stehen in der Tradition klassischer Abenteuerromane und handeln des Öfteren von der Entdeckung versunkener Kulturen und der Bedrohung durch mysteriöse Mächte. Der Autor lebt mit seiner Familie in Stuttgart.

www.thiemeyer.de
www.thiemeyer-lesen.de

Arena

THOMAS
THIEMEYER

WORLD RUNNER

DIE JÄGER

Ein Verlag in der Westermann Gruppe

www.blauer-engel.de/uz195
· ressourcenschonend und umweltfreundlich hergestellt
· emissionsarm gedruckt
· überwiegend aus Altpapier
MI6
Dieses Druckprodukt ist mit dem Blauen Engel ausgezeichnet

MIX
Papier aus verantwortungsvollen Quellen
FSC® C110508

1. Auflage im Arena-Taschenbuch 2022

Rottendorfer Straße 16, 97074 Würzburg

Dieses Werk wurde vermittelt durch die
Literarische Agentur Thomas Schlück GmbH, 30827 Garbsen.

Text: Thomas Thiemeyer
Cover und Illustrationen: Jann Kerntke
Umschlaggestaltung: Johannes Wiebel
Umschlagtypografie: Sibylle Bader
Gesamtherstellung: Westermann Druck, Zwickau GmbH

ISSN 0518-4002
ISBN 978-3-401-51251-8

Besuche den Arena Verlag im Netz:
www.arena-verlag.de

»Wissen ist ein Schatz, der dich überallhin begleitet.«
Chinesisches Sprichwort

»Im Spiel verraten wir, wes Geistes Kind wir sind.«
Ovid, 43 v. Chr. bis 17 n. Chr., römischer Dichter

»A straight line is not always the easiest path.«
Mortimer Hansen, Gründer und CEO
von GlobalGames-Incorporated

50° 56′ 29.09″ N 6° 57′ 56.495″ E

1

Das Ziel war fünf Meter entfernt. Eine kleine gelbe Box, gut versteckt hinter einem dicken Stahlträger. Ein rotes Licht blinkte beständig an seiner Seite. Das Zeichen, dass der Mechanismus aktiv war und darauf wartete, geöffnet zu werden.

Fünf Meter. Es hätte genauso gut das Ende der Welt sein können.

Von oben betrachtet, war die Box unsichtbar. Man musste runterklettern, um sie zu entdecken. Ein geniales Versteck. Schwierigkeitsgrad zehn. Gelegt von *Sakura.* Natürlich.

Warum dieser Claim »Nimm Zwei« hieß, war Tim nicht klar. Vermutlich weil die Box gelb war und den Bonbons eines bekannten Süßwarenherstellers ähnelte. Seltsam war es trotzdem.

Tim versuchte, ruhig zu atmen, und blickte auf die Uhr. Noch vier Minuten. Vier lausige Minuten, dann würde sich das Zeitfenster schließen und der Claim wäre für die nächsten vierundzwanzig Stunden verriegelt. So lange wollte er nicht warten. Er konnte nicht.

Eine knappe halbe Stunde hatten er und Farid gebraucht, um den Weg hierher zu finden und alle Hindernisse aus dem Weg zu räumen. Drei Tage Vorbereitungszeit hatte sie das gekostet. Jetzt wollten die Freunde die Sache zum Abschluss bringen.

Tim blickte hinunter.

Zehn Meter unter ihnen rauschte das Wasser des Rheins vorbei. Pechschwarz und gluckernd, schlug es gegen die Fundamente des Brückenpfeilers. Ein durchdringender Teergeruch stieg Tim in die Nase. Ringsherum waren Lichter angegangen, die Abenddämmerung setzte ein. Die Außenbeleuchtung des Museums Ludwig ließ die Oberfläche des Rheins glänzen wie Öl. Vielleicht war es auch Öl. Abgelassen von einem der vielen Lastschiffe, die in regelmäßigen Abständen unter ihnen hindurchfuhren. Momentan war keins zu sehen, aber das konnte sich jederzeit ändern. Ein weiterer Grund, aufs Tempo zu drücken.

»Also ich würde es lassen, viel zu riskant.« Farids Stimme riss ihn aus seinen Gedanken. Für einen Moment hatte Tim seinen Freund ganz vergessen. »Hm? Was hast du gesagt?«

»Na, das hier«, sagte Farid. »Wahnsinn, wenn du mich fragst. Und streng verboten obendrein. An der Stelle hätte es *Arrow35* letzte Woche fast erwischt. Ist mit der Hand von der Strebe abgerutscht und wäre beinahe abgestürzt. Hat nicht viel gefehlt.«

Farid hockte zwischen zwei Eisenstangen, die schwarzen Haare wild nach allen Seiten abstehend. Seine Haut glänzte rötlich im Abendlicht. Er war sichtlich außer Atem. Mehr noch als die Anstrengung stand ihm Panik ins Gesicht geschrieben.

»Arrow ist ein Idiot, ich habe mir das Video angesehen«, sagte Tim. »Er hätte Kletterhandschuhe anziehen sollen, dann wäre ihm der Stunt vielleicht geglückt. Tja, sein Pech ist mein Glück.«

Hoffentlich, dachte er. Im Film wirkte das alles anders als in der Realität. Die Szene hatte sich in seine Erinnerung gebrannt.

Wie Arrow an einer Hand über dem Abgrund baumelte und versuchte, Halt zu finden. Das war schon krass. Irgendwann hatte er es endlich geschafft und war zurück zum Pfeiler gehangelt. Zitternd wie Espenlaub hatte er am Ende des Films dagehockt und geheult wie ein Kleinkind.

Konnte Tim auch passieren. Er musste vorsichtig sein. Immerhin hatte sich Arrows Stunt gelohnt. Es war ihm zwar nicht gelungen, den Claim zu bergen, die Aktion hatte ihm aber zehntausend Klicks gebracht. Und Klicks bedeuteten bares Geld. Mit jedem einzelnen stieg die Chance auf einen Sponsor.

Tim presste die Lippen zusammen. »Nimm Zwei« war immer noch aktiv und blinkte still vor sich hin.

»Lass es sein, *bitte.«* Farids Stimme bekam etwas Flehendes. »Sieh dir die Scheiße doch mal an. Du müsstest nur wie ein Affe von Stahlstrebe zu Stahlstrebe hangeln. Und die sind mindestens einen halben Meter auseinander.«

»Achtzig Zentimeter, schätze ich.«

»Sag ich ja. Viel zu weit. Das schafft kein Mensch.«

»Sie hat es geschafft. Sie hat den Claim gesetzt. Und was ein Mädchen schafft, kriegen wir doch wohl auch hin.«

»Woher willst du wissen, dass Sakura ein Mädchen ist? Hinter dem Nickname könnte sich jeder verstecken.«

Tim wiegte den Kopf. »Ich habe mir die Videos mehrfach angesehen. Ich bin mir ziemlich sicher. Abgesehen davon, welcher Junge würde sich freiwillig *Kirschblüte* nennen?«

»Auch wieder wahr«, grummelte Farid. »Wir haben noch zwei Minuten. Gehst du jetzt da rüber oder nicht? Ich wär ja für nicht.«

Ein Donnern ertönte. Die Brücke zitterte wie bei einem Erdbeben. Tauben flatterten hoch. Ein weiterer Zug donnerte über ihren Köpfen hinweg. Einer von tausend, die täglich über die Hohenzollernbrücke fuhren.

Der kühle Wind strich über Tims glühendes Gesicht. Sein Entschluss stand fest. Er zog das Mundtuch hoch und die Kapuze über den Kopf. »Lass die Kamera laufen«, sagte er.

»O Gott, du willst es wirklich tun. Du …«

Tim ignorierte Farid und schaltete den Musikplayer ein. Er nickte grimmig. Zurzeit fuhr er voll auf die Achtziger ab. Bands wie The Police, Blondie, Depeche Mode und The Cure.

Tim konnte nichts mit den aktuellen Charts anfangen. Die Musik früher war einfach besser.

Er sprang vor bis zum dritten Stück und drückte auf Play. *Walking on the Moon* war genau der richtige Soundtrack für diesen Stunt.

Er visierte sein Ziel, hakte seine Finger in den Stahlträger und schwang ein bisschen hin und her. Kräftetechnisch kein Problem. Er war ein geübter Kletterer, der aus dem Stand zwanzig Klimmzüge schaffte. Allerdings war das Metall mit einem Schmierfilm aus Fett, Staub und Taubenkot überzogen, was seine Aufgabe erschwerte. Vermutlich war Arrow deswegen abgerutscht. Tim durfte nicht zu schnell vorgehen. Erst mit den Fingern den Untergrund prüfen, dann hangeln. Meter für Meter.

Allen Mut zusammennehmend, tat er den Schritt ins Nichts.

Die Spannung in seinen Armen nahm zu. Seine Finger krallten sich wie Haken ins Metall. Hing er an beiden Händen, war das Gewicht gut verteilt. Rutschte er mit einer Hand ab, war da immer noch die zweite, die ihn vor dem Sturz bewahrte. Die schwierigsten Momente waren die, in denen er hinüber zum nächsten Querträger schwang. Nicht nur, weil sich der Körper dann in einer Schaukelbewegung befand, sondern, weil Tim für einen Moment loslassen und mit der anderen Hand hinübergreifen musste.

Er dachte an Sakura und fragte sich, wie Farid nur so blind sein konnte. Man musste kein Spezialist sein, um zu erkennen, dass sie ein Mädchen war. Ihre Proportionen waren im Overall gut zu erkennen. Außerdem bildete Tim sich ein, zwischen Baseballmütze und Gesichtstuch eine rotbraune Locke entdeckt zu haben. Wie alle Runner tat Sakura alles, um anonym zu bleiben. Wichtig war ohnehin nur, dass sie hier gewesen war. Sie hatte an den Stahlträgern gehangen, *genau an dieser Stelle.*

Der Gedanke spornte ihn an. Sakura war nicht irgendeine Spielerin, sie war eine Göttin. Mutig, sportlich und verdammt clever. Und sein Vorbild. Vermutlich stammte sie auch aus Köln oder aus der Umgebung. Wie hätte sie sonst den Claim hier anbringen können? Wenn es einen Runner gab, den Tim wirklich bewunderte, dann war sie es. Und er würde sie nicht enttäuschen. Den Blick fest auf die Box gerichtet, arbeitete er sich weiter voran.

Der Song war fast zu Ende, als Tim an eine Stelle geriet, an der sein Handschuh abrutschte. Vielleicht war hier früher mal ein Nest gewesen, jedenfalls war der Kot frisch und schmierig. Tim hätte es erkennen müssen, wenn er seinen Blick weniger nach vorne und stattdessen mehr nach oben gerichtet hätte. Zum Glück hatte die andere Hand festen Halt.

Angewidert von der Schmiere verzog er das Gesicht. Das Herz schlug ihm bis zum Hals. Seine Kehle war staubtrocken. Er räusperte sich und spuckte aus. Der Speichel flog und flog – der Abstand zum Wasser unter Tim schien dabei immer größer, die Schwärze des Flusses unter ihm immer bedrohlicher zu werden.

Reiß dich zusammen, dachte er. *Nur noch zwei Meter. Gleich hast du's geschafft. Denk an Sakura.*

Er biss die Zähne zusammen, spannte seine Muskeln und atmete tief durch. Seitlich ausweichend, hangelte er um die schlüpfrige Stelle herum, suchte einen neuen Ankerpunkt und schwang vorwärts. Diesmal hatte er die richtige Entscheidung getroffen. Der Stahl war an dieser Stelle trocken und griffig.

Ging doch. Noch zwei Querträger.

Wie ein Roboter arbeitete er sich voran. Maß nehmen, vorwärtsschwingen, umgreifen. Perfekt.

Tim kniff die Augen zusammen. »Nimm Zwei« lag jetzt direkt vor ihm. Das stetige Blinken schien sich mit seinem Herzschlag zu synchronisieren. Noch war die Zeit nicht abgelaufen, der Mechanismus war weiterhin aktiv. Tim schwang vor und zurück, während er die Box ins Visier nahm. Sie klemmte in der Kreuzung zwischen zwei Trägern. Vermutlich war sie dort mit Magneten befestigt. Er wollte sich hochziehen, um den Auslöser zu bedienen, als er ein Detail bemerkte, das ihm aus der Ferne verborgen geblieben war. Da war ein Schloss. Ein Zahlenschloss. Winzig zwar, aber wirkungsvoll. Es versperrte den Zugriff.

Mist.

Fassungslos blickte Tim auf die Viererkombination, die im Moment auf 0-0-0-0 stand. In der Beschreibung hatte nichts davon gestanden. Eine vierstellige Zahl. Eine unendlich große Menge an Kombinationen.

Das war ein schlechter Scherz, oder? Wie sollte er jetzt auf die Schnelle die Kombination herausfinden?

Entsetzt über die unerwartete Wendung, hätte er um ein Haar den kleinen Zettel übersehen, der rechts neben dem Zahlenschloss klemmte. Er zupfte ihn raus und las die Worte, die da standen.

Was dachtest du, warum dieser Claim »Nimm Zwei« heißt? Nomen est omen. Jetzt hast du was zum Kombinieren. Good Luck, S.

Tim konnte es nicht fassen. »Nimm Zwei« bedeutete also, dass man das Rätsel erst im zweiten Durchlauf lösen konnte.

Die Erkenntnis raubte Tim alle Energie. Während er noch auf das Zahlenschloss starrte, verlosch das Licht über seinem Kopf. Die Box hatte sich geschlossen. Das Spiel war aus, vorbei. Die ganze Mühe, der ganze Aufwand, umsonst. Und er hing hier wie eine überreife Kokosnuss.

Hilfe suchend blickte er über seine Schulter zu Farid. Sein Freund filmte mit seinem Handy und beobachtete ihn dabei fragend. Er rief ihm etwas zu, das Tim über die Musik hinweg aber nicht verstehen konnte. Seine Arme fühlten sich an wie Gummi. Die Finger in den Handschuhen wurden rutschig vom Schweiß. Er musste zurück, und zwar schnell.

Vorsichtig griff er um, machte eine Hundertachtzig-Grad-Drehung und wollte gerade nach vorne schwingen, als etwas aus einer dunklen Ecke neben der Box herausgeflattert kam und über seinen Arm kratzte. Tim erschrak dermaßen, dass er ins Leere griff.

Eine Taube, schoss es ihm durch den Kopf, dann fiel er.

Er wollte schreien, doch sein Hals war wie zugeschnürt. Wind brauste ihm um die Ohren. Dann klatschte er mit den Füßen voraus ins Wasser.

Kalt war es, dunkel und hart wie ein Brett. Der Rhein presste ihm die Luft aus den Lungen. Das Letzte, was Tim sah, ehe die dunklen Fluten über seinem Kopf zusammenschlugen, war Farid, der immer noch das Handy auf ihn gerichtet hielt und alles filmte.

2

Die halbe Stunde nach dem Klingeln des Weckers war für Tim reine Routine. Duschen, Zähne putzen, frühstücken.

Wie an jedem normalen Wochentag half er seiner kleinen Schwester Emily beim Anziehen und Packen und schickte sie zur Schule. Danach hatte er noch ein paar Minuten für sich. Sein Dad war zu diesem Zeitpunkt meistens schon fort. Er arbeitete in einem Architekturbüro und kam erst abends zurück. Auf dem Klo blätterte Tim noch in einem Comic, dann verließ er die Wohnung und radelte los.

In der Metzgerei an der Ecke wurde das Mittagessen vorbereitet. Ein verführerischer Duft wehte auf die Straße und ließ ihm das Wasser im Mund zusammenlaufen. Verglichen mit dem, was er täglich in der Schulkantine vorgesetzt bekam, war Meister Müllers Mittagstisch ein Drei-Sterne-Essen.

Beim Bäcker nebenan traten sich die Leute auf die Füße. Viele wollten sich auf dem Weg zur Arbeit noch rasch etwas zu essen holen und verstopften mit ihren Autos Straße und Bürgersteig. Tim fuhr in halsbrecherischem Slalom an ihnen vorbei, trat ordentlich in die Pedale und schaffte es, die ganze Strecke in unter zehn Minuten zurückzulegen. Das war ein neuer Rekord und gut so, denn wie immer war er spät dran.

Sein Gymnasium lag am Inneren Grüngürtel, einer Parkanlage, die dem ehemaligen Festungsring der Stadt folgte und sie in einen inneren und äußeren Bezirk unterteilte. Links ragte der Fernsehturm in die Höhe, rechts kam zuerst der Aachener Weiher, dahinter die Universität.

Tim war zwar nur ein mittelmäßiger Schüler, aber er mochte den Weg zur Schule. Die Fahrt durch die Grünanlagen verschaffte ihm jeden Tag die Möglichkeit, im Park schon am Morgen den einen oder anderen guten Fund zu machen. Die Bäume, Denkmäler und Spielplätze erinnerten ihn daran, dass es überall Geheimnisse gab, die man entschlüsseln konnte. Verborgene Botschaften, Claims und Rätsel. Wenn man das einmal begriffen hatte, sah man die Welt mit anderen Augen. Vor allem jetzt, wenn die Tage endlos waren und die Luft erfüllt mit dem Vorgeschmack auf den Sommer.

Der Gedanke an die bevorstehenden Ferien machte Tim wehmütig. Viele seiner Freude würden wegfahren. Nur die wenigsten blieben den Sommer über zu Hause. Sechs lange Wochen und kaum jemand da, mit dem man etwas unternehmen konnte.

Er stellte sein Fahrrad ab und eilte auf den Haupteingang zu.

Farid wartete bereits auf ihn.

»Na, Alter«, begrüßte er ihn mit breitem Grinsen. »Alles gut überstanden? Keinen Ärger gekriegt?«

»Um den zu kriegen, müsste ja erst mal jemand zu Hause sein«, sagte Tim. »Aber Dad war nicht da. Emily hat sich natürlich gewundert. Hat angefangen, Fragen zu stellen. Ich hab ihr erzählt, ich wäre beim Ruderclub am Decksteiner Weiher gewesen und gekentert. Hat sie sofort geglaubt, schließlich weiß sie, wie schlecht ich mit Booten zurande komme.«

»Dann weiß sie von nichts?«

»Niemand weiß das, nur du und ich«, sagte Tim. »Und dabei soll es auch bleiben, okay?«

Im Nachhinein wünschte er sich, er hätte die Aktion alleine durchgezogen. Dass Farid seine Niederlage live miterlebt hatte, war nun wirklich nicht nötig gewesen. Nicht, weil Tim wie ein nasser Sack ins Wasser gefallen war – so etwas konnte immer mal passieren –, sondern, weil er schlecht vorbereitet gewesen war. Zumindest fühlte es sich so an. Dieses verdammte Zahlenschloss! Aber wie hätte er das auch ahnen können? Er hatte zu Hause alles noch einmal nachgelesen, nirgendwo hatte es einen Hinweis auf ein zusätzliches Schloss gegeben.

Egal, Farid war sein Freund und würde die Klappe halten. Auf ihn war Verlass. Und den Film konnte man löschen.

Den Kopf voller Gedanken, betrat er das Schulgebäude.

Es war Montag. In der ersten Stunde hatten sie Deutsch bei Frau Limmer. Seine letzte Arbeit hatte Tim in den Sand gesetzt. Er musste dringend mündlich ein paar Punkte machen, um nicht kurz vor der Zeugniskonferenz noch auf die Vier abzurutschen. Einziges Problem: Auf dem Lehrplan stand Lyrik. Deutscher Expressionismus am Beispiel von Gottfried Benn. Der Name des Gedichtes lautete *Krebsbaracke.*

Ausgerechnet!

Tims Mom war letztes Jahr gestorben. Leukämie. Seitdem war das Thema Krebs tabu für ihn. Immer wieder hatte er diese Anfälle nackter Panik, die wie eine Flut über ihn hinwegbrandeten. Er konnte nichts dagegen tun. Sie kamen völlig unangekündigt und meist in den unpassendsten Momenten. Dann kochten die Emotionen unaufhaltsam in ihm hoch. Er bekam einen Kloß im Hals, sein Herz raste, Tränen schossen ihm in die Augen. Tim kostete es seine ganze Kraft, um nicht loszuheulen wie ein Mädchen. Der Gedanke an einen weiteren Panikausbruch reichte, um seine Hände schweißnass werden zu lassen. Er vergrub sie tief in seine Hosentaschen und trabte hinter Farid her. Montage. Er hatte sie schon immer gehasst.

Das erste Mal, dass ihm auffiel, dass etwas nicht stimmte, war, als sie die Abkürzung über den *Glaskasten* nahmen. Glaskasten nannten sie das eigenständige Treppenhaus, über das die oberen Stockwerke leichter zu erreichen waren. Der Weg führte gefährlich nahe am Lehrerzimmer vorbei, weshalb die meisten Schüler den Umweg über das Haupthaus in Kauf nahmen.

Eine Gruppe Schülerinnen aus der oberen Jahrgangsstufe lief vor ihnen, vermutlich auf dem Weg zu den naturwissenschaftlichen Räumen. Schnatternd und sich über irgendwelche Internetstars unterhaltend, breiteten sie sich über die gesamte Treppe aus. Als sie ihn und Farid sahen, verstummten die Gespräche und die Mädchen blieben stehen. Eine von ihnen, eine Schönheit mit haselnussbraunem Haar, sah Tim an, öffnete den Mund und brach in Kichern aus. Zwei andere machten große Augen, ehe sie Farid und Tim durchließen.

Das war merkwürdig. Normalerweise guckten die Mädchen aus der Oberstufe Jungs aus den unteren Klassen wie sie nicht mal mit dem Arsch an. Dass sie stehen blieben, um sie vorbeizulassen, fand Tim eigenartig. Dass sie sogar ihre Gespräche unterbrachen, verdächtig.

Kaum hatten sie die Gruppe hinter sich gelassen, begann das Geschnatter und Gelächter wieder von vorn. Lauter als zuvor. Tim blickte zurück. »Was war denn da los? Hast du so was schon mal erlebt?«

»Was denn?«, murmelte Farid.

»Na, das da eben. Erzähl mir nicht, das wäre dir nicht aufgefallen.«

Sein Freund blickte starr zu Boden. »Kein Plan, wovon du redest.«

»Du verarschst mich …«

»Tue ich nicht. Was weiß ich, was in deren Köpfen abgeht. Ist mir auch egal.«

»Hm.« Tim war nicht überzeugt. Mädchen waren ein Dauerthema bei ihnen. Je unerreichbarer, desto interessanter. Aber es war Montagmorgen, da tickten die Uhren scheinbar anders. Schweigend gingen sie ein paar Meter, dann fing Farid wieder damit an, den letzten Abend durchzukauen. »Dir ist doch nichts passiert, oder? Ich meine bei dem Sturz. Nichts verstaucht oder so?« Er tastete an ihm herum. Tim nervte diese übertriebene Fürsorge. »Mir geht's prima«, sagte er. »Mach dir mal nicht ins Hemd.«

»Na ja, es war ein ganz schön tiefer Fall. Hättest dir mal den Film ansehen sollen. Da kann man echt Angst kriegen.«

»Jetzt hör aber auf«, sagte Tim. »Gegen einen Kopfsprung vom Zehn-Meter-Turm war das gestern ein kleiner Plumpser.« Er verschwieg, dass er für einen kurzen Moment echte Todesangst empfunden hatte. »Nur schade, dass es mein MP3-Player nicht überstanden hat«, sagte er. »Gibt keinen Mucks mehr von sich.«

»Oh, das tut mir leid«, sagte Farid. »Ein Glück, dass du dein Handy nicht dabeihattest. Das wäre sonst auch im Arsch gewesen.«

»Allerdings. Um den Player ist es nicht schade. Er war alt und nicht mehr besonders gut. Vermutlich ist er deswegen verreckt, weil ich so lange gebraucht habe, um aus dem Wasser rauszukommen. Ich hab echt die Strömung unterschätzt.«

»Ich auch«, sagte Farid hastig. »Ich bin das ganze Ufer mit dem Rad abgefahren und habe dich nicht gefunden. Mann, was habe ich mir Sorgen gemacht. Wer kommt auch drauf, dass du zur anderen Seite rüberschwimmst.«

»Ich habe dir doch gesagt, dass man dort besser rausklettern kann«, sagte Tim mit gesenkter Stimme. »Vermutlich hast du mir wieder mal nicht richtig zugehört. Ist auch egal jetzt. Mir wäre es lieber, wenn wir von was anderem sprechen. Muss ja nicht gleich die ganze Schule erfahren, was wir gestern getrieben haben.«

»Äh, jetzt, wo du es erwähnst«, Farid sah sich panisch um. »Es gibt da etwas, was ich dir sagen wollte ...«

Tim stieß ein genervtes Grunzen aus. »Nicht jetzt, okay? Ich habe echt andere Probleme.«

»Wovon redest du?«

»Ich habe mich doch bei der Limmer für die mündliche Prüfung angemeldet, schon vergessen? Damit ich meine Note aufpolieren kann. Ich muss mich jetzt echt konzentrieren.« Er verschwieg, dass ihn dieses Gedicht so runtergezogen hatte, dass er keine Lust mehr auf irgendwas gehabt hatte. Nicht mal auf einen Chat mit seinem besten Kumpel.

»Na ja, dann eben später.« Irgendetwas lag Farid auf der Seele, das konnte Tim sehen. Aber was immer das war, es musste warten.

Als sie das Klassenzimmer erreichten, waren die meisten ihrer Mitschüler schon da und wieder hatte Tim ein etwas ungutes Gefühl, als er die anderen sah. In allen Ecken des Klassenzimmers wurde aufgeregt geredet und getuschelt. Als sie eintraten, erstarben die Gespräche – als hätte man bei einem Radio den Lautstärkeknopf auf null gedreht. Viele seiner Mitschüler warfen Tim interessierte Blicke zu, manche flüsterten hinter vorgehaltener Hand. Offensichtlich waren Farid und er die Einzigen, die keine Ahnung hatten, worum es ging. *Oder?*

Tim sah seinen Freund an. »Farid?«

Der schuldbewusste Blick verriet ihn sofort. »Ja?«

»Was hast du getan?«

»Ich ...«

Weiter kam er nicht. Frau Limmer betrat den Raum und alle huschten auf ihre Plätze.

3

Los jetzt, raus mit der Sprache. Zeig es mir.«

Tim klopfte ungeduldig mit den Fingern auf die Tischplatte. Die Zeit bis zur großen Pause war ihm wie eine halbe Ewigkeit vorgekommen. Immerhin hatte er die Prüfung gut über die Bühne gebracht. Kein Weinkrampf, kein Blackout, keine sonstigen Aussetzer. Frau Limmer war beeindruckt gewesen. Sie lobte ihn und versprach, es bei der Drei zu belassen. Allerdings unter der Voraussetzung, dass er sich im nächsten Schuljahr mehr anstrengte.

»Ich warte«, sagte er.

Farid und er hatten sich ins Nebenzimmer des Physiksaals zurückgezogen. Der Raum war während der Pause unbewacht, hier hatten sie ihre Ruhe. Farid hatte seinen Laptop aufgebaut und sich ins schulinterne WLAN eingehackt. Der Zugriff auf die *WorldRunner*-Plattform funktionierte nicht übers Smartphone, sondern nur über einen gesicherten Zugang im Darknet. Dafür brauchte es deutlich mehr Rechenpower, als sein Smartphone aufbringen konnte. Was allerdings nicht bedeutete, dass Videos oder Beiträge von der WorldRunner-Plattform nicht später auch im normalen Internet landeten und für alle Welt sichtbar waren. Hatte es schon oft gegeben.

»Ich wollte es dir noch sagen«, stammelte er. »Aber du hast mich ja nicht gelassen.«

»Wie hätte ich auch ahnen können, was du getan hast?« Tim war fassungslos. Es fiel ihm immer noch schwer zu glauben, dass Farid das wirklich online gestellt hatte.

»Schau es dir am besten selbst an.« Sein Freund drehte den Rechner zu ihm. Gelbe Lettern auf blauem Untergrund, Tim wusste sofort, was er hier vor sich hatte.

WorldRunner war die offizielle Kommunikationsplattform für alle *Scavenger*, *Hunter* und *Runner* sowie deren Fans, die sich diesem abenteuerlichen Spiel verschrieben hatten. Hier waren die neuesten Veranstaltungen und die aktuellsten Claims verzeichnet. Hier gab es Secrets, Eastereggs und Videotagebücher sowie die aktuellen Highscore-Listen. Hier konnten Spieler Erfolge posten und sich von ihren Fans feiern lassen. Hier sorgten Patreon-Konten dafür, dass die Unterstützung nicht nur wortreich in den Kommentarspalten erfolgte, sondern sich auch finanziell auszahlte. Wer immer seinen Lieblingsspieler unterstützen wollte, konnte einen Betrag direkt auf das Konto des Betreffenden spenden. Zusätzlich konnten Zuschauer Wetten darauf abschließen, welche Runner auf- und welche absteigen würden. Wer würde am Stichtag die Charts anführen? Jeweils am Monatsende wurden auf dem Scoreboard die finalen Listen präsentiert und teils sehr hohe Beträge wechselten binnen Minuten ihre Besitzer.

Tim hatte sich während des letzten Jahres unaufhaltsam an die magische Grenze der besten einhundert Spieler herangearbeitet. Ihm fehlte nur noch Sakuras unlösbares Rätsel, um die Hürde zu knacken.

Diese Top 100 waren der Heilige Gral. Hier reinzukommen,

bedeutete, dass man nicht nur clever und mutig sein musste, sondern auch, dass man Personality besaß. Es genügte nicht, nur ein guter Spieler zu sein, man musste seine Fans begeistern. Nur dann spendeten sie Geld für einen.

Eigentlich hatte er dieses Ziel noch vor Beginn der Sommerferien erreichen wollen, aber die neueste Entwicklung warf ihn garantiert um Jahre zurück.

Er starrte auf den Bildschirm.

Das Video war gleich auf der Startseite von WorldRunner zu finden. Betitelt war es mit: *»Cliffhanger des Tages«.* Daneben ein Emoji mit zusammengekniffenen Augen. *Haha.*

Tim drückte auf Play und bereitete sich auf das Schlimmste vor. Ihm bereitete es immer Schmerzen, sich selbst im Video zu sehen. Sosehr es ihn reizte, die Claims und Challenges zu lösen – *das* hatte er noch nie leiden können. Doch es machte die Bergung eines Claims natürlich viel glaubwürdiger. Nur wer sich dabei filmen ließ, konnte sicher sein, dass ihm nicht irgendein Neider die Beute streitig machte. Doch das hier besaß eine neue Qualität. Bei der Szene, in der er ins Leere griff und abstürzte, musste er schlucken. Das Gefühl war sofort zurück: Er spürte den Schlag in der Magengrube. Der Moment, als seine Füße die Wasseroberfläche durchstießen – es quetschte ihm die Luft aus den Lungen. Er meinte, den Rhein wieder riechen zu können, schmeckte den Ölfilm, atmete die feuchte Luft. Platschend und prustend trieb er den Fluss runter, bis er nur noch ein kleiner Punkt war, der verschwand.

Er hob seinen Kopf und starrte Farid an. Fassungslos.

»Warum«, fragte er. »Wie konntest du das tun?«

»Ich dachte, wir hätten das so besprochen«, polterte Farid mit hochrotem Kopf. »Ich bin dein PR-Manager. Ich filme, schneide, mache die Interviews. Ich sorge dafür, dass der Laden läuft und du gut aussiehst.«

»Gut aussiehst?« Tim hätte sich um ein Haar an seiner eigenen Spucke verschluckt. »Findest du, dass ich gut aussehe? Ich hänge da wie ein nasser Sack. Vom Finale ganz zu schweigen. So wie sich alle vorhin benommen haben, steht das Teil sicher schon längst auf allen Videokanälen.«

»Tut es, ja ...«

Er schüttelte den Kopf. »Du hättest mich auf jeden Fall fragen müssen.«

»Das mache ich doch nie«, konterte Farid. »Wenn ich es für gut halte, geht es online. Und das hier ist gut. Saugut. Nicht für einen Moment hätte ich geglaubt, dass du etwas dagegen haben könntest.«

»Das ist Bullshit und das weißt du«, sagte Tim. »Dein schuldbewusstes Getue heute Morgen. Ich habe sofort gemerkt, dass du ein schlechtes Gewissen hast. Wäre mir klar gewesen, was du vorhast, hätte ich sofort alles rückgängig gemacht. Eine Lachnummer, das bin ich. Ich habe mich vor aller Welt zum Horst gemacht.«

Er betrachtete das Bild von sich, wie er mit beiden Händen am Stahlträger hing. Zum Glück hatte er sein Mundtuch bis über die Nase gezogen, sein Gesicht wäre sonst in allen Einzelheiten zu erkennen gewesen. Trotzdem ahnten die meisten in seinem näheren Umfeld, wer sich hinter dem Nickname *Achenar* versteckte. Der Flurfunk in der Schule war ausgesprochen effektiv.

Tim war hier inzwischen zu einer kleinen Berühmtheit geworden. Viele verfolgten seine Abenteuer, unterstützten ihn und hinterließen Botschaften. Aber für die vielen Neider, die es auch gab, war dieses Video ein gefundenes Fressen.

»Vollspast«, stand in einem der Kommentare unter dem Video. »Hochmut kommt vor dem Fall« und »Fallobst«.

Die wenigsten wussten seinen Mut und das Risiko zu würdigen. Hätte er es geschafft, ja, dann wären sie auf seiner Seite gewesen. So aber feierten sie seine Niederlage. *The winner takes it all, the loser standing small,* hieß es nicht so?

»Nimm es raus«, sagte er geknickt. »Nimm den Scheiß offline und dann verlieren wir nie wieder ein Wort darüber.«

»Ich soll was?« Farid starrte ihn ungläubig an.

»Bist du taub? Rausnehmen habe ich gesagt. Hier und jetzt. Vielleicht können wir den Schaden noch begrenzen.«

»Von was für einem Schaden faselst du da?« Farid sah ihn aufgebracht an. »Hast du dir mal die Klickzahlen angesehen? Das Video ist in den letzten zwölf Stunden dreiundzwanzigtausendmal aufgerufen worden. Ehe du hier durchdrehst, würde ich vorschlagen, mal einen Blick auf dein Patreon-Konto zu werfen. Ich bin sicher, dass du dir inzwischen zehn neue MP3-Player kaufen kannst. Und zwar nicht so einen gebrauchten Billigmist. Ich rede von dem richtig geilen Scheiß.«

Mit großen Augen starrte Tim auf die Zahl. Farid hatte recht. Unfassbar, wie viele sich inzwischen den Film angeschaut hatten. Und mit jeder Minute wurden es mehr.

In diesem Moment klingelte die Schulglocke. Tim zuckte zusammen.

Farid stand auf und steckte den Laptop ein. »Schluss jetzt, die Show ist vorbei. Wir müssen zurück, ehe der Helbing uns entdeckt.«

Tim stand ebenfalls auf. Seine Beine zitterten. Er wusste nicht, was er von alldem halten sollte. Seit er gestern von der Brücke gefallen war, schien alles außer Kontrolle.

»Darüber reden wir noch«, murmelte er halbherzig.

Zu Hause angekommen, konnte Tim es kaum erwarten, seinen Computer hochzufahren. Er stürmte durch die Wohnung, pfefferte seine Tasche aufs Bett und eilte zurück in die Küche, um sich rasch etwas zu essen zu holen. Sein nervöser Magen brauchte dringend eine Grundlage. Ein Geräusch ließ ihn innehalten. Er war so in Gedanken gewesen, dass er nicht bemerkt hatte, dass er nicht alleine war. Emily stand wie ein Ausrufezeichen in der Tür.

»Dir auch ein freundliches Hallo«, maulte sie vorwurfsvoll. »Schön, dich zu sehen.«

Für ihre zehn Jahre war sie ganz schön frech.

»Wieso bist du schon zu Hause?«, fragte Tim verblüfft. »Die Betreuung geht doch bis vier.«

»Läuse«, lautete die lapidare Antwort. »Ich habe Hunger.«

»Hm.« Tim durchsuchte den Schrank. »Wie wär's mit Ravioli?«

»Klaro. Ruf mich, wenn's fertig ist.« Wusch, weg war sie.

Tim war viel zu sehr in Gedanken, um sich über ihr Benehmen aufzuregen. Er war es gewohnt, von ihr wie ein Dienstbote behandelt zu werden. *Dreiundzwanzigtausend.* Das war vor einigen Stunden gewesen. Wie der Stand wohl inzwischen sein mochte?

Das Internetportal WorldRunner bewegte sich in einer rechtlichen Grauzone. Manche Länder akzeptierten sie stillschweigend, andere, so wie Deutschland, beobachteten die Aktivitäten mit Argusaugen. Was auch der Grund war, warum man die Seite nur über ein ausgeklügeltes System erreichte. Mit einem Handy war das unmöglich. Ständig wurden die Serverstandorte verändert. Modernste Verschlüsselungsalgorithmen verschleierten den Ursprungsort der Betreiber. Tim hatte Gerüchte gehört, dass die Spielefirma *GlobalGames-Incorporated* in San Francisco dahintersteckte, doch ihr CEO, ein Mann namens Mortimer Hansen, wies alle Anschuldigungen von sich. Was die Behörden so alarmierte, war nicht der Umstand, dass Jugendliche bei dem Spiel mitunter in Lebensgefahr gerieten, sondern dass rund um die Spiele gewettet wurde. Illegales Glücksspiel um hohe Geldbeträge mochten die Gesetzeshüter nicht.

Tim war's egal, er wettete ohnehin nicht. Er war Runner, kein Viewer. Aber die, die auf seinen Erfolg gewettet hatten, waren jetzt möglicherweise um ein paar Hunderter oder Tausender ärmer. Vielleicht war das der Grund für den lauten Spott. *Dreiundzwanzigtausend!*

Er konnte es kaum erwarten, die neuesten Zahlen abzurufen. Am Esstisch sah Emily ihn neugierig an, während er hastig die Ravioli runterschlang.

»Du bist echt komisch heute«, sagte sie mit schiefem Blick.

»Bin nicht komisch«, murmelte er mit vollem Mund.

»Von wegen. Andauernd schielst du rüber in dein Zimmer. Ist was mit deinem Computer?«

»Hab nur viel um die Ohren.« Er spülte den Bissen mit einem Schluck Apfelschorle runter und schob dann den Topf zu Emily rüber. »Ist für dich.« Hastig trank er noch einen letzten Schluck und wollte gerade aufstehen, als Emily die Bombe platzen ließ.

»Es hat mit dem Spiel zu tun, oder?« Sie grinste.

Er hob eine Braue. »Was meinst du?«

»Ich weiß, was du machst. Ich weiß, dass du gestern nicht am Decksteiner Weiher warst.«

Tim zuckte zusammen. »Wovon redest du?«, fragte er möglichst beiläufig.

»Ich bin nicht blöde, ich habe den Film gesehen.«

Um ein Haar hätte er das Glas fallen lassen. »Was für ein Film? Keine Ahnung, wovon du redest.« Er versuchte, sich nichts anmerken zu lassen. Was nicht einfach war. »Ich habe jetzt keine Zeit für so einen Kinderkram. Die nächste Stunde will ich nicht gestört werden, verstanden?« Er stand auf, ging in sein Zimmer und wollte die Tür hinter sich schließen, doch Emily kam ihm zuvor. »Ich sag's Papa, wenn du es mir nicht erzählst. Max aus unserer Klasse hatte seinen Laptop dabei und hat uns den Film in der Pause gezeigt. Niemand wusste, dass du das bist, aber ich habe dich gleich erkannt. Deswegen warst du auch so nass.« Voller Stolz strahlte sie ihn an.

Tim wollte etwas sagen, doch die Worte blieben ihm im Hals stecken. Seit wann durften die kleinen Kröten ihre Rechner mit in die Schule nehmen? Und wie zum Henker hatten sie es geschafft, sich in das Netzwerk von WorldRunner einzuloggen?

»Also dann, das ist der Deal ...« Emily trat auf ihn zu. »Du sagst mir, was du da getan hast, und lässt mich mitmachen oder ich erzähle Papa heute Abend alles. Der findet das bestimmt gar nicht gut.« Ihr Grinsen wurde breiter.

»Das wagst du nicht!«, war alles, was ihm einfiel. Eine ziemlich halbherzige Drohung, die Emily sofort durchschaute.

»Sonst noch was?«, fragte sie. »Willst du mich etwa verhauen?« Sie sah ihn herausfordernd an. »Ich bin hier diejenige, die Aikido macht. Dich habe ich in zehn Sekunden auf der Matte.«

Tim versuchte, sie mit seinen Blicken zu vernichten, spürte aber, dass er keine Chance hatte. Emily war viel sturer als er. Was das betraf, kam sie ganz nach ihrer Mom. Davon abgesehen, traute er ihr durchaus zu, dass sie ihn notfalls wirklich verpetzte.

»Was du hier machst, nennt man Erpressung«, murmelte er mit hängenden Schultern.

»Weiß ich doch.« Sie fing an abzuräumen. Das tat sie sonst nie. »Ich kann schweigen wie ein Grab«, verkündete sie mit tiefernster Miene. »Von mir erfährt niemand was. Hauptsache, du lässt mich mitmachen. Stimmt es, dass ihr alle falsche Namen habt und man damit Geld verdienen kann?«

»Falsche Namen, ja«, sagte er. »Geld verdienen, eher nicht. Aber es macht Spaß, deshalb tue ich es.« Er biss sich auf die Unterlippe. Sollte er ihr erzählen, dass er damit angefangen hatte, weil Mom selbst eine begeisterte Geocacherin gewesen war – eine Vorform der GlobalGames? Er tat es, um sich an sie zu erinnern und sich ihr nah zu fühlen.

Nach und nach begann er zu erzählen und ertappte sich dabei, dass er nicht mal mehr versuchte, nicht zu viel preiszugeben.

Irgendwie tat es gut, sich mal jemand anderem als Farid anzuvertrauen. Trotz der Zugehörigkeit zu einer Community waren Runner einsame Kämpfer. Das lag in der Natur der Sache. Eine Verbündete im eigenen Haus wäre durchaus von Vorteil, überlegte er. Emily könnte ihm den Rücken freihalten, wenn Dad peinliche Fragen stellte. Sie könnte seine Geschichten bestätigen, ihm notfalls vielleicht sogar ein Alibi verschaffen. Vorausgesetzt, sie hielt dicht.

»Unter einer Bedingung«, sagte er. »Du erzählst niemandem etwas und du stellst keine dummen Fragen. Ich entscheide, was und wie viel ich dir sage. Und ich entscheide, wann. Sollte ich merken, dass du mir hinterherspionierst oder anderen davon erzählst, ist unser Deal geplatzt.«

»Verstanden.«

»Und kein Sterbenswörtchen zu Dad. Seit Moms Tod hat er so viel um die Ohren, da kann er nicht noch zusätzlichen Stress brauchen.«

Emily nickte ernst. »Okay.«

»Und wir teilen uns die Arbeit im Haushalt.«

Sie schnaubte empört. »Übertreib's nicht!«

4

Im achttausend Kilometer entfernten Seattle ließen Hunderte von Bürolampen die oberste Etage der Space Needle erstrahlen. Wie eine fliegende Untertasse schwebte der Turmkopf über der Stadt und verlieh dem Bauwerk sein unverwechselbares Aussehen.

Mortimer Hansen, Chief Executive Officer der Firma Global-Games-Incorporated und inoffizieller Betreiber der Internetplattform WorldRunner, fegte einen Krümel von seinem Jackett, während er mit dem Aufzug nach oben sauste.

Die Space Needle war eines der Wahrzeichen Seattles. Lange Zeit im Besitz der Stadt, war sie vor einigen Jahren von einer privaten Unternehmerin gekauft worden, die sich jetzt auch Hansens Firma einverleibt hatte. Mortimer Hansen hatte im Laufe seines Berufslebens jede Menge Spiele produziert. Einige davon waren recht erfolgreich, jedoch keines so sehr wie dieses Handygame, das er und sein damaliger Partner sich während ihrer Zeit an der Universität ausgedacht hatten. GlobalGames. Eine Goldgrube und der Startschuss für seine Karriere.

Der Fahrstuhl hielt an. Mortimer warf einen letzten Blick in den Spiegel, dann glitten die Türen auseinander.

In der Vorstandsetage herrschte reger Andrang. Menschen verschiedenster Nationalität liefen herum oder gruppierten sich um schlanke Stehtische. Manche hielten Sektgläser in der

Hand, andere aßen Häppchen. Mortimer hatte keinen Appetit, ihm war flau im Magen. Er meldete sich am Empfangstisch. Sein Name wurde vermerkt und er bekam ein Namensschild. Die meisten der Schildchen waren bereits vergeben, vermutlich kam er als einer der Letzten.

Links von ihm stand eine Gruppe gut gekleideter Herren beieinander. Es wurde gelacht, Gläser klirrten, dann tauchte eine blonde Frau auf. *Shenmi Stevenson.* Lächelnd, gut aussehend, alle überstrahlend, mit unzweifelhaft asiatischen Gesichtszügen. Sie trug ein fußlanges goldenes Kleid, das wie eine zweite Haut um ihren Körper floss. Es schien aus unzähligen Goldpailletten zu bestehen. Dass sie sich in diesem Kleid überhaupt bewegen konnte, erstaunte Mortimer. Er fühlte sich bei ihrem Anblick an eine Meerjungfrau erinnert. In ihren Armen trug sie einen kleinen weißen Hund. Das Tier hatte spitze Ohren und stechende Augen. Mortimer war es sofort unsympathisch.

Als seine neue Chefin ihn sah, steuerte sie auf ihn zu. Die Männer folgten ihr wie ein Schwarm Clownsfische.

»Morti«, rief sie. »Wie schön, dich zu sehen. Ich hatte schon Sorge, du würdest dich verspäten.« Küsschen links, Küsschen rechts. Ihr Parfüm vernebelte seinen Verstand. Er senkte verlegen den Kopf und deutete eine Verbeugung an. »Ich danke Ihnen, Ms Stevenson.«

Angesichts ihrer überwältigenden Persönlichkeit fühlte er sich befangen. Mutter Chinesin, Vater Amerikaner. Ein geistiges Produkt der besten Schulen beider Länder, mit zwei enorm reichen Familien im Hintergrund. Shenmi Stevenson war eine der erfolgreichsten Unternehmerinnen der Welt. Eine Frau, die schon in ihrer Jugend erreicht hatte, wovon andere ihr ganzes Leben träumten. Als Gründerin einer Internetsuchmaschine mit integrierter Social-Media-Plattform war sie bereits vor ihrem dreißigsten Lebensjahr Milliardärin gewesen. Mit ihrem Spürsinn für gute Investitionen hatte sie einen Hersteller von Elektroautos, eine Firma für Weltraumraketen sowie etliche Fernsehsender übernommen. Ihr Ziel war die Besiedelung des Mondes, später des Mars, und das binnen der nächsten fünfzehn Jahre. Wenn man in ihrer Nähe stand, spürte man, dass nichts diese Frau aufhalten konnte.

»Mein Flieger hatte Verspätung«, entschuldigte sich Mortimer. »Ist normalerweise nicht meine Art, zu spät zu kommen.«

»Hauptsache, du bist bereit, unser Baby an den Start zu bringen«, sagte Shenmi lachend und kraulte den Hund zwischen den Ohren. »Du wirst begeistert sein, was wir daraus gemacht haben. Es wird dich überwältigen.«

Der Schwarm von Männern folgte jeder Bewegung mit hingebungsvoller Bewunderung. *Wie Motten, die das Licht umschwirren,* dachte Mortimer. Ob sich der eine oder andere vielleicht Chancen bei ihr ausrechnete? Schließlich war Shenmi noch unverheiratet.

»Um nichts in der Welt hätte ich das verpassen wollen«, sagte er. »Wobei es ja nicht mehr mein Baby ist. Es gehört jetzt Ihnen.«

Sie zwinkerte ihm mit ihren silbergrauen Augen zu, dann erhob sie ihre Stimme. »Herrschaften, bitte alle mal herhören. Wenn Sie sich jetzt auf Ihre Plätze begeben würden? Die Vorstellung beginnt in wenigen Minuten. Komm mit, Morti. Ich möchte, dass du vorne sitzt. Heute werden wir beide Geschichte schreiben.«

Geschichte, das klang fast zu schön, um wahr zu sein. Die Frau hatte wahrlich Großes mit seiner Firma vor.

Er beeilte sich, zu seinem Stuhl zu kommen. Shenmi trat nach vorne auf die Bühne. Ein goldenes Hundekörbchen stand dort, in das sie ihren Liebling setzte.

»Haben Sie alle einen Platz gefunden? Prima, dann kann es gleich losgehen. Andrew, verdunkelst du bitte den Saal?«

Die Beleuchtung wurde auf ein sanftes Maß gedimmt und es kehrte Ruhe ein. Je dunkler es unter der Kuppel wurde, umso intensiver leuchteten die Lichter Seattles. Mortimer kam sich vor wie auf einem Schiff, das bei sternklarer Nacht durch ein Meer aus leuchtendem Plankton fuhr.

Das gebogene Panoramafenster hinter Shenmi wurde erst matt, dann erstrahlte es in sanftem Licht. Clever, die Verglasung als Projektionswand zu benutzen. Das Firmenlogo von *Stevenson-Enterprises* wurde riesengroß an die Leuchtwand projiziert. Auf der Bühne war Shenmi vor dem heller werdenden Hintergrund nur als schwarzer Scherenschnitt zu sehen.

Musik setzte ein. Erst leise, dann nach und nach lauter werdend. Mortimer kannte das Stück. *Also sprach Zarathustra* von Richard Strauss.

Als die Streicher und die Pauken einsetzten, erstrahlte Shenmi im Licht eines Scheinwerfers wie eine goldene Statue. Eine Mensch gewordene Göttin. Etwas Überirdisches ging von ihr aus. Sie hob ihre Hand und die Musik verstummte.

»Ich habe einen Traum«, sagte sie, die Worte Martin Luther

Kings benutzend, und ihre Stimme hallte von allen Seiten wider. Mortimer konnte kein Mikrofon erkennen, also ging er davon aus, dass es irgendwo in ihrem atemberaubenden Kleid vernäht sein musste.

»Ein Traum, der mir eines Tages ermöglichen wird, diese Erde zu verlassen und zu neuen Welten aufzubrechen. Ich möchte davonfliegen und meinen Fuß auf unberührten Boden setzen. Ich möchte dorthin gehen, wohin noch nie ein Mensch zuvor gegangen ist. Und ich möchte Sie dorthin mitnehmen.« Sie deutete nach oben.

Über ihren Köpfen waren die Aufnahmen zweier Himmelskörper zu erkennen. Die eine zeigte den Mond, die andere den Mars. Wie gewaltige außerirdische Artefakte hingen sie dort, ausgestaltet bis ins letzte Detail. Mortimer erkannte Krater und Gräben, Hügel und Berge, Wüsten, ja sogar Salzseen. Die Bilder waren von solcher Schärfe, dass man sich gut vorstellen konnte, tatsächlich eines Tages dort entlangzuspazieren.

»Wer mich kennt, weiß, dass ich keine leeren Versprechungen mache«, sagte Shenmi und lenkte die Aufmerksamkeit zurück auf sich. »In etwas mehr als sechs Monaten wird eine bemannte Raummission in Richtung Mond starten, um dort feierlich unser erstes Luna-Hotel zu eröffnen, dessen Grundsteinlegung vor einem Jahr erfolgte. Die Baumaßnahmen wurden mit größtmöglicher Geheimhaltung durchgeführt. Die Erfahrungen, die wir auf unserem Trabanten sammeln, werden uns bei unserem nächsten und noch ehrgeizigeren Ziel nützlich sein: der Besiedelung des Mars. Bis dahin liegt noch viel Arbeit vor uns. Vor allem müssen wir gewaltige Summen von

Geld für dieses Vorhaben aufbringen. Nur wenn es uns gelingt, die Kosten auf Sponsoren, Spender und private Investoren zu verteilen, werden wir erfolgreich sein. Unser Gewinn wird ein Gewinn für die gesamte Menschheit.«

Shenmi nahm den Beifall mit einem bescheidenen Lächeln zur Kenntnis. Diese Frau wusste, wie man sich in Szene setzte.

Ein paar Sekunden genoss sie den Beifall, dann hob sie ihre Hand. »Als Unternehmerin weiß ich natürlich, dass der Schlüssel zum Erfolg in einer gut durchdachten Werbekampagne liegt. Weltweite Aufmerksamkeit zu generieren, ist nicht eben einfach. Wir brauchen etwas, das die Menschen vor ihren Bildschirmen zu Hause fesselt. Das sie mitreißt und untrennbar mit unserem Namen verbunden ist. Wir brauchen eine Show. Die größte Show, die dieser Planet jemals gesehen hat.«

Das Publikum applaudierte lauter denn je. Einige der Zuhörer wollten aufspringen, wurden aber von ihren Hintermännern zurück auf ihre Plätze gezerrt. Ein kurzer Moment der Unruhe trat ein.

»Mein Plan ist es, ein Event ins Leben zu rufen, das sämtliche Nationen dieser Welt vereint«, übertönte Shenmi den Lärm. »Das Spiel soll spannend sein, aufregend und neu. Vor allem aber soll es uns die Schönheit unserer Erde vor Augen führen. Wenn wir den Mut aufbringen wollen, neue Welten zu erobern, dann wird uns dies nur mit dem Wissen gelingen, eines Tages nach Hause zurückkehren zu können. Auf einen Planeten, den wir wirklich lieben.« Lächelnd fuhr sie fort: *»Liebe ist ein Kind der Freiheit,* das hat mir mein Vater beigebracht und daran glaube ich fest. Und weil niemand die Welt mit so großen

Augen betrachtet wie Kinder und Jugendliche, wird dieses Spiel nicht von Erwachsenen ausgetragen. Ich werde Ihnen gleich erklären, was mir vorschwebt. Vorher aber möchte ich meinen geschätzten Kollegen Mortimer Hansen auf die Bühne bitten. Morti, wärst du so gut?« Sie deutete herüber zu ihm. »Ich bin stolz, Ihnen den geistigen Vater vorstellen zu dürfen. Willkommen zum Vorentscheid der Worldchampionship von GlobalGames – dem Wettrennen rund um die Erde.«

Hinter Shenmi tauchte das Logo von Mortimers Firma auf. Ein Lichtspot schwenkte auf ihn herab und hüllte ihn in gleißende Helligkeit. Geblendet wie ein Maulwurf, stand er auf, unsicher und ein bisschen wackelig in den Knien. Er hatte nicht damit gerechnet, eine Rede halten zu müssen. Zum Glück besaß er genug Erfahrung, um ein paar Worte aus dem Stegreif sagen zu können.

Während er nach vorne ging, fiel sein Blick auf den kleinen Hund, der ihn argwöhnisch betrachtete. Die Lefzen zurückgezogen und seine kleinen Zähnchen entblößend, starrte er Mortimer an und stieß ein bedrohliches Knurren aus.

5

Tim starrte fassungslos auf seinen Computerbildschirm. *Dreihundertzwanzig Euro und fünfundsiebzig Cent!* Die Zahl brannte sich in seine Netzhaut. Irgendwann fing sie an zu flimmern, sodass er seine Augen schließen musste. Auf seinem Patreon-Konto war zum ersten Mal ein wirklich nennenswerter Betrag erschienen. Für ihn, der nur wenig Taschengeld bekam und grundsätzlich pleite war, eine unvorstellbare Summe.

Farid hatte recht gehabt. Es wäre ein Riesenfehler gewesen, das Video aus dem Netz zu nehmen. Tatsächlich war noch keins ihrer Videos auf solch eine überwältigende Resonanz gestoßen.

»Woher hast du das viele Geld?« Die helle Stimme riss ihn aus seinen Gedanken. Er hatte Emily völlig vergessen. Genau genommen, hatte er alles um sich herum vergessen.

»Von Sponsoren«, murmelte er. »Von Leuten, die glauben, dass ich zu den besten Spielern des Landes gehöre, und die mich unterstützen wollen.«

»Gehörst du denn zu den besten?«

Er lächelte etwas unsicher. »Noch nicht, aber vielleicht bald. Wenn ich etwas Glück habe.«

»Erklär's mir«, bat sie.

»Das kann ich nicht. Jedenfalls nicht auf die Schnelle.«

»Bitte, versuch's!«, bettelte sie.

Er stöhnte. Wie sollte er seiner kleinen Schwester begreiflich machen, was GlobalGames für ihn bedeutete?

»So schwierig wird das schon nicht sein«, teilte sie ihm mit. »Ich muss es verstehen, wenn ich dir den Rücken freihalten soll.«

So ganz unrecht hatte sie nicht. Eine Verbündete, die keine Ahnung hatte, worum es ging, war sinnlos. Aber wo sollte er anfangen? Er griff in die Tasche und legte sein Handy auf den Tisch. »Siehst du das hier?«

»Klar, bin ja nicht blind.«

»Damit fing alles an. Mitte der Achtzigerjahre kamen die ersten Handys auf den Markt. Riesenapparate, mit denen man nur telefonieren konnte. Später kamen weitere Funktionen dazu. Kamera, Taschenrechner, Musicplayer. Mit der Mikroprozessortechnologie wurden die ehemaligen Telefone aber immer mehr zu kleinen Computern. Im Jahre 2005 fand dann die Revolution statt. Weißt du, was GPS ist?«

Emily schüttelte den Kopf. »Nicht genau.«

»Das *Global Positioning System* ist ein weltweites Navigationssystem, das über Satelliten gesteuert wird und dazu dient, punktgenau deine Position auf der Erde zu bestimmen. Beim Militär wurde es schon lange genutzt, für uns Normalsterbliche war es erst ab 2005 verfügbar. Da kam nämlich das erste Handy mit GPS auf den Markt, das Siemens SXG75.«

»Ich weiß, was ein Smartphone ist«, unterbrach sie ihn. »Das Technikzeug ist mir egal.«

Tim schluckte. Emily halt. »Na ja, jedenfalls ist GPS nun in allen Smartphones und Smartwatches fest verbaut. Dadurch dass wir Standorte bis auf einen Meter genau ermitteln können, sind wir in der Lage, Spuren zu legen, Schätze zu verstecken und andere Spieler mit Rätseln in die Irre zu führen. Irgendjemand kam dann auf die Idee, dass man daraus ein Spiel machen könnte. Sie nannten es Geocaching ...« Tim lächelte. »Erinnerst du dich, dass Mom früher immer Stress gemacht hat, wenn ich zu lange am Computer saß? *Stubenhocker* hat sie mich genannt ...«

Emily nickte, doch Tim konnte sehen, wie ihr Lächeln verschwand. »Ich vermisse sie.«

»Ich doch auch. Was denkst du denn?« Nachdenklich beobachtete Tim seine kleine Schwester. Natürlich tat sie ihm leid, aber sie hatte es ja unbedingt wissen wollen. Und es gab nun mal keinen anderen Weg, ihr seine Leidenschaft für Global-Games zu erklären, als über ihre Mutter. Immerhin hatte sie maßgeblichen Anteil daran gehabt.

»Sie fehlt mir. Ganz schrecklich sogar«, sagte er. »Aber darum geht es nicht. Es geht darum, dass sie es gehasst hat, wenn ich stundenlang vorm PC oder Handy gehockt habe.«

»Oder wir zusammen vor dem Fernseher ...«

Er nickte. »Sie wollte, dass wir raus vor die Tür gehen und Spaß haben, weißt du noch?« Tim machte eine Pause. »Einen Satz von ihr werde ich nie vergessen ...«

Emily schniefte und rieb ihren Ärmel an der Nase. Ein dünner Schmierfilm entstand. Tim reichte ihr ein Papiertaschentuch.

»*Holt euch die Sterne vom Himmel,* erinnerst du dich? Das hat sie gesagt.«

Emily nickte.

»Anfangs wusste ich gar nicht, was sie damit meinte«, gab er etwas widerwillig zu. »Aber dann … *dann* hab ich es begriffen. Sie wollte uns damit *Mut* machen. Sie wollte, dass wir rausgehen und die Welt entdecken. Wusstest du, dass sie selbst eine Geocacherin war?«

Emily riss die Augen auf. »Echt?«

»Ja. Sie hat mir gezeigt, wie das funktioniert – lange bevor es GlobalGames gab. Sie hat mich ermahnt, es bloß nicht Dad zu erzählen. Sie wusste genau, dass er kein Verständnis dafür haben würde.«

»Und was macht man da so?« Sie kramte ein Taschentuch hervor und schnäuzte sich kräftig. Tim hatte selbst einen Kloß im Hals.

»Na ja, es ist ein Spiel, das man draußen in der Natur spielt. In den Parks und Gärten, auf Friedhöfen und anderen Orten, an denen Geheimnisse verborgen sein könnten. Verstecke, die andere Spieler dort hinterlegt haben.«

»Auf Friedhöfen?« Emily verzog das Gesicht. »Ist das nicht verboten?«

Tim knabberte an seiner Unterlippe. Er musste vorsichtig sein, wie viel er ihr erzählte. Klar war das verboten. Und wie. Über die Hälfte aller Claims befand sich auf Privatgelände oder an Orten, die zu erreichen eine Gefahr darstellte. Aber das musste er ihr ja nicht auf die Nase binden.

»Wir haben so eine Art Kodex«, sagte er. »Das heilige Regelbuch der Runner. Darin stehen die zehn goldenen Regeln. Solange du dich daran hältst, ist alles in Ordnung.«

»Und was sind das für Regeln?«

»Mal sehen, ob ich sie noch zusammenbekomme. Die ersten drei lauten: Beachte die örtlichen Gesetze und Warnschilder. Betritt kein Privatgelände. Hinterlasse keinen Müll und schütze die Umwelt.«

»Finde ich gut«, sagte Emily. Sie zählte die Regeln an ihren Fingern ab.

»Regel vier lautet: Benütze nur ausgeschilderte oder vorhandene Wege und Pfade. Fünf: Claims sollten nie vergraben oder an einem Ort versteckt sein, bei dem das Erreichen eine Gefahr darstellt.« Er verschwieg, dass Sakuras Rätsel ganz klar dagegen verstieß. Wie die meisten wirklich spannenden Claims.

»Was sind Claims?«

»So nennen wir unsere Schätze. Meist stecken sie in wetterfesten Boxen, die für das bloße Auge unsichtbar versteckt sind. Selbst wenn man weiß, wo sie sind, muss man manchmal höllisch lange suchen, um sie zu finden. Manche von ihnen sind so groß wie eine Butterbrotbox, andere hingegen so klein wie eine Streichholzschachtel. In den Beschreibungen findet man meistens Hinweise und Tipps, die einem weiterhelfen. Notfalls muss man in den Userkommentaren nachlesen.«

»Und was sind das für Schätze? Gold, Edelsteine, Diamanten?« Emily sah ihn mit großen Augen an.

»Quatsch, nur Kleinigkeiten. Ein Glücksanhänger, eine kleine Taschenlampe, ein Radiergummi – irgendetwas, das dem Besitzer was bedeutet hat. Man kann es rausnehmen, aber dann muss man etwas von gleichem oder höherem Wert zurücklassen. Das ist übrigens Regel sechs.«

»Auch Kaugummis?«

Tim schüttelte den Kopf. »Regel sieben: keine Lebensmittel. Keine Sprengkörper, Messer, Drogen, Alkohol oder ähnliche Gegenstände. Claims dürfen nur familienfreundliche Gegenstände enthalten.«

»Wie langweilig.« Emily blickte enttäuscht. »Was ist Regel acht?« Sie hob drei Finger. So viele Regeln fehlten noch.

»Log dich auf WorldRunner ein, poste deinen Erfolg mit Videobeweis und zeige damit den anderen, dass du das Rätsel gelöst hast.«

»Versteh ich nicht.«

Tim seufzte. Es war schwerer, als er sich das vorgestellt hatte. Am besten, er zeigte es ihr. Er öffnete die Seite und gab sein geschütztes Passwort ein. Es dauerte eine Weile, dann ploppte das gelbe Logo auf blauem Untergrund auf.

»He, das kenne ich«, rief Emily. »Das war die Seite, die Max uns gezeigt hat.«

»Mit deinem Max muss ich mal ein Wörtchen reden«, sagte Tim ungehalten. »Diese Seite ist eigentlich nur für Spieler und Gäste. Und ich glaube kaum, dass Max dazugehört. Er ist noch viel zu jung. GlobalGames darf erst ab zwölf gespielt werden. Strenge Alterskontrolle. Außenstehende haben da keinen Zutritt. Aber ja, da hast du das Video gesehen.«

»Es ist nicht mehr da.« Enttäuscht deutete sie auf die Startseite.

»Doch, nur weiter hinten. Jeden Tag kommt etwas anderes dazu. Siehst du, da ist es. Schon zweiundfünfzigtausend Klicks. Na ja, jedenfalls ist das unser Medium. Damit verständigen wir uns. Hier treffen sich alle Spieler, diskutieren über neue Claims, unlösbare Rätsel und besondere Schätze. Und hier können wir sehen, wo wir gerade stehen.« Er klickte auf das Scoreboard. Sein Name stand auf Position 108. Seit gestern hatte er sich um zwölf Plätze verbessert.

»Siehst du, das bin ich.«

»Achenar? Komischer Name.«

»Ist 'ne Figur aus einem alten Computerspiel. Na ja, jedenfalls, wenn du da draufklickst, öffnet sich meine Spielerseite und du kannst alles über mich erfahren. Auf welcher Position ich stehe, welche Claims und Secrets ich bereits gelöst habe und seit wann ich dabei bin. Hier findest du sämtliche Videos von mir und die dazugehörigen Beschreibungen.«

Emily machte große Augen. »Das sind aber viele ...«

»Jep. War ja auch viel unterwegs.« Er grinste. Schnell schloss er die Seite, ehe Emily all die halsbrecherischen Stunts sehen konnte, die er schon vollführt hatte. Er wollte ihr schließlich keine Angst einjagen.

»Damit kennst du jetzt also auch unsere Seite. Wie gesagt, hier posten wir, treffen unsere Sponsoren, tauschen uns mit Freunden aus und so weiter. Wenn wir einen Claim entdecken, wenn wir ihn gelöst und den Videobeweis erbracht haben, müssen wir ihn an derselben Stelle verstecken, um anderen Runnern die gleichen Chancen zu geben. Das ist Regel neun. Zehn ist, dass wir Freunde einladen und versuchen, sie für das Spiel zu begeistern. Was ich hiermit getan habe.« Er lächelte grimmig. »Das soll als Einführung genügen. Jetzt weißt du, was du wissen musst, und kannst aufhören, dumme Fragen zu stellen.« Er wollte sie von seinem Platz verscheuchen, doch sie kam ihm zuvor.

»Was ist das da?« Sie deutete auf die obere rechte Ecke des Menübalkens, in der etwas blinkte.

»Das ist mein Postfach. Hier können Spieler anderen Spielern private Nachrichten zukommen lassen.«

»Dann hast du also Post bekommen?«

»Sieht so aus, ja …«

»Willst du sie nicht aufmachen?«

»Sobald du verschwunden bist.«

»Ich will aber wissen, was drinsteht.« Blitzschnell klickte sie auf die Mail.

Blaue Schreibschrift auf weißem Untergrund. Eingerahmt war der Brief mit pulsierenden rosa Herzchen.

Emily kicherte. »Hast du eine Freundin?«

»Quatsch …« Tim war zu überrascht, um ärgerlich zu sein. Stattdessen überflog er die Zeilen. *Glückwunsch,* stand da zu lesen. *Das war ein erstklassiger Fußklatscher. Würde mich freuen, wenn du mein Rätsel als Erster löst. Bist du schon darauf gekommen? Du weißt ja: »Nimm Zwei«. Runner-Grüße, Sakura.*

Er hob überrascht die Brauen, sein Herz schlug schneller. Der Brief war von ihr!

Emily beobachtete ihn aufmerksam. In ihren Augen leuchtete die pure Neugier.

»Wer ist Sakura?«

6

Annikas Hände glitten voller Gefühl über die Klaviertasten. Mal schlug sie fester an, dann berührte sie sie ganz zart. Durch ihre Finger wurde sie eins mit dem Instrument, als würden die Töne durch sie hindurchgleiten. Es gab Musikstücke, die man nur ein einziges Mal zu hören brauchte, damit sie sich unauslöschlich ins Gedächtnis brannten.

Beethovens Klaviersonate Nr. 14 in cis-Moll, die sogenannte Mondscheinsonate, war eines dieser Stücke. Drei Sätze, einer virtuoser als der vorangegangene. Und anspruchsvoller. Franz Liszt, der selbst ein großartiger Klaviervirtuose war, hatte seinen Schülern nie erlaubt, die Sonate zu spielen. Sie war zu schwierig und er hasste es, wenn sie schlecht gespielt wurde.

Annika bereitete das Stück keine Probleme. Sie spielte es seit ihrem elften Lebensjahr. Wenn man den Worten ihrer Lehrerin glaubte, hatte ihr Spiel eine Kunstfertigkeit erreicht, die selten zu finden war. »Du musst aufs Konservatorium«, wiederholte Madame Abramovic gebetsmühlenartig mit schwerem russischem Akzent. Sie unterrichtete Annika, seit sie sieben war. »Du musst, hörst du? Ich unterrichte seit dreißig Jahren und habe etliche Meisterschüler ausgebildet. Doch du übertriffst sie alle. Du könntest eine der besten werden, wenn du nur willst. Aber dafür musst du mehr üben. Sieh mir in die Augen,

Anuschka, Schätzchen. Versprich mir, dass du mehr üben wirst. Vier Stunden täglich. *Minimum!*«

Doch es gab ein Problem: Annika wollte nicht. Auch wenn sie in der Schule keine Probleme hatte, musste sie doch dafür lernen. Vor allem für die Naturwissenschaften.

Schule und Musik zusammen waren dann doch ein ziemlicher Zeitfresser. Beethoven hin oder her, das Leben hatte so viel mehr zu bieten als Klaviertasten und Lernen.

Zum Beispiel GlobalGames. Neben Fechten ihre große Leidenschaft. Hier konnte Annika sie selbst sein, brauchte sich nicht schick zu machen, um vor alten Leuten das dressierte Äffchen zu spielen. Hier durfte sie Turnschuhe tragen, Jogginghose und Sweatshirt. Sie durfte schwitzen, stinken und Rockmusik hören, Schätze bergen und Schätze legen. So lange, bis ihr die Arme abfielen. GlobalGames bedeutete für sie Adrenalin pur. Etwas, das mehr war als nur ein Spiel – eine eigene Welt. Allerdings eine, die ihre Eltern niemals verstehen würden, weswegen Annika erst gar nicht versuchte, es ihnen zu erklären. Die beiden dachten immer noch, sie würde die Woche zweimal brav zum Tennis gehen. Eine Notlüge, die nur deswegen funktionierte, weil ihre Freundinnen fest zu ihr hielten. Sie hatten Annika eine Scheinidentität gebastelt, die jeder Überprüfung standhielt. Wohl dem, der solche Freundinnen besaß und keine nervigen Geschwister, die einen bei jeder sich bietenden Gelegenheit anschwärzten.

Annika war gerade beim Presto agitato angelangt, dem dritten und letzten Satz, als sie aus der Ferne das Läuten der Türglocke hörte. Sie ignorierte es und konzentrierte sich auf die

Musik. Die Melancholie des ersten Satzes war einer tosenden, ungezähmten Sehnsucht gewichen, die sie von einem emotionalen Höhepunkt zum nächsten jagte.

»Annika!«, ertönte die Stimme ihres Vaters aus dem Flur. »Annika!«

Boah, Papa nervte heute. Aber an Samstagen war es besonders schlimm. Wenn er nicht zur Arbeit gehen durfte, wusste er kaum etwas mit sich anzufangen.

»Sag mal, bist du taub?«

Papa war in der Tür erschienen, ein vorwurfsvoller Ausdruck auf seinem Gesicht. Die Hände hatte er theatralisch in die Hüften gestemmt. Dass er so mitten in ihr Klavierspiel hineinplatzte, war typisch: Die Musik selbst bedeutete ihm im Grunde nichts.

Entnervt ließ sie ihre Hände auf die Tasten sinken. »Was gibt es denn?«

»Post für dich. Der Paketbote.«

Verwundert sah sie ihn an. »Warum hast du das Paket denn nicht einfach für mich angenommen?«

»Es ist eine persönliche Zustellung an dich, da, schau ...«, er wedelte ungeduldig mit einem Zettel vor ihrer Nase herum. »Du musst es selbst entgegennehmen und hier was unterschreiben.«

Annika brauchte einen Moment, um aus der Welt der Musik zurück in die Realität zu finden. Sie drückte sich hoch und lockerte ihre verspannten Schultern. Auf dem Weg in Richtung Tür warf sie einen kurzen Blick in den Spiegel. Oje. Ihre Haare standen ab, als hätte sie einen elektrischen Schlag bekommen. Eindeutig zu viel Beethoven.

Hastig strich sie sich über die zerzausten Locken und öffnete die Tür. Der Mann vor ihr trug einen roten Overall, auf dem in Türkis ein Firmensymbol prangte: SE. Der Kleintransporter, der auf ihrer Zufahrt stand, war ebenfalls rot.

»Annika Siebert?«

»Das bin ich, ja.«

Der Mann hielt ein Gerät in der Hand, auf dem sich ein hell leuchtendes Display befand. War sie das auf dem Bild? Der Bote sah sie prüfend an, verglich sie mit dem Bild auf seinem Display und nickte dann.

»Alles klar. Zweifelsfrei identifiziert. Hier ist deine Sendung.« Er drückte ihr ein schuhkartongroßes Päckchen in die Hand, das überraschend schwer war. »Wenn du mir den Erhalt bitte hier quittieren würdest?« Er hielt ihr das Gerät hin. Statt des Fotos befand sich dort jetzt ein Eingabefeld für Unterschriften. Annika nahm den Stift und unterzeichnete unsicher. »Von welchem Paketdienst sind Sie eigentlich?«

Der Mann tippte auf das Emblem. »Stevenson-Enterprises.«

»Nie gehört. Sind die neu?«

»Spezziallieferungen«, sagte er, als ob das irgendetwas erklären würde. Er deutete auf das Paket und grinste. »Viel Spaß damit.«

Annika blickte ihm hinterher, bis er hinter den Bäumen verschwunden war. Sie schüttelte das Paket. Der Typ hatte ausgesehen, als wüsste er, was sich dadrin befand.

Sie konnte sich nicht erinnern, irgendetwas bestellt zu haben. Auch der Aufkleber ließ keine Rückschlüsse zu. Als Absender stand da nur Stevenson-Enterprises. Annika runzelte die Stirn.

Scheinbar war das gar kein normaler Paketdienst gewesen, sondern ein privater Firmenbote.

Stevenson-Enterprises. Annika beschloss, das später mal zu googeln. Komisch auch, dass da nichts klapperte. Fühlte sich an wie ein einziger schwerer Gegenstand.

Ihr war nicht ganz geheuer bei der Sache. *Wer weiß, was darin ist,* dachte sie etwas unbehaglich und versuchte, sich allzu wilde Spekulationen zu verkneifen.

Auf dem Weg durchs Haus achtete Annika darauf, ihren Eltern aus dem Weg zu gehen. Was sie jetzt am wenigsten brauchen konnte, waren neugierige Fragen. Doch zum Glück telefonierte ihre Mama und ihr Papa war hinterm Haus mit dem Rasenmäher zugange.

In ihrem Zimmer angekommen, schloss sie vorsichtshalber hinter sich ab. Dann startete sie den Laptop und klemmte sich hinter die Tastatur.

Es dauerte nicht lange, bis sie die Website gefunden hatte. *Stevenson-Enterprises – building a better tomorrow.* Was auf der Seite zu lesen stand, beeindruckte Annika. Inhaberin des Konzerns war eine gewisse Shenmi Stevenson. Amerikanerin mit asiatischen Wurzeln. Eine der erfolgreichsten Unternehmerinnen der Welt. Ihr Konzern umfasste Firmen, die modern und zukunftsgerichtet waren. Eine Firma für den Bau moderner Roboter war dabei. Elektroautos, ein Raumfahrtunternehmen sowie …

Annika stockte der Atem.

Sie ging näher an den Bildschirm heran, um sicherzugehen, dass sie sich nicht irrte. Hier stand, dass GlobalGames ebenfalls zum Portfolio von Stevenson-Enterprises gehörte.

Annikas Blick wanderte vom Bildschirm zum Paket. Täuschte sie sich oder sah es auf einmal anders aus? Es erschien größer als vorhin, bedeutungsvoller. Wie etwas, das seine Form nach Belieben verändern konnte. Es sah aus wie etwas, dass das Zeug hatte, ihre Welt gehörig auf den Kopf zu stellen.

7

Nimm Zwei«, murmelte Tim.

Die Worte leuchteten in gelber Schrift vor dunkelblauem Hintergrund. Tim fokussierte sie, als könne er das Rätsel durch bloßes Anstarren lösen. Doch er bekam nur Kopfschmerzen.

»Noch immer keine Idee?« Farid blickte ihn enttäuscht an.

»Nö, du?«

Kopfschütteln.

Tim fühlte sich ausgelaugt. Es war Samstagmittag und er wäre am liebsten gleich wieder ins Bett gekrochen. Manchmal kam er sich richtig alt vor.

»Ich habe das Rätsel bestimmt schon hundertmal durchgelesen«, sagte er. »Nicht der geringste Hinweis, was die beiden Worte bedeuten sollen. Ich bin echt am Ende mit meinem Latein.«

»Zumal du kein Ass in Latein bist«, sagte Farid mit schiefem Grinsen. »Und in den Beschreibungen ist auch nichts zu finden?«

Er bezog sich dabei auf die Userkommentare, die häufig unter den Rätseln zu finden waren. Kurze Texte von Runnern, die den Claim geborgen hatten und die manchmal kleine Tipps streuten. Tims größte Sorge war, dass Arrow oder irgendein anderer vor ihm das Rätsel gelöst hatte, weshalb er ständig auf der Internetseite nachschaute. Doch »Nimm Zwei« widerstand allen Bemühungen. Die Box war anscheinend immer noch ungeöffnet.

»Nope.«

»Hm.« Farid strich über sein Kinn. »Ich bin sicher, dass es weit weniger schwierig ist, als wir denken. Am besten fangen wir noch mal ganz von vorne an. Das Zahlenschloss hat vier Stellen sagst du?«

»Vier Stellen und eine unvorstellbar große Anzahl von Möglichkeiten«, sagte Tim gereizt. »Ich habe das mal durchgerechnet. Es sind zehntausend Einstellungen. Vorausgesetzt, ich bin schnell und brauche für die nächste Einstellung nur zwei Sekunden, wären das weit über fünf Stunden. Und das, während ich unter einem Stahlträger hänge. Statistisch gesehen wird die Zahl irgendwo in der Mitte liegen ...«

»... was bedeutet, du würdest nur die halbe Zeit benötigen ...«

»... wofür es aber keine Garantie gibt«, sagte Tim. »Theoretisch könnte es auch die 9999 sein.«

»Und die Box ist nur eine halbe Stunde aktiv ...«

»So ist es.« Tim seufzte. »Nur mit Ausprobieren werden wir das Ding nicht lösen. Außerdem steigt jeden Tag die Chance, dass ein anderer Runner uns zuvorkommt.« Tim ballte seine Hände. »Unser Vorsprung schrumpft immer weiter.«

»Recht hast du«, sagte Farid. »Wenn wir das Rätsel heute nicht gelöst bekommen, dürfte es zu spät sein.«

»Ich werde das Gefühl nicht los, dass die Lösung direkt vor unserer Nase liegt.« Tim ließ seine Faust auf den Tisch krachen. »Ich könnte durchdrehen! Sakura ist wirklich ein Biest. Hätte sie es nicht ein bisschen einfacher machen können?«

Farid grinste. »Nanu, ist es auf einmal nicht mehr die große Liebe?«

»Sei bloß still …«

In diesem Moment ging die Tür auf. Emily schaute besorgt in den Raum. »Was war denn das für ein Knall eben? Ist bei euch irgendwas runtergef…?« Als sie den Bildschirm sah, wurden ihre Augen groß. »Oh, ihr seid wieder beim Rätseln.«

Rätseln, pah! Tim presste die Lippen aufeinander. Hätte er Emily doch nur niemals eingeweiht.

»Raus mit dir«, befahl er barsch. »Und mach die Tür hinter dir zu.«

Emily beachtete ihn gar nicht, sondern trat vor den Computer. Das Display spiegelte sich in ihren Augen. »Seid ihr schon weitergekommen?«

»Nein.« Tim wich Farids fragendem Blick aus. »Wir sind gerade dabei, es zu lösen, und – falls du es nicht mitbekommen hast – du störst.«

»Ich habe mir auch schon Gedanken gemacht, weißt du?«

Hörte sie ihm überhaupt zu? Emily konnte erstaunlich taub sein, wenn ihr etwas nicht in den Kram passte. »Eine Sache ist auffällig«, sagte sie. »Ich glaube nicht, dass das ein Zufall ist.«

»Was denn?« Tim wurde immer gereizter. Ausgeschlossen, dass sie etwas herausbekommen hatte. Sie kannte das Spiel doch überhaupt nicht.

»Na, die *Zwei.«* Sie deutete auf den Monitor. »Für mich sieht das aus, als wäre es das Lösungswort.«

»Blödsinn …«

»Könnte doch sein. *Nimm Zwei,* steht da. Normalerweise

wird zwei kleingeschrieben. Außerdem hast du gesagt, das Zahlenschloss hätte vier Ziffern. Das Wort *Zwei* hat vier Buchstaben. Na, was sagst du?«

Tim starrte auf Emily, dann auf den Monitor und wieder zurück. War es möglich, dass sie recht hatte? Tim sah, wie Farid der Unterkiefer runterklappte. »Alter ...«

»Allerdings sind das nur Buchstaben«, räumte Emily kleinlaut ein. »Was wir brauchen, sind Zahlen. Ich habe keine Idee, wie man ...«

»Buchstabenwahl«, platzte Farid heraus. »Das könnte es sein!«

»Das verstehe ich nicht«, sagte Emily.

»Ich schon.« Tim sprang von seinem Stuhl hoch und rannte zum Telefon.

Wieso war er nicht selbst darauf gekommen?

Da waren sie. Schön sauber aufgereiht und die ganze Zeit direkt unter seiner Nase. Das Tastenfeld umfasste vier Reihen zu je drei Tasten. Die Tasten zwei bis neun waren zusätzlich mit Buchstaben markiert. Die Eins hatte keine, dafür standen bei der Zwei die Buchstaben A, B und C. Hastig überschlug er das Ergebnis im Kopf und kam auf ein Ergebnis. »9934. Meinst du, das könnte es sein?«

Farids Wangen glühten.

»Könnt ihr mir endlich mal erklären, was los ist?« Emily schob schmollend die Unterlippe vor. Tim ging in die Hocke und legte den Arm um seine kleine Schwester. »Sieh mal, es gibt eine Methode, Rufnummern durch Buchstabenfolgen darzustellen. Siehst du die kleinen Buchstaben unter den Zahlen?«

Sie nickte.

»Das stammt aus dem Amerikanischen und dient dazu, Wörter statt Zahlen einzutippen. Wenn du in den USA lebst und mit der NASA verbunden werden willst, wählst du das N, das A, das S und noch mal das A. Auf diese Weise können Rufnummern als Begriffe dargestellt werden und man kann sie sich leichter merken. Genial, oder?

Emily lächelte. »Dann meint ihr also, ich könnte recht haben?«

Tim nickte grimmig. »Es gibt nur einen Weg, das herauszufinden.«

8

Wer an einem Samstagabend über die Hohenzollernbrücke ging, musste schnell erkennen, dass es beinahe unmöglich war, unbemerkt irgendetwas zu tun. Unauffällig über eine Absperrung zu klettern, zum Beispiel, so wie Tim und Farid es vorhatten. Das schien angesichts der Masse von Touristen und Besuchern beinahe aussichtslos. Chinesen, Japaner, Amerikaner, Franzosen – sie alle strömten auf die gegenüberliegende Rheinseite, um von dort einen Panoramablick auf den Dom und die umliegende Altstadt zu genießen. Die beleuchtete Kathedrale im Sonnenuntergang war ein besonders beliebtes Motiv. Aber Tim fand es irgendwie verrückt, dass absolut jeder einzelne Tourist aus diesen Reisegruppen ein und dasselbe Foto aufzunehmen schien.

Und dann waren da noch die Schlösser. Sie hatten sich inzwischen zu einem Publikumsmagneten gemausert. Angebracht von Liebespaaren, hingen inzwischen über hundertsiebzigtausend davon an der Brücke. Sie brachten über fünfzig Tonnen auf die Waage und man musste kein Statiker sein, um zu ahnen, dass dies auf Dauer die Stabilität der Brücke gefährdete. Als bekannt wurde, dass die Deutsche Bahn sie entfernen lassen wollte, war ein solcher Aufschrei durch die Medien gegangen, dass die Pläne zurückgestellt wurden – allerdings unter der Auflage, keine weiteren Schlösser dort anzubringen.

Tim konnte sich ohnehin nicht vorstellen, wo hierfür noch Platz sein sollte.

Eine geschlagene Stunde musste er mit Farid und Emily warten, bis sich endlich eine Gelegenheit bot, über die Brückenabsperrung zu klettern. Tim hatte Emily verboten, ihnen zu folgen. Er würde es sich nie verzeihen, wenn ihr etwas passierte. Zum Glück fand sie an ihrer Rolle als Wachtposten Gefallen. Sie würde die Jungs warnen, wenn irgendjemand dumme Fragen stellte. Tim hakte seinen Klettergurt ein und stieg über die brusthohe Absperrung. Unter die Brücke zu gelangen, war ohne Gurt unmöglich.

»Komm«, zischte er Farid zu, »beeilen wir uns. Der Mechanismus ist bereits aktiv.« Er umfasste den Stahlträger und ließ sich an seinem Gurt unter das Deckengerüst gleiten. Farid folgte ihm. Es war jetzt viel einfacher als beim letzten Mal, weil sie den Weg bereits kannten. Jeder Handgriff saß. Vergleichsweise schnell tauchte die gelbe Box in ihrem Sichtfeld auf. Das Lämpchen blinkte rot und gleichmäßig.

»Ich hoffe bloß, dass wir keinen Berechnungsfehler gemacht haben«, sagte Farid. »Ansonsten müssen wir zurück ans Reißbrett.«

»Es wird funktionieren.« Tim atmete tief ein und ließ sich auf den Brückenpfeiler runtergleiten. »Glaub mir, es wird funktionieren.«

Heute waren keine Tauben da. Die vielen Passanten schienen sie verscheucht zu haben. Die Schritte über ihren Köpfen klangen wie das Prasseln von Hagelkörnern auf Metall.

»Wieso weiß Emily eigentlich von unserem Geheimnis?«,

fragte Farid. »Hatten wir nicht abgemacht, kein Wort zu niemandem?«

»Sie hat mich erpresst«, knurrte Tim, während er seinen Gurt ablegte. Ab dieser Stelle würde Tim ohne Klettergurt zurechtkommen müssen. »Hat damit gedroht, mich an Dad zu verpfeifen. Und ich kenne sie gut genug, um das ernst zu nehmen.«

»Ganz schön clever, die Kleine«, sagte Farid. »Meine beiden Schwestern haben nie rausbekommen, was ich in meiner Freizeit so treibe. Und dann löst Emily einfach so unser Killerrätsel.«

»Zufallstreffer«, entfuhr es Tim. Dabei war er sich gar nicht sicher, ob das wirklich stimmte. Farid hatte recht, Emily war wirklich ziemlich clever. Es wäre dumm, auf ihre Hilfe zu verzichten. »Lass loslegen.« Er zog die Handschuhe stramm und sein Mundtuch hoch. »Lass die Kamera laufen.«

Die Panik setzte ein, als Tim sich von dem rettenden Pfeiler abstieß und frei in der Luft baumelte. Bereits nach einem Meter glaubte er, nicht mehr atmen zu können. Nach dem zweiten war er schweißgebadet. Dieses Mal kannte er den Weg, wusste, wo er entlanghangeln und welchen Hindernissen er ausweichen musste. Doch je weiter er kam, desto stärker wurde das Gefühl, sich nicht mehr halten zu können. Wieder und wieder blitzte der Moment vor seinem geistigen Auge auf. Er fühlte, wie er den Halt verlor und abstürzte. Er glaubte sogar, den Fallwind zu spüren. Farid wunderte sich bestimmt, warum er so lange brauchte. Aber sein Freund saß ja auch sicher und geborgen auf dem Pfeiler.

Tim hatte das Gefühl, seine Arme wären aus Butter, die Finger zerbrechlich dünn. Ihm fehlte sein MP3-Player. Ohne seine Musik hörte er nur noch sein eigenes Keuchen und das Rumpeln der Bahn, die über die Gleise fuhr. Alles fing an zu vibrieren.

Schau nicht nach unten, schau nicht nach unten.

Und dann tat er es doch. Und er erschrak: Ein Schiff fuhr geradewegs unter ihm durch. Kein Lastenschiff, sondern eines dieser kleineren Partyschiffe. Menschen standen auf dem Achterdeck, unterhielten sich. Er hörte eine Band spielen. Einige Passagiere tanzten. *So ein Mist.* Wieso hatte er vorhin nicht Ausschau nach herannahenden Schiffen gehalten? Er war einfach blindlings losgestürmt, hatte sämtliche Vorsichtsmaßnahmen außer Acht gelassen. Und Farid? Der hatte nur Augen für sein Handy. Wenn Tim jetzt losließ, würde er genau auf dem Vorderdeck aufschlagen. Das war's dann. Den Aufprall würde keiner seiner Knochen unbeschadet überstehen.

Kalter Schweiß brach ihm aus. Am liebsten wäre er umgekehrt, aber dann würde er alles verlieren, was er sich aufgebaut hatte. Sämtliche Sponsoren würden sich von ihm abwenden, die Top 100 konnte er dann ebenfalls vergessen. Sosehr es ein Teil von ihm wollte, er durfte jetzt nicht aufgeben.

Er musste …

Er musste …

»He, seht mal, da oben hängt einer an der Brücke.«

»Was sagst du?«

Stimmen drangen von unten zu ihm herauf, wurden aufgeregter.

»Seht selbst, da hängt einer.«

»Stimmt, du hast recht. Ist das ein Hochseilartist?«

»Ist bestimmt eine Werbeaktion.«

»Glaube ich nicht. Da ist kein Sicherungsseil. Der Typ hängt nur an seinen Armen.«

Tim sah, wie die Leute sich unter ihm zusammenrotteten. Immer mehr kamen aufs Deck, um zu sehen, was oben an der Brücke vor sich ging.

»He, Junge, was machst du denn da? Bist du bescheuert oder was?«

»Ich glaube, der will sich umbringen.«

Die Stimmen wurden lauter, gingen wild durcheinander. Eine Frau kreischte: »Helft ihm doch, gleich fällt er auf unser Schiff!«

Die Band hörte auf zu spielen, alle Passagiere starrten jetzt zu ihm hoch. Einige hatten ihre Handys gezückt.

Verbissen klammerte Tim sich fest. Das Schiff schien angehalten zu haben. Die Idioten brachten ihn damit in Gefahr, sahen die das denn nicht? Die Situation wurde immer dramatischer. Was konnte er tun? Er versuchte, das Geschrei auszublenden. Die Zeit lief gegen ihn.

Letzte Strebe.

Tim hing jetzt direkt unter der Box. »Nimm Zwei« blinkte rot.

»Junge, lass doch den Quatsch und komm wieder zurück. Wenn das eine Mutprobe sein soll, dann ist sie jetzt vorbei. Die Polizei wird gleich hier sein.«

Eine Mutprobe! Nee, is' klar ... Auf was für Ideen die Leute kamen.

Um besser ans Schloss zu kommen, machte er einen Klimmzug, schwang sein linkes Bein über den Stahlträger und zog seinen Körper hoch. Oben angekommen, atmete er tief durch. Die Entlastung tat seinen zitternden Armen gut. Jetzt noch den Code eingeben, einloggen und dann nichts wie zurück. Die Uhr tickte.

Er spannte die Kiefermuskeln an, konzentrierte sich auf das Schloss, dann setzte er die Finger aufs Zahlenfeld und bewegte die Ziffern.

9

Das Mädchen stand direkt neben Emily. Rotes Kapuzenshirt, Bluejeans, Schnürstiefel. Ihr Gesicht war unter der Kapuze verborgen. Tim meinte, grüne Augen zu erkennen, die ihn intensiv beobachteten. Ihren Arm hatte sie um Emily gelegt, was bemerkenswert war. Normalerweise war seine Schwester Fremden gegenüber eher scheu.

»Da seid ihr ja endlich«, begrüßte Emily die beiden Jungs vorwurfsvoll, als sie heftig schnaufend über die Brüstung kletterten. »Habt euch ganz schön Zeit gelassen. Das ist übrigens Sakura.« Sie wedelte lässig mit der Hand in Richtung des Mädchens. »Sie hat was mit euch zu besprechen.«

Tim presste seine Umhängetasche mit dem erfolgreich geborgenen Päckchen an die Brust. Verblüfft starrte er auf das fremde Mädchen. Er wollte etwas sagen, doch es kam kein Ton heraus. Eine dichte Traube von Menschen hatte sich gebildet und starrte sie an. Den Leuten war nicht verborgen geblieben, dass Tim und Farid der Auslöser für die ganze Aufregung waren. Noch immer schallten von unten aufgeregte Rufe zu ihnen empor. Doch da war noch etwas anderes.

Sakura neigte den Kopf, als ob sie lauschte. »Hört ihr das?«

Tim spitzte die Ohren. Das Heulen von Martinshörnern! Drüben am rechten Rheinufer blitzten Blaulichter auf.

»Das ist unser Zeichen zum Aufbruch.« Sakura preschte los.

Sie nahm Emily bei der Hand und zog sie hinter sich her. Ein dicker Mann stellte sich ihr in den Weg und packte sie am Arm. »Moment mal, junge Dame, wohin willst du so schnell? Warte gefälligst, bis die Poli…«

Weiter kam er nicht. Mit einer winzigen Bewegung verdrehte Sakura seinen Arm. Er jaulte auf und ließ sie los.

Die Menschen rissen die Augen auf. Rufe der Überraschung und Furcht erklangen. Passanten wichen erschrocken zurück, Mütter nahmen hastig ihre Kinder auf den Arm. Es war klar, dass sie die vier Jugendlichen für potenziell gefährliche Straftäter hielten. Eine Gasse tat sich auf.

»Worauf wartet ihr noch?«, rief Sakura Tim und Farid über die Schulter zu. »Wir müssen hier weg!«

Tim warf Farid einen gehetzten Blick zu, den dieser mit einem knappen Nicken erwiderte. Dann stürmten sie ebenfalls los. Tim war ein guter Läufer, doch Sakura war nicht weniger schnell. Ohne Emily wäre sie bestimmt noch schneller. Tim, der ihr nicht die Verantwortung aufhalsen wollte, übernahm die Hand seiner kleinen Schwester und gemeinsam folgten sie Sakura Richtung Innenstadt.

Sie verließen die Brücke, rannten über die roten Ziegel am Reiterstandbild vorbei auf den Dom zu und bogen dann hinter dem Römisch-Germanischen Museum in Richtung Roncalliplatz ab. Den ganzen Weg über meinte Tim, die Martinshörner zu hören. Vor seinem inneren Auge tauchten überall Einsatzfahrzeuge auf.

Am Heinzelmännchenbrunnen hielten sie keuchend an und setzten sich auf die steinerne Umfriedung. Sie brauchten eine Weile, um wieder sprechen zu können.

»Na, die Schnellsten seid ihr nicht gerade!« Grimmig funkelte Sakura die Jungs unter ihrer Kapuze an. »Wie kann man nur so einen Aufruhr veranstalten? Fehlt nur noch der Heli! Und das mitten unter all den Muggeln.«

»Muggel?« Emily horchte auf. »Wie bei Harry Potter?«

»Yep«, erwiderte Sakura lächelnd. »Oder fast. Normalbürger, von denen man als Spieler besser nicht beobachtet wird.« Erneut warf sie Tim und Farid einen strafenden Blick zu und fuhr betont langsam fort: »Weil sie einem nämlich *Schwierigkeiten machen können!*«

»Alter, das war doch nicht unser Plan!«, platzte Farid heraus. »Es ging alles so schnell. Erst die ewige Warterei, dann endlich die Chance loszulegen –«

»So eine Unachtsamkeit kann euch das Genick brechen«, unterbrach ihn Sakura unwirsch. »Wir Runner dürfen uns keine Fehler erlauben. Habt ihr die Sache wenigstens gefilmt?«

Farid hob grinsend sein Handy. »Alles hier drin.«

»Dann würde ich euch empfehlen, den Film schnell hochzuladen. Ehe noch etwas passiert.«

»Warum die Eile?« Tim sah sie aufmerksam an.

Endlich streifte sie die Kapuze zurück und er starrte sie verblüfft an. Weil sie in Runner-Kreisen bereits eine Legende war, hatte er sie deutlich älter geschätzt. Aber sie schien ungefähr so alt zu sein wie er selbst. Vom Körperbau her war sie eher stämmig und kompakt. Nicht ganz das Elfenwesen, das er sich vorgestellt hatte. Das Haar fiel lockig über ihre Schultern und war von einer Farbe, die an glänzende Kastanien erinnerte. Ihre Haut war hell und um die Nase herum mit kleinen Sommersprossen bedeckt. Am faszinierendsten fand Tim aber ihre Augen. Ein solches Grün hatte er erst einmal gesehen: in einem Fluss in Südfrankreich, in dem eine besondere Art von Wasserpflanzen wuchs.

Sakura zog ihre Kapuzenjacke aus, wendete sie und schlüpfte wieder hinein. Statt Rot trug sie jetzt Blau.

»Warum ihr euch mit dem Hochladen des Videoclips beeilen müsst, willst du wissen?« Unvermittelt erschien ein breites Lächeln auf ihrem Gesicht. »Tja, gut möglich, dass euch in den nächsten Tagen eine interessante Botschaft erwartet. So wie mich.« Sie wackelte bedeutsam mit den Augenbrauen. »Nur deswegen habe ich mich übrigens zu erkennen gegeben. Ist nämlich sonst nicht meine Art.«

»Was denn für eine Botschaft?«, fragte Farid neugierig.

»Wartet's ab«, sagte sie. »Ich bin sicher, dass ihr ein Teil davon sein wollt.«

»Geht's vielleicht noch ein bisschen geheimnisvoller?«, erkundigte sich Farid leicht genervt.

»Du sprichst in Rätseln.«

»Tue ich das?« Ihr Lächeln offenbarte eine kleine Lücke zwischen ihren oberen Schneidezähnen. Tim fiel sie sofort auf. Diese winzige Unvollkommenheit machte sie nur noch anziehender. »Ich bin übrigens Annika. Ihr könnt mich aber auch weiter Sakura nennen, wenn euch das lieber ist. Eure Namen kenne ich auch schon. Farid, Tim ...« Sie nickte ihnen zu. »Nur dein Nickname sagt mir nichts. Achenar? Wer ist das?«

»Du bist wohl kein Retrogamer, oder?«

Sie schüttelte den Kopf.

»Einer der zwei bösen Brüder aus dem Adventure *Myst*«, erwiderte Tim. »War das erste Spiel, das ich als Kind gezockt habe. Gespickt mit Rätseln. Ich fand die vielen Rätsel super, auch wenn ich einen ganzen Monat gebraucht hab, um sie zu lösen.«

»Ein Tüftler also.« Sie nickte zufrieden. »Nun, umso besser. Wenn ihr euch selbst einen Gefallen tun wollt, wartet nicht lange und ladet das Video hoch. Ich denke, das dürfte eure Chancen, doch noch in die Top 100 zu kommen, deutlich verbessern.«

»Schon passiert.« Farid hatte den Laptop, den er immer in seinem Rucksack herumtrug, aufgeklappt. »Der Claim ist gelistet und das Video steht online. Ich denke ... holla, was haben wir denn hier?« Er runzelte die Stirn.

»Was ist los?« Tim beugte sich zu ihm hinüber. Auch Emily drängelte sich aufgeregt neben sie.

»Da ist noch ein Film aufgetaucht«, erklärte Farid verblüfft. »Direkt unter unserem. Wo kommt der denn jetzt her?«

»Sieht aus, als hätte mich jemand vom Schiff aus gefilmt und den Clip ins Netz gestellt.« Erschrocken starrte Tim auf den Bildschirm. Er erinnerte sich, dass einige der Leute auf dem Partyschiff ein Handy auf ihn gerichtet hatten. Zum Glück war er kaum zu erkennen.

»Genau das habe ich befürchtet.« Sakura nickte düster.

»Dabei ist es gerade mal eine Viertelstunde her«, murmelte Tim.

»Und wieso taucht das bei WorldRunner auf?«, fragte Farid.

»Leute, WorldRunner ist doch *berüchtigt* für seinen ausgefeilten Algorithmus«, belehrte Annika sie und sah sie vorwurfsvoll an. »Das Programm verfolgt netzgebundene Datensignaturen mit Lichtgeschwindigkeit! Der Algorithmus durchforstet andauernd das Netz und setzt automatisierte Links. Er stellt Querverbindungen zwischen Zeit und Ort her und fügt dann verschiedene Aufnahmen eines bestimmten Ereignisses zusammen. Echt jetzt, Tim, hast du denn das Kleingedruckte nicht gelesen?«

Tim schüttelte den Kopf. »Tue ich nie.«

»Na, jedenfalls reichen Zeitpunkt und Ort meistens schon aus, um eine Querverbindung zwischen den Quellen herzustellen. Wenn du den Link wieder raushaben willst, musst du einen Antrag stellen. Gar nicht so einfach. Sieh mal, da ist noch ein Video.«

Tim merkte, dass es vielleicht ein Fehler gewesen war, sich zu wenig mit den technischen Details zu beschäftigen und das ausschließlich Farid zu überlassen. Er schwor sich, dem künftig mehr Aufmerksamkeit zu widmen. Mit wild klopfendem Herzen starrte er auf den Monitor. Diese neue Aufnahme zeigte sehr viel mehr von seinem Gesicht. Hier war er deutlich zu erkennen. Zum Glück hatte er sein Mundtuch hochgezogen. Freunde und Mitschüler würden ihn vielleicht erkennen, Fremde jedoch nicht. Zeitgleich mit dem Auftauchen der neuen Aufnahmen schossen die Klickzahlen in die Höhe.

Sakura stand auf. »So, Leute, ich mache mich vom Acker. Das solltet ihr auch tun. Es schwirren immer noch eine Menge Leute herum, die euch beobachtet haben könnten. Und bis die Polizei weg ist, dürfte es noch eine Weile dauern.«

Farid klappte seinen Rechner zu und steckte ihn ein.

»Aber ... willst du echt schon gehen?« Tim hoffte, dass seine Enttäuschung nicht allzu offensichtlich war. Sosehr er Sakura auch bewunderte, wissen musste sie das ja nicht.

Sie nickte. »Ich muss. Aber ich denke, wir werden uns wiedersehen. Apropos: Hast du eigentlich gefunden, was ich in der Box versteckt habe?«

Er griff nach dem Päckchen mit dem Datenstick und zog es aus der Tasche. »Meinst du das hier?«

»Ja.«

»Was ist da drauf?«

»Wirst du schon sehen. Du hast es dir wirklich verdient. Macht's gut, ihr drei, wir sehen uns.«

Mit diesen Worten verschwand sie in Richtung Hohe Straße. Tim blickte ihr hinterher, bis der blaue Punkt in der Menge unsichtbar wurde. Seine Wangen glühten, als hätte er zu lange in der Sonne gesessen.

10

San Francisco ...

Der Blick über die Bay Area an einem Sonntagmorgen im Juli besaß etwas Magisches. Die ziegelroten Pfeiler der Golden Gate Bridge, die grünen Hügel von Presidio, der Mountain Lake Park mit seinen Joggern, Spaziergängern, Hunden und Familien, die Kinderwagen vor sich herschoben. In der Bucht hinter dem Strand waren unzählige Boote unterwegs, deren weiße Segel wie Schneeflocken über das Meer tanzten.

Drüben in San Rafael hing noch der Nebel über den Bergen, aber der würde bald weggeschmolzen sein. San Francisco bereitete sich bei bestem Ausflugswetter auf ein ruhiges, entspanntes Wochenende vor.

In der Zentrale von GlobalGames war von Ruhe und Entspannung nichts zu spüren. Im Bürogebäude hinter dem *Palace of Fine Arts* summte es wie in einem Bienenstock. Dreißig Mitarbeiter schoben Überstunden und sorgten dafür, dass alles bereit war für den großen Moment. Und der kündigte sich mit dumpfem Dröhnen an.

Mortimer Hansen stand am Fenster in der obersten Etage des dreistöckigen Gebäudes und spitzte die Ohren. Das dumpfe Wummern ließ die Fensterscheiben klirren. Dann sah er ihn.

Von Norden kommend, fegte der Hubschrauber über das Wasser. Der rote Rumpf mit den türkisfarbenen Buchstaben SE warf Schatten auf die schaumbedeckten Wellen. Möwen stoben davon oder wurden von dem heftigen Wind des Rotors zur Seite gefegt. Das Wasser aufwirbelnd, kam der Helikopter auf sie zu, drehte eine Kurve und setzte dann unter donnerndem Gebrüll auf der freien Rasenfläche vor dem Gebäude auf. Mortimer beeilte sich, ihren Gast willkommen zu heißen.

Ein Mann stieg mit gesenktem Kopf aus dem Hubschrauber, seine Haare vom Wind der Rotoren verwirbelt. Er machte sich an der Außenverkleidung zu schaffen und stellte sicher, dass die Treppe ordnungsgemäß ausgefahren wurde. Die Rotorblätter kreisten langsamer und blieben schließlich stehen. Das Triebwerk erstarb.

Über die Stufen herab kam Shenmi Stevenson. Sie trug einfache Jeans, ein bedrucktes T-Shirt und weinrote Chucks. Hätte Mortimer nicht gewusst, wer ihn da besuchte, er hätte sie für eine einfache Studentin gehalten. In ihrem Arm lag Posh, ihr weißer Japan-Spitz.

Mortimer presste die Lippen aufeinander. Er hasste diesen Hund. Das verdammte Biest hatte ihm beim letzten Treffen zum Abschied doch glatt sein Paar Lieblingsschuhe zerbissen. Aber das konnte er seiner Chefin natürlich nicht sagen. Trotzdem, Posh musste weg. Am besten in einen Raum, in dem die Hundedame möglichst keinen Schaden anrichtete. Fehlte noch, dass sie ihm den wichtigsten Tag seiner Karriere versaute.

Er setzte ein strahlendes Lächeln auf. »Ms Stevenson, was für eine Freude, Sie zu sehen. Hatten Sie einen guten Flug?«

»Guten Morgen, Morti. Ja, es war herrlich. Stell dir vor, wir haben Wale gesehen, drüben bei Point Reyes. Herrlicher Anblick. Sie hatten sogar ein paar Kälber dabei.«

»Wunderbar«, schleimte Mortimer. »Um diese Jahreszeit sind sie ja eher selten. Da waren Sie aber vom Glück gesegnet, Ms Stevenson.«

»Glück oder Karma, das ist die Frage, Morti.« Sie strich Poshs Haare glatt. »Ich bevorzuge den Gedanken, dass nichts im Leben durch Zufall entschieden wird. Wer hart arbeitet, der wird belohnt werden. Und wir haben viel und hart an diesem Projekt gearbeitet. Ich hoffe, es ist alles bereit?«

»Wir haben nur auf Sie gewartet.«

»Gut, dann wollen wir hineingehen.«

Im *Combat Direction Center,* kurz CDC, herrschte angespannte Stille. Der sechzig Quadratmeter große Überwachungsraum war voller Mitarbeiter, die das Eintreffen von Shenmi Stevenson mit Nervosität erwarteten. Hier lag das Nervenzentrum von GlobalGames. Monitore leuchteten, Anzeigen schlugen aus und Drucker ratterten. Im Sekundentakt gingen neue Meldungen ein.

In der Mitte des Raumes befand sich eine gewaltige Weltkarte, über die ein Meer von Lichtern huschte. Die Karte war kein flacher Farbdruck, sondern ein Relief mit Meerestiefen, Ebenen und Hochgebirgen. Aus der Nähe wirkte es wie eine hochaufgelöste, dreidimensionale Luftaufnahme. Eine halbe Million war dafür ausgegeben worden. Unsinnig viel Geld in Mortimers Augen, aber Shenmi hatte darauf bestanden. Sie sagte, es erinnere sie an die großen Leuchttafeln in den James-Bond-Filmen, auf denen die Superschurken ihre Weltherrschaft planten.

Mortimer zupfte an seinen Augenbrauen. Eine dumme Angewohnheit. Ein Zeichen von Nervosität. Er öffnete den obersten Knopf seines Kragens. Täuschte er sich oder war es stickig hier drin? Die Sonnenblenden waren heruntergelassen, das Licht gedämpft.

»Könnt ihr bitte mal die Klimaanlage hochdrehen?«, rief er. »Hier drinnen ist es ja kaum auszuhalten.« Unter seinen Füßen spürte er das Summen der Server. Hunderte davon standen in den Kellergeschossen, wo sie eine Unmenge Wärme produzierten.

»Ist schon voll hochgedreht, Mr Hansen«, sagte Lisa Weston, seine langjährige Mitarbeiterin und rechte Hand. »Liegt an der erhöhten Rechenleistung beim Stand-by. Sobald wir online gehen, dürfte sich das Problem erledigen.«

»Also ich finde es sehr angenehm«, sagte Shenmi. »Um ehrlich zu sein, ich habe mir im Helikopter den Arsch abgefroren.« Sie hob die Hand. »Hallo, alle miteinander. Bereit für den großen Tag?«

»So bereit man nur sein kann«, sagte Lisa strahlend und deutete auf einen freien Stuhl. »Wenn Sie mögen, können Sie sich gerne dorthin setzen und uns bei den finalen Schritten begleiten.«

»Ich habe eine bessere Idee«, sagte Mortimer und führte Shenmi nach vorne. »Ich möchte, dass Sie den Startschuss für unser Projekt geben. Sehen Sie den Knopf dort drüben?« Er deutete auf die stahlgraue Konsole, die den überwiegenden Teil der hier verbauten Hardware enthielt. Das Ding sah ziemlich militärisch aus. Auf der Oberseite befand sich ein Sockel, aus dem ein einzelner roter Knopf herausragte.

»Wenn Sie nichts dagegen haben, würde ich Sie bitten, ihn zu gegebener Zeit zu drücken. Wir starten jetzt noch eine letzte Simulation, dann kann es losgehen.«

»Wie aufregend.« Shenmi presste Posh an ihre Brust. Der Köter stieß ein wütendes Kläffen aus. Mortimer rang sich ein Lächeln ab.

Das CDC bildete das Rückgrat seiner Firma und war in diesem Moment mit sämtlichen Erdteilen verbunden. Die Zentrale von GlobalGames war wie ein gigantisches Lebewesen, dessen Augen und Ohren auf die ganze Welt gerichtet waren. Die Hardware stammte von der *Harry S. Truman,* einem Flugzeugträger der Nimitz-Klasse. Diese galten als die größten Kriegsschiffe der Welt. Anfang 2010 hatte man die *Truman* auf ein neues System umgerüstet und die alten Rechner ausgebaut. Eigentlich war geplant gewesen, die Hardware zu verschrotten, doch Mortimer, der über entsprechende Kontakte verfügte, erkannte seine Chance und erwarb den Kram für einen Spottpreis. Eine Investition, die er nie bereut hatte.

»In Ordnung«, rief er. »Dann wollen wir mal. Wie sieht es mit Australien und Neuseeland aus?«

»Ist online«, rief einer der Mitarbeiter zurück. Auf der Karte blitzte der Kontinent grün auf.

»Ozeanien?«

»Ebenfalls.«

»Asien?«

»Alles auf Go.«

»Afrika?«

»Grünes Licht.«

»Europa.«

»Aber so was von.«

»Südamerika?«

»Go.«

»Nordamerika?«

»Was für eine Frage. Natürlich grün.«

»Antarktis?«

Schlagartig wurde es still. Alle Anwesenden sahen ihn entgeistert an. So lange, bis Lisa laut loslachte. »Der war gut.«

Mortimer grinste. »Nicht wahr? Fast hätte ich euch erwischt.«

Shenmi Stevenson blickte verwundert. »Wieso, was ist mit der Antarktis?«

»Dort leben im Sommer viertausend Menschen, den Rest des Jahres deutlich weniger. Für den Vorentscheid lohnt das nicht. Allerdings könnte es später für den eigentlichen Contest interessant sein. Wir arbeiten noch daran.«

»Verstehe ...«

Mortimer ließ seinen Blick über die Karte schweifen. Sämtliche Länder leuchteten grün, alle Module waren auf Stand-by. Der Anblick ließ sein Herz höherschlagen. Dass sie es so weit gebracht hatten, war das Ergebnis von zwölf Monaten intensiver Recherche und Arbeit. Während der Anfangsphase hatten Hunderte von Mitarbeitern rund um den Erdball Module angebracht. Manche von ihnen an abgelegenen oder schwer zu erreichenden Orten. Die GlobalGames-Mitarbeiter mussten im Verborgenen arbeiten, nichts durfte nach außen dringen. Es galt, das gesamte Spiel unter den Augen der Öffentlichkeit vorzubereiten, ohne dabei erwischt zu werden. Das musste auch so bleiben. Hätte es jemand bemerkt und ausposaunt, die ganze Arbeit wäre umsonst gewesen. Die öffentlichen Medien würden erst in der zweiten Phase des Spiels, dem sogenannten *Contest,* zum Zuge kommen. Dann aber mit voller Durchschlagskraft. Das Timing war von entscheidender Bedeutung. Alles stand und fiel mit dem richtigen Moment. Doch das war noch Zukunftsmusik. Erst mal musste der Vorentscheid glatt über die Bühne gehen.

Mortimer lächelte angespannt. »Gut gemacht, Leute. Ms Stevenson, das ist Ihr Zeichen. Wären Sie so freundlich, den Knopf an dem Pult neben der Weltkarte zu drücken? Er setzte alle Module online. Der Vorentscheid ist damit offiziell eröffnet.«

»Oh, wie aufregend.« Shenmi trat auf ihn zu. »Ich denke, es wäre besser, wenn ich dafür die Hände frei hätte, nicht wahr? Wären Sie so gut, Posh für einen Moment zu halten?«

Mortimer zuckte zurück. Es gab jedoch keinen Grund zur Sorge. Posh wirkte entspannt, geradezu friedlich. »Ja, sehr gerne, Ms Stevenson.« Er streckte die Hände aus.

Doch er hatte sich zu früh gefreut. Kaum lag Posh in seinen Armen, änderte sich ihr Verhalten. Mortimer spürte, wie sie sich verkrampfte. Sie wurde zappelig, versuchte auszubrechen. Mortimer ließ das nicht zu. Mit stählernem Griff zwang er das Tier, ihm zu gehorchen. *Nicht heute, du Biest,* dachte er. *Nicht an meinem großen Tag.*

Shenmi stand vor dem Pult mit dem Knopf, die Hand darüber ausgestreckt. Ihr Lächeln war von strahlender Schönheit. »Dann wollen wir mal«, rief sie. »Lasst uns Geschichte schreiben. Alle bereit? Drei ... zwei ... eins.«

Sie ließ die Hand auf den Knopf sausen.

Mortimer zuckte zusammen. Vielleicht griff er dabei etwas zu fest zu, denn Posh stieß ein schrilles Jaulen aus. Sofort lockerte Mortimer seinen Griff. »Sorry«, flüsterte er.

Die Hundedame starrte ihn an. Ein dumpfes Knurren stieg aus ihrer Kehle, während sie langsam ihre messerscharfen Eckzähne entblößte. Dann biss sie in Mortis Hand.

11

Freitag, 15. Juli. Letzter Schultag …

Tim verließ die Schule und gesellte sich zu den anderen. Der Vorplatz war gerammelt voll. Der Großteil seiner Mitschüler hatte sich draußen vor dem Schulgebäude versammelt und die Luft war erfüllt von Freudenrufen und Gelächter. Aus der Parallelklasse spielten einige laut scheppernd Fußball mit einer Red-Bull-Dose.

»Na, Alter, endlich Ferien, was?« Max Reininger, der Klassensprecher, klopfte Tim auf die Schulter. »Sechs Wochen mal nicht an den Scheiß hier denken, das hat doch was. Wohin geht's denn bei dir?«

Tim hatte keinen Bock zu beichten, dass er nicht verreisen würde. »Holland«, log er deshalb.

»Geil. Wohin denn da?«

»Brügge.«

Max runzelte dir Stirn. »Brügge liegt aber in Belgien.«

»Meinte ich ja auch.«

»Mhm, na ja, du wirst das schon noch rausbekommen. Und ihr?«, wandte sich Max nun zum Glück an die anderen. »Wohin geht's bei euch?«

Tim verabschiedete sich von seinen Freunden, ging zum

Fahrradkeller und holte sein Bike. Farid war schon nicht mehr da, er war gestern mit seinen Eltern in Richtung Türkei aufgebrochen. Offenbar wegen irgendeiner Hochzeitsfeier.

Tim verließ das Schulgelände mit gemischten Gefühlen. Erleichtert, weil er es wieder mal geschafft hatte, die Hürde zu überspringen und in die nächste Klasse zu kommen, traurig, weil jetzt die Ferien anfingen und er seine Kumpels für lange Zeit nicht sehen würde.

Dennoch konnte er es nicht erwarten, nach zu Hause zu fahren. Heute Morgen hatte er persönlich ein Paket in Empfang nehmen müssen. Der Bote war etwas genervt gewesen, weil es der vierte Zustellungsversuch gewesen war. Kein Wunder, Dad war gerade im Stress wegen eines großen Bauprojektes und Emily musste grundsätzlich früher in die Schule. Aber jetzt hatte es endlich geklappt: Sein Dad hatte ihn aus dem Bett gezerrt und nun wartete das Ding auf Tims Schreibtisch.

Während der Fahrt nach Hause grübelte er, was ihm alles an der Paketübergabe komisch vorgekommen war: der Bote in seiner roten Uniform. Das Elektroauto mit den großen türkisfarbenen Buchstaben SE. Und dann diese Gesichtskontrolle!

Ob Annika das gemeint hatte, als sie von großen Dingen sprach? Er nahm sich vor, sie bei nächster Gelegenheit zu fragen.

Auf dem Stick, den er in der »Nimm Zwei«-Box gefunden hatte, war neben ihrer Lieblingsmusik auch eine Datei mit ihrer E-Mail-Adresse sowie ihrem Instagram-Account versteckt gewesen. Der Gedanke an sie ließ sein Herz heftiger schlagen. Er fühlte sich leicht wie eine Feder.

Den Song *Walking on the Moon* immer noch im Kopf, rannte er die Treppenstufen empor, schloss auf und steckte seinen Kopf in die Wohnung.

»Hallo, jemand zu Hause?«

Keine Antwort. Gut so!

Er musste sich beeilen, wenn er beim Öffnen seiner Post ungestört sein wollte. Er schloss die Tür, suchte nach Emilys Bastelmesser und durchtrennte das Klebeband.

Im Inneren des Pappkartons befand sich eine schwarze Schachtel, auf der ein roter Umschlag lag. Darauf die Worte: *Top Secret.* Hastig öffnete er die Schachtel: Darin lag eine Art Empfangsgerät, ein GPS und ein Handbuch.

Seltsam.

Ratlos starrte er einen Moment lang darauf.

Dann fiel sein Blick wieder auf den Umschlag. Er riss ihn auf, zog den darin liegenden Brief heraus und las.

Hallo Tim,

herzlichen Glückwunsch!

Unter allen Mitgliedern der GlobalGames-Community wurdest du ausgewählt, an einem besonderen Event teilzunehmen. Dass du Besitzer dieser Box bist, beweist, dass du die erste Stufe, das sogenannte Qualifying, bereits bestanden hast. Doch nun geht es in die zweite Runde. Der Wettbewerb beginnt und du darfst daran teilnehmen.

Die einhundert erfolgreichsten Spieler deines Landes wurden benachrichtigt, um gegeneinander ihre Fähigkeiten unter Beweis zu stellen. Während der vergangenen Monate hat das Team von GlobalGames sieben besondere Claims an sieben besonderen Orten in deinem Land deponiert. Sieben herausfordernde

Aufgaben erwarten dich, sie werden dich zu einzigartigen Schauplätzen führen. Um fündig zu werden, musst du clever, geschickt, mutig und schnell sein, denn nur die ersten beiden Runner dürfen den Claim jeweils für sich verbuchen. Danach wird er deaktiviert. Der Bewertungsschlüssel ist folgendermaßen: Ein geloggter Claim entspricht zehn Punkten. Den Claim können nur die ersten beiden Spieler für sich verbuchen. Doch auch wer ein falsches Ergebnis eingegeben hat oder zu spät kommt, kann immer noch Zusatzpunkte erzielen: Punkte für Zeit, für Strategie, Cleverness, Hilfsbereitschaft und für die Anzahl der Versuche. Es gibt immer eine Chance, also streng dich an. Am Ende zählt die Gesamtsumme aller Punkte.

Diese wirst du im Verlauf des Spiels auf dem Scoreboard von WorldRunner einsehen können. Ob du als Einzelgänger unterwegs bist oder im Team, bleibt dir überlassen. Aber denke immer daran, die Zeit drängt. Dieses Event ist nur für Spieler mit einem Höchstalter von siebzehn und einem Mindestalter von zwölf Jahren zugelassen.

Auf jeden Runner, der es bis in Ziel schafft, wartet ein Preisgeld von tausend Euro. Der Preis für die fünf schnellsten und besten aber wird noch viel größer ausfallen. Es wird ein Preis sein, der alle Vorstellungen übersteigt. Leider dürfen wir an dieser Stelle noch nichts Genaues verraten, aber der Gewinn wird das Herz jedes Runners auf der Welt garantiert höherschlagen lassen.

Sieben Aufgaben gilt es zu erfüllen und sie werden dich bis an deine Grenzen führen. Es liegt in der Natur dieses Wettkampfs, dass du manchen Spielern immer wieder begegnen wirst. Einige werden zu Freunden, andere zu harten Konkurrenten oder Gegnern. Nur wenige Sekunden entscheiden über Sieg und Niederlage, also beeil dich.

In der Box befinden sich ein Hochleistungs-GPS, das du mit deinem Smartphone koppeln solltest, eine Sende-/Empfangseinrichtung, die zum Loggen des Claims benötigt wird, sowie ein Benutzerhandbuch. Verstecke es gut. Erzähle *keinem davon. Halte dieses Event bis zum offiziellen Starttermin geheim. Lass niemanden deinen Schatz vor dir finden oder du wirst dich um das größte Abenteuer deines Lebens bringen. Und nun wünschen wir dir viel Glück und gutes Gelingen. Dein Team von GlobalGames*

Tim starrte auf den Inhalt des Paketes. Ihm schwirrte der Kopf. Er hatte sich für eine Meisterschaft qualifiziert, bei der tausend Euro zu gewinnen waren? Wie denn das? Auf WorldRunner hatte nichts darüber gestanden. Andererseits schien es ein Wesensmerkmal dieser Aktion zu sein, sich unter dem Radar zu bewegen. Ein geheimes und nationales Ereignis? Tim war beeindruckt. Wenn es wirklich stimmte, dann musste das Team von GlobalGames tatsächlich sehr geschickt vorgegangen sein. Claims anzubringen, ohne dabei beobachtet zu werden, war an sich schon nicht leicht. Das erforderte jede Menge Logistik.

Erneut griff er nach dem Sende-/Empfangsgerät, legte es vor sich auf den Tisch und musterte es misstrauisch. Das Ding war länglich, mattschwarz und sah aus wie ein teurer Bluetooth-Lautsprecher. Das GPS-Gerät wirkte ebenfalls hochwertig und teuer. Kein Modell, das man einfach so im Laden kaufen konnte. Zumindest hatte Tim es noch nirgendwo gesehen. Auf den Geräten und dem Handbuch prangte das Firmenzeichen von Stevenson-Enterprises. Nachdenklich blätterte er durch die Seiten. Außer ein paar allgemeinen Verhaltenstipps beinhaltete das Handbuch hauptsächlich Hinweise zur Bedienung der Geräte. Über das Spiel selbst stand dort nichts. Weder wann noch wo es begann. Noch ob es sich um eine nationale oder internationale Meisterschaft handelte.

Mist.

Er legte die Sachen zurück in die Box. Ihm kam das alles sehr seltsam vor. Ob sich da jemand einen Scherz mit ihm erlaubte?

Er schaltete sein Handy ein und schickte Annika eine Nachricht.

> »Hallo du. Ich habe mein Päckchen jetzt auch erhalten. Kapier das nicht. Können wir uns treffen?«

Es dauerte keine zehn Sekunden, dann kam die Antwort:

> »Habe schon auf dich gewartet. Treffpunkt: Stadtwald, Tierpark-Westeingang, beim Ziegengehege. In einer halben Stunde. Und vergiss nicht, die Sachen aus deinem Päckchen mitzubringen. Gruß, Annika«

12

Sie entdeckte ihn, als er noch etwa hundert Meter entfernt war. Mit Höchstgeschwindigkeit kam Tim auf dem Fahrrad über den Waldweg gebrettert, eine Umhängetasche quer an der Seite tanzend.

Annika musste lächeln. Für einen Runner war das Fahrrad das beste Fortbewegungsmittel. Schnell, wenn es darum ging, von Ort zu Ort zu kommen, leise und unauffällig, wenn man eiligst verschwinden musste. Das silberne Billigrad war mit Macken und Lackschäden übersät und schien nur noch von Rost und gutem Willen zusammengehalten zu werden. Aber es war gut geschmiert und verrichtete anstandslos seinen Dienst.

Keuchend und schwitzend, hielt Tim vor ihr an. »Hi«, brummte er leicht verlegen. »Sorry, hat etwas länger gedauert. Diese verflixten Baustellen. Ich hoffe, du musstest nicht zu lange warten?« Ein schüchternes Lächeln umspielte seinen Mund.

»Kein Problem«, sagte sie. »Hast du dein Zeug dabei?«

Er klopfte auf seine Tasche.

»Schön. Dann lass uns dort drüben auf die Wiese gehen. Da haben wir unsere Ruhe. Fahr einfach hinter mir her.« Die Riemen ihres Rucksacks festzurrend, stieg Annika auf ihr Mountainbike und trat in die Pedale.

Sie überquerten ein paar Gleise, hielt sich rechts und kam zu einer großen Wiese, deren Westseite in einen leichten Hang überging. An einer der vielen Bänke entlang des Weges machten sie halt. Sie stellten ihre Räder ab und setzten sich.

»Sie haben dir also endlich auch die GlobalGames-Box geschickt?« Annika blickte vielsagend auf seine Tasche. »Hat ja ganz schön gedauert.«

Tim sah sie kopfschüttelnd an. »Woher wusstest du überhaupt, dass ich auch eine bekommen würde?«

»Nun, ich kann eins und eins zusammenzählen.« Sie lächelte. »Dass du mein Rätsel gelöst hast, dürfte dir die nötigen Punkte eingebracht haben, um unter die Top 100 zu kommen. Auch wenn es zeitlich ziemlich eng war. Hast du mal nachgesehen, wo du gerade stehst?«

»Platz 78.«

»Na, siehst du. Das dürfte sich auch auf deinem Patreon-Konto bemerkbar gemacht haben, oder?«

Tim nickte.

Sie vermied es, ihn offen anzustarren, nahm aber trotzdem einiges wahr. Tim schien aus einfachen Verhältnissen zu kommen. Er trug Billigjeans, seine Schuhe waren ausgelatscht und die Tasche war so hässlich und retro, dass sie aussah, als hätte sie seinem Urgroßvater gehört. Tims strubbelige dunkle Haare hatten schon lange keine Friseurschere mehr gesehen, was ihn aber irgendwie verwegen wirken ließ. Ein Abenteurer, das gefiel Annika sofort.

»Wie geht es Emily?«, erkundigte sie sich. »Deine kleine Schwester ist ja ganz schön helle.«

»Ist sie«, erwiderte Tim. »Und frech wie ein Eichhörnchen. Aber seit ich sie in mein kleines Geheimnis eingeweiht habe, kommen wir besser miteinander klar. Sie war es übrigens, die dein Rätsel geknackt hat.«

»Weiß ich doch. Das hat sie mir natürlich sofort erzählt«, erwiderte Annika. »Aber hiervon erzählst du ihr nichts, oder? Du weißt ja, es muss erst mal geheim bleiben!«

Er zuckte die Schultern. »Das dürfte schwierig werden. Sie weiß schon zu viel. Außerdem ist es ganz praktisch, eine Verbündete im Haus zu haben. Farid hingegen werde ich erst mal nicht einweihen. Er dürfte zwar ganz schön sauer sein, wenn er davon erfährt, aber mir ist das zu heiß. Überhaupt ist das für mich alles noch ziemlich neu. Um ehrlich zu sein, ich verstehe gerade nur Bahnhof. Vielleicht kannst du mir ein paar Sachen erklären.«

»Deswegen sind wir hier.« Sie sah ihn aufmerksam an. »Also schieß los. Was willst du wissen?«

Er blickte auf seine Tasche. »Eigentlich alles ...«

»Oh.« Sie hob verwundert die Brauen. »Dann hast du deine Geräte noch gar nicht eingeschaltet?«

Verlegenes Kopfschütteln. »Technik ist nicht so meins.«

»Okaaay ...« Sie streckte den Arm in Richtung Tasche aus. »Darf ich?«

»Klar.« Er öffnete ihr den Lederbeutel.

Annika nahm die Sende-/Empfangseinrichtung und drückte den Schalter auf On. Dann ergriff sie das GPS-Gerät. »Hast du dein Smartphone dabei?«

»Bitte sehr.«

Wie jeder Runner trug er auch eine Powerbank bei sich, die er aber noch nicht angeschlossen hatte. Sie zog ein kleines Verbindungskabel aus dem GPS-Gerät und stöpselte es in die

Ladebuchse seines Handys. Dann drückte sie auch dort den Startknopf.

»So, hier«, sagte sie. »Du musst jetzt nur noch dein Passwort eingeben und auf weitere Anweisungen warten. Die Installation läuft ganz von alleine.«

»Und die Software ist sicher? Keine Trojaner oder so?« Argwöhnisch starrte er auf den Fortschritt des Installationsbalkens. »Ich hab echt kein Interesse daran, mir aus irgendeiner unbekannten Quelle Daten zu ziehen. Damit habe ich ziemlich schlechte Erfahrungen gemacht.«

»Keine Sorge«, sagte Annika. »Ich bin da auch sehr vorsichtig und habe schon einen kompletten Virenscan gemacht. Scheint alles sauber zu sein. Aber ich kann dein Misstrauen verstehen. Ist halt immer ein Risiko, wenn man sich anderen anvertraut.« Sie warf ihm einen bedeutungsvollen Blick zu, doch Tim war ganz und gar mit der Installation beschäftigt.

Der Balken leuchtete jetzt grün, das Zeichen, dass die Synchronisierung der Geräte abgeschlossen war. Dann ertönte ein durchdringendes Piepsen und die Geräte führten einen Neustart durch. Tim blickte entsetzt auf das schwarze Display. »Ist das normal?«

»Keine Sorge«, sagte Annika. »Die Installation ist abgeschlossen und dein Handy mit den anderen Geräten gekoppelt. Niemand außer dir kann sie jetzt benutzen. Ist wie ein elektronischer Fingerabdruck. Gleich geht's los. Du kannst das GPS wieder trennen.«

Tim tat es und wartete, bis sein Handy hochgefahren war. Auf dem Startbildschirm erschien das Logo von Stevenson-Enterprises.

»Und jetzt?«

»Starte das Programm und sieh zu, was passiert.«

Er zuckte zusammen. Auf dem Display war eine Dame in roter Kleidung erschienen. Sie trug eine Uniform, mit dazu passendem Barett, beides mit dem Firmenlogo von Stevenson-Enterprises.

»Hallo Tim!« Er riss die Augen auf, als die Frau ihn direkt ansprach. »Schön, dass du da bist. Ich begrüße dich zum nationalen GlobalGames-Event und freue mich, dass du zu den einhundert Spielern gehörst, die hier gegeneinander antreten dürfen.

Die Wettkämpfe erstrecken sich über einen Zeitraum von einer Woche und enden mit der Lösung der siebten Aufgabe. Unter allen Runnern, die die Aufgaben erfolgreich bewältigt haben, werden wir fünf Spieler auswählen, die zu einem besonderen Ereignis eingeladen werden. Was sich dahinter verbirgt, erfahrt ihr jedoch erst zum Ende des Events. Aber eines ist sicher: Es wird das Bedeutsamste sein, was ihr je erlebt habt.«

»Cool, oder?«, kommentierte Annika.

»Hm.« Tim runzelte die Stirn. »Ein paar mehr Infos wären nicht schlecht. Es würde mich schon interessieren, wer dahintersteckt und ob das mit den tausend Euro wirklich stimmt. Das ist ja eine ganz schön krasse Summe. Ist das eigentlich eine Aufzeichnung?«

Sie wiegte den Kopf. »Eher so etwas wie ein interaktives Programm. Du kannst es aber jederzeit stoppen und noch einmal von vorne beginnen. Ich habe es mir bestimmt fünfmal angesehen.«

»Alles klar«, murmelte er und drückte wieder auf Play. »Wie du aus dem Brief bereits erfahren hast«, fuhr die Frau auf dem Display fort, »wird der Wettkampf zeitgleich für alle Teilnehmer starten. Der Starttermin ist Mittwoch, der 20. Juli, Punkt zwölf Uhr Mittag. Zu diesem Zeitpunkt wirst du deine erste Aufgabe erhalten. Du solltest dich mit den neuen Geräten vertraut machen. Sie werden deine ständigen Begleiter bei diesem Wettkampf sein. Das GPS solltest du deswegen dabeihaben, weil wir dich an Orte führen, an denen der Netzempfang zu schwach sein kann. Falls du noch Fragen hast, ich werde weiterhin hier sein, um dir mit Rat und Tat zur Seite zu stehen. Doch zunächst starten wir mit einem kleinen Tutorial. Bist du bereit?«

Tim nickte.

»Du musst antworten«, flüsterte Annika.

»Ja«, entgegnete Tim mit fester Stimme. »Ja, ich bin bereit.«

»Schön«, sagte die Rote Dame und lächelte. »Das Programm auf deinem Handy verwendet die sogenannte *Augmented Reality.* Über das Bild, das deine Kamera liefert, werden dreidimensionale Darstellungen oder Animationen gelegt, die niemand außer dir sehen kann. Du solltest die Kamera an deinem Handy daher immer eingeschaltet lassen. Nun stell dich aufrecht hin und sieh dich um. Was erkennst du?«

»Da ist ein Pfeil auf dem Boden.«

»Sehr gut.« Die Frau strahlte. »Er deutet in die Richtung, in die du gehen solltest. Gleichzeitig ist auf deinem GPS eine Karte erschienen. Sie weist auf einen bestimmten Punkt in deiner Umgebung. Kannst du ihn sehen?«

»Ja ...«

»Worauf wartest du dann noch? Geh hin.«

Annika fand es immer noch faszinierend, dass das Programm jeden, der mit ihm sprach, so genau zu kennen schien. Natürlich kannte man das schon von anderen Systemen, aber dies hier reichte weiter als alles, was sie bislang gesehen hatte.

Tim hatte sich bereits auf den Weg gemacht. Er schien alles um sich herum vergessen zu haben. Annika nahm ihre beiden Fahrräder und schob sie hinter ihm her.

Die Rote Dame führte sie nach Norden. Über die Marcel-Proust-Promenade und links einen steilen Hügel hinauf. Die kreisrunde Fläche oben wurde von Bäumen umringt, neben denen weitere Bänke standen. Hätten sie nicht Wichtigeres zu tun gehabt, Annika wäre glatt versucht gewesen, die schöne Aussicht zu genießen. Eine Tafel informierte sie, dass sie sich hier auf dem *Dreizehn-Linden-Platz* befanden.

Tim steuerte den Mittelpunkt des Kreises an und blieb dort stehen. »Ich glaube, hier ist es«, sagte er. »Sieh mal.« Er hielt Annika das Handy entgegen. Auf dem Bildschirm war ein virtueller Steinsockel zu sehen, auf dem eine Flagge wehte. Wie zu erwarten, war sie rot und mit den Buchstaben SE versehen. Annika grinste. In diesem Spiel wurde heftiges Product Placement betrieben. Beeindruckend war die Darstellung trotzdem. Hier stimmte jedes Detail. Manche der Steine waren sogar mit Moos bewachsen. Hätte man ein Foto davon geschossen, niemand wäre auf die Idee gekommen, dass es sich um eine Grafik handelte. Hinter dem Steinsockel tauchte jetzt die Rote Dame auf. »Bravo Tim, du hast dein Ziel erreicht«, sagte sie. »Nun noch eine kleine Aufgabe, dann kannst du die Lösung unten ins Textfeld eingeben und mit der Okay-Taste bestätigen. Die Frage lautet: Welche Zahlen siehst du auf der Schautafel?«

Tim ging zu der Infotafel und las, was jemand mit einem Edding darübergeschmiert hatte. »933, oder?«

»Stimmt«, flüsterte Annika.

Tim tippte die Zahlen ein und drückte auf Okay. Die Frau wirkte zufrieden. »Nun öffne die Sende-/Empfangseinrichtung, lege dein Handy hinein und schließe sie wieder.«

Tim nahm die schwarze Box, suchte ringsherum, fand den Öffnungsmechanismus und tat, was die Frau gesagt hatte.

»Fertig.«

»Sehr schön. Jetzt musst du nur noch deinen Claim loggen. Drücke dafür den schwarzen Knopf in der Mitte des Gerätes und dein Ergebnis wird offiziell gewertet.«

Ein kurzes Summen war zu hören, ein Licht blitzte auf, dann ertönte ein Gong.

»Gut gemacht«, sagte die Dame. »Du kannst dein Handy jetzt wieder herausnehmen. Damit bist du nun offiziell für die Spiele angemeldet. Gibt es noch weitere Fragen?«

»Äh, nein …«

»Sehr schön. Ansonsten weißt du ja, wo du mich findest. Ich wünsche dir viel Vergnügen und Erfolg. Wir sehen uns dann auf der Ziellinie.« Ein letztes Augenzwinkern, ein letztes Winken, dann war sie verschwunden – und mit ihr der Steinsockel und die Fahne.

Tim glotzte jedoch immer noch auf sein Handy.

Annika tippte ihm auf die Schulter. »Na, hab ich dir zu viel versprochen?«, erkundigte sie sich zufrieden.

Er schüttelte sich. »Wow, also das war ja …«

»Das hat was, oder?« Sie nickte.

»Hat diese Frau dich auch hierhergeführt?«, fragte Tim neugierig.

Annika schüttelte den Kopf. »Bei mir war es die Mitte einer Verkehrsinsel. Längst nicht so ruhig und entspannt wie hier. Also, jetzt weißt du ja, wie alles funktioniert, und kannst zum Turnier antreten. Ich wünsche dir viel Glück dabei.«

»Moment mal, willst du schon fahren?«

»Ich muss los, ja. Klavierunterricht.«

»Aber …« Tim sah sie enttäuscht an. »Darf ich dich nicht wenigstens zu einem Eis einladen? Als Dank für deine Hilfe?«

»Vielleicht später mal«, erwiderte Annika. »Ich muss wirklich los. Und vergiss nicht, ab Mittwoch werden wir Gegner sein. Dann heißt es du oder ich. Und ich verspreche dir, ich werde nicht zögern, nur weil wir uns kennen.«

»Das musst du auch nicht. Nur ein Eis.«

Sie zögerte. Doch dann schüttelte sie den Kopf. Gerne hätte sie gewusst, was er so tat, wenn er nicht GlobalGames spielte, wie ihm ihre Musik gefiel und welche Filme er gerne sah. Aber eine Verabredung hätte sie immer weiter in die Richtung geführt, in die sie eben nicht gehen wollte.

»Nein«, sagte sie deswegen entschieden und versuchte, die aufkommende Traurigkeit vor Tim zu verbergen. »Ist besser so, glaub mir. Grüß deine Schwester von mir und auch Farid, wenn du ihn siehst. Und viel Glück beim Spiel. Möge der Bessere gewinnen.«

GLOBALGAMES
INCORPORATED

Claim 1

13

Die Tage waren in schleppender Langsamkeit vergangen. Tims Wochenende war schön und traurig zugleich gewesen. Dad hatte sich endlich mal Zeit genommen und etwas mit Emily und ihm unternommen. Bei strahlendem Sommerwetter waren sie auf den Melatenfriedhof zu Moms Grab gegangen, hatten Blumen gesetzt und ein paar Lieder gesungen. Seine Mutter hatte das immer geliebt.

Anschließend waren sie zum Paddeln auf den Decksteiner Weiher gefahren und hatten eine Partie Minigolf gespielt. Als Krönung verwöhnte Dad sie noch mit Schnitzel, Pommes und einer Portion Eis zum Abschluss. Ein perfekter Sonntag. Doch dann kamen der Montag und der Dienstag und trotz seiner Beteuerungen, er würde demnächst mehr Zeit für sie haben, war Dad doch wieder in seinem Büro versackt und hatte Tim den Haushalt überlassen. Einkaufen, putzen, Emily ins Sommercamp bringen – der übliche Ferientrott, seit Mom nicht mehr lebte. »Das, oder ein Ferienjob«, hatte Dad gesagt. Da fiel die Wahl nicht schwer. Ein Ferienjob war keine Option – Tim würde demnächst jede freie Minute für GlobalGames benötigen.

Dann kam der Mittwoch …

Ungeduldig wartete Tim in seinem Zimmer darauf, dass es endlich losging. Handy, Sende-/Empfangseinrichtung und

GPS-Tracker lagen vor ihm auf dem Schreibtisch bereit. Den Computer brauchte er nicht mehr, weil das Spiel ab jetzt nur über diese drei Geräte funktionierte. Die Zeiger näherten sich im Schneckentempo der Zwölf-Uhr-Marke.

Vor lauter Nervosität knabberte Tim an seinen Fingernägeln. Er fand es immer noch total seltsam, überhaupt nicht zu wissen, was ihn erwartete. Nirgendwo war etwas über das Event zu lesen gewesen. Er hatte gehofft, mehr über den Preis zu erfahren, aber – nada. Immerhin waren ihm tausend Euro sicher, wenn er es ins Ziel schaffte. Alleine das war schon sehr motivierend. Vielleicht konnte er sich davon endlich mal das Mountainbike kaufen, von dem er so lange träumte. Vollfederung, einundzwanzig Gänge, Alurahmen. Aber es winkte ja noch mehr. Nicht zu wissen, was die fünf Besten erwartete, machte die Spannung noch unerträglicher.

Mehr als einmal hatte er kurz davor gestanden, Annika anzuschreiben, doch jedes Mal, wenn er die Finger auf die Tasten legte, fielen ihm ihre letzten Worte ein und er ließ es.

Dennoch ließ ihm der Gedanke an sie und daran, was ihre seltsame Bemerkung zu bedeuten haben mochte, keine Ruhe. Irgendwie fehlte sie ihm. Und zwar nicht nur, weil sie die Einzige war, mit der er offen über dieses supergeheime Global-Games-Event sprechen konnte. Zu dumm, dass er bald gegen sie antreten musste.

Der Wecker klingelte. Fünf vor zwölf.

Jetzt wurde es ernst.

Tim trommelte mit den Fingern auf seinen Schreibtisch. Diese Warterei machte ihn langsam fertig. Ihm war nicht bewusst gewesen, dass er so ein Nervenbündel sein konnte. Wenn er schon vor der ersten Aufgabe so aufgeregt war, wie würde es dann erst bei den finalen Runden werden?

Tick, tack, tick, tack.

Und dann …

Die Zeiger seiner Uhr sprangen auf zwölf. Augenblicklich erschien auf dem Handydisplay die Rote Dame. Ihr Lächeln wirkte routiniert, aber nicht unfreundlich.

»Hallo Tim«, sagte sie. »Willkommen zur ersten nationalen Championship von GlobalGames. Hast du dich mit deinen neuen Geräten vertraut gemacht?«

Tim nickte aufgeregt. »Ja und ob.«

»Prima, dann kann es losgehen.« Sie schnippte in die Luft und eine dunkelgrüne Schiefertafel erschien.

»Zum Aufwärmen habe ich dir heute ein einfaches Texträtsel mitgebracht. Das Ergebnis liefert einen Hinweis auf den Standort des ersten Claims. Er befindet sich in einer eher ländlichen Gegend. Um das Spiel für dich zu entscheiden, musst du diesen Ort finden, dorthin reisen und dich einloggen. So wie du es im Tutorial gelernt hast. Das Rätsel liefert zwei Begriffe, die dir, wenn du sie richtig kombinierst, auch einen Hinweis darauf geben, was gesucht ist. Damit du es jederzeit aufrufen kannst, lege ich das Rätsel unter dem Punkt *Content* in deinem Programm ab. Und das hier wird gesucht.« Sie schnippte und eine Zeichenkreide wurde sichtbar. Wie von Geisterhand gehalten, schwebte sie über der Schiefertafel. Magische Worte erschienen:

Die Rote Dame lächelte. »Das war der erste Begriff. Und hier der zweite.«

Etwas, das alles und jeden verschlingt:
Baum, der rauscht, Vogel, der singt,
frisst Eisen, zermalmt den härtesten Stein,
zerbeißt jedes Schwert, zerbricht jeden Schrein,
schlägt Könige nieder, schleift ihren Palast,
trägt mächtigen Fels fort als leichte Last.

Sie sah Tim aufmerksam an. »Na, hast du schon eine Idee, was es sein könnte? Mach dir keine Sorgen, wenn du es nicht sofort errätst. Bei manchen Rätseln muss man ein bisschen um die

Ecke denken. Und nun viel Spaß und gutes Gelingen beim Kombinieren. GlobalGames wünscht dir eine gute Reise und viel Glück!« Die Dame lächelte charmant, drückte beide Daumen, dann verschwand sie.

Tim starrte wie hypnotisiert auf das Display, auf dem nun nur noch der normale Spielehintergrund zu sehen war. War das das ganze Rätsel? Mehr Hinweise bekam man nicht?

Wie paralysiert starrte er auf sein Handy. Weder war ein Ort angegeben noch eine Himmelsrichtung oder eine geografische Besonderheit. *Tricky.*

Weil ihm das manchmal half, wenn er bei einem Rätsel nicht weiterkam, stand Tim auf und holte sich etwas zu trinken.

Von einem Baum war die Rede. Einem besonderen Baum in einer ländlichen Gegend. Na super. In Deutschland gab es verdammt viele Bäume. Verflixte neunzig Milliarden! Welcher von denen war bitte schön gemeint? Und was sollte der zweite Teil des Rätsels bedeuten? *Frisst Eisen, zermalmt härtesten Stein, zerbeißt jedes Schwert, zerbricht jeden Schrein.*

Sein Kopf rauchte, Tim brauchte dringend frische Luft. Kurz entschlossen, trat er auf den Balkon. Er ließ den Blick durch den Hinterhof schweifen. Hier wimmelte es von Bäumen: Buchen, Linden, Platanen und Kiefern standen dort. Nur keiner, auf den das zutraf: *Vorne ein E und hinten ein E. Wenn ich in der Mitte steh.*

Tim schnaufte leicht gestresst. *O Mann.*

Knobeln war ja ganz nett, aber wenn er ehrlich war, mochte er eher die echten Abenteuer. Irgendwo hochklettern, etwas ausgraben, Geheimbotschaften entziffern. Sprachspiele waren nicht so sein Ding. »Ahorn«, murmelte er. »Vorne ein A hinten ein N. Nö, passt nicht. Eibe. Vorne ein E, hinten ein …« Er zuckte zusammen. »Moment mal.« Rasch griff er nach einem Stift und schrieb es auf. E – ib – E. Da stimmte was nicht. Wie hieß es in dem Rätsel? Wenn ICH in der Mitte steh.

»Na klar!«

Die Erkenntnis traf ihn wie ein Schlag. »E – ich – E. Eiche! Das könnte die Lösung sein. Er rannte nach innen und erst mal zum Kühlschrank.

Seine Hand zitterte, als er sich ein Glas Milch einschüttete. Er kippte einen Schluck herunter und wischte sich hastig die Reste vom Mund. Dann hockte er sich an den Küchentisch. *Eiche, okay. Und wie ging es dann weiter?* Tim kam sich vor wie Bilbo Beutlin. Seine Lieblingsfigur aus dem *Herrn der Ringe*. Ein Hobbit, der tief unten in einer Höhle hockte und gezwungen war, mit der scheußlichen Kreatur Gollum einen Rätselwettbewerb auszutragen.

Tim starrte auf das Display und trommelte mit den Fingern. »Was zerfrisst Stahl, zermalmt Stein, verschlingt alles und jeden und trägt mächtige Felsen fort?«, grübelte er laut. »Möglicherweise ein Riese. Aber Riesen gibt es nur in Märchen. Ich muss etwas Reales finden.«

Er hatte das Gefühl, das Rätsel schon einmal gehört zu haben. Vielleicht sollte er doch mal ein paar Suchbegriffe bei Google eingeben?

Bereits nach dem ersten Suchlauf tauchte ein Ergebnis auf. Er hatte sich nicht geirrt. Das Rätsel war ein Klassiker. Es gab nur eine Kraft, die so viel zerstörerische Macht besaß, alles dem Erdboden gleichzumachen. Und das war die Zeit. *Das Alter*. Die

Jahrtausende ließen ganze Gebirge erodieren und zu Sand werden. Meere trockneten aus und formten sich durch die innere Kraft der Erde zu neuen Gebirgen. Auf Dauer veränderte die Zeit alles und jeden.

Tims Gesicht glühte. Er hatte die Begriffe *Eiche* und *Zeit*. Ob das die Lösung war? Eine Eiche, über die die Zeit hinweggegangen war. Eine uralte Eiche? Vielleicht die älteste Deutschlands? Er musste das sofort prüfen.

In Windeseile machte er sich im Internet auf die Suche danach.

Und fand sie ohne Probleme.

Sie stand in einem Ort namens Erle im Landkreis Borken. War das ein Scherz? Erle in Borken? Aber scheinbar war es kein Witz: Die sogenannte *Femeiche* galt offiziell als der älteste Baum Deutschlands, angeblich tausendfünfhundert Jahre alt. Tim spürte eine große Zuversicht in sich. *Ländliche Umgebung*. Das fühlte sich richtig an für einen Runner-Wettbewerb. Ein würdiger Start für diese Art von Spiel. Er war überzeugt, dass er das Rätsel gelöst hatte. Leider stand er direkt vor dem nächsten Problem. Die Ortschaft Erle lag über hundert Kilometer von Köln entfernt. Ein Kuhdorf zwischen Dülmen und Bocholt. Mit öffentlichen Verkehrsmitteln so gut wie unerreichbar.

Hätte Tim jemand, der ihn fuhr, wäre er in anderthalb Stunden da, aber mit Bahn und Bus dauerte es eine halbe Ewigkeit. Seinen Dad konnte er auch nicht fragen, ohne ihn in alles einweihen zu müssen. Abgesehen davon, dass die Zeit nicht reichen würde, riskierte er damit ein vorzeitiges Aus für die Spiele. Und er wollte nicht, dass sie endeten. Selbst wenn er die tausend Euro nicht gewinnen sollte, winkten immer noch jede Menge spannende Claims. Dieses Spiel versprach schon jetzt das Aufregendste zu sein, was GlobalGames je zu bieten hatte.

Das Blöde war: Keiner seiner Freunde besaß einen Führerschein, geschweige denn, einen fahrbaren Untersatz, auch wenn sie alle, Tim eingeschlossen, längst fahren konnten. Aber Moment mal – was war mit Annika? Er könnte ihr die Lösung des Rätsels im Austausch zu einer Mitfahrgelegenheit anbieten. Vielleicht hatte sie das Rätsel sowieso schon gelöst – dann würde Tim ohnehin nur sein Transportproblem preisgeben.

Und so schlimm wäre es doch wohl nicht, wenn sie zumindest am Anfang zusammenarbeiteten? Schließlich bekamen die beiden schnellsten Runner jeweils Punkte fürs Einloggen. Sie konnten ein Taxi bestellen und sich die Kosten teilen. Tim sah den Betrag auf seinem Patreon-Konto schon dahinschmelzen, aber wenn er nicht aktiv wurde, würde der bald von alleine verschwinden.

Rasch tippte er die Nachricht ins Handy.

> »Hab die Lösung – vermutlich. Ort liegt anderthalb Stunden von Köln entfernt. Eine Idee, wie man dahin kommen könnte? Teile die Kosten mit dir.«

Er schickte die Nachricht ab.

Und wartete.

Und wartete.

Eine Minute. Zwei.

Nichts.

»Jetzt mach schon«, zischte er. Konnte es sein, dass sie ihr Handy abgeschaltet hatte? Oder war sie bereits auf dem Weg?

Fünf Minuten später war ihm klar, dass sie nicht antworten würde. Entweder konnte sie nicht mit ihm reden – oder sie wollte nicht. Was immer er unternahm, er musste es alleine tun. Taxi ging nicht, Mitfahrgelegenheit auch nicht, Öffis brauchten viel zu lange. Es musste ein Auto sein, alle anderen Optionen schieden aus.

Es war echt bitter. Er hatte die Lösung, konnte das Ziel aber nicht erreichen. Eine himmelschreiende Ungerechtigkeit war das!

Dann traf er eine Entscheidung.

Dads Büro lag nur zwei Kilometer entfernt. An schönen Tagen, so wie heute, fuhr er mit dem Fahrrad zur Arbeit. Ihr Roomster stand unten vor dem Haus. Und Tim wusste, wo der Schlüssel war.

14

Als die Innenstadt hinter ihm lag, ging es leichter. Auf der Autobahn konnte er entspannt rechts fahren, die anderen überholen lassen und die Daueranspannung fiel endlich etwas von ihm ab. Zum Glück war der Wagen mit einer Automatikschaltung ausgestattet, sodass er die Hände am Lenkrad lassen konnte.

Das kurze Stück bis zur Auffahrt war furchtbar gewesen. Sein T-Shirt war durchgeschwitzt. Seine Hände klebten am Kunstleder. Das Handy hatte Tim in die Halterung gesteckt und er ließ sich vom Navigationssystem den Weg weisen. Es war Mittagszeit und der Verkehr floss gleichmäßig. Laut Staumelder würde es keine Probleme bis zum Zielort geben. Nur vor dem Einparken graute ihm jetzt schon.

Dennoch war das Zeitfenster denkbar klein. Spätestens um fünf musste Tim wieder daheim sein, um Emily vom Sommercamp abzuholen. Wenn alles gut lief, wäre er zurück, ehe irgendjemand etwas mitbekam.

Tim richtete seine Aufmerksamkeit nach vorne und fing an, diese ganze, zugegeben einigermaßen irre Aktion zu genießen. Der Tank war voll, das Wetter schön und mit etwas Glück würde er bald seinen ersten Claim für sich verbuchen. *Hoffentlich!*

Er fuhr auf der A3 an Leverkusen vorbei, dann an Hilden, bevor er Duisburg und Oberhausen passierte und dann auf die

A31 abbog. Auf den letzten Kilometern bis Erle kehrte die Nervosität zurück. Auf dem GPS war bereits der grüne Punkt sichtbar. Ob das die Eiche war?

Das Land ringsherum war enttäuschend flach und baumlos. Nichts als Felder, Weiden und Wiesen, soweit das Auge reichte.

Die letzten Meter legte er im Schneckentempo zurück. Er stellte den Wagen auf dem Parkstreifen ab und stieg aus. Zum Glück gab es überall in diesem Kaff freie Parkplätze. Misstrauisch blickte er sich um, konnte aber keine anderen Spieler entdecken.

Drüben auf der anderen Straßenseite pflegte lediglich eine alte Frau ihren Gemüsegarten. Argwöhnisch starrte sie zu ihm herüber. Tim winkte ihr zu, doch sie wandte sich ab.

»Also dann«, murmelte Tim. »Los geht's.«

Die Umhängetasche dicht an seinen Körper gepresst, eilte er zu der Stelle, an der die Eiche angeblich wuchs. Zwischen ein paar Häusern verlief ein kleiner Fußweg, der ihn zu einem mit Gras bewachsenen Rund führte. Überrascht blieb er stehen: Dort, hinter einem niedrigen Holzzaun stand sie!

Allerdings hatte Tim sich den Baum irgendwie anders vorgestellt. Alt sah er aus, das schon, aber nicht sonderlich ehrwürdig. Stattdessen war die Eiche merkwürdig verdreht, knorrig und unförmig. An manchen Stellen war die Rinde aufgeplatzt und Laub trug sie auch nur wenig.

Tatsächlich war sie derart altersschwach, dass sie gestützt werden musste. Holzkrücken griffen ihr unter die Arme, was sie nicht unbedingt hübscher machte. Tim richtete das Handy auf sie und startete das Programm. Fast augenblicklich erschien

die Rote Dame auf dem Display. Ihr virtuelles Abbild stand auf einem Steinsockel, der nun mit Runen bedeckt war. Ein eisernes Schwert und ein Galgenstrick lagen darauf.

»Hallo Tim«, sagte sie. »Willkommen bei der berühmten Femeiche. Hast du gut hierher gefunden?«

»Ja, war okay«, erwiderte Tim. »Ein bisschen abgelegen zwar, aber das war wohl so geplant, nicht wahr?«

»Selbstverständlich, es soll für die Spieler ja eine Herausforderung darstellen.« Die Rote Dame lächelte wissend. »Seinen Namen trägt der Baum übrigens, weil hier mittelalterliche Strafgerichte abgehalten wurden, die nicht selten tödlich endeten. Jemanden *verfemen* bedeutet ihn ächten, aus der Gemeinschaft ausstoßen. Daher siehst du hier auch die Symbole von Schwert und Galgen. Diese Prozesse endeten nämlich nicht selten tödlich.«

»Bin ich denn der Erste?«, fragte er nervös. Die Geschichte des Baumes interessierte ihn eigentlich nicht besonders.

»Bislang ja«, sagte die Rote Dame. »Wenn du jetzt noch eine kleine Aufgabe löst, kannst du den Claim einloggen. Nenne mir die Anzahl der Holzpfähle, mit denen die Eiche gestützt wird, sowie die Anzahl der Stühle, die rund um den Ratstisch stehen. Gib beide Zahlen in das Feld ein und speichere die Antwort im Sende-/Empfangsgerät.«

Tim nickte hoch konzentriert. Die Aufgabe war easy. Neun steinerne Hocker standen um den Henkerstisch. Acht für die Geschworenen, einer für den Richter vermutlich. Die Holzstangen zu zählen, war schwieriger. Er musste näher ran, um sicherzugehen.

Also legte er seine Geräte auf dem Steintisch ab und trat hinüber zur anderen Seite der Eiche. Neun Balken zählte er auf den ersten Blick – obwohl ... Moment mal! War da nicht noch ein kurzer unter einem der tief hängenden Äste? Gut, dass er genauer nachgesehen hatte. Erleichtert, nicht voreilig gewesen zu sein, zählte er noch einmal durch. Ja, jetzt stimmte es. Zehn Balken.

»Na, wen haben wir denn da?« Eine schnarrende Stimme drang an sein Ohr. Wie aus dem Nichts waren zwei Gestalten aufgetaucht. Sie standen neben dem Steintisch und musterten ihn argwöhnisch. Offensichtlich hatten sie nicht damit gerechnet, dass jemand anders vor ihnen da sein würde.

Tim musterte sie. Beide sahen höchst angepisst aus, da endeten aber auch schon die Gemeinsamkeiten. Der eine war schmal, blass und schwarzhaarig. Seine Frisur hatte er mit viel Haargel zur Seite gekämmt. Der andere überragte ihn mindestens um einen Kopf und wirkte breit wie ein Schrank. Ein unglaubliches Kraftpaket. Der Blasse trug ein weißes Hemd, elegante Schuhe und einen Anzug, die ihn wie ein Snob aussehen ließen, der andere bevorzugte offenbar Hip-Hop-Klamotten. Die beiden waren Tim auf Anhieb unsympathisch.

»Scheint, da ist uns einer zuvorgekommen, was, Darius?«, sagte der Kleine mit näselnder Stimme. »Scheint, da war einer cleverer als wir.«

»Sieht so aus«, grunzte der Große missmutig.

Tim hob die Hand zum Gruß. »He, ihr zwei, seid ihr auch Runner?«

»Ob wir Runner sind, will er wissen«, näselte der Snob. Seine

Haut war so durchscheinend, dass Tim glaubte, die Schädelknochen darunter zu sehen. »Was sagst du, Darius, sind wir es?«

»Denke schon.«

»Sieht aus, als wollte er sich gerade einloggen. Können wir das zulassen?«

»Eher nicht«, sagte der Große und ging gelassen auf den Steintisch zu. Er strich mit seinen Wurstfingern über Tims Handy. »Ich denke, man sollte immer gut auf sein Zeug aufpassen.«

»He, hört mal Jungs ...« Tim wurde allmählich etwas mulmig zumute. Wie hatte er nur so blöd sein und seine Geräte unbewacht liegen lassen können?

»Ich war zuerst hier«, stieß er etwas hilflos aus. »Das ist mein Claim.«

»Das ist mein Claim«, äffte der Schmale ihn nach. »Na, das glaube ich doch eher weniger. Wer sich einloggt, dessen Claim ist es. Und da sehe ich eindeutig uns vorne, was Darius?«

»Und ob.« Der Große stellte sich demonstrativ zwischen Tim und seine Geräte. »Was passiert eigentlich, wenn man die falsche Antwort eintippt, Jeremy?«

»Ich glaube, dann wird der Punkt nicht gezählt«, erwiderte der Kleine und griff nach Tims Handy.

»He, du Vollpfosten, leg das wieder hin.« Tim trat auf die beiden zu, doch der Große stieß ihm die Hand vor die Brust. »Keinen Schritt weiter.«

»Aber das ist mein Zeug. Ich war zuerst hier. Gebt mir sofort meine Sachen oder ...«

»Oder was?« Jeremy tippte etwas in Tims Handy. Ganz offensichtlich hatte er vor, ihm den Punkt vor der Nase wegzuschnappen.

Jetzt reichte es Tim. Mit einem Wutschrei stürmte er vor, fühlte jedoch im selben Augenblick, wie ihm sämtliche Luft aus der Lunge gepresst wurde. Ein dunkelroter Schleier senkte sich auf ihn herab. Sternchen tanzten vor seinen Augen. Er schnappte nach Luft wie ein Fisch, den man an Land geworfen hatte. Alles drehte sich, dann kippte Tim um.

Als er wieder zu sich kam, lag er am Boden. Über ihm ragten die zwei schrecklichen Typen auf. »Gut gemacht«, sagte Jeremy in diesem nervigen näselnden Tonfall. »Voll in den Solarplexus. Funktioniert immer.«

Darius, das große Muskelpaket, blickte voller Verachtung auf Tim herab. »Scheint wieder zu sich zu kommen. Soll ich ihm noch eine verpassen?«

»Auf mich wirkt er, als hätte er genug. Lass mich nur noch schnell den Punkt hier machen, dann verschwinden wir.«

»Ihr ...« Tim konnte kaum atmen. Ein höllisches Brennen in der Brust hinderte ihn daran. »Ihr verdammten ...«

»Probleme beim Sprechen, Kleiner?« Jeremy hatte erneut sein Totenschädelgrinsen aufgesetzt. »Es tut mir leid, dir das sagen zu müssen, aber dein Ergebnis war falsch. Wir haben das dann bei uns korrigiert und den Punkt gemacht. Du hast doch nichts dagegen, oder? Unter Kollegen ist man gerne großzügig. Beim nächsten Mal sei einfach etwas vorsichtiger, okay?«

»Was hältst du davon, seine Geräte zu zerstören?«, überlegte

Darius. »Ohne das Zeug kann er nicht mehr mitspielen. Ein Konkurrent weniger.«

»Guter Gedanke«, sagte Jeremy und strich mit seiner blassen Hand übers Kinn. »Allerdings weiß ich nicht, ob das nicht gegen die Regeln verstößt. Denk daran, die Sachen gehören Stevenson-Enterprises.«

»Dann sein Handy?«

»Das geht auf jeden Fall.« Jeremy schaute sich suchend um. »Warte, ich suche einen Stein.«

»Was ist denn hier los?« Ein glatzköpfiger Mann, der seinen Schäferhund ausführte, hatte die Grünanlage betreten und war verblüfft stehen geblieben. »Wenn ihr euch prügeln wollt, tut das gefälligst woanders. Das hier ist eine anständige Ortschaft. Und du da …«, er deutete auf den dünnen gestylten Jeremy, »… lass den Stein sinken oder ich hetze den Hund auf dich.«

Jeremy blickte auf den Hund und schien überzeugt. Er klopfte seinem Freund auf die Schulter.

»Komm, Darius, lass uns verschwinden. Wir haben, was wir wollten.« Spöttisch verbeugte er sich. »Sayonara, mein Freund. Vielleicht sehen wir uns ja mal wieder. Und danke, dass du uns den Vortritt gelassen hast.«

Mit diesen Worten verschwanden die beiden hinter der nächsten Hausecke. Tim hörte das Aufbrüllen eines Motors, dann sah er eine schwarze Karosserie davondonnern.

Mühsam rappelte er sich auf. Bei jedem Atemzug verspürte er ein Stechen in den Rippen. Hoffentlich war nichts gebrochen.

»Das gilt auch für dich, Junge«, sagte der Mann. »Mach, dass du wegkommst. Streuner und Unruhestifter können wir hier nicht brauchen.«

Tim wollte etwas sagen, verkniff es sich dann aber.

»Bin schon weg«, keuchte er, packte Geräte und Handy zurück in die Tasche und verließ den Platz. Humpelnd ging er zum Auto zurück und startete schnell den Motor. Das war ja mal so richtig scheiße gelaufen. Er hätte heulen können – vor Verzweiflung und vor Wut. Verzweiflung, weil er jetzt noch anderthalb Stunden Autofahrt vor sich hatte. Und Wut, weil er so leichtsinnig gewesen war. Aber das würde ihm nicht noch einmal passieren. *Jeremy und Darius,* die zwei Namen würde er sich merken. Irgendwann, irgendwo würden sie sich wieder begegnen. Aber dann war er vorbereitet.

15

Einige Stunden später …

Ausgerechnet heute kam sein Dad pünktlich nach Hause. Als er Tim sah, blieb er wie angewurzelt stehen. »Herrje, was ist denn mit dir passiert? Du siehst aus, als wärst du unter eine Dampfwalze gekommen.«

Vor diesem Moment hatte Tim Angst gehabt, seitdem er den Wagen wieder auf der Straße geparkt hatte. Hoffentlich spielte er seine Rolle gut. »Nichts Aufregendes«, sagte er so beiläufig wie möglich. »Nur ein kleiner Fahrradunfall im Park.«

Sein Vater musterte ihn besorgt. »Sicher, dass es nichts Schlimmes ist? Hast du dich verletzt?«

»Nur ein paar Schrammen und blaue Flecken. Mach dir keinen Kopf, echt.« Er war noch nie ein guter Lügner gewesen, aber heute musste er es sein.

»Hm.« Seinem Dad war die Sorge um Tim deutlich anzusehen. Kopfschüttelnd stellte er seine Tasche ab und zog die Schuhe aus. »Ich habe dir schon hundertmal gesagt, dass du mit dem Teil vorsichtig sein musst. Die Klapperkiste ist nicht sicher. Sprünge und andere verrückte Stunts sind da nicht drin.«

»Hätte nichts gegen ein neues Bike einzuwenden«, sagte Tim

mit gequältem Lächeln. Richtig lachen konnte er nicht, sein Bauch tat immer noch weh. Die Stelle, an der ihn Darius' Faust getroffen hatte, war inzwischen blau angelaufen. Aber wenigstens war das Stechen weg. Nichts gebrochen, wie es schien.

»Vielleicht denkst du doch noch über einen Ferienjob nach«, schlug sein Dad vor. »Wenn du lange genug sparst, kannst du dir in drei Jahren, passend zum Führerschein, gleich ein Auto kaufen. Apropos Auto.« Er sah Tim forschend an. »Es steht nicht mehr am selben Platz wie heute Morgen. Hast du es verstellt?«

Herrje! Tim musste höllisch aufpassen, was er jetzt sagte. Aufgetankt hatte er, aber wenn sein Dad auf die Idee käme, den Kilometerzähler zu überprüfen, war er dran.

»Das war wegen der Müllabfuhr«, log er.

»Müllabfuhr?«

»Die wollten irgendwelches Zeug einladen. Sperrmüll, glaube ich. Ich war gerade zufällig unten, als sie mich fragten, ob ich wüsste, wem der Wagen gehört. Ich hab gesagt, meinem Dad, doch der sei gerade nicht zu Hause. Dann haben sie gefragt, ob sie den Wagen kurz wegfahren dürften, und ich habe ihnen den Schlüssel gegeben. War das falsch? Hätte ich dich anrufen sollen?« Er redete zu schnell und zu aufgeregt.

Er konnte nur hoffen, dass er mit seiner Lüge durchkam. Er hatte lange daran gefeilt und fand, dass sie sehr überzeugend klang.

Sein Dad schüttelte den Kopf. »Nein, alles in Ordnung«, versicherte er Tim. »Hast du gut gemacht. Ist deine Schwester auch da?«

»Ja klar«, sagte Tim, erleichtert, dass sein Vater die Lüge geschluckt hatte. »Sie sitzt bestimmt immer noch drüben in ihrem Zimmer und spielt. Ich habe sie abgeholt, wie du gesagt hast.«

Sein Vater stand auf und strich Tim über den Kopf. »Du bist so groß geworden im letzten Jahr. Manchmal vermisse ich meinen kleinen Jungen. Mir kommt es vor, als wärst du nach Moms Tod über Nacht erwachsen geworden.«

»Wie meinst du das?«

»Du bist kein Kind mehr, sondern jemand, auf den ich mich hundertprozentig verlassen kann. Eine echte Hilfe.« Er lächelte. »Ich sage dir das viel zu selten, aber ich bin sehr stolz auf dich.«

»Danke ...« Tim versuchte, sich nicht anmerken zu lassen, wie unbehaglich er sich dabei fühlte.

»Auch dafür, dass du so verantwortungsvoll mit deiner Schwester umgehst. Ich habe das Gefühl, du und Emily, ihr versteht euch in letzter Zeit wieder besser?«

Oje. Das wurde ja immer besser. »Tun wir, ja.« Leicht verzweifelt, hielt Tim nach seiner Schwester Ausschau.

Und tatsächlich – als hätte sie gelauscht und nur auf ihren Aufruf gewartet, kam Emily aus ihrem Zimmer. Grinsend blickte sie zwischen ihnen hin und her. »Gibt's bald was zu essen? Hab Hunger.«

»Es würde schneller gehen, wenn du mir hilfst«, informierte Tim sie trocken. »Gläser und was zu trinken fehlen noch.«

»Okay.« Sie rannte in die Küche.

Dad schüttelte den Kopf. »So hilfsbereit habe ich sie noch nie erlebt. Wie hast du das nur hinbekommen? Egal wie, es ist großartig. Ich bin wirklich sehr stolz auf dich.«

Tim schluckte. Er konnte sich nicht erinnern, dass Dad jemals so mit ihm gesprochen hatte. Er war drauf und dran, alles zu beichten: dass er ein Runner war, bis hin zu der Aktion heute Nachmittag. Aber dann hätte er den Moment und möglicherweise auch jede Chance weiterzuspielen zerstört. Er dachte an Mom und daran, dass sie ihm eingeschärft hatte, seinem Dad nichts von dem Spiel zu erzählen. Das war, als sie schon krank gewesen war. *Er macht sich sowieso schon so viel Sorgen,* hatte Mom gesagt. *Er würde es nicht verstehen.*

Tim biss sich auf die Lippen. Später, dachte er. Später, wenn alles vorüber war, dann würde er alles beichten. Nicht vorher.

Emily kam, ein paar Gläser und Flaschen balancierend, zurück ins Zimmer. »Wohin?«

»Rüber zum Fernseher«, sagte Dad. »Was haltet ihr von einem richtig schönen TV-Dinner, so wie früher? Das haben wir schon ewig nicht mehr gemacht. Lasst uns schnell loslegen und irgendetwas Doofes dazu gucken, ich bin nämlich hungrig wie ein Bär.«

Wie es der Zufall so wollte, blieben sie beim Zappen durch die Programme an einem Beitrag über GlobalGames hängen. Eine willkommene Gelegenheit, Dad vielleicht doch noch für das Spiel zu begeistern. Vielleicht konnte Tim seine gute Laune nutzen. Aber bereits nach wenigen Minuten erkannte er, dass die Sendung einseitig und schlecht recherchiert war. Die Macher hängten sich an den Risiken des Spiels auf und berichteten sensationslüstern über Pannen und Unfälle, die in den vergangenen Jahren stattgefunden hatten. Die meisten von ihnen in den USA. Der Bericht stellte Runner als eine Meute Halbstarker dar, die keinerlei Rücksicht auf die eigene Gesundheit nahmen und weder vor Fremden noch deren persönlichem Eigentum Respekt hatten. Tim wollte schon weiterschalten, doch Dad bestand darauf weiterzuschauen. Vermutlich, damit er sich im Anschluss drüber aufregen konnte.

»Das ist der reine Wahnsinn, wenn du mich fragst«, sagte er kopfschüttelnd. »Wer so etwas macht, hat doch eine Schraube locker. Unverantwortlich, sein Leben für so einen Mist aufs Spiel zu setzen.«

»Na ja, so wie die es dargestellt haben, scheint das aber schon etwas übertrieben zu sein«, erwiderte Tim leicht gekränkt. »Ich denke, sie haben wieder mal nur die Extremfälle rausgepickt. Wie damals beim Thema Computerspielesucht.«

Doch seine Worte stießen auf taube Ohren. Sein Vater war empört und wollte es auch sein. »Heutzutage muss immer alles noch größer und schneller sein«, sagte er, »noch gefährlicher und noch extremer. Ich habe gehört, dass hier in Köln kürzlich jemand deswegen von einem Haus gestürzt ist. Angeblich tot.«

So ein Quatsch, wollte Tim erwidern, biss sich aber auf die Lippen. Diese Diskussion konnte er nur verlieren. Und wenn er sich zu sehr vorwagte, würde sein Vater am Ende noch misstrauisch werden.

»Ich kann nur hoffen, dass du nie auf solche Gedanken kommst«, meinte sein Dad da auch schon. »Hast du jemanden in deinem Freundeskreis, der das spielt?«

Tim schüttelte den Kopf.

»Da bin ich ja erleichtert, ich hätte dir sonst den Umgang mit ihm verbieten müssen. Kriminell ist das. Gibt doch wirklich genug Dinge, die man gefahrlos tun kann. Gegen ganz normalen Sport zum Beispiel ist doch wirklich nichts einzuwenden. In meiner Jugend haben alle Jungs Fußball gespielt. Das fördert den Teamgeist, ist gut für den Körper und macht Spaß.«

Tim hätte gerne gesagt, dass er Fußball hasste, verkniff es sich aber. Stattdessen wollte er dieses Gespräch schnell zu Ende bringen. »Sind alle fertig mit Essen? Dann räume ich ab.«

»Ich helfe dir, dann geht es schneller«, flötete Emily und rannte, die Hände voller Teller, in Richtung Küche.

Dad warf Tim einen beeindruckten Blick zu. »Wirklich äußerst erstaunlich. Du scheinst ein echtes Händchen dafür entwickelt zu haben, wie man deine Schwester motiviert.«

Er senkte seine Stimme. »Hättest du etwas dagegen, wenn ich mich gleich noch mit ein paar Freunden auf ein Bier in der Eckkneipe treffe? Ich bin schon ewig nicht mehr ausgegangen …«

»Keine Sorge«, versicherte Tim ihm hastig. Sein schlechtes Gewissen war noch nicht ganz verschwunden. »Triff du dich ruhig mit deinen Freunden, ich regele das hier.« Dad außer Haus zu wissen, verschaffte ihm eine unverhoffte Gelegenheit, Neuigkeiten zu erfahren. Er hatte sich vorhin kurz ins Spiel eingeloggt, war aber nicht fündig geworden. Doch das konnte sich mit jeder Minute ändern.

»Super.« Dad lächelte dankbar. »Falls ich es noch nicht gesagt habe, ich habe dich lieb.« Er gab Tim einen Kuss auf die Stirn und machte sich bereit zum Aufbruch.

Kaum hatte er die Wohnung verlassen, eilte Tim auch schon zurück in sein Zimmer und schaltete das Handy an. Er hatte sich gerade mit seinem Passwort eingeloggt, da klopfte es an die Zimmertür.

»Kann ich reinkommen?« *Emily!*

Tim stieß ein Seufzen aus. »Von mir aus, aber mach die Tür hinter dir zu.«

Rasch trat sie ein, zog sich einen Stuhl ran und beobachtete ihn. »Hattest du wirklich einen Fahrradunfall?« Ihr Blick wanderte hinüber zu seinem Handy.

»Klar, wieso?«

»Na ja, ich habe dein Rad vorhin beim Müllraustragen an der Wand stehen sehen. Sah aus wie immer. Keine Beule oder so …«

Verdammt. Warum musste er ausgerechnet die klügste kleine Schwester der Welt abbekommen? Lange würde er die Wahrheit nicht vor ihr verbergen können. »Ich …«

»Ja?«

»Ich war heute unterwegs«, gab er widerwillig zu. »Ich erzähle es dir, wenn du versprichst, Dad keinen Ton zu sagen. Er wird es zwar ohnehin bald erfahren, aber ich will, dass er es von mir hört.«

Emily nickte eifrig.

Tim atmete tief ein. »Also gut, hör zu …«

Er erzählte ihr die ganze Geschichte, ließ nichts aus und fügte nichts hinzu. Nur die Sache mit der Schlägerei kürzte er ab.

Seine Worte schienen auch so genug Eindruck zu machen. Emily starrte ihn mit offenem Mund an. »Boah, diese, diese …«

Ihr Gesicht wurde rot wie ein Ballon. »Sie haben dir deinen Punkt weggeschnappt und dich dann zusammengeschlagen. Das ist sooo gemein.«

»Wenigstens haben sie meine Geräte in Ruhe gelassen, sonst wär der Vorentscheid jetzt für mich vorbei«, erwiderte er. »Ich war aber auch leichtsinnig. Passiert mir nicht noch mal, das verspreche ich dir.«

»Rache! Das musst du ihnen heimzahlen!«, forderte sie dramatisch. »Dafür müssen sie *büßen!*«

Zu sehen, wie sie ihre kleinen Hände zu Fäusten ballte, brachte Tim zum Lachen. »Recht hast du«, stimmte er ihr zu. »Dann sollte ich den Wettbewerb mal besser gewinnen, meinst du nicht? Das Spiel ist ihnen anscheinend superwichtig, schlimmer könnte ich sie gar nicht treffen. Jetzt lass uns mal nachsehen, ob die Rote Dame Neuigkeiten für mich hat.«

»Die Rote Dame?«

»Ich nenne sie so, sie hat eigentlich keinen Namen. Sie ist nur eine KI, eine Künstliche Intelligenz.« Tim startete die App. Sofort erschien die Spielleiterin, ganz in Rot gekleidet.

»Ohhh, *cool!«*, entfuhr es Emily.

Die Rote Dame hatte auch diesmal wieder ihr strahlendes Lächeln aufgesetzt, doch es wirkte ein wenig betrübt.

»Hallo Tim«, sagte sie, »willkommen zurück bei GlobalGames. Glückwunsch! Auch wenn dein Ergebnis leider nicht korrekt war, so hast du immerhin das Rätsel erfolgreich gelöst. Sei beim nächsten Mal einfach noch gewissenhafter, okay? Du warst der Erste am Zielort. Dafür bekommst du natürlich Sonderpunkte.«

»Das ist die Rote Dame?« Emily schien sich gar nicht mehr einzukriegen. »Sie ist wunderschön …«

»Pst«, zischte Tim.

»Nur achtundsiebzig von einhundert Spielern haben die Aufgabe gemeistert«, fuhr die Rote Dame fort. »Zweiundzwanzig sind also bereits ausgeschieden. Nur wer den Zielort erreicht, bekommt die nächste Aufgabe gestellt. Und diesmal wird es etwas schwieriger.«

Tim schluckte.

»Wir wollen dich an einen düsteren Ort schicken«, sagte sie. »Einen unheimlichen Ort. Bist du bereit?«

»Kommt darauf an«, sagte Tim. »Habe ich denn eine Wahl?«

Sie lächelte wissend. »Du wirst eine Nacht an einem finsteren Ort verbringen müssen, um die Aufgabe zu lösen. Ein bisschen wie der Held in dem Märchen *Von einem, der auszog, das Fürchten zu lernen.* Die Dunkelheit wird dir den Schlüssel zum nächsten Claim offenbaren. Dies ist mein Hinweis auf besagten finsteren Ort, den es nun erst einmal zu entschlüsseln gilt.« Wie aus dem Nichts tauchte die grüne Schiefertafel auf. Die Kreide schwebte wie von Zauberhand durch die Luft und kurz darauf stand eine Zahlenreihe an der Tafel:

Tim machte sicherheitshalber einen Screenshot.

»Das war's«, sagte die Frau und klatschte in die Hände. Die Kreide verpuffte zu einem kleinen Staubwölkchen und verschwand. »Mehr Hinweise erhältst du nicht. Ich hoffe, du hast starke Nerven.« Und bevor Tim noch etwas sagen konnte, war sie auch schon verschwunden.

16

Annika saß an ihrem Schreibtisch und starrte wie benebelt auf die Zahlen.

Eigentlich war sie ziemlich gut im Lösen mathematischer Rätsel. Zahlen besaßen eine innere Logik und bewährten sich auch dort, wo Worte versagten. Doch wenn man keine Ahnung hatte, wo man beginnen sollte, half alles nichts.

Wieder und wieder las sie die Ziffern. Von vorne nach hinten, von hinten nach vorne, von oben nach unten und kreuz und quer. Doch ihr Kopf war wie vernagelt.

Ob es damit zusammenhing, dass sie heute eine Niederlage erlitten hatte? Schuld war nur dieser Taxifahrer, der offensichtlich meinte, ihr mehr Geld aus den Rippen leiern zu können, wenn er langsamer fuhr. Sie ärgerte sich, dass sie nicht von Anfang an einen Fixpreis mit ihm ausgehandelt hatte. Das nächste Mal würde sie klüger vorgehen. Gewiss, sie hatte das Rätsel gelöst, war aber zu spät bei der Eiche eingetroffen: Zwei Spieler hatten das Rätsel bereits geknackt und sich eingeloggt. War Tim einer von ihnen? Immerhin hatte er sie direkt angeschrieben, nachdem er das Rätsel gelöst hatte. Dass sie nicht reagiert hatte, tat ihr im Nachhinein leid. Sie mochte ihn, aber sie hatte sich nun mal geschworen, keine Bündnisse einzugehen. So etwas brachte nur Schwierigkeiten mit sich.

Allerdings geriet sie angesichts dieser neuen Aufgabe doch

ins Grübeln, ob die Entscheidung wirklich so clever gewesen war. Zusammen mit Tim käme sie möglicherweise schneller voran – vorausgesetzt, er hatte sich überhaupt für den zweiten Claim qualifiziert.

Sie wünschte, die Spielebetreiber würden endlich die Namen der Spieler im Scoreboard listen! Dann könnte sie sehen, wo sie selbst stand, wo Tim stand und all die anderen Runner, die sie bisher nur von ihren Nicknames her kannte.

Ungeduldig starrte sie auf die Zahlenreihen. Die Ziffern brannten sich regelrecht in ihre Netzhaut. Sie vermutete, dass jedes Zahlenpaar für einen Buchstaben stand und sich die Lösung aus zwei Wörtern zusammensetzte. Eines mit sieben Buchstaben und eines mit zwölf.

Was auffiel, war, dass manche Zahlen häufiger auftauchten als andere. Möglicherweise waren es also Wörter, bei denen sich bestimmte Buchstaben doppelten.

Eine Häufigkeitsanalyse hätte helfen können. Im Deutschen waren das E, das N, das I, das S, das R, das A und das T die häufigsten Buchstaben. ENISRAT, das konnte man sich leicht merken. Im Gegensatz zum Englischen, wo die häufigsten Buchstaben das Wort ETAONIS bildeten.

Die 51 kam am häufigsten vor. Wenn man sie also mit dem E gleichsetzte und die 54 mit dem N, so lautete das Ergebnis: _EE_ _N_ – _E_ _ _N_ENNE_. Die 23 und die 42 konnten sowohl ein I als auch ein S sein. Beides führte zu keinem Ergebnis.

Das Problem war: Es gab zu wenig Zahlen. Häufigkeitsanalysen funktionierten nur mit möglichst vielen Informationen. Je mehr, desto besser. Aber zwei Worte – vorausgesetzt, es waren Worte? Sie zermarterte sich das Hirn nun schon über eine Stunde. Ohne Ergebnis.

Wütend trat sie gegen den Tisch und stieß einen Schrei aus. *So ein Mist!* Sie atmete tief durch und stand auf. Sie brauchte Bewegung. Und frische Luft.

Ein verrückter Gedanke machte sich in ihrem Kopf breit. Was, wenn sie doch ihre Prinzipien über Bord warf und sich mit Tim zusammentat? Hatte sie denn außer ihrem Stolz etwas zu verlieren? Wenn sie eine Chance haben wollte, musste sie über ihren Schatten springen. Das war vielleicht ein bisschen egoistisch gedacht, aber sie war Realistin. Immerhin sah das Spiel vor, dass immer zwei sich einloggen durften.

Sie stutzte. Möglicherweise waren Bündnisse in dieser Phase des Spiels sogar von Vorteil? Vielleicht war das ja die eigentliche Herausforderung bei dem Spiel: im Team zu agieren. Hatte nicht auch so was in dem Brief von GlobalGames gestanden?

Kurz entschlossen, griff sie nach ihrem Handy und schickte Tim eine Nachricht. Keine zehn Sekunden später kam die Antwort.

»Cool, dass du dich meldest. Kann leider nicht weg, muss auf Emily aufpassen. Hast du Lust rüberzukommen? Ich schicke dir meine Adresse.«

Annika presste die Lippen zusammen, tippte das Wörtchen »Ja« und klickte auf Senden. In diesem Moment ging die Tür auf und ihre Mutter schaute herein. »Was war denn das für ein Lärm? Alles in Ordnung bei dir? Klang, als hättest du einen Tobsuchtsanfall.«

»Nein, nein, alles in Ordnung«, wiegelte Annika hastig ab und zog ihr Kapuzenshirt über. »Aber ich muss noch mal weg.«

»Wo willst du denn noch hin?«

»Ich treffe mich mit ein paar Freundinnen«, behauptete Annika. »Die haben sich alle drüben im Stadtpark verabredet und mir nichts gesagt. Hab's gerade durch Zufall erfahren.«

»Ja, aber ...«

»Ich werde schon nichts anstellen, versprochen. Willst du, dass ich als Einzige allein zu Hause hocke?«

»Hm, nein. Aber um zehn bist du zu Hause, verstanden?«

»Elf, Mom. Ich bin immerhin schon fünfzehn. Und es sind Ferien.«

»Na gut, halb elf. Aber keine Minute später.«

»Versprochen.« Annika warf ihren Rucksack über die Schulter und stürmte aus dem Haus.

Um in Tims Wohnviertel zu gelangen, musste Annika Richtung Innenstadt fahren. Hier gab es keine Einfamilienhäuser, sondern nur mehrstöckige Gebäude. Annika mochte diese alten Bürgerhäuser mit ihren schmuckvollen Sandsteinfassaden und den hohen Räumen. Wie schön musste es sein, in so einem Haus zu wohnen. Nachbarn zu haben, Geräusche über und unter sich zu hören, das Leben zu spüren. In ihrem Haus in Junkersdorf war es manchmal erschreckend still und einsam.

Sie drückte die Klingel mit dem Namen *Feldmann*. Ein Summen ertönte und die Tür ging auf.

Im Treppenhaus roch es nach Essen. Kinder lärmten und irgendwo lief ein Fernseher. Ein Rennrad stand auf dem Flur.

Tim empfing sie im dritten Stock.

»Hi, du«, begrüßte er sie. »Komm doch rein.« Er lächelte ein wenig unsicher. Vermutlich grübelte er noch darüber nach, was ihren plötzlichen Sinneswandel bewirkt haben könnte.

Sie trat ein und sah sich um. Die Wohnung wirkte geräumig, wenn auch leicht chaotisch. Schuhe standen an der Wand im Flur, daneben ein paar Pappkartons. An den Wänden hingen alte Filmplakate und Schwarz-Weiß-Zeichnungen. Ein bisschen wie in einem Künstlerhaushalt.

»Magst du was trinken?« Fragend sah Tim sie an.

»Gerade nicht. Soll ich die Schuhe ausziehen?«

»Ne, lass einfach an. Der Boden ist selbst im Sommer ziemlich kühl. Und hart.«

»Okay ... oh, hallo Emily!« Die Kleine war am Ende des Flurs aufgetaucht. Doch als Annika ihr zuwinkte, verschwand sie mit einem Kichern in einem der Zimmer.

»Sie ist gerade bei mir im Zimmer«, sagte Tim. »Wir brüten gemeinsam über dem neuen Rätsel.«

»Dann hast du ihr davon erzählt?«

Er zuckte die Schultern. »Ging nicht anders. Aber es ist okay so. Ich kann Emily vertrauen.«

»Seid ihr denn schon weitergekommen?«

»Nicht wirklich. Alles, was wir haben, sind ein paar Ideen, die uns aber nicht weiterbringen. Vielleicht fällt uns ja zusammen mehr ein.«

Annika sah sich neugierig um, während sie nach hinten gingen. »Was machen deine Eltern eigentlich beruflich?«

»Mein Dad ist Innenarchitekt. Er arbeitet in einem großen

Büro und hat schrecklich viel zu tun. Jetzt ist er allerdings gerade mit Freunden aus. Wir sind also ungestört.«

»Und deine Mom?«

Tim senkte den Kopf. Annika spürte sofort, dass dies kein gutes Thema war. Ob Scheidung oder Schlimmeres, traute sie sich in diesem Moment nicht zu fragen. »Nicht so wichtig«, redete sie daher schnell weiter. »Ich bin auch nur wegen des Rätsels hier, nicht um dich auszuhorchen.«

Tim räusperte sich. »Ehrlich gesagt, war ich überrascht, als du dich doch noch gemeldet hast.«

»Ich auch, das darfst du mir glauben«, gab sie äußerst widerwillig zu. »Passiert nicht oft, dass ich gegen meine eigenen Prinzipien verstoße. Aber *vielleicht* habe ich mich ja geirrt. Es könnte sein, dass wir wirklich bessere Chancen haben, wenn wir uns zusammentun.«

Seine Augen leuchteten auf. »Sag ich doch!« Seine Wangen bekamen einen leicht rötlichen Schimmer. »Wie ist es dir eigentlich beim ersten Claim ergangen?«

Sie zuckte die Schultern. »Ich war zu langsam.«

Er riss die Augen auf. »Was heißt das?«

»Das heißt, dass ich das Rätsel zwar gelöst und die Femeiche gefunden habe, dass dort aber bereits zwei vor mir gewesen sind und das richtige Ergebnis eingeloggt haben.«

Er nickte. »Ich weiß, warum. Und ich weiß, wer.«

Und dann erzählte er ihr die ganze Geschichte.

Annika war schockiert. »Kennst du die beiden?«, hakte sie sofort nach.

Er schüttelte den Kopf. »Sie haben sich mit Jeremy und Darius angeredet. Aber ich weiß nicht, ob das ihre richtigen Namen sind. Dieser Darius ist ein ziemliches Muskelpaket und Jeremy sah aus wie ein Obersnob. Anzug, piekfeine Schuhe, fehlte nur noch die Krawatte. Ich glaube, die hatten sogar ihren eigenen Chauffeur. Jedenfalls sind sie in so einer schwarzen Luxuskarosse abgerauscht.«

»Hm …« *Muskelpaket und Snob.* Annika hatte da so eine Ahnung, wer das gewesen war. »Ich könnte mir vorstellen, wer das ist«, sagte sie finster. »Die zwei sind in Spielerkreisen berüchtigt. Deine Beschreibung passt genau auf *EduardoElNoble* und *Bonehunter*. Du müsstest sie eigentlich kennen.«

Tim riss die Augen auf. »Eduardo und Bonehunter? Klar kenne ich die. Gab's da nicht mal einen Fall, wo ein Runner die beiden beschuldigt hat, ihn von einer Brücke gestoßen zu haben?«

Sie nickte. »Nicht zu vergessen die Sache mit dem Hundezwinger …«

»O Mann. Wieso habe ich da nicht schneller geschaltet?« Er tastete an seinen Rippen rum. Er schien Schmerzen zu haben.

»Ist das die Stelle, an der sie dich erwischt haben?«, fragte sie. »Zeig mal.«

Es war ihm ein bisschen peinlich, doch sie konnte ja zum Glück ganz schön energisch sein.

Als er vorsichtig sein T-Shirt hochzog, schnaufte sie erschrocken auf. Ein heftiger Bluterguss bedeckte seine gesamte linke Bauchhälfte. »Ach du Scheiße«, murmelte sie. »Warst du damit beim Arzt?«

Er schüttelte den Kopf. »Bin ziemlich sicher, dass es nur eine Prellung ist. Nichts gebrochen oder so.«

»Was für Arschlöcher«, entfuhr es ihr. »Entschuldigung, aber das ist echt der Gipfel. Die beiden sind hochkriminell. Wie konnten die sich nur für die Spiele qualifizieren? Führen die denn bei GlobalGames keine rote Liste?«

Tim zuckte die Schultern. »Im Kodex steht nichts in der Art. Ich denke, die Programmplaner hatten nicht genug Fantasie, sich vorzustellen, dass es solche Gamer überhaupt geben könnte.«

»Dann sollte man denen vielleicht mal einen Hinweis schicken«, sagte Annika. »Vielleicht mit einem Foto von deinem Bauch. Die zwei müssen sofort rausgeworfen werden.« Sie war richtig wütend geworden. Nicht nur auf diese Typen, sondern auch auf sich selbst. Weil sie nicht mit Tim losgezogen war. Zu zweit wäre das vermutlich nicht passiert.

»Das können wir ja später noch machen«, erwiderte Tim. »Zumindest wissen wir jetzt, dass wir vorsichtig sein müssen. Hoffen wir, dass die beiden am nächsten Rätsel scheitern, dann sind wir sie ein für alle Mal los.«

Sie kniff die Augen zusammen. »Und wenn nicht?«

17

San Francisco …

Mortimer Hansen rieb mit dem Daumen über seinen Handrücken. Die Stelle, an der Posh ihn gebissen hatte, tat immer noch weh. Zu seinem Glück war der verdammte Köter gerade oben in Seattle, Mortimer hätte ihm nachträglich gerne in den flauschigen Hintern getreten. Wegen der kleinen Ratte hatte er eine höchst schmerzhafte Tetanusimpfung über sich ergehen lassen müssen. Doch es gab auch Gutes zu berichten. Das Spiel war angelaufen und außer ein paar Kleinigkeiten beim Balancing und der Datenübertragung lief alles reibungslos.

Es gab da nur eine Sache, die ihm Sorgen bereitete. Etwas, das sich – so hoffte er – mit geringem Aufwand aus der Welt schaffen ließ. Allerdings konnte er das nicht alleine entscheiden, dafür brauchte er den Segen von oben.

Sein 65-Zoll-Bildschirm flammte auf und das Antlitz von Shenmi Stevenson erschien.

Wie immer sah sie blendend aus. Anthrazitfarbener Anzug, goldene Ohrringe, Smaragdhalsband – ihre Schönheit war geradezu einschüchternd. Es dauerte einen Moment, bis er sah, dass auch Posh anwesend war. Wie eine Raubkatze lag die

Hundedame eingerollt auf Shenmis Schoß, die Augen halb geschlossen. Kaum hatte sie Mortimer erspäht, hob sie ihren Kopf und fing an zu knurren. Offensichtlich beruhte die Abneigung auf Gegenseitigkeit.

»Was hast du denn, Poshilein?«, säuselte Shenmi. »Immer noch böse auf Morti? Aber er hat sich doch schon bei dir entschuldigt. Hier ist ein Leckerli für dich.« Sie gab dem Hai in Hundegestalt einen Keks, den dieser mit einem Happs verschlang. Das Knurren hörte auf. Vorerst.

»Grüß dich, Morti. Wie stehen die Dinge drüben in San Francisco? Alles im grünen Bereich?«

»Alles in Ordnung«, bestätigte Mortimer. »Das Spiel läuft und sämtliche Aggregate sind auf Go. Die Spieler scheinen sich mit der Hardware vertraut gemacht zu haben und die Bedienung bereitet keine Probleme. Was die Rätsel betrifft, das müssen wir noch abwarten, aber im Moment sehe ich es sehr positiv. Dafür dass es eine Betaversion ist, gibt es auf technischer Seite erstaunlich wenige Probleme.«

»Freut mich zu hören. Ich hasse Probleme. Mehr noch als abgebrochene Fingernägel.« Sie blickte prüfend auf ihre perfekt manikürte Hand.

»Keine Sorge, Ms Stevenson«, versicherte Mortimer ihr eilig. »Unsere Datenbanken sind voll funktionsfähig und zeichnen jedes noch so kleine Detail auf. Solange die Behörden die Füße stillhalten, sollte der Vorentscheid ohne Störung ablaufen.«

»Überlasse die Behörden mir«, sagte Shenmi. »Meine besten Leute kümmern sich darum. Geld hat noch nie seine Wirkung verfehlt. Hier ein Tropfen Öl, da eine Schraube festziehen, dort etwas Starthilfe. Neider gibt es genug. Leute, die sich ärgern, dass sie nicht selbst auf diese grandiose Idee gekommen sind. Aber von denen lassen wir uns nicht den Wind aus den Segeln nehmen.«

Mortimer nickte zögernd. »Ein klitzekleines Problemchen gibt es dennoch.« Womit er zum Grund seines Anrufs kam. »Da ist eine Sache, die mir Sorgen bereitet. Sie betrifft die Punkte Sicherheit und öffentliche Meinung. Wir haben hier Wind von ein paar Vorfällen bekommen, die uns ins Gerede bringen könnten. Ereignisse, die eine unerwünschte Härte ins Spiel bringen.«

Ihre Augen wurden schmal. »Könntest du dich bitte klarer ausdrücken?«

»Zum Beispiel eine Sache in China. Dort wurde ein Spieler, beim Bergen des Claims, von Gegnern in einen Fluss gestoßen. Er musste zwei Kilometer schwimmen, um wieder ans Ufer zu kommen. Die Geräte wurden während der Aktion unrettbar beschädigt.«

»Schickt ihm neue. Wir haben noch etliche Hundert auf Vorrat.«

»Oder der Fall einer Runnerin in Kanada, bei der die Bremsen ihres Fahrrads von einem gegnerischen Spieler absichtlich beschädigt wurden. Wir haben Aufzeichnungen von der Tat, wissen also genau, wer es getan hat. Dass die junge Frau mit dem Leben davongekommen ist, hat sie nur ihrem guten Reaktionsvermögen und einer gehörigen Portion Glück zu verdanken.«

»Und?«

»Tja, und dann ist da noch dieser Fall in Deutschland, bei dem ein junger Mann bei der Bergung seines Claims von zwei gegnerischen Spielern gestellt und verprügelt wurde. Ich muss nicht erwähnen, dass sie sich eingeloggt haben und nicht er.«

Shenmi sah ihn durchdringend an. »Komm zum Punkt.«

»Nun ...«, Mortimer räusperte sich, »... offensichtlich gibt es etliche kriminelle Elemente unter den Spielern. Runner, für die der Begriff *Fair Play* ein Fremdwort ist. Typen, die über Leichen gehen, um an den Claim zu gelangen.«

»Na und?«

Er runzelte die Stirn. Vielleicht hätte er sich nicht klar genug ausgedrückt. Offensichtlich musste er noch deutlicher werden. »Unsere Datenbank hat es uns endlich ermöglicht, die Spielerprofile fertigzustellen. Ich sagte Ihnen ja, dass wir damit etwas hintendran sind. Weswegen ich den Start sehr gerne noch weiter nach hinten verschoben hätte.«

»Das ging nicht, das weißt du ...«

»Ja, ich weiß ... trotzdem liegen uns nun die Ergebnisse vor und sie haben etliche Spielerprofile zutage gefördert, die das, was ich eben sagte, leider bestätigen. Ich fände es ratsam, dass wir die betreffenden Spieler entfernen, um Missgeschicken vorzubeugen. Rein vorsorglich natürlich. Nichts wäre schlimmer, als wenn jemand zu Schaden käme und damit an die Presse ginge.«

»Ich habe für diesen Fall Vorsorge getroffen«, sagte Shenmi. »Die geschädigten Personen bekommen ein Schweigegeld ausgezahlt. Sollte das nicht reichen, werden sie unter Druck gesetzt. Vergiss nicht, wir reden hier von sieben Tagen. Eine lächerliche Woche, so lange dauert der Vorentscheid. Was danach kommt, werden wir sehen. Aber dann betreten wir ohnehin eine völlig andere Bühne.«

Mortimer presste die Lippen aufeinander. Konnte sie ihn nicht verstehen oder wollte sie nicht? »Dann wollen Sie diesbezüglich also nichts unternehmen?«

»Wir können die Aufstellungen jetzt nicht mehr verändern, Morti. Die Karten sind verteilt und werden nicht neu gemischt. *Rien ne vas plus,* wie man so schön sagt – nichts geht mehr.«

»Aber ...«

»Kein Aber, Morti. Ich werde in dieser Sache hart bleiben. Jeder Runner weiß, dass dieses Spiel mit Risiken verbunden ist. Deswegen haben wir uns ja im *Disclaimer* grundsätzlich von jeder Haftung freigesprochen. Jeder Spieler hat beim Einloggen in das Spiel automatisch einen Vertrag unterschrieben.«

»Aber ...«

»Eine gewisse Härte ist Teil des Spiels, Morti, und das ist auch gut so. Schließlich wollen wir nicht der nächste Abklatsch von einem Spiel sein, bei dem man kleine Monsterchen fängt. Wer bei uns teilnimmt, weiß, dass er eine Arena betreten hat, die ihn zu einem modernen Gladiator macht.«

Mortimer runzelte die Stirn. »Wissen die Spieler das? Ich kann mich nicht erinnern, dass wir ...«

»Das war bei GlobalGames von Anfang an so. Schön, es gibt diesen Kodex, aber seien wir doch mal ehrlich, Morti, da hält sich doch kein Schwein dran. Wer sich Sorgen macht, hätte ja im Vorfeld noch eine Krankenversicherung abschließen können.« Ihr Blick war eiskalt. »Gibt es sonst noch etwas, was wir besprechen müssen?«

Mortimer schüttelte den Kopf. »Nein, das war alles. Danke, dass Sie sich Zeit für mich genommen haben, Ms Stevenson.«

Shenmi nickte. Zufrieden lächelnd, kraulte sie Posh zwischen den Ohren. »War mir wie immer ein Vergnügen, Morti.«

18

Draußen war es dunkel geworden. Tim schaltete das Zimmerlicht ein und setzte sich zu Annika und Emily an den Schreibtisch. Er hoffte, dass die Zahlenreihen endlich zu ihnen sprechen würden.

»Ich denke, wir sind uns einig, dass jedes dieser Paare stellvertretend für einen Buchstaben steht, oder?«

Annika nickte. »Das erste Wort hat sieben Buchstaben, das zweite zwölf. Getrennt sind sie durch einen Bindestrich, was wiederum bedeutet, dass sie zusammen ein neues Wort bilden.«

»So weit, so gut«, sagte Tim, der immer noch nicht glauben konnte, dass Annika wirklich hier war. Hier bei ihm, in seiner Wohnung. Er musste sich nur dringend zusammenreißen und endlich aufhören, sie ständig anzustarren. »Was mich stutzig macht, ist, dass die Fünf die höchste Zahl ist«, fuhr er fort. »Es gibt keine sechs, nirgendwo. Und auch keine höheren Zahlen.«

»Ja«, sagte Annika nachdenklich. »Das ist in der Tat sehr merkwürdig. Es sei denn …« Sie hielt inne, dann wedelte sie plötzlich aufgeregt mit der Hand in der Luft herum. »Gebt mir mal einen Stift und ein Blatt Papier. Schnell!«

Emily war schneller als Tim und reichte Annika die gewünschten Sachen. Verdächtig, dass sie sich in Tims Zimmer so gut auskannte. Annika fing an, ein Raster zu zeichnen, so als wolle sie Schiffe versenken spielen. Sie zeichnete fünf Spalten und fünf Zeilen. Auf die x-Achse schrieb sie die Zahlen eins bis fünf, auf die y-Achse ebenso. Dann fing sie an, in jedes Kästchen einen einzigen Buchstaben zu schreiben, und zwar von links nach rechts und von oben nach unten.

Plötzlich wusste Tim, was sie da tat.

»Das ist genial«, rief er. »Eine Dechiffriermatrix.«

»Werden wir dann sehen«, sagte Annika. »Das Problem ist, dass wir nur fünfundzwanzig Felder haben, es sind aber sechsundzwanzig Buchstaben.«

»Schreib doch das Y und das Z zusammen in das letzte Feld«, schlug Tim vor. »Die braucht man sowieso fast nie.«

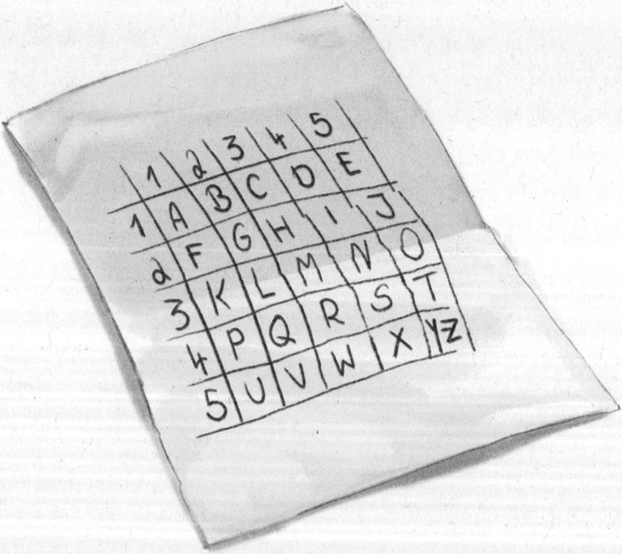

»Verstehe ich nicht«, maulte Emily. »Wie soll uns das weiterhelfen?«

»Sieh doch mal«, sagte Tim. »Mit diesem Raster kannst du gezielt jeden Buchstaben des Alphabets ansteuern. Nehmen wir zum Beispiel die erste Zahl aus unserem Rätsel, die 21. Wir gehen zwei Spalten nach rechts und eine Zeile nach unten und was haben wir da?«

»Das B«, sagte Emily strahlend.

»Schreib es auf«, sagte Tim zu seiner kleinen Schwester. »Jetzt, nächster Buchstabe. Die Zahl 51.«

»Moment, gleich, ich bin nicht so schnell.« Emily malte ein wunderschönes B, dann zählte sie durch und sagte: »5 und 1 ergibt E. Richtig?«

»Richtig.« Tim grinste.

»Und dann noch ein E, danach ein L und ein I.« Emily war ganz in ihrem Element. Die Zunge zwischen die Zähne geklemmt, malte sie Buchstaben für Buchstaben. Und tatsächlich, die Sache fing an, einen Sinn zu ergeben.

»Wahnsinn«, murmelte Tim in Annikas Richtung. »Wie bist du darauf gekommen?«

»Ist wie beim Kreuzworträtsel«, sagte Annika grinsend. »Aber eigentlich hast du mich auf die Idee gebracht. Mir war nicht aufgefallen, dass die Fünf die höchste Zahl ist. Erst als du es gesagt hast, fiel mir der Trick mit dem Koordinatensystem ein.«

»Und es scheint ein Volltreffer gewesen zu sein«, sagte Tim grinsend. »Ich habe das Gefühl, wir sind ein gutes Team. Lies mal, was da steht.«

»B E E L I T Z – H E I L S T A E T T E N.« Annika sah verwirrt aus. »Was ist das? Habe ich noch nie gehört.«

»Ich aber.« Tim runzelte die Stirn. »Das ist ein Ort in der Nähe von Berlin. Eine Ruinenstadt.«

»Willst du mir sagen, dass da keiner mehr wohnt?«

»Mehr als das, es ist völlig verfallen.« Tim warf ihr einen besorgten Blick zu. »Weil die Heilstätten so schön schaurig sind, nimmt man sie gerne als Kulisse für Horrorfilme.«

»Von einem, der auszog, das Fürchten zu lernen«, zitierte Annika die Worte der Roten Dame. »Jetzt wird mir einiges klar.« Sie hob ihr Kinn. »Berlin. Da dürfte das Taxi diesmal ausfallen.« Sie spähte in Tims Richtung, doch der hob sofort abwehrend die Hände.

»Vergiss es! Noch mal borge ich mir den Wagen meines Vaters nicht aus«, sagte Tim entschieden. »Einmal und nie wieder.«

»Wir können doch den Zug nehmen«, schlug Annika vor. »Die Verbindungen sind diesmal besser. Sieh selbst.« Sie hielt ihm ihr Handy hin. »Von Tür zu Tür dürften es so um die sechs Stunden sein. Morgen früh um neun Uhr würde ein ICE gehen.«

»Na toll.« Tim sackte in sich zusammen.

Überrascht sah Annika ihn an. »Wieso, gibt es ein Problem?«

»Ja allerdings«, bestätigte er kleinlaut.

»Und?«

»Ich weiß nicht, wie ich das anstellen soll. Ich kann hier nicht weg.«

»Verstehe ich nicht. Wieso?«

»Na, ich muss Emily ins Sommercamp bringen, einkaufen, kochen und dafür sorgen, dass der Laden hier läuft. Ich kann mir nicht einfach eine Woche freinehmen.«

»Ist nicht dein Ernst.« Ungläubig starrte Annika ihn an.

»Ich fürchte doch.« Er stand vom Bett auf und ging rastlos auf und ab. »Warum nur müssen Berlin und Köln so weit auseinanderliegen?«, beschwerte er sich. »Ginge es nicht ein *bisschen* näher?«

»Köln ist nicht die Welt und Deutschland ist groß«, sagte Annika. »Hast du dir nie darüber Gedanken gemacht, was passiert, wenn du wegen des Wettkampfs mal weiter weg müsstest?«

»Ehrlich gesagt, nein. Ich hatte doch eh keine Ahnung, was da auf mich zukommt.« Er sah Annika an, doch die schien auch keinen Rat zu wissen. Überraschenderweise war es Emily, die das Schweigen brach.

»Ist doch kein Problem«, verkündete sie. »Warum sollen wir Papa nicht *erzählen,* dass du wegmusst?«

»Äh ...«

»Na, du kannst mich morgen früh ein letztes Mal bringen und dann werde ich Papa sagen, dass du ein paar Tage mit Freunden unterwegs bist«, erläuterte Emily. »Zelten oder so. Soll *er* mich doch abholen, wenn ihm das so wichtig ist.«

»Dad hat kaum Zeit, das weißt du doch.«

»Und wennschon. Ich kenne den Weg, ich kann prima alleine nach Hause laufen.«

»Ausgeschlossen«, sagte Tim. »Du weißt genau, dass er das niemals zulassen würde. Und wenn wir das trotzdem ohne Absprache durchziehen, wird er einen Mordsaufstand machen.« Er senkte den Kopf.

Annika neigte ihren Kopf. »Würde dein Dad dir wirklich nicht erlauben, mit ›Freunden zelten zu gehen‹?«

»Möglicherweise schon …«, gab Tim zu. »Aber es wäre eine Lüge und ich würde Emily zwingen, die Unwahrheit zu sagen. Klar würdest du es hinbekommen«, sagte er schnell, als er sah, dass seine Schwester zum Protest ansetzte. »Aber ich möchte es lieber nicht drauf ankommen lassen. Es ist nicht immer ganz einfach.«

»So schlimm?«

»Schlimmer.« Tim presste die Lippen zusammen. »Seit unsere Mutter gestorben ist, versucht Dad krampfhaft, alles unter Kontrolle zu halten. Jedes Mal, wenn etwas schiefgeht oder nicht nach Plan läuft, kriegt er einen Anfall.«

Annika sah ihn betroffen an. »Deine Mutter ist gestorben? Das tut mir so leid. Das wusste ich nicht …«

»Wie könntest du auch? Jedenfalls hat mein Dad seitdem krasse Kontrollverlustangst. Seit seiner Therapie ist es auch schon viel besser geworden, aber manchmal bricht es doch wieder aus ihm raus.«

»Das ist wirklich hart.« Annika sah Emily und ihn mitfühlend an. »Da habe ich es in jeder Hinsicht leichter. Auch als Runner. Meine Freundinnen wissen zum Glück Bescheid und decken mich.«

»Du hast ihnen davon erzählt?«

»Nur dass ich ein paar Tage unterwegs bin. Von dem Event selbst wissen sie nichts. Natürlich haben sie mich ausgequetscht, aber ich habe sie damit vertröstet, dass ich ihnen hinterher alles erzähle. Ich glaube, sie denken, dass ich mit einem Typen unterwegs bin …« Sie errötete. »Jedenfalls decken sie mich, und das ist gut so. Ich sage meinen Eltern einfach, dass ich eine von ihnen für ein paar Tage besuche und gut ist. Die stellen da keine Fragen, die sind viel zu sehr mit sich selbst beschäftigt.«

»Du Glückliche.«

Emily verschränkte die Arme. »Ich finde das nicht gut von Dad. Du solltest ruhig auch mal ein paar Tage was Tolles machen dürfen. Wir haben doch Ferien!«

Tim zuckte die Schultern. Da war er wieder, dieser Kloß im Hals.

»Für mich ist es voll okay, wenn du ein paar Tage unterwegs bist.« Emily richtete sich ein Stück auf und sah Tim ernst an.

»Meinst du echt?« Tim streckte seine Hand aus und strich seiner kleinen Schwester über den Kopf.

Emily nickte energisch. »Ich bin gerade zehn geworden, da werde ich doch wohl alleine ins Sommercamp gehen können. Von mir aus kannst du losziehen! Oder willst du jetzt schon aussteigen, du Loser?«

Annika lachte schallend.

Tims Gedanken ratterten wie ein Kugellager. Geld hatte er, das war nicht das Problem. Seit er in die Top 100 aufgestiegen war, trudelten täglich ein paar Euro auf seinem Konto ein. Inzwischen hatte er dort eine beträchtliche Summe angespart. Damit konnte er komfortabel einige Tage über die Runden kommen.

Tim war hin- und hergerissen. Durfte er Emily und Dad einfach alleine lassen und ohne jede Absprache einfach so die Tür hinter sich zuziehen? Es fühlte sich nicht richtig an. Andererseits wollte er bei diesem Event so gerne mitmachen. Die Aussicht, an der Seite von Sakura bei diesem Wettkampf mitzumachen, das Preisgeld zu gewinnen und am Schluss vielleicht sogar das große Los zu ziehen – das war so unglaublich verlockend.

Außerdem schienen sich die beiden Mädchen längst einig zu sein. Und wäre Mom noch hier, sie hätte ihm vermutlich dasselbe geraten. Der Gedanke gab ihm Halt. Es war ein Anfang.

Er seufzte. Dann fing er an zu packen.

GLOBALGAMES

INCORPORATED

Claim 2

19

Sie hieß Eli und war in Hannover zugestiegen. Schlank, drahtig und mit knallig pink gefärbten Haaren. In ihrer Nase steckte ein kleiner Ring und auf ihren rechten Unterarm hatte sie sich ein Tattoo stechen lassen. Irgendetwas mit *Love Athina.* Tim fand, dass sie lustig aussah, doch Annika schien seinen Geschmack nicht zu teilen.

Bisher hatten Tim und Annika ihr Abteil für sich gehabt. Ihre Umhängetaschen hatten sie auf einen Sitz geworfen und sich – da der Zug nicht voll war – danach ausgebreitet. Doch jetzt war diese Neue da und machte keine Anstalten, wieder zu verschwinden. Rasch packte Annika ihr Kletterzeug, den Waschbeutel und die Ausdrucke und Kopien wieder ein und starrte das Mädchen finster an. Doch Eli ließ sich nicht abschrecken. Sie pfefferte ihren zerschlissenen Armeerucksack neben ihre Umhängetaschen, fläzte sich auf den gegenüberliegenden Sitz und plapperte drauflos, als wäre das Zugabteil ihr Wohnzimmer. Nachdem sie Bemerkungen über das Wetter gemacht und sich vorgestellt hatte, sah sie Tim und Annika neugierig an. »Kommt schon, ihr Stoffel«, sagte sie. »Meinen Namen habe ich euch jetzt genannt. Und wie heißt ihr so?«

»Annika.« »Tim.«

»Freut mich, euch kennenzulernen, Tim und Annika. Ebenfalls auf dem Weg nach Berlin?«

»Da es keine weiteren Haltestellen bis dorthin gibt, vermute ich wohl, dass wir dahin wollen«, erwiderte Annika, sichtlich angefressen.

»Bist 'ne ganz Schlaue, stimmt's?«, kommentierte Eli unbeeindruckt.

»Schlauer jedenfalls als die meisten.«

»Cool.« Eli sah die beiden feixend an. Dann fragte sie: »Seid ihr ein Paar? Habe ich euch bei irgendwas gestört? Wenn ja, müsst ihr es mir nur sagen. Der Zug ist nicht besonders voll, ich kann mir einen anderen Platz suchen.«

»Ja«, sagte Annika. Im gleichen Moment, als Tim »Nein« antwortete.

Sie sahen sich an. Tim spürte, wie ihm das Blut ins Gesicht schoss.

»Nein, wir sind kein Paar«, schob er schnell hinterher. »Und wegen mir brauchst du dir keinen anderen Platz suchen. Oder?« Wieder sah er Annika an.

Die wollte etwas sagen, klappte dann den Mund aber wieder zu und murmelte: »Wie auch immer.«

Eli genoss die Situation. »Ihr zwei scheint euch noch nicht besonders lange zu kennen. Was macht ihr so in Berlin, Freunde besuchen? Family?«

»Stellst du immer so viele Fragen?« Annikas Stimme war scharf wie ein frisch geschliffenes Messer, aber Eli schien das gefährliche Funkeln in ihren Augen nicht zu bemerken. »Nur wenn mir gerade langweilig ist und ich nichts anderes zu tun habe. Ich ...«

In diesem Moment ging die Tür auf und der Schaffner erschien. Vorwurfsvoll sah er Eli an. »Füße vom Sitz, junge Dame.«

»Aye, aye, Sir.« Eli stellte die Füße ordentlich auf den Boden.

»Fahrschein.«

Sie hielt dem Schaffner ihr Handy hin. Der scannte das Ticket und gab ihr das Handy dann zurück. »Und die Füße bleiben unten, verstanden?«

»Aye, aye, Captain.« Sie salutierte, dann glitt die Tür zu.

»Alles Blutsauger«, murmelte Eli. »So viel Geld und dann darf man es sich nicht mal gemütlich machen. In Griechenland schert sich niemand darum, wo die Füße sind. Und billiger ist es auch.«

»Kommst du daher, aus Griechenland?«, erkundigte sich Tim.

»Meine Eltern. Ich wurde in Hannover geboren. Aber wir fahren mindestens einmal im Jahr rüber. Mein richtiger Name ist Elissavet, aber das kann kein Mensch aussprechen, geschweige denn buchstabieren. Also Eli. Was habt ihr vor in der großen Stadt? Party machen?«

»Genau genommen, wollen wir gar nicht nach Berlin«, sagte Tim. »Wir wollen nach Beelitz, weil wir dort ...« Plötzlich spürte er ein höchst schmerzhaftes Stechen in seiner Wade. Annika hatte ihm einen Tritt verpasst. »Was denn?«, protestierte er.

Sie brachte ihn mit einem bedeutungsvollen Blick zum Schweigen.

Eli sah die beiden erstaunt an. Dann brach sie in Lachen aus. »Das ist jetzt nicht wahr, oder? Ihr wollt mir doch nicht weismachen, dass ihr auch auf dem Weg zu dem GlobalGames-Event seid.« Sie schüttelte den Kopf. »Nein, solche Zufälle gibt es nicht. Es sei denn ...« Sie sah Tim und Annika durchdringend an. »Manchmal sind solche Dinge keine Zufälle. Wenn ich drüber nachdenke, habe ich gleich so etwas gespürt, als ich euch gesehen habe. Nennt es Instinkt oder Intuition, aber ich habe euch gesehen und gedacht, *Eli,* habe ich mir gedacht, *die zwei könnten Runner sein.* Eure Kleidung, euer Gepäck, die Kopien und Ausdrucke, die ihr ausgebreitet hattet ...« Sie deutete auf Annikas Tasche. »Aber keine Sorge«, sagte sie. »Bei mir ist euer Geheimnis gut aufgehoben. Ich habe selbst jede Menge Recherchematerial bei mir.« Sie klopfte auf ihren Rucksack.

Tim kniff die Augen zusammen. »Dann bist du auch ein Runner?«

»Na und ob«, rief Eli. »*ZorbaTheGreek* ist mein Nickname. Vielleicht habt ihr schon von mir gehört?«

Tim klappte der Unterkiefer runter. »Du bist Zorba? Ich dachte immer, du wärst ein Junge. So ein kleiner, pummeliger.«

Eli lachte. »Das denken die meisten. Aber sieh selbst, bin ich ein Junge, bin ich klein und pummelig?« Sie tat, als würde sie für ein Selfie posieren.

Tim lächelte verlegen. »Nein, sicher nicht«, murmelte er. Was hätte er auch sonst sagen sollen? Trotzdem hatte er das Gefühl, dass Annika seine Antwort nicht gefiel. Genauso wenig wie die ganze Situation. Höchste Zeit, das Eis zu brechen.

»Ich bin Achenar«, sagte er.

»Hört, hört«, rief Eli. »Der Junge, der diesen spektakulären

Stunt unter der Brücke gemacht hat? Wow, ich bin beeindruckt. Und du?« Eli sah Annika an.

»Sie ist diejenige, die diesen verteufelt schweren Claim gelegt hat«, sagte Tim aufgeregt. »Sie ...«

»Ich kann für mich selbst sprechen, danke«, unterbrach ihn Annika. »Wenn du es unbedingt wissen willst, ich bin Sakura.«

Jetzt war es an Eli, erstaunt auszusehen. Ihre Augen wurden groß wie Murmeln. »Ohne Scheiß? Du bist Sakura?«

»Jep.«

»Wahnsinn.« Eli ließ sich nach hinten sinken. »Du bist echt eine Legende, weißt du das?«

Annika winkte ab, schien aber doch geschmeichelt zu sein. »Nun übertreib mal nicht.«

»Doch ehrlich. Unter uns weiblichen Runnern bist du der Superstar. Die Wonder Woman der GlobalGames, sozusagen. Hätte ich nur ein bisschen Kohle übrig, ich hätte schon längst auf dich gewettet. Aber erstens habe ich kein Geld und zweitens sind die Quoten bei dir echt scheiße.« Sie lachte.

Und Annika lachte mit. Ein bisschen gezwungen, aber immerhin.

Tim, der schon befürchtet hatte, die beiden würden noch eine Schlägerei anfangen, atmete auf. Die Bombe war entschärft.

»Wisst ihr, was das Gemeine ist?« Eli sah die beiden vorwurfsvoll an. »Dass ich hier mit Sakura und Achenar in einem Abteil sitze und mir das daheim keiner glauben wird. Alle werden sagen: ›Eli, was laberst du da wieder?‹ Gut, manchmal übertreibe ich etwas, aber im Kern sage ich immer die Wahrheit.« Sie grinste. »Und jetzt seid ihr also auch auf dem Weg nach Beelitz. Ganz schön kniffelig, das Rätsel, oder? Einen Moment lang habe ich geglaubt, das war's. Dann fiel mir meine eigene ›Geschichte‹ wieder ein. Griechenland, die alten Mathematiker. Polybios. Sagt euch der was?«

Tim und Annika schüttelten den Kopf.

»Mir auch nicht. Aber mein Vater hat da so eine dicke Schwarte zu Hause rumstehen, die er ständig rauszieht, wenn er vor Gästen angeben will. Ein Buch über die griechischen Dichter, Denker und Philosophen. Ich erinnerte mich, dass es da auch ein Kapitel über Mathematiker gab. Beim Blättern stieß ich auf Polybios. Eigentlich war er ja Geschichtsschreiber, aber er hatte auch ein Faible für die Kryptografie, also die Verschlüsselung von Nachrichten. Von ihm stammt die Chiffre für dieses Rätsel. Als ich rausfand, wo ich hinmuss, bin ich sofort los. Ich dachte, nix wie ab in den Zug, vielleicht bist du vor allen anderen da. Aber wie es aussieht, habe ich mich mal wieder geirrt.« Sie lächelte.

»Und deine Eltern haben nichts dagegen, dass du einfach auf und davon bist?«, erkundigte sich Tim.

»Meine Eltern sind froh, wenn ich weg bin«, sagte Eli trocken. »Einer weniger zu Hause. Ich habe sechs Geschwister. Könnt ihr euch vorstellen, was da los ist?« Sie verdrehte die Augen.

Tim musste an sein eigenes Zuhause denken und daran, wie schön es wohl wäre, wenn er auch einfach tun und lassen könnte, was er wollte. Ihm graute schon jetzt vor dem Gespräch mit Dad. Heute Abend, spätestens morgen, musste er ihn anrufen. Und das würde nicht schön werden. Aber darum konnte er sich später kümmern. Jetzt war er erst mal nur froh und glücklich, unterwegs zu sein. Und das nicht allein wie beim ersten Mal, sondern in Begleitung von zwei echt coolen Mädchen. Farid würde vor Neid platzen, wenn er davon erfuhr.

20

Beelitz-Heilstätten ...

Das dunkle Märchenland existierte wirklich. Hier. Genau an diesem Ort.

Wie konnte es etwas geben, das gleichzeitig so schön und so beklemmend war? Für Annika war es ein Rätsel.

Alles, was sie wusste, war, dass dieser Ort, der einst ein riesiger Klinikkomplex war, irgendwie in einer Zwischenwelt gefangen zu sein schien; nicht ganz in der Realität, aber auch nicht vollkommen im Reich der Fantasie. Zerbröckelnde Fassaden, schief hängende Türen, zerschlagene Fenster. Ehemals leuchtende Farben blätterten in dicken Platten von den Gebäuden ab und bildeten einen schaurigen Gegensatz zu der wild wuchernden Natur, die sie umschloss wie ein verzaubertes Stundenglas.

Sie wusste ja von den Beschreibungen, dass dies ein spezieller Ort war, sie hatte ihn sich nur nicht vorstellen können.

Zeit schien hier keine Rolle zu spielen. Träge schlummerten die Gebäude im warmen Licht des Spätnachmittags. Grillen zirpten, Schmetterlinge flogen und ein betäubend schwerer Blütenduft hing über den zerfallenen Mauern. Als wäre dies ein Dornröschenschloss, das eine böse Zauberin in Schlaf versetzt und hinter einer undurchdringlichen Dornenhecke verborgen hatte. Leider war das Gelände nicht mehr frei zugänglich. Die Parkanlage konnte zwar grundsätzlich tagsüber kostenlos betreten werden, doch der Zugang zu den Gebäuden war nicht gestattet. Nachts war die Anlage abgesperrt und wurde überwacht.

Aufgrund zahlreicher Vorkommnisse in der Vergangenheit, bei denen Menschen zu Tode gekommen waren, hatte die Verwaltung hohe Eisenzäune um die Gebäude errichten lassen. Sie zu betreten, war nur im Rahmen einer Führung möglich, weswegen Annika, Tim und Eli notgedrungen ein paar Euro investieren mussten. Der Rest des Geländes war frei begehbar, einschließlich des beeindruckenden Baumwipfelpfades, der die Zuschauer hoch über die Dächer mancher Gebäude führte und ihnen für einen kurzen Moment das Gefühl gab, wie ein Vogel über die Dächer fliegen zu können.

Die zwanzig Besucher zählende Gruppe folgte einem alten Männlein, das kaum jünger wirkte als die Gebäude ringsherum. Annika fand, dass er etwas von einer alten Krähe hatte. Mit trippelnden Schritten zockelte er vorneweg und berichtete von der dunklen Vergangenheit der Heilstätten.

»Was Sie hier sehen, Herrschaften, sind die Reste einer der größten Lungenheilanstalten Europas«, sagte er mit krächzender Stimme. »1898 erbaut und 1930 erweitert, umfasste die Anlage sechzig Gebäude auf einer Fläche von gut zweihundert Hektar. Heute ist das Areal eine Ruinenlandschaft, in der nur noch wenige Gebäude intakt sind.« Er lächelte schmallippig. »Wussten Sie, dass Adolf Hitler einst hier gelegen hat? Doch,

doch. 1916, als junger Gefreiter, ließ er hier eine Wunde behandeln, die er sich durch einen Granatsplitter zugezogen hatte.«

»Hätten sie ihn mal besser sterben lassen«, sagte ein Typ mit Vollbart und Oberarmtattoo. »Der Welt wäre einiges erspart geblieben.«

Ein paar der Besucher lachten verlegen, doch der Alte blickte den Tätowierten finster an. »Dies war eine Heilanstalt, kein Todestrakt. Hier wurde versucht, Menschen zu helfen. Große Teile der Arbeiter litten damals unter der Schwindsucht. Während des Ersten und Zweiten Weltkriegs wurde die Anlage zum Lazarett umfunktioniert und nach Kriegsende 1945 von der Roten Armee übernommen.«

Annika folgte den Ausführungen nur mit halbem Ohr. Sie war viel zu sehr damit beschäftigt herauszubekommen, ob sie irgendwo einen Hinweis fand, der sich mit GlobalGames und ihrer nächtlichen Aktion in Verbindung bringen ließ.

Bislang Fehlanzeige.

Das Areal war so riesig, dass sie keine Ahnung hatten, wo sie anfangen sollten. Auch das GPS gab keine Auskunft. Die gesamte Anlage war als grüner Punkt markiert. Aber sie hatten ja noch etwas Zeit, ehe es dunkel wurde.

Ein zweistöckiges Gebäude tauchte vor ihnen auf. Annika wusste nicht genau, warum, aber der Anblick erfüllte sie mit Grauen. Das riesige, verwinkelte Bauwerk war einmal aus roten und gelben Ziegeln errichtet worden und trug ein spitzgiebeliges Dach. Wie die meisten Häuser hier war es komplett von Bäumen und Sträuchern eingewachsen.

»Dies, meine Herrschaften, ist die alte Chirurgie. Eines der letzten Gebäude, die den Heilstätten hinzugefügt wurde.« Der alte Mann kramte in seiner Tasche, holte einen Schlüsselbund heraus und öffnete das Tor im Zaun. »1932 in Betrieb genommen, wurden hier verschiedene Operationen durchgeführt. Das Innere ist ziemlich baufällig. Ich muss Sie deshalb bitten, besonders vorsichtig zu sein. Es gibt unzählige Möglichkeiten, sich zu verletzen. Bleiben Sie also zusammen, achten Sie gegenseitig aufeinander und fassen Sie um Himmels willen nichts an.«

»Ich würde gerne draußen bleiben, wenn's keine Umstände macht.« Eine junge Frau hielt die Arme um den Leib geschlungen. »Ich will da nicht rein.« Annika blickte die zerschundene Fassade empor und schauderte. Sie konnte die Angst der Frau nachvollziehen. Andererseits war sie selbst viel zu fasziniert, um draußen zu bleiben.

»Jetzt komm doch«, versuchte ein junger Typ, offensichtlich ihr Freund, die Frau zu überreden. »So schlimm wird's schon nicht werden. Wir haben extra dafür bezahlt.« Doch sie schüttelte energisch den Kopf.

»Niemand wird hier zu irgendetwas gezwungen«, sagte das alte Männlein grinsend. »Besser jetzt einen Rückzieher machen als nachher in Panik geraten. Das Gebäude ist nichts für schwache Nerven.«

Sie ließen die junge Frau draußen stehen und betraten den Haupteingang. Annika atmete tief ein.

Was von außen noch märchenhaft und verwunschen gewirkt hatte, entpuppte sich im Inneren als echtes Spukschloss. Berge von Schutt türmten sich rechts und links an den Wänden. In den Pfützen spiegelte sich der Glanz vergangener Tage. Die

Wände waren mit blauen Kacheln gefliest, von denen gut die Hälfte herausgebrochen und heruntergefallen waren. Dahinter trat schimmeliges Mauerwerk zutage. Der Rest war bis zur Unkenntlichkeit mit Wandschmierereien bedeckt. Über manchen der Türen standen Worte in russischer Schrift. Die Luft roch nach Fäulnis und Verwesung.

Unwillkürlich rückte Annika enger an Tim ran. Sie hatte das Gefühl, keine Luft zu bekommen. Um ein Haar hätte sie nach seiner Hand gegriffen, doch als ihr klar wurde, was sie da tat, zuckte sie zurück.

»Alles in Ordnung mit dir?« Tim warf ihr einen amüsierten Blick zu. »Bisschen unheimlich, oder?«

»Ich hasse Krankenhäuser«, murmelte sie. »Selbst wenn man kaum noch erkennt, dass es mal eins war.«

»Ich weiß, was du meinst.« Sein Gesicht wurde ernst. Eli trat an sie heran und fragte mit gesenkter Stimme: »Glaubt ihr, dass sich noch weitere Spieler in dieser Gruppe befinden? Runner, so wie wir?«

Annika sah sich verstohlen um. Auf diesen Gedanken war sie noch gar nicht gekommen. Aber Elis Sorge war natürlich berechtigt. Die meisten Besucher waren zu zweit hier. Pärchen, die Händchen haltend nebeneinanderher gingen.

»Schwer zu sagen«, raunte sie. »Mir kommen die fast alle zu alt vor. Keiner von denen ist unter fünfundzwanzig. Trotzdem sollten wir die Augen offen halten.«

Vom alten Fahrstuhl war kaum mehr als ein Skelett übrig geblieben. Stattdessen war das Treppenhaus immer noch begehbar. Dort hinauf führte sie der alte Mann.

Im ersten Stock war der Anblick nicht schöner. Zersplittertes Glas, rostige Nägel, verbogene Metallteile und Löcher im Boden erzeugten ein permanentes Gefühl der Bedrohung. Glücklicherweise drang etwas mehr Licht von außen herein und die Luft war nicht mehr ganz so stickig.

»Sicher haben Sie bemerkt, dass von den ursprünglichen Gerätschaften nur wenig erhalten ist«, sagte der Alte. »Alles, was nicht niet- und nagelfest war, wurde geklaut. Badewannen wurden zerschlagen, OP-Bestecke und Verbandsmaterialien entwendet. Vor allem auf Buntmetall waren die Diebe scharf. Sie haben sogar Kupferdächer in schwindelerregender Höhe abmontiert. Durch die Löcher regnet es nun rein. Die Häuser sterben von oben herab. Folgen Sie mir jetzt bitte in den Operationsaal. Er ist einer der wenigen Orte, an dem man einen Eindruck bekommt, wie es früher hier ausgesehen hat. Und keine Angst, heute wird hier niemand operiert.« Er entblößte ein paar gelbliche Zahnstummel.

Annika presste die Lippen zusammen. Dieser Raum war der wohl hässlichste, den sie jemals betreten hatte.

Hoch über ihren Köpfen befanden sich Metallstreben, die einst Glasfenster gehalten haben mochten. Das Dach war längst zerstört. Überall auf dem Boden lagen Splitter, die unter ihren Schuhen knirschten.

Auf der Suche nach Hinweisen sah Annika sich vorsichtig um. Hier hatten vermutlich einmal Belüftungsapparate gehangen. Dort drüben baumelte das Skelett einer Operationslampe von der Decke. Lose Kabelenden ragten wie Totenfinger in die Luft. Aus zerborstenen Rohrleitungen tropfte Wasser.

Mit einem leichten Schaudern betrachtete Annika den alten Operationstisch. Sie wusste, dass die rote Farbe nur vom Rost kam, trotzdem wuchs ihr Unbehagen.

Sie hatte mal eine Fernsehserie gesehen, in der ziemlich drastisch gezeigt wurde, wie Operationen vor über einhundert Jahren abgelaufen waren. So etwas wie Anästhesie kannte man damals noch nicht. Die Eingriffe waren bei vollem Bewusstsein vorgenommen worden und endeten nicht selten tödlich.

»Beeilung, Herrschaften, wir haben noch einiges vor uns«, rief der alte Mann in diesem Moment. »Machen Sie rasch ein paar Fotos und dann geht es weiter.«

Eli lächelte grimmig. »Wenn man das so sieht, versteht man, warum es in diesen Gebäuden jahrelang Horrorpartys und schwarze Messen gab. Angeblich hörten Leute, die hier geschlafen haben, die Schreie ehemaliger Patienten. Hobbyfotografen verunglückten, weil sie so besessen nach besseren Motiven suchten, dass sie aufs Dach kletterten und abstürzten. Und es gab noch seltsamere Vorfälle.«

»Was denn für welche?«, hakte Tim nach, weil Eli auf einmal schwieg. Annika verdrehte die Augen. Jetzt ermutigte er Eli auch noch zu ihren Schauergeschichten!

»Na ja, da war zum Beispiel dieser Wissenschaftler ... Angeblich hatte er bei einem Fotoshooting eine junge Frau ermordet ...«, sagte Eli. »Restlos aufgeklärt wurde das nie. Wie vieles, was hier geschah.«

»Ach, komm schon, Eli ...«, sagte Annika leicht gereizt. »Das ist einfach eine alte, verfallene Klinik, mehr nicht.« Dennoch hielt sie sich dicht bei Tim. Der Gedanke, hier eine Nacht verbringen zu müssen, ließ sie etwas anhänglich werden. Zum Glück hörte Eli auf. Sie waren die letzten der Gruppe und mussten sich beeilen, nicht den Anschluss zu verlieren. Gemeinsam folgten sie den anderen ins oberste Stockwerk. Bis jetzt hatten sie nichts gefunden, was auf das GlobalGames-Event hinwies. Ob sie vielleicht doch am falschen Ort waren?

»Hierhinauf, Herrschaften«, schallten die Rufe des alten Mannes aus dem Treppenhaus zu ihnen herüber. »Nicht bummeln!«

»Wir sollten uns eine Stelle ausgucken, an der wir uns vom Acker machen können«, flüsterte Tim. »Die Gruppe ist groß genug, dass es nicht auffällt, wenn drei fehlen. Haltet euch am besten im Hintergrund. Ich will nicht, dass der Kerl sich unsere Gesichter merkt.«

»Keine Sorge«, sagte Eli. »Der ist so vertrottelt, der hat uns längst vergessen, sobald wir hinter der nächsten Biegung verschwunden sind.«

Annika hatte da ihre Zweifel, schwieg aber.

Der Zustand im Dachgeschoss war tatsächlich noch schlechter als in den unteren Etagen. Im Boden klafften riesige Löcher, durch die man bis in die unteren Stockwerke sehen konnte. Zersplitterte Holzbalken ragten in die Luft und warteten förmlich darauf, dass sich jemand den Kopf stieß oder einen Splitter zuzog. Ein falscher Schritt konnte einem hier zum Verhängnis werden.

Die Besucher spürten das und folgten dem alten Mann mit eingezogenen Köpfen. In einer Kammer im Ostflügel versammelten sie sich wieder um ihn. Als Annika den Blick hob, entdeckte sie Löcher im Dach. Wind pfiff durch die Ritzen im Gebälk. Aber etwas weitaus Eigenartigeres erwartete sie auf dem Boden. Irgendjemand hatte ein riesiges schwarzes Pentagramm auf den zerstörten Untergrund gezeichnet.

Die Farbe war so dick aufgetragen worden, dass sie beinahe reliefartig wirkte. Dunkle Spritzer verunstalteten das Holz. Annika wusste, dass es nur Farbe war. Aber sie konnte das Gefühl einfach nicht abschütteln, dass hier eine Opferzeremonie stattgefunden hatte.

Keiner der Besucher wagte, seinen Fuß ins Innere des fünfzackigen Sterns zu setzen. Alle hielten respektvoll Abstand.

»Dies ist einer dieser berüchtigten Orte, an denen früher schwarze Messen abgehalten wurden«, sagte der Alte. »Wenn Sie genauer hinschauen, erkennen Sie die Punkte, wo die Kerzen gestanden haben.« Reste von Wachs bedeckten den Boden. »Die Runen und alchemistische Symbole sind mit Blut ins Innere des Pentagramms gezeichnet worden.«

Er schwieg einen Moment und sah nachdenklich in die Runde.

»Orte wie dieser sind der Grund, warum die Heilstätten seit

vielen Jahren einen zweifelhaften Ruf genießen«, fuhr er schließlich fort. »Doch die Zeit, in der man hier schwarze Messen abhielt, nähert sich dem Ende. Das Gelände wurde verkauft und wird nun Stück für Stück zu einer Wohnsiedlung umfunktioniert.«

Einer der Besucher sah sich argwöhnisch um. »Wer will denn hier freiwillig wohnen? Bei dieser Vergangenheit.«

Der Alte schmunzelte. »Sie würden sich wundern. Auch als Immobilienprojekt sind die Heilstätten hoch beliebt. Die ersten Häuser sind bereits von Familien bewohnt. Es wird Schulen und Einkaufsmöglichkeiten geben – schon bald wird das Leben nach Beelitz zurückkehren. Sie, werte Herrschaften, gehören zu den Letzten, die all dies noch als Geisterort erleben dürfen. Bald wird davon nichts mehr übrig sein. Machen Sie noch ein paar Fotos, dann treffen wir uns unten. Ich warte am Zaun auf Sie.« Hustend drehte er sich um und trippelte zurück in Richtung Stiegenhaus.

Annika atmete auf. Endlich durfte sie diesen schrecklichen Ort verlassen. Sie wollte schon dem Alten folgen, als sie Elis Hand auf ihrer Schulter spürte. »Warte mal. Du auch, Tim«, flüsterte sie. »Ich muss euch etwas zeigen.«

»Was ist denn?«

»Ich glaube, ich habe etwas gefunden. Einen Hinweis.« Elis Augen leuchteten. Sie deutete auf eine Ecke des Pentagramms. Annika kniff die Augen zusammen. Zwei Buchstaben waren dort eingraviert. Ein S und ein E.

Augenblicklich wusste sie, was Eli meinte. »Stevenson-Enterprises«, murmelte sie. »Himmel, du hast recht.«

21

Einige Stunden später …

Nacht lag über den Beelitz-Heilstätten. Dunkle, erstickende, alles betäubende Nacht. Drüben beim Pförtnerhaus waren vor ein paar Minuten die Lichter erloschen. Die Kassen hatten bereits vor Stunden zugemacht, die Besucher waren verschwunden. Das Gelände lag wie ausgestorben zu ihren Füßen.

Tim blickte durch das zerborstene Fenster. Von der Straße drüben hinter den Bäumen zuckten Autoscheinwerfer zu ihnen herüber.

»Ich denke, die Luft ist rein«, flüsterte er. »Keiner mehr zu sehen.«

»Das muss nichts heißen«, sagte Eli. »Ich bin sicher, dass hier ein paar Nachtwächter rumschwirren. Leute, euch ist schon klar, dass wir hier Hausfriedensbruch begehen, oder? Für mich ist das okay, wir dürfen uns nur nicht erwischen lassen.«

Fragend blickte Tim zu Annika. Sie war während der vergangenen Stunden auffällig schweigsam gewesen. Vielleicht lag es ja daran, dass Eli unentwegt plauderte. Oder es lag an der bedrückenden Umgebung. Er hatte ein paarmal versucht, Annika aufzumuntern, aber vergebens. Vielleicht würde es besser werden, wenn sie sich endlich an die Arbeit machten.

»Seid ihr bereit, mit der Suche zu beginnen?«, fragte er. »Soll ich mal meine Geräte anwerfen?«

»Unbedingt«, stimmte Eli ihm sofort zu. »Auf geht's!«

Tim rieb seine Hände. Kühl war es geworden. Er öffnete seine Umhängetasche, verteilte den Inhalt auf dem Boden und schaltete sein Handy an. Es dauerte einen Moment, bis die Verbindung stand. Dann hielt er die Kamera hoch, um die Gesichtserkennung zu aktivieren. Die Rote Dame erschien. Sie sah sich kurz um, dann zuckte ein Lächeln über ihr Gesicht.

»Oh, ich sehe, dass du nicht allein bist, Tim. Ich grüße euch, Runner.«

»Hallo.« Die Mädchen winkten ihr zu.

»Willkommen zurück. Darf ich mich mal umsehen?«

»Klar.« Tim richtete die Außenkamera auf das Pentagramm.

»Ja, ihr habt einen der Orte mit Hinweisen gefunden«, lautete die Antwort. »Einen von mehreren hier auf dem Gelände.« Die Rote Dame war inzwischen nicht mehr allein. Rund um das Pentagramm hatten sich in Kutten gehüllte Figuren hinzugesellt. Sie hielten ihre Köpfe gesenkt und murmelten dunkle Beschwörungen.

»Was sollen wir jetzt tun?«, erkundigte sich Tim. »Wir wissen nicht weiter.«

»Wie gesagt, hier sind wichtige Informationen verborgen, die euch zum Claim führen können«, erklärte die Rote Dame. »Wenn ihr die Zeichen richtig deutet. Mehr darf ich euch nicht sagen.« Sie tippte auf die Stelle zwischen ihren Augen. Den Punkt, an dem die Nase in die Stirn überging. »Wahres Wissen findet ihr hier. Das Licht bringt die Erkenntnis. Und nun lebt wohl.«

Zapp, weg war sie.

»Äh ...« Tim wollte sie noch etwas fragen, doch die Rote Dame kehrte nicht wieder zurück. »Mist«, murmelte er.

»Immerhin wissen wir jetzt, dass wir am richtigen Ort sind«, sagte Eli. »Und dass es noch andere Spieler gibt.«

»Vielleicht sind einige von ihnen sogar hier in der ehemaligen Chirurgie«, fügte Annika hinzu. »Groß genug ist der Kasten ja.«

Tim presste die Lippen aufeinander. Sie hatte recht. Die Chance, dass sich hier noch andere Spieler aufhielten, war gar nicht mal so klein. Das Ding war riesig und es gab Dutzende von Versteckmöglichkeiten. Unwillkürlich hielt er den Atem an. Aber alles, was er hörte, war der Wind, der durch die Ritzen im Dachgebälk fuhr.

Er atmete tief durch. Sinnlos, sich verrückt zu machen. Genau das bezweckten die Spielemacher vermutlich – spektakuläre Konkurrenzkämpfe um den neuesten Claim. »Habt ihr kapiert, was das mit den Augen sollte und dem Licht?« Fragend sah er die Mädchen an. »Ich fand, das klang ziemlich kryptisch.«

»Na ja, es passt immerhin zum Einleitungstext der Roten Dame«, meinte Eli achselzuckend. »Dass dies so eine Art Nachträtsel sein wird, war ja von Anfang an klar.«

»Das Licht bringt die Erkenntnis«, zitierte Annika. »Das

muss etwas zu bedeuten haben. Also lasst uns mal ein wenig Licht machen.« Sie schaltete die Taschenlampenfunktion ihres Handys ein. Vorsichtig richtete sie den Strahl auf das Pentagramm. Wie jeder von ihnen hielt sie ihr Handy stets an eine Powerbank angeschlossen. Immerhin war das Handy das wichtigste Arbeitswerkzeug eines Runners.

Tim konzentrierte sich auf das Symbol. Im Volksglauben stand der fünfzackige Stern für Zauberei und Magie. Tim glaubte zwar längst nicht mehr an solche Dinge, doch in dieser Umgebung wirkte das Ding etwas beunruhigend.

»Was könnte das wohl bedeuten?«, flüsterte er. »Meint ihr, die haben hier wirklich mal ein Tier geopfert?«

»Aber so was von«, entgegnete Eli mit breitem Grinsen und setzte wenig hilfreich hinzu: »Vielleicht sogar Menschen.«

»Sei doch still«, zischte Annika. »Du immer mit deinen Horrorgeschichten. Ich habe mir das Teil jedenfalls ganz genau angesehen und nichts entdeckt, was uns weiterbringt. Abgesehen von den Buchstaben S und E.«

»Vorausgesetzt, es steht wirklich für Stevenson-Enterprises«, sagte Tim hastig, bevor das Geplänkel zwischen den Mädchen wieder von vorn losging. »Vielleicht sind es nicht die Buchstaben selbst, die uns weiterhelfen. Vielleicht ist die Richtung entscheidend.«

»Soll heißen?«, hakte Eli ungeduldig nach.

»Na ja, vielleicht sind sie als eine Art Richtungspfeil gedacht?«

»Keine schlechte Idee.« Der eine Zacken wies Richtung Treppenhaus. Also hob Annika ihr Handy und hielt es in die Dunkelheit.

Im nächsten Moment zuckten alle drei zusammen.

»Was ist denn das?«, flüsterte Annika. »Das ist ja verrückt.«

Zwei leuchtende Augen starrten sie aus der Dunkelheit heraus an.

»Schalt mal das Licht ab«, raunte Tim. Sofort verschwanden die Augen. Als Annika das Licht erneut anschaltete, tauchten sie wieder auf.

Schritt für Schritt ging er darauf zu – und atmete auf: Sie hatten sich von gekonnt gemachten Graffiti verunsichern lassen. Eines rechts vom Gang, eines links. Er kratzte mit dem Fingernagel darüber. »Farbe«, murmelte er.

»Eine reflektierende Substanz«, stellte Eli fest. »Wie bei Fahrradreifen.«

»Jetzt kapiere ich das«, sagte Tim. *»Das Licht bringt die Erkenntnis. Wahres Wissen liegt zwischen den Augen.* Es sind die Leuchtmarkierungen. Sie lenken uns an einen bestimmten Ort.«

»Aber an welchen?« Annika schlang die Arme um ihren Oberkörper. Ihr schien die Sache nicht geheuer zu sein.

»Das sehen wir dann«, sagte Tim mit wachsender Zuversicht. »Das Schwierigste an jedem Rätsel ist der Einstieg. Unseren haben wir gefunden. Kommt schon, packen wir unsere Sachen und dann nichts wie los.«

»Niemand geht irgendwohin.«

Die Stimme klang schnarrend und unangenehm. Tim fühlte sich auf einmal wie in einem bösen Traum gefangen.

»Schön, dass ihr das Rätsel gelöst habt. Tatsächlich hatten wir einige Probleme damit. Wir sind euch wirklich sehr dankbar.« Zwei schemenhafte Gestalten traten hinter einem der Pfeiler hervor. Der eine schmal, der andere groß. Beide trugen dunkle Kleidung. Sie waren so gut wie unsichtbar.

Tim hielt den Atem an.

Schlagartig wurde ihm klar, wer das war – und er verfluchte sich für seinen Leichtsinn. Sie hätten eine Wache aufstellen sollen. Jemand, der die Umgebung im Auge behielt, während die anderen das Rätsel lösten.

Aber dafür war es jetzt zu spät.

22

Wenn das nicht mein guter Freund Tim Feldmann ist.« Jeremy trat vor und sah sich um. »Nett hast du's hier. Gleich zwei Mädels eingesackt, Respekt.« Er zwinkerte Tim zu. »Wie geht's der Rippe?«

Tim presste wütend die Lippen zusammen.

Eli sah ihn erstaunt an. »Du kennst die beiden Hampelmänner?«

»Kennen wäre zu viel gesagt«, presste Tim hervor. »Wir sind uns schon mal begegnet.«

»Sie haben Tim zusammengeschlagen und ihm den ersten Claim weggeschnappt.« Wütend starrte Annika auf die beiden Neuankömmlinge. »Ekelhaft.«

»Aber, aber. So böse Worte aus so einem hübschen Mund.« Jeremy grinste hämisch. »Du musst Sakura, alias Annika sein. Sehr erfreut, dich kennenzulernen.« Dann deutete er eine Verbeugung an. »Und wer bist du?« Mit einem spöttischen Lächeln wandte er sich nun an Eli. »Dich kenne ich nicht.«

»Und so soll es auch bleiben«, sagte Eli kühl. »Nach allem, was ich über euch weiß, seid ihr zwei echte Kotzbrocken. Und Kotzbrocken erfahren meinen Namen nicht.«

Jeremys Grinsen verrutschte. »Sei lieber vorsichtig, was du sagst«, zischte er. »Sonst hetz ich dir meinen Hund auf den Hals.«

»Also das bist du. Ein Hund.« Eli blickte Darius kühl an. »Ich dachte schon, du wärst ein Gorilla, so hässlich wie du bist. Kannst du auch bellen, Stöckchen holen und Männchen machen?«

Tim zuckte zusammen. Ob Eli wusste, in welche Gefahr sie sich mit ihrer großen Klappe begab? Dieser Typ war zu allem fähig. Doch Darius regte sich nicht. Wartete er auf die Befehle seines Meisters? Der war allerdings weiterhin damit beschäftigt, wütend vor sich hin zu köcheln.

»Es wäre besser für euch, wenn ihr uns nicht provoziert«, sagte er. »Es sei denn, ihr legt keinen Wert auf eure Gesundheit.«

Tim hatte endlich wieder den Mut gefunden, seinen Mund aufzumachen. »Was wollt ihr?«, fragte er. »Vielleicht können wir das ja friedlich klären.«

Jeremy starrte Eli noch einen Moment schweigend an, dann zog er mit einer ruckartigen Bewegung seine Jacke glatt.

»Ah! Die Stimme der Vernunft. Sehr gut.« Er nickte zufrieden in Tims Richtung. »Lass die Mädels mal labern. Also …« Er rieb freudig seine Hände. »Was wir wollen, dürfte klar sein. Wir werden jetzt diesen Punkt einsacken. Ich bin ja der Meinung, dass sie es mit dem Schwierigkeitsgrad ein wenig übertrieben haben, oder? Diese Polybios-Chiffre war schon knackig. Fünf Stunden haben wir daran gesessen. Das muss man sich mal vorstellen. Mein Rechner ist auf Hochtouren gelaufen, bis er endlich was Brauchbares ausgespuckt hat. Und jetzt das hier, tsss …« Er schüttelte den Kopf. »Die Sache mit dem Licht ist genial. Wäre ich nie draufgekommen.«

»Das glaube ich dir sofort«, sagte Eli mit kaltem Lächeln. »Nix in der Birne, aber eine große Klappe.«

Jeremys Augen blitzten auf. »Hat dir schon mal jemand gesagt, dass dich dein Mundwerk noch in Schwierigkeiten bringen wird? Darius fessel die Bitch.«

»Fesseln?« Tim glaubte, sich verhört zu haben. Und es kam noch schlimmer. Plötzlich hielt Jeremy ein Messer in der Hand.

»Na klar, wir müssen doch sicherstellen, dass ihr den Raum nicht verlasst und uns folgt.« Jeremy schnippte mit dem Finger. »Los, Darius.«

Der Große griff in seine Tasche und holte drei solide aussehende Bänder mit Klettverschluss heraus.

Jetzt, da Eli still war, schien Jeremy den Moment sehr zu genießen. »Keine Sorge«, sagte er. »Ihr werdet nicht lange hier bleiben müssen. Spätestens wenn die nächste Führung durch dieses Gebäude geht, wird man euch finden. Morgen früh oder so. Vielleicht wenn wir nett sind, hängen wir auch einen kleinen Zettel beim Kartenhäuschen auf. Dann dauert es nicht so l…«

Eli trat einen Schritt auf ihn zu.

Jeremy stockte. »He, was soll das? Mach, dass du wieder auf deinen Platz kommst. Willst du, dass ich Darius befehle, dir ein paar aufs Maul zu geben?«

Darius blähte sich auf wie ein Ochsenfrosch. Tim konnte sehen, wie sich die Muskeln unter seinem Hemd wölbten. Eli jedoch ließ sich nicht aus der Ruhe bringen. Ihre Miene strahlte pure Freundlichkeit aus.

»Also gut«, begann sie. »Ich habe meine Meinung geändert.«

Sie blickte erst Darius, dann wieder Jeremy an. »Du wolltest doch wissen, wie ich heiße.«

Argwöhnisch zog Jeremy seine Braue zusammen.

»Ja …?«

»Man nennt mich Zorba.« Ihr Lächeln wurde breiter. »ZorbaTheGreek. Vielleicht habt ihr schon von mir gehört.«

Und mit einer Bewegung, die schneller war, als Tim blinzeln konnte, fuhr sie herum und trat Darius zwischen die Beine.

Der Riese gab ein Grunzen von sich, dann kippte er um. Als er aufschlug, bebte der Boden. Staub rieselte von der Decke. Tim befürchtete für einen Moment, der Boden würde vielleicht durchbrechen und sie alle in die Tiefe reißen, doch er hielt.

Jeremy wich zurück, das Messer in der ausgestreckten Hand. Ohne seinen Bodyguard war er nur noch halb so mutig. Kreidebleich sah er aus. Dann legte sich offenbar der erste Schock und er fing er an zu schreien.

»Was hast du getan!«, kreischte er. »Bist du nicht ganz dicht?«

Eli lächelte kühl. »Keine Sorge, dem geht's gut. Er ist nur kurz weggetreten. Wenn er zu sich kommt, legst du ihm am besten etwas Kühles auf seine Kronjuwelen. Einen nassen Lappen oder so. Und jetzt lass das Messer los. Sofort!«

Verblüfft beobachtete Tim, wie Jeremy tatsächlich die Klinge fallen ließ.

Eli hob sie auf und betrachtete sie. »Ein Springmesser hm? Ein echtes Scheißding. Du nimmst es mir nicht übel, wenn ich das jetzt mal entsorge, oder?« Ohne eine Antwort abzuwarten, schleuderte sie das Messer durch das offene Dach nach draußen.

»So, das war's dann, denke ich.« Eli deutete mit zwei Fingern erst auf ihre Augen, dann auf seine. »Macht's gut, ihr zwei. Und nicht vergessen: ZorbaTheGreek, okay? Kommt, Freunde, wir haben etwas zu erledigen.«

Fassungslos starrte Tim auf den am Boden liegenden Darius, dann auf Jeremy, der sich wie eine Ratte in einer dunklen Ecke verkroch. Wie sehr sich in manchen Momenten die Ereignisse doch überschlugen. Mit wild pochendem Herzen folgte er den Mädchen.

Gleich im nächsten Stockwerk fanden sie das nächste Augenpaar. Es führte sie das Treppenhaus hinunter und dann nach draußen.

Lautlos durchquerten sie die Nacht.

Tim war noch ganz benommen von dem Vorfall oben im Dachgeschoss. Nur langsam wurden ihm die Ausmaße des Vorfalls bewusst. Er hatte Eli unterschätzt. Ohne ihre Hilfe säßen sie jetzt da oben: hilflos, gefesselt und im schlimmsten Fall wären die Spiele für sie gelaufen. Irgendwann später, wenn sich die Lage beruhigt hatte, sollten sie Eli ihre Dankbarkeit zeigen.

Annika deutete nach links und riss Tim aus seinen Gedanken. Dort drüben blinkten Lichter im Dunkeln. Keine Farbmarkierungen diesmal, sondern Taschenlampen. Vermutlich andere Spieler.

»Besser, wir beeilen uns«, sagte Annika leise.

In geduckter Haltung erreichten sie das Tor. Es war unverschlossen. Ob das Absicht war? Tim war sich nicht sicher, aber zumindest ersparte es ihnen die nervenaufreibende Kletterei.

Tim hielt kurz inne und hob den Kopf. Aus einem der anderen Gebäude drangen Stimmen zu ihnen herüber. Auf einmal ertönte von irgendwo ein Ruf: »He, seht mal, da laufen welche in Richtung Barfußpark.«

»Hinterher!«

Noch mehr Runner!

»Schnell«, keuchte Annika. »Da drüben sind wieder zwei Hinweise.« Wie Raubtieraugen leuchteten ihnen die Markierungen aus dem Wald entgegen. Tims GPS-Gerät gab ein Piepsen von sich. Ein kleiner Punkt war auf der Karte aufgetaucht. Sie waren auf dem richtigen Weg. »Noch hundert Meter«, japste er.

»Ist es vielleicht das da?« Eli deutete auf ein bizarr anmutendes Zelt, das auf einer Lichtung stand. Aus der Ferne sah es aus wie ein gelber Drache, der seine Flügel aufblähte.

Tim starrte auf seinen Tracker. »Das ist es. Das muss es sein. *Drachenzelt,* hier steht's. Oh, seht mal. Die Rote Dame ist wieder da.«

Sie wartete neben dem Zelt im Gewand eines Burgfräuleins auf sie. An ihrer Seite rekelte sich ein monströser Drache. Aus rot glühenden Augen starrte er die Spieler an. Rauch quoll aus Maul und Nüstern. Die Illusion war so realistisch, dass Tim den Schwefelgestank zu riechen glaubte.

Er sah sich um. Keine Spur von den anderen Runnern. Sie schienen die übrigen Spieler abgehängt zu haben.

»Willkommen, Runner, ich grüße euch.« Die Dame kraulte die Bestie am Hals und das Untier begann, wie eine Katze zu schnurren. »Ihr habt das Ziel erreicht und dürft euren Punkt machen. Gebt einfach den Namen dieses Ortes in die Textbox auf eurem Handy ein und schließt die Wertung mit eurer Sende-/Empfangseinrichtung ab. Und denkt daran: Nur die beiden Ersten werden gezählt. Wer von euch wird es sein?« Sie sah die drei neugierig an.

Tim hatte sich die ganze Zeit schon Gedanken gemacht, wie sie vorgehen sollten, und war spontan zu einer Entscheidung gelangt. »Ladies first«, sagte er nun, ohne zu zögern. »Kommt schon, ihr beiden, beeilt euch.«

»Wow, ein echter Kavalier.« Eli grinste.

»Und was ist mit dir?« Annika sah ihn besorgt an. »Du bist schon beim ersten Mal leer ausgegangen.«

»Keine Sorge«, sagte Tim. »Ich werde sicher noch irgendwann zum Zug kommen. Außerdem habe ich auch schon Sonderpunkte eingeheimst. Und jetzt beeilt euch.«

Die Mädchen bedankten sich und tippten das Lösungswort D.R.A.C.H.E.N.Z.E.L.T ein.

Die Rote Dame nickte zufrieden.

»Gut gemacht, ihr beiden. Erstklassige Arbeit. Damit habt ihr die Beelitzer-Heilstätten erfolgreich gemeistert und einen neuen Wegpunkt freigeschaltet. Ich könnte mir vorstellen, dass ihr es eilig habt, oder?«

»Allerdings«, stieß Tim aus. »Hier sind noch andere Spieler, denen wir gerne aus dem Weg gehen würden.«

»Verständlich«, sagte die Rote Dame. »Dann will ich euch nicht lange zappeln lassen. Eure nächste Reise wird euch nach Leipzig führen. Hier ein kleiner Reim, der euch einen Hinweis auf das nächste Ziel liefert.« Sie räusperte sich.

»Hoch oben ist kühl die Luft,
tief unten hallt es dunkel in der Gruft.
Am See der Tränen, voller Gebein,
sechzehn Ritter in schwerem Gestein.
Die Blicke gesenkt, die Arme verschränkt,
zu Ehren der Toten, ihrer stets eingedenk.«

Sie beendete ihr Gedicht mit einem Knicks.

»Lauft am besten in einem weiten Bogen in nördlicher Richtung und verlasst die Heilstätten über den Parkplatz. Sobald ihr unterwegs seid, erhaltet ihr von mir noch einen kleinen Code, der euch einen letzten Hinweis liefert. Und jetzt beeilt euch!«

»Das werden wir«, sagte Tim und nickte den beiden Mädchen zu. »Nichts wie los. Und das nächste Mal bin ich dran. Meine Höflichkeit hat Grenzen.« Er grinste.

GLOBALGAMES

INCORPORATED

Claim 3

23

Wie ein wilder Traum rauschte die Nacht an ihnen vorbei ... Bäume, Felder und Wiesen, nur hin und wieder unterbrochen von kleinen Ortschaften mit dunklen Kirchtürmen. Der Vollmond tauchte das Land in bläuliches Licht. Drüben im Osten jedoch deutete sich bereits die Morgendämmerung mit einem zarten rosigen Schimmer an.

»Vielleicht solltest du auch eine Runde schlafen.« Der Lkw-Fahrer zwinkerte Tim freundlich zu. »Bis zum Schkeudizer Kreuz ist es noch eine knappe Stunde. Das lohnt sich, glaub mir.«

Im Radio dudelte leise Musik.

Tim blinzelte verschlafen. Auf einem Schild hinter der Windschutzscheibe prangte gut sichtbar der Name *Bennie*. Der Lkw-Fahrer hatte sie an der Auffahrt zur A9 aufgelesen.

»Eine Stunde ist nicht gerade viel«, murmelte Tim. »Wahrscheinlich bin ich danach noch kaputter.«

»Musst du wissen, Junge. Ich würd's tun. Aber ich kann auch auf Knopfdruck schlafen. Ist eine Frage der Übung.« Der Mann lächelte. »Ich dachte mir, dass es vielleicht am besten ist, wenn ich euch am Flughafen absetze. Von dort aus seid ihr mit der Bahn ruckzuck in der Innenstadt.«

»Vielen Dank«, sagte Tim. »Danke, dass Sie uns mitgenommen haben. Wir haben nicht damit gerechnet, dass um diese Uhrzeit überhaupt jemand hält.«

»Kein Ding«, erwiderte Bennie. »Ich fahre die Strecke Berlin–München zweimal die Woche. Da freut man sich über ein bisschen Gesellschaft.« Er blickte kurz über die Schulter. Eli und Annika schliefen in ihre Jacken gekuschelt auf der Rückbank.

»Was habt ihr denn um diese Uhrzeit hier draußen verloren?«, fragte Bennie. »Meint ihr nicht, dass sich eure Eltern Gedanken machen?«

»Nö ...« Tim presste die Lippen zusammen. Die Sache mit Dad bedrückte ihn. Dutzende von E-Mails- und WhatsApp-Nachrichten hatte er auf seinem Handy schon weggewischt. Alle von seinem Vater. Tim hatte wirklich vorgehabt, ihn anzurufen, aber immer, wenn er es endlich tun wollte, verließ ihn in letzter Sekunde doch der Mut. Und irgendwann war es zu spät geworden. Jetzt schlief sein Dad sicher schon.

Als der Fahrer merkte, dass Tim nicht reden wollte, ließ er ihn in Ruhe. Aus dem Radio trällerte Helene Fischers *Atemlos durch die Nacht*. Wie passend.

Tim blickte auf die Uhr. Kurz vor halb fünf. Heute musste er sich melden, daran führte kein Weg vorbei. Sonst würde sein Vater am Ende noch die Polizei einschalten. Aber wie sollte er all das nur erklären?

»Ich denke, ich mache jetzt doch für ein paar Minuten die Augen zu«, sagte er. »Wecken Sie mich bitte, wenn wir da sind?«

»Kannst dich auf mich verlassen.« Bennie pfiff die Melodie mit.

Es dauerte keine fünf Sekunden, dann war Tim eingeschlafen.

Es war bereits hell, als sie Leipzig erreichten. Tim fühlte sich wie gerädert. Die Stunde Schlaf hatte kaum geholfen. Dieser Wettbewerb war wirklich eine Herausforderung. Beelitz war erst der zweite Tag gewesen. Fünf weitere lagen noch vor ihnen. Wenn sie in diesem Tempo weitermachten, würde er spätestens morgen zusammenklappen.

Am Bahnhof herrschte frühmorgendliche Hektik. Der Wetterbericht hatte für dieses Wochenende noch mal beste Schwimmbadtemperaturen vorausgesagt, ehe es dann schlechter werden sollte. Die Leute eilten aus den Zügen in Richtung Straßenbahn, um möglichst früh am Arbeitsplatz zu sein und entsprechend zeitig Feierabend machen zu können.

Tim, Eli und Annika versorgten sich im Untergeschoss mit Proviant, dann stiegen sie in die Straßenbahn. Die Linie 15 brachte sie an ihr nächstes Ziel.

Diesmal war es Tim gewesen, der das Rätsel geknackt hatte. Während die anderen schliefen, war ihm eingefallen, was der Reim zu bedeuten hatte.

Hoch oben ist kühl die Luft,
tief unten hallt es dunkel in der Gruft.

Das war ein Turm, ganz klar. Normalerweise hätte Tim auf einen Kirchturm getippt, doch in diesem Fall war es etwas anderes.

Am See der Tränen, voller Gebein,
sechzehn Ritter in schwerem Gestein.

Das wiederum bezog sich auf den See, den man vor dem Turm angelegt hatte und der tatsächlich so hieß.

Die Blicke gesenkt, die Arme verschränkt,
zu Ehren der Toten, ihrer stets eingedenk.

Was es mit diesen Rittern auf sich hatte, war nicht ganz klar, aber das würden sie schon herausfinden.

Das Völkerschlachtdenkmal musste ein faszinierender Ort sein. Tim hatte im Fernsehen einen Bericht darüber gesehen und war erstaunt gewesen, wie sehr sich dessen Aussehen mit seiner Vorstellung vom Ortanc gedeckt hatte. Jenem sagenumwobenen Turm aus dem *Herrn der Ringe,* in dem der finstere Zauberer Saruman hauste. Was Tim letztlich auf die Spur gebracht hatte, war der Morsecode, den die Rote Dame ihnen im Anschluss an das Gedicht geliefert hatte. Eine einfache Kombination aus Punkten und Strichen, die aber eine wertvolle Information enthielt.

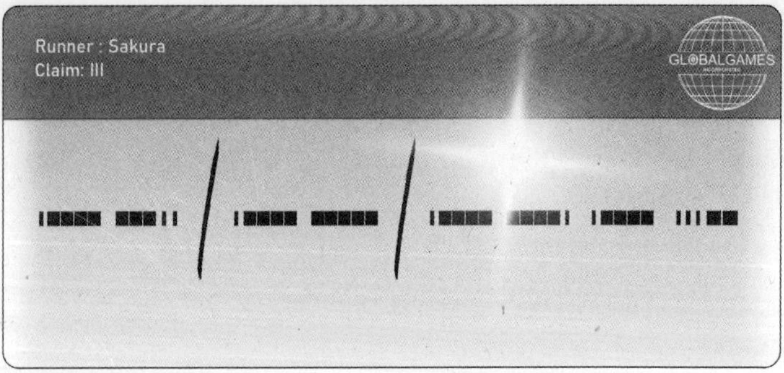

Für einen Runner war die Beherrschung des Morsealphabets eine Selbstverständlichkeit. 18/10/1913, so lautete der Zahlencode. Das Datum der Einweihung. Damit war die Sache klar gewesen. Vermutlich hätten die Mädchen das auch herausbekommen.

Müde starrte Tim aus dem Fenster. Er war völlig in Gedanken versunken, als plötzlich das Handy klingelte. Der Name des Anrufers auf dem Display ließ ihn schlagartig wach werden.

Dad!

Hilfe suchend blickte Tim zu den Mädchen, doch die schienen nichts mitbekommen zu haben. Einen kurzen Moment war er versucht, das Gespräch wegzudrücken, dann nahm er seinen Mut zusammen und hob ab. »Hallo?«

»Tim?«

»Ja.« Er stand auf und ging ein paar Meter nach vorne. Er wollte nicht, dass seine Begleiterinnen das Gespräch mithörten.

»Wo steckst du, Junge?«

»In Leipzig.«

»Was zum Teufel machst du in Leipzig?«

»Ich bin da an einer wichtigen Sache dran ...«

»Wir machen uns hier schreckliche Sorgen«, sagte Dad. »Deine Schwester hat ein paar Dinge erzählt, aus denen ich nicht recht schlau geworden bin. Seit gestern versuche ich, dich zu erreichen.«

»Ja, ich weiß.« Tim schluckte. »Ich hab gesehen, dass du es versucht hast, aber ich konnte mich nicht zurückmelden. Sorry.«

»Du konntest nicht mal auf eine einfache WhatsApp antworten? An was für einer Sache bist du da dran? Ich hoffe nichts Gefährliches.«

»Ich kann dir das auf die Schnelle nicht erklären ...«

»Warum nicht? Ist alles in Ordnung mit dir? Brauchst du Hilfe?«

»Nein, Dad, alles bestens.«

»Brauchst du Geld, bist du allein?«

»Weder – noch, Dad. Mir geht's gut, ehrlich. Ich reise zusammen mit zwei Mädchen. Wir drei sind ein gutes Team.«

»Zwei Mädchen, hm …?« Es entstand eine Pause. Tim hatte noch nie eine Freundin gehabt und musste sich deswegen von Zeit zu Zeit spöttische Bemerkungen gefallen lassen. Vielleicht verstand Dad jetzt, dass es wichtig war. Doch seine Hoffnung wurde fast im selben Moment enttäuscht.

»Wie auch immer«, tönte es aus dem Handy. »Ich möchte, dass du umgehend nach Hause kommst. Steig in den nächsten Zug und fahr zurück nach Köln. Wir sprechen dann heute Abend darüber.«

»Das geht nicht, Dad.«

»Was, wieso nicht?«

»Weil ich jetzt nicht einfach aussteigen kann. Die anderen verlassen sich auf mich. Ich kann sie nicht im Stich lassen.«

»Ich habe mir diesen Unsinn jetzt lange genug angehört, Tim. Ich möchte, dass du umgehend zurückkommst, hörst du?«

Tim schluckte. Normalerweise wäre er spätestens jetzt eingeknickt. Vielleicht lag es an der Müdigkeit, dass er es nicht tat. »Das werde ich nicht tun, Dad.«

»Was?«

»Es geht nicht. Ich kann den Wettkampf nicht einfach unterbrechen. Wenn ich jetzt aufhöre, ist das Rennen für mich gelaufen.«

»Wettkampf? Ich verstehe nur Bahnhof.«

»Emily weiß ein bisschen was. Sie soll es dir erzählen, ich habe jetzt nicht die Zeit dazu. Ich erkläre es dir aber ausführlich, sobald ich zurück bin.«

»Wann wird das sein?«

»In knapp einer Woche.«

»Du willst eine ganze Woche wegbleiben?«, rief sein Dad. »Bist du verrückt geworden? Das kommt überhaupt nicht infrage. Ich will ...«

»Dad, *bitte«,* unterbrach Tim seinen Dad. »Ich kann ja nachvollziehen, dass du wütend bist, aber bitte, du musst auch mich verstehen. Jetzt sind Ferien und wir fahren schon wieder nicht in Urlaub. Alle meine Freunde sind weg und dieses Event ist unheimlich wichtig für mich. Du musst mir jetzt einfach vertrauen.«

»Emily braucht dich.«

»Emily war diejenige, die mich überhaupt dazu ermutigt hat zu fahren. Ohne sie hätte ich mich das nie getraut. Sie sagte, ich hätte ein Recht darauf.«

»Ein *Recht?* Das wird ja immer schöner ...«

Tim seufzte. Ihm war klar gewesen, dass sein Vater es nicht verstehen würde. »Ich muss jetzt Schluss machen, Dad«, sagte er. »Wir sind gleich da. Bitte sei mir nicht böse, es wird sich alles aufklären. Versprochen.«

»Halt, wage es ja nicht aufzulegen. Ich ...«

Tim beendete das Gespräch. Den Rückruf ignorierte er.

Als er zu seinem Platz zurückkam, sah Annika ihn mitfühlend an. Natürlich hatte sie sofort begriffen, was los war.

»Schlimm?«, fragte sie.

Tim zuckte mit den Schultern. »Wenigstens weiß er jetzt Bescheid.«

Eli runzelte die Stirn. »Dein Vater, oder was?«

Tim nickte. »Seit Moms Tod bin ich für den Haushalt und meine kleine Schwester zuständig. Ich bin einfach abgehauen und habe nichts gesagt, weil ich Angst hatte, er würde es mir sonst verbieten.«

»Scheiße ...«

»Du sagst es. Aber jetzt ist alles klar und wir können uns wieder unserer Aufgabe widmen.« Er blickte raus. »Da vorne ist unsere Haltestelle. Wir müssen aussteigen.«

24

Annika fand, dass das Völkerschlachtdenkmal in der Realität noch viel imposanter aussah als auf den Fotos, die Tim ihnen auf seinem Handy gezeigt hatte. Ein Steinklotz, der durch sein pures Gewicht im Boden zu versinken schien.

Gemeinsam überquerten die drei die Straße, stiegen eine Böschung hinauf, nahmen auf einer Bank im Schatten einer Allee Platz und ließen den Anblick auf sich wirken.

Es war ein Ort wie aus einem Fantasyfilm. Erhaben, mächtig, Ehrfurcht gebietend. Ein Objekt aus einer anderen Zeit, auch wenn diese noch gar nicht so lange zurücklag. Auf alten Fotos war das Denkmal pechschwarz gewesen, doch seit seiner Sanierung Ende 2018 strahlte es wieder in einem hellen Sandsteinton. Erbaut worden war es im Gedenken an die einhunderttausend Soldaten, die 1813 in einer Schlacht zwischen den Verbündeten Russland, Preußen, Österreich und Schweden gegen das französische Heer unter Napoleon gefallen waren. Zwar hatten die Verbündeten gesiegt, doch im Anschluss war es zu furchtbaren Seuchen gekommen, die fast ein Fünftel der Einwohner Leipzigs das Leben gekostet hatten. Der Boden, auf dem sie hier standen, war im wahrsten Sinne des Wortes mit Blut getränkt gewesen.

»Wow«, sagte Eli. »So etwas habe ich noch nie gesehen. Seht mal, da sind Treppen, die hinauf ins Innere führen.«

Tim nickte. »Der Turm ist hohl und beherbergt wohl eine Grabkammer, in der wir hoffentlich die sechzehn Ritter aus dem Gedicht finden werden.«

»Und das da ist der See der Tränen aus dem Gedicht?« Annika deutete auf den lang gestreckten Weiher zu Füßen des Denkmals. Sie zitierte den Vers: *»Der See aus Tränen, voller Gebein.«*

»Ich kann nur hoffen, dass da nicht wirklich Gebeine drin rumschwimmen.«

»Keine Sorge«, sagte Tim mit müdem Lächeln. »Wenn da jemals welche drin waren, sind sie lange verschwunden. Der See wurde ebenfalls saniert, zusammen mit dem Hauptgebäude.« Er stand auf. »Wie sieht's aus, habt ihr Lust, den Turm mal von innen zu inspizieren?«

Annika grinste. »Backt der Bäcker Brezeln?«

Sie standen auf und wollten sich gerade auf den Weg machen, als urplötzlich jemand neben ihnen auftauchte.

»He, seid ihr etwa Runner?«

Annika blinzelte einen pummeligen Jungen an, der sie mit seiner dicken Ledertasche und der Baseballmütze ein wenig an Charlie Brown erinnerte.

»Wer will das wissen?«, fragte sie abweisend.

»Ich hab gehört, wie ihr euch über das Völki unterhalten habt, seine Geschichte und so. Mit euren Taschen und eurer Kleidung seht ihr aus wie Runner. Ich kann das beurteilen, bin nämlich selber einer.« Er grinste. Er hatte einen leichten Sprachfehler, der ihn manche Buchstaben verschlucken ließ.

»Was du nicht sagst.«

»Ja, und ich kann euch helfen. Ich kenne mich hier aus. Ich weiß alles über das Völki. Seine Geschichte, seine Geheimnisse – *alles.«* Er musterte sie aufmerksam und Annika wurde das Gefühl nicht los, dass er längst wusste, wer sie waren. Tim und Eli warfen sich vielsagende Blicke zu.

»Keine Ahnung, wovon du sprichst«, sagte Tim. »Wir sind das Wochenende mit unserer Klasse unterwegs. Schulausflug, du verstehst. Und jetzt müssen wir auch weiter. War schön, dich kennengelernt zu haben ...«

»Es geht um das Event, habe ich recht?« Die Augen hinter der Brille waren kugelrund. Der Kleine ließ sich nicht abschütteln. »Seit gestern Nacht läuft die Gerüchteküche heiß. Auf WorldRunner steht einiges darüber zu lesen. Es heißt, es wäre ein Event, das in ganz Deutschland stattfindet. Vielleicht sogar weltweit. Wisst ihr mehr darüber?«

»WorldRunner, Event, Gerüchteküche? Kein Schimmer, wovon du redest«, sagte Annika.

»Oh, klar, ihr dürft nicht darüber sprechen. Alles topsecret und so. Aber mir könnt ihr vertrauen. Ich bin einer von euch.«

Annika blickte Hilfe suchend zu Eli und Tim. Was sollten sie mit dieser neugierigen Wühlmaus anfangen?

»Wie heißt du eigentlich?«

»Malte«, kam die Antwort wie aus der Pistole geschossen. »Malte Steinhäuser.«

»Und du bist ebenfalls Runner?«

Heftiges Nicken.

»Dann müsstest du einen Nickname haben«, sagte Tim.

»Ja, klar habe ich den. Im Spiel heiße ich *KaddelQuerkopf.«*

»Nie gehört.«

»Ich auch nicht«, sagten Annika und Eli gleichzeitig.

Der Junge senkte verlegen den Kopf. »Wundert mich nicht. Hab mich nicht für den Wettkampf qualifizieren können. Bin im Ranking nur auf Platz 293. Nicht gut genug. Nicht so gut wie ihr.« Beschämt blickte er zwischen ihnen hin und her. »Darf ich fragen, wer ihr seid?«

Annika blickte ihre Freunde ratlos an, doch die schienen von der Situation genauso überfordert zu sein. Sollten sie sich zu erkennen geben? Der Knirps machte nicht den Eindruck, als wäre er besonders gefährlich.

»Annika«, sagte sie. »Nickname Sakura.«

»Und ich bin Tim, alias Achenar. Das hier ist Eli.«

»Nickname ZorbaTheGreek«, sagte Eli. »Wir sind hier, um ein Rätsel zu lösen. Vielleicht kannst du uns ja helfen.«

Der Junge starrte sie alle drei mit offenem Mund an. Er sah aus, als hätte er einen Geist gesehen. »Sakura«, murmelte er. »Achenar, Zorba. Ich glaub's ja nicht.« Er sprach ihre Namen voller Ehrfurcht aus, so als wären sie etwas Heiliges. »Ich bin ein totaler Fan. Ihr seid meine Helden. Nichts würde mich glücklicher machen, als wenn ihr beim Event gewinnt.«

Annika fühlte sich geschmeichelt. Offensichtlich hatte sie da draußen mehr Fans, als sie wusste.

»Leipzig ist schon unsere dritte Station«, sagte sie lächelnd. »Du kannst dir vorstellen, dass wir es ganz schön eilig haben.«

»Absolut, ja.« Er nickte heftig. »Muss ein ziemlicher Stress sein, nach allem, was man so liest.«

»Was liest man denn so?«, erkundigte sich Tim.

»Oh, einiges«, antwortete Malte aufgeregt. »Auf World-Runner wird über nichts anderes gesprochen. Seit bekannt geworden ist, was in der Community geschieht, ist es DAS Ereignis. Die einhundert besten Spieler, Mannomann.« Er schüttelte den Kopf. »Natürlich kennen wir alle nur eure Nicknames, aber das macht nichts. Für uns seid ihr Stars, so oder so. Ihr drei seid übrigens auf dem Scoreboard ganz weit oben. Die Wetten laufen gerade total heiß.«

»Ist das so?« Annika fiel siedend heiß ein, dass es höchste Zeit wurde, der Internetplattform mal wieder einen Besuch abzustatten. Seit sie Köln verlassen hatten, waren sie nicht mehr dazu gekommen. Allerdings brauchte sie für ihren Laptop stabiles Internet.

»Aber ja.« Malte hatte vor Aufregung einen ganz roten Kopf. »Ich hatte übrigens schon vermutet, dass das Völki eine der nächsten Stationen sein könnte. Es gab da so Andeutungen. Ich wusste nur nicht, wer kommen würde.«

Annika runzelte die Stirn. »Ach, dann war das gar kein Zufall, dass du hier gewartet hast?«

Kopfschütteln. »Nein. Wobei ich nur geraten habe. Die Standorte werden ja nicht offiziell bekannt gegeben. Klar, alle spekulieren wild, aber niemand weiß etwas Konkretes. Alles nur Spekulationen. Ich hatte einfach Glück, dass ich den richtigen Riecher hatte.« Er senkte verschwörerisch die Stimme. »Was ich gehört habe, ist, dass die Spiele nicht nur bei uns, sondern zeitgleich auch in anderen Ländern stattfinden. Es scheint ein internationales Event zu sein, obwohl dazu bislang eine offizielle Bestätigung fehlt.«

»Dann stimmt es also«, sagte Eli mit leuchtenden Augen. »Ich habe schon so etwas geahnt.«

»Ich auch«, sagte Tim. »Wir alle haben das. Aber es stand nirgendwo geschrieben. Woher weißt du davon?«

Malte sah sich nervös um. »Ich kenne einen, der einen kennt, der sich kürzlich in das Netzwerk von GlobalGames eingehackt hat. Er behauptet zu wissen, was da abgeht. Hochinteressant, das kann ich euch sagen.«

»Zum Beispiel?«

»Zum Beispiel, dass die Firma extra für dieses Event einen Haufen Server angemietet hat, von denen viele noch gar nicht hochgefahren sind. Es deutet alles darauf hin, dass sie eine Menge Rechnerleistung benötigen. Was sie damit vorhaben, ist mir schleierhaft, aber es könnte sich um ein internationales Großevent handeln. Mehr konnte mir mein Informant auch nicht sagen.«

Eli runzelte dir Stirn. »Niemand schnüffelt einfach so auf den Servern von GlobalGames rum. Die Dinger sind sicher wie eine Festung.«

»Normal schon.« Malte grinste verschwörerisch. »Aber mein Freund ist nicht irgendwer. Er ist Mitglied einer Gruppe von Internetaktivisten, die sich in die Netzwerke großer Firmen einhacken und dort für Chaos sorgen. Natürlich nur, wenn diese Firmen wirklich Dreck am Stecken haben.« Er sah sich um, als hätte er Angst, dass man sie belauschte. Dann senkte er seine Stimme. »Eins steht fest: Diese Spiele sind nur der Anfang. Der Auftakt zu etwas viel Größerem.«

Annika und die anderen schwiegen. Das waren schon ziemlich dicke Geschütze, die der Kleine da auffuhr. Sollten sie das wirklich ernst nehmen?

»Danke für die Information«, sagte sie. »Aber erst mal werden wir uns auf das Rätsel konzentrieren, wenn's recht ist. Wenn du davon weißt, wissen es vielleicht auch andere.«

Obwohl nicht viel Handfestes dabei war, erfüllten Annika Maltes Worte mit Sorge. Informationen wie diese besaßen die Angewohnheit, sich wie Viren im Netz zu verbreiten. Zuerst mal mussten sie aufpassen, nicht selbst entdeckt zu werden. Sobald sich herumsprach, dass sich der nächste Claim beim Völkerschlachtdenkmal befand, würden hier bald Hunderte von Fans rumschwirren.

»Und was willst du eigentlich von uns?«, fragte Tim. Er musterte den Kleinen streng.

»Ich könnte euch helfen, ich kenne mich aus«, sprudelte Malte los. »Später dann, wenn wir das Rätsel erfolgreich gelöst haben, könnte ich euch begleiten. Ich betreibe einen kleinen Blog, auf dem ich regelmäßig über Events zum Thema Global-Games berichte.« Er klopfte auf seine abgewetzte Ledertasche. »Vielleicht könnte ich ja ein paar Interviews mit euch führen. Kleine Filme drehen und so …«

»Kommt gar nicht infrage.« Tim schüttelte entschieden den Kopf. »Das hat uns gerade noch gefehlt, dass unsere Gesichter überall im Internet auftauchen.«

»Dann machen wir es anonym«, sagte Malte hastig. »Ihr müsst euch nicht zu erkennen geben, wenn ihr nicht wollt. Zieht einfach eure Kapuzen über oder was ihr sonst so habt und wir blenden eure Spielernamen ein. Niemand erfährt, wer ihr seid. Glaubt mir, das würde euch in der Community ’ne Menge Pluspunkte einbringen.«

Annika blieb jedoch skeptisch. Gewiss, ein bisschen Publicity konnte nie schaden. Vor allem bei einem Event, an dem die Community so regen Anteil nahm. Aber es barg auch Risiken. Auch weil sie Malte überhaupt nicht kannten.

»Sorry, aber das ist uns zu heiß«, sagte sie. »Sei bitte nicht traurig, aber wir wollen doch lieber nichts nach außen dringen lassen. Dazu gehört, dass wir mit niemandem sprechen. Stell dir mal vor, wir plappern irgendwas aus und es kommt den Spieleleitern zu Ohren. Das wäre unter Umständen ein Grund, uns zu disqualifizieren.«

»Ganz abgesehen davon, was passiert, wenn doch etwas an die Öffentlichkeit dringt«, sagte Tim. »Mein Dad ist auch so schon nervös genug, der muss mein Gesicht nicht noch im Fernsehen sehen. Also das mit den Interviews lassen wir mal lieber. Aber für ein bisschen Hilfe wären wir dankbar.«

Malte sah enttäuscht aus. Jetzt tat er Annika fast ein bisschen leid. Abgesehen davon, dass sie ihn langsam ganz niedlich fand, schien er über ausgezeichnete Connections zu verfügen.

Während sie Richtung Völkerschlachtdenkmal gingen, ertönte plötzlich von irgendwoher Motorengeheul. Spaziergänger blieben stehen und sahen sich um. Hunde rannten zu ihren Herrchen zurück und Kinder starrten zur Straße.

Hinter den Bäumen war eine große schwarze Limousine aufgetaucht, die mit quietschenden Reifen auf sie zukam. Bremslichter blitzten auf, dann bog der Fahrer auf den Fußweg ab und raste in Richtung Denkmal.

Eli schüttelte den Kopf. »Was ist denn das für ein Freak?«

»Irgendein Idiot, der meint, Verkehrsregeln würden für ihn nicht gelten.« Annika fand, dass das Fahrzeug ziemlich bedrohlich aussah. Sie versuchte, etwas zu erkennen, doch durch die getönten Scheiben war das unmöglich.

Der Wagen fuhr bis an den Fuß des Denkmals, dort hielt er an. Puh! Kaum hatte Annika sich von dem Schreck erholt, erklang eine Lautsprecherdurchsage.

»Achtung, Achtung. Das Völkerschlachtdenkmal ist kurzzeitig für eine private Veranstaltung gesperrt. Wir bitten *alle Besucher, umgehend das abgesperrte Gelände zu verlassen und draußen zu warten. Wir bitten um Ihr Verständnis.«*

Annika beobachtete, wie einige Angestellte damit begannen, den Zugang zum Monument abzuriegeln. Sicherheitspersonal begleitete die Besucher nach draußen. Dann wurden Plastikbänder gespannt.

»Was zum Teufel ...?« Malte runzelte die Stirn. »Haben die eine Bombendrohung erhalten oder was?«

»Sieht eher aus wie ein Staatsbesuch«, sagte Eli.

Die Türen des Fahrzeugs gingen auf. Nacheinander stiegen fünf Personen in dunkler Kleidung aus. Alles Männer, wie es schien. Mit schnellen Schritten eilten sie auf das Völkerschlachtdenkmal zu.

»Lasst uns näher rangehen«, sagte Tim. »Ich will wissen, was da vorgeht.«

Annika nickte. Sie hatte auf einmal ein ganz mieses Gefühl.

Sie kamen bis auf zehn Meter an den Eingang ran, dann ging es nicht weiter. Rotes Flatterband versperrte den Weg. Ein gutes Dutzend Besucher hatte sich versammelt. Die Leute schienen höchst ungehalten.

»Was ist denn los?«, rief einer der Passanten. »Wieso sperren Sie das Gebäude ab?«

Ein Sicherheitsmann hinderte die Menschen daran weiterzugehen. »Haben Sie die Lautsprecherdurchsage nicht gehört? Das Monument wurde kurzfristig für eine Privatveranstaltung geschlossen. Bitte bleiben Sie hinter den Absperrbändern. Dauert sicher nicht lange.«

»Wer ist es denn? Irgendjemand, den man kennen muss?«

»Keine Ahnung.« Der Sicherheitsmann zuckte die Schultern.

»Ein ausländischer Staatsgast vielleicht?«

»Oder ein Rockstar?«

»Ich wette, es ist Heidi Klum.«

Ein paar Leute lachten.

Annika war nicht nach Lachen zumute. Alles, woran sie denken konnte, war, dass sie zu lange getrödelt hatten. Wären sie gleich nach vorne gerannt, hätten sie es vielleicht noch geschafft.

Die fünf Männer standen ins Gespräch vertieft vor dem Eingang. Sie waren jetzt besser zu erkennen. Annika kniff die Augen zusammen. Einer der Kerle mochte so um die vierzig sein und hatte ein strenges Gesicht. Ein schmaler Bart umrahmte seinen Mund. Davon abgesehen, war sein Kopf fast kahl. In seinem perfekt sitzenden Anzug sah er aus wie ein Börsenspekulant. Die zwei Jugendlichen, die neben ihm standen, hatten ihre Mützen tief ins Gesicht gezogen. Einen Moment lang blieben die fünf noch draußen, dann betraten sie das Innere des Gebäudes.

»Mist«, fluchte Tim. »Jetzt müssen wir hier rumstehen und warten.«

Annika starrte hoch zum Turm. Sie hatte alles dabei, was sie brauchte, und unbezwingbar sah das Ding nicht aus.

»Wartet hier«, sagte sie zu Eli, Tim und Malte. »Ich bin gleich zurück.«

Tim sah sie verständnislos an. »Wo willst du denn hin?«

»Ich werde mir die Sache mal von der Rückseite ansehen. Möglich, dass ich dort etwas herausfinde.«

»Wir kommen mit«, sagte Tim, doch Annika schüttelte den Kopf. »Nein, zu auffällig«, sagte sie. »Bleibt hier, falls sie wieder aufmachen. Schaut auf eure Geräte. Falls sie euch reinlassen, geht so schnell wie möglich zum Zielort und loggt euch ein. Wir treffen uns dann wieder hier vorne.«

»Und du?«

»Ich habe doch schon einen Claim, jetzt bist du dran.« Sie warf ihm ein aufmunterndes Lächeln zu. »Bis gleich.«

Rasch stieg sie den grasbewachsenen Hügel hinauf, auf dem das Denkmal errichtet worden war. Auf ihrem Weg dorthin kamen ihr eine Handvoll Menschen entgegen. Offensichtlich wollten sie wissen, was vorne los war. »Ist was passiert«, fragte eine junge Frau. »Hat es einen Unfall gegeben? Notarzt oder so?«

»Sieht eher nach hohem Besuch aus«, sagte Annika. »Irgendein Promi.«

»Was, echt? Wer denn?« Die Leute eilten den Hügel runter. Genau wie Annika gehofft hatte. Sie wollte gerne alleine sein, wenn sie sich umsah.

Sie erreichte die Spitze der Erhebung und sondierte die Lage. Von dieser Seite aus wirkte das Denkmal nicht mehr ganz so überwältigend. Die Fassade war hier nur noch fünfzig statt neunzig Meter hoch. Was immer noch beachtlich war. Auch fünfzig Meter konnten sehr hoch sein. Vor allem, wenn man das tat, was Annika vorhatte.

Sie öffnete ihre Tasche, nahm Kletterschuhe und Handschützer heraus und streifte sie über. Das Gestein war rau und griffig. Zudem besaßen die Blöcke knubbelige Verdickungen, an denen Annika mit ihren Schuhen gut Halt fand.

Sie wählte eine Stelle, an der zwei Wände rechtwinklig aufeinandertrafen, und stemmte sich in den Fels. Und dann entschied sie sich für eine Klettertechnik, die ursprünglich fürs Kaminsteigen entwickelt wurde: Sie spannte Arme und Beine an und kletterte wie Spiderwoman den Steinturm empor.

25

Darius sah sich um. Er hasste solche Orte. Er hasste Gewölbe und wie sie rochen. Kirchen, Keller und Katakomben gaben ihm immer das Gefühl, lebendig begraben zu sein.

Kaum waren sie Jeremys Vater ins Monument gefolgt, wurde es schlagartig kälter. Auch wenn draußen Wärme und Sonnenschein herrschten, hier drin war es düster und feucht.

Zum Glück änderte sich das nach wenigen Metern. Sie verließen den schmalen Zugangstunnel und betraten eine Halle von beeindruckenden Ausmaßen. Sie war so riesig, dass sie fast größer zu sein schien als der Turm selbst.

Gewaltige Götterstandbilder ragten über ihnen auf. Finster und übellaunig blickten sie auf die winzigen Menschlein herab, die es gewagt hatten, ihr Heiligtum zu betreten. Sechzehn Ritter, die vor acht steinernen Riesengesichtern standen, senkten düster ihre Blicke zu Boden. Waren das gefallene Krieger? Botschafter aus dem Reich der Toten? Darius fühlte einen Schauer über seinen Rücken kriechen. Ehrfürchtig starrte er nach oben.

Unter der Kuppel waren Pferde und Reiter in den Stein gemeißelt. Wie alles in dieser Umgebung wirkten auch sie seltsam unwirklich. Das wenige Licht stammte von den schmalen Fenstern im oberen Drittel, durch die träges Tageslicht sickerte.

Jeremy und sein Vater hatten die Mitte des Bauwerks erreicht. »Nicht schlecht, was?« Jeremys Stimme hallte laut von den Wänden wider. »So 'n Ding lasse ich mir auch mal bauen, wenn ich alt genug bin.«

»Du wirst mein Vermögen nicht für so einen Unsinn ausgeben«, erwiderte sein Vater kurz angebunden. »Götter und Helden, pfft. Erfolg ist das, was zählt. Geld regiert die Welt. Ich hoffe übrigens, ihr habt meines bisher nicht zum Fenster rausgeworfen.«

»Ganz bestimmt nicht«, erwiderte Jeremy. »Auf die Lösung bin ich diesmal sogar selbst gekommen. Morsezeichen, lächerlich. Das lernt man heutzutage doch im Kindergarten.«

Darius kannte Jeremy schon seit der Grundschule. Schon dort waren sie unzertrennlich gewesen. Dass sie jemals Morsezeichen gelernt hatten, war ihm allerdings neu. Jeremy musste da etwas verwechseln.

»Na, dann beeilt euch mal, ich habe noch einen Termin.« Herr Stolzenburg blickte genervt auf seine Uhr. »Je eher wir hier wieder weg sind, desto besser.«

Darius war immer noch beeindruckt, dass es dem Vater seines Freundes gelungen war, eine Privatgenehmigung zu erwirken und diesen Turm absperren zu lassen. Normalerweise setzte so etwas doch bestimmt jede Menge bürokratischen Aufwand voraus.

»Man muss nur wissen, wen man anruft«, lautete die lapidare Antwort auf diese Frage. »Kontakte, das ist es, worauf es im Leben ankommt. Ohne entsprechende Netzwerke bist du ein Nichts. Ein Niemand.«

Darius nickte ergeben. Für ihn waren die Worte von Jeremys

Vater wie Gold. Wie Wasser auf den Lippen eines Verdurstenden. Jeder Satz eine Lebensweisheit. Und weil er so klug war, war er auch unverschämt reich.

Seit Darius Jeremy bei einer Prügelei auf dem Schulhof bis aufs Blut verteidigt hatte, war er bei den Stolzenburgs geduldet. Sonderlich freundlich waren sie zu Darius noch nie gewesen, aber scheinbar hatten sich nichts dagegen, wenn er Jeremy ab und an aus schwierigen Situationen half.

Dass Jeremys Vater sie nach Leipzig begleitet hatte, war purer Zufall gewesen. Er hatte hier etwas zu erledigen und konnte sie deswegen mitnehmen. Oder er wollte einfach kontrollieren, was sie hier taten.

»Los jetzt, ihr zwei«, sagte er mit schnarrender Stimme. »*Vamos!* Schaltet endlich eure Geräte ein.«

Darius nickte, hielt sich aber zurück. Nur keine übertriebene Eile. Jeremy hasste es, wenn man ihm zuvorkam, dann konnte er völlig ausrasten. Rätsel, Taktiken und Strategien waren Jeremys Aufgabenfeld. Wenn es hingegen darum ging, auf Bäume zu klettern, durch den Matsch zu robben oder Widersachern eins auf die Nase zu geben – dann hatte Darius' Stunde geschlagen.

Jeremy, der Feingeist, Darius, der grobe Keil. So waren die Rollen klar verteilt. Und das war okay so. Darius schätzte Ordnung. Sie sorgte dafür, dass man nicht zu viel nachdenken musste. Und Nachdenken war anstrengend.

Die Stimme der Roten Dame riss ihn aus seinen Betrachtungen.

»Hallo Jeremy, hallo Darius, ich grüße euch.«

Irritiert starrte Darius auf sein Handy. Wo steckte sie? Wieso konnte er sie hören, nicht aber sehen?

»Hier oben«, flötete die Stimme.

Er richtete das Handy gegen die Decke und tatsächlich: Da war sie! Schwebte wie eine Göttin zwischen den überdimensionalen Riesenfiguren. Der rote Stoff ihres Gewandes umspielte sie, als würde sie im Wasser treiben.

»Ich sehe, dass ihr die Ersten vor Ort seid. Glückwunsch! Diesmal war das Rätsel nicht allzu schwer, oder?«

»Viel zu leicht«, erwiderte Jeremy näselnd. »Ich hoffe, dass das neue Rätsel wieder etwas anspruchsvoller wird. Wir wollen schließlich nicht, dass es jeder dahergelaufene Trottel lösen kann.«

Darius runzelte die Stirn. Hatte Jeremy sich gerade ernsthaft über ein zu leichtes Rätsel beklagt? Noch hatten sie den Sieg nicht in der Tasche.

Die Rote Dame warf ihnen ein kühles Lächeln zu. »Dann hoffe ich, dass ihr mit meiner nächsten Aufgabe mehr Freude haben werdet. Wenn ihr euch ein wenig umseht, werdet ihr vier Tugenden entdecken. Charaktereigenschaften, die dem deutschen Volk während der Befreiungskriege zugeschrieben wurden. Glaubensstärke, Volkeskraft und Opferfreudigkeit gehören dazu. Aber welche ist die vierte? Schreibt das Lösungswort ins Textfeld, aktiviert die Sende-/Empfangseinheit und verbucht den Punkt für euch. Danach sehen wir uns wieder.«

Jeremy prüfte die Lage, deutete dann auf die vier Riesenstatuen über ihnen und sagte: »Da sind sie. Darius, lauf da hoch und sieh nach, welche Namen draufstehen. Ich werde solange hier bei meinem Vater warten.«

Darius nickte ergeben und rannte los. Er fand eine Treppe, die nach oben führte, und trat auf die Galerie hinaus. Durch die quadratischen Fenster fiel schummeriges Licht. Von hier aus betrachtet, wirkten die Statuen noch viel riesiger.

Schnell näherte Darius sich der ersten. Sie stellte eine Mutter dar, die zwei Säuglinge an die Brust presste. *Volkeskraft* war in den Sockel eingemeißelt.

Die zweite Statue hieß *Glaubensstärke.* Zwei Männer waren zu sehen, einer groß, der andere klein. Der kleine war zwischen den Beinen des großen eingeklemmt. Schon klar, das waren Gott und Jesus, aber von einer liebevollen Umarmung zwischen Vater und Sohn war hier nichts zu spüren.

Die dritte Statue hieß *Opferfreudigkeit.* Ein gewaltiger, bärtiger Kerl, der seine Arme auf den Schoß gelegt hatte, als würde er etwas halten. Was das genau war, konnte Darius von hier unten nicht erkennen.

»Wie lange dauert das denn noch?«, schallte es von unten herauf. »Beeil dich mal ein bisschen.«

»Bin am letzten dran«, rief Darius zurück. »Einen Moment.«

Der Typ war ebenfalls bärtig. Er hielt die Arme um seinen Körper geschlungen, blickte finster und sah aus, als würde er frieren. Was sollte das darstellen, *Angst, Kälte, Panik?*

Kopfschüttelnd ging Darius auf ihn zu, um einen Blick auf die Inschrift zu werfen, als er plötzlich eine Bewegung hinter einem der Fenster erspähte. Ein schwarzer Schatten, der ebenso schnell verschwand, wie er aufgetaucht war.

Darius runzelte die Stirn. Wenn das ein Vogel gewesen war, dann aber ein ziemlich großer. Unter normalen Umständen hätte er vielleicht nachgesehen, aber er war in Eile. Rasch ging er auf den Sockel zu, dann rief er: »*Tapferkeit.* Es ist die Tapferkeit.«

»In Ordnung«, drang es zu ihm herauf. »Komm wieder runter.« Jeremys Stimme verhallte in der Ferne. Darius sah sich noch einmal argwöhnisch um, doch was immer den Schatten erzeugt hatte, jetzt war es weg. Mit schnellen Schritten ging er wieder nach unten.

Kaum hatten sie den Claim eingeloggt, erschien auch schon die Rote Dame.

»Bravo, ihr beiden«, sagte sie. »Das Lösungswort stimmt. Das ist euer zweiter Punkt. Sollte ich bereits die künftigen Sieger vor mir haben?« Sie lächelte. »Aber du hast dir ja anspruchsvollere Rätsel gewünscht, Jeremy. Vielleicht ist dies mehr nach deinem Geschmack. Gesucht ist der Name einer Stadt. Dieses Symbol hier wird euch dorthin führen.« Sie machte eine Bewegung, als würde sie etwas ausstreuen. Auf dem Boden erschien ein leuchtendes Dreieck. Es wirkte, als würde es von Licht erzeugt, das durch ein mehrfarbiges Prisma fiel.

Darius staunte über die kunstvollen Lichtstrahlen. Die Spielemacher hatten sich einiges einfallen lassen.

»Wusstet ihr, dass sowohl der Architekt als auch der Baumeister des Völkerschlachtdenkmals Freimaurer waren?«, fragte die Rote Dame. »Einen Tag vor der öffentlichen Einweihung im Jahre 1913 fand eine besondere Zeremonie in den Fundamenten dieses Bauwerks statt. Eine geheime Zusammenkunft, zu der nur Freimaurer geladen waren.«

»Freimaurer?«, erkundigte sich Jeremy. »Was ist das?«

Sein Vater verdrehte die Augen.

Die Rote Dame neigte ihren Kopf. »Die Freimaurer gibt es seit dem Mittelalter. Es ist ein Bündnis von Männern, die es sich zum Ziel gesetzt haben, durch Arbeit an sich selbst zu besseren Menschen zu werden. Als Blütezeit dieser Glaubensrichtung gilt das 18. und 19. Jahrhundert.«

»So wie dieser Turm hier, nicht wahr?« Darius wollte auch mal etwas Kluges beisteuern.

»Ganz richtig.« Die Rote Dame nickte ihm zu. »Die Neigung der Freimaurer zu Geheimgesellschaften und mystischen Versammlungsorten führte in der Bevölkerung zu Missgunst und Argwohn, weswegen sich dieser Orden noch mehr zurückzog.«

»Aha«, sagte Jeremy. »Sehr interessant. Ich weiß nur nicht, wie uns das weiterhilft.«

»Wenn ihr genau hinschaut, werdet ihr feststellen, dass dieses Denkmal voller Freimaurersymbole ist. Geheime Buchstaben, geheime Ornamente, geheime Zeichen. Das Winkelmaß ist eines davon.« Sie deutete auf das leuchtende Dreieck zu ihren Füßen. »Wenn ihr es genau betrachtet, werdet ihr erkennen, dass es weit mehr als nur ein einziges Dreieck beinhaltet. Die Querstreifen zerteilen es in viele kleinere Dreiecke.«

»Stimmt«, sagte Darius. »Jetzt sehe ich es. Es sind ganz viele.«

»Ich möchte, dass ihr die genaue Anzahl herausfindet und sie euch merkt«, sagte die Rote Dame. »Nehmt das Ergebnis, subtrahiert die Zahl 2 – die Verbindung aus Wille und Wissen –

und ihr erhaltet die Anzahl der Gaslaternen, die heute noch in der gesuchten Stadt brennen.«

»Halt, halt, nicht so schnell«, rief Jeremy. »Ich muss mir das notieren.«

»Ihr könnt die Aufgabe nachher im Questlog noch einmal nachlesen«, sagte die Spielleiterin. »Die gesuchte Zahl entspricht exakt der Zahl an geschnitzten Abbildungen, die man in einem bestimmten Saal an einem historisch bedeutsamen Ort in dieser Stadt finden kann.« Sie zwinkerte ihnen zu. »Das ist mein Hinweis an euch und ich denke, damit dürftet ihr eine Weile beschäftigt sein. Oder? Lebt wohl, meine Freunde. Und mögen euch die Götter gewogen sein.«

26

Tims Hände waren schweißnass, als er Annika dabei zusah, wie sie den Turm herabstieg. Er wusste ja, dass sie sportlich sein musste – immerhin hatte sie in Köln den Claim unter der Brücke angebracht. Aber es war etwas völlig anderes, wenn man direkt danebenstand und ihr bei einem solchen Stunt zusah.

Seine Anspannung löste sich erst wieder, als Annika wohlbehalten auf der Erde stand. Völlig entgeistert sah er sie an. »Bist du wahnsinnig? Du hättest dir den Hals brechen können. Was hast du überhaupt da oben gemacht?«

»Infos gesammelt«, sagte sie keuchend, während sie Kletterschuhe und Handschützer auszog. »Und es war verdammt wichtig, dass ich es gemacht habe, denn Jeremy und Darius haben uns gerade den nächsten Claim vor der Nase weggeschnappt.«

»Dann waren sie es also tatsächlich«, sagte Eli. »Wie befürchtet.«

»Ja, allerdings mit Verstärkung. Jeremys Vater war auch dabei. Scheint ein ganz hohes Tier zu sein, hat eine Sondergenehmigung erwirkt, das Völkerschlachtdenkmal alleine betreten zu dürfen.«

»Sein Vater?« Tim war empört. »Aber es hieß doch ausdrücklich nur Jugendliche bis siebzehn Jahre.«

Annika zuckte die Schultern.

»Wer sind Jeremy und Darius?«, erkundigte sich Malte.

»Oh, die dürftest du auch kennen«, sagte Annika, immer noch außer Atem. »Ihre Spielernamen sind EduardoElNoble und Bonehunter. Ein ganz übles Paar.«

»Eduardo und Bonehunter?« Malte lachte laut auf. »Und ob ich von denen gehört habe. Allerdings nicht viel Gutes.«

»Wundert mich nicht«, sagte Tim wütend. »Sie haben mir den ersten Claim gestohlen, den hier haben sie auch mit unfairen Mitteln eingeheimst. Dass die sogar ihre Eltern einspannen und den ganzen Turm sperren lassen … Fair Play ist anders.«

»Sie haben das Geld und die Macht«, sagte Annika. »Trotzdem werden wir uns nicht von ihnen rauskicken lassen. So sieht das Ding aus.« Sie zeigte ihnen den Screenshot, den sie während ihrer Bespitzelungsaktion geschossen hatte. »Zum Glück war ich nahe genug dran, um Empfang zu haben.«

»Was ist das?«, erkundigte sich Eli.

»Wenn ich die Rote Dame richtig verstanden habe, ein Freimaurersymbol.« Annika vergrößerte das Bild etwas. »Ich konnte nicht alles hören, denn ich musste höllisch aufpassen, nicht aufzufallen oder abzustürzen. Hätte nicht viel gefehlt und Darius hätte mich entdeckt.«

»Ich kann es nicht fassen, dass du dich das getraut hast«, sagte Tim mit Blick nach oben. Ihm wurde allein bei dem Gedanken schwindelig. Er wäre vermutlich nicht mal bis zur Hälfte gekommen. »Und dann auch noch ohne Seile und Haken.«

»Halb so wild, wenn man weiß, wie's geht.« Annika winkte leicht verlegen ab. »Du hättest das auch geschafft.«

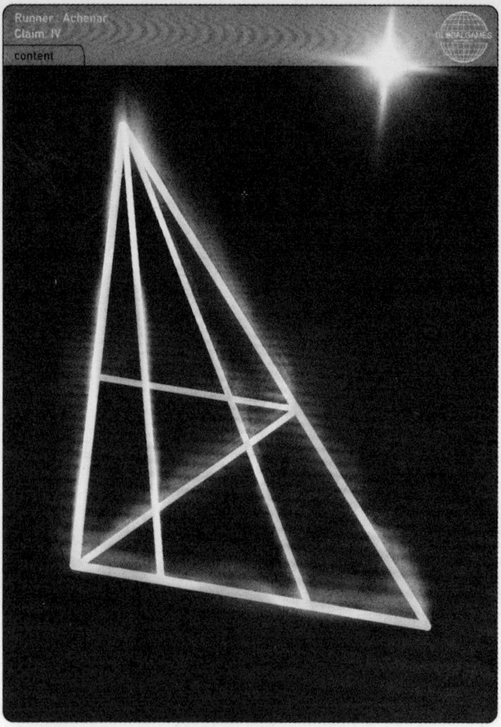

Er bezweifelte es, freute sich aber, dass sie ihm so viel zutraute.

»Jeremy hat sich ein schweres Rätsel gewünscht, jetzt hat er eines bekommen«, sagte Annika. »Pech für uns, dass wir es ebenfalls lösen müssen.«

»Aber wir sind besser als sie«, schnaubte Eli. »Wir werden längst unterwegs sein, wenn diese Idioten immer noch darüber nachgrübeln.«

»Auf Dauer sind wir trotzdem im Nachteil.« Tim wiegte besorgt den Kopf. »Das ist so was von unfair, dass die mit ihrer scheißfetten Karre überallhin fahren können. Sogar mit eigenem Chauffeur. Fehlt nur noch, dass die sich einen Hubschrauber mieten.«

»Leute, dass ihr euch ärgert, bringt uns auch nicht weiter«, sagte Annika und beugte sich wieder über das Foto. »Wichtig ist jetzt das Rätsel. Also, wie viele Dreiecke seht ihr?«

»Ich würde sagen neun«, bemerkte Eli. »Schaut her, einmal das ganz große, dann drei mittelgroße, dann noch mal drei im oberen Feld und zwei ganz kleine im unteren. Ich finde das Rätsel nicht besonders schwer.«

Tim blickte sie zweifelnd an. »Irgendetwas sagt mir, dass es mehr sind.«

»Mir auch«, sagte Annika. »Ich denke, es sind dreizehn. Die neun von dir, Eli, plus die vier hier.« Sie malte mit dem Finger ein paar Dreiecke, die über die beiden Querlinien hinausreichten. Tim erkannte jetzt, warum ihm Elis Lösung zu einfach erschienen war. Wer sagte denn, dass die Dreiecke innen weiß sein mussten? Sie konnten genauso gut einen Querstrich enthalten.

Malte grinste. »Mit Geometrie habt ihr's nicht so, oder?«

»Wieso?«

»Weil es mehr sind. Viel mehr.«

Aus den Tiefen seiner Tasche beförderte er einen Zettel und einen Stift und fing an, lauter kleine Dreiecke zu zeichnen. Schon bald war das Blatt bedeckt davon. Tim klappte der Unterkiefer runter. Jetzt sah er, dass Malte jedes mögliche Dreieck im Inneren gezeichnet hatte. Manche waren so gut versteckt, dass sie vollkommen unsichtbar waren.

»Wow«, stieß er aus. »Wie viele sind das?«

»Zählen wir mal durch«, sagte Malte. »Ich komme auf dreiundzwanzig. Zusammen mit dem Dreieck außenrum, vierundzwanzig.«

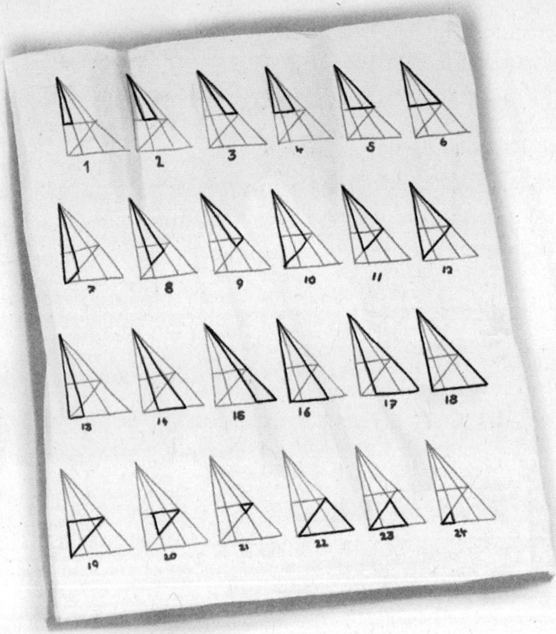

»Das ist ja der Wahnsinn«, stieß Eli aus. »Der Kleine hier ist ein Genie.«

Malte schoss das Blut in die Wangen. Er brachte kein Wort heraus.

Tim blickte auf die Zeichnung und zählte im Geiste noch einmal alles durch. »Er hat recht«, sagte er. »Ich komme auch auf vierundzwanzig.«

Er warf Malte einen anerkennenden Blick zu. »Bist du eine Art Geometrie-Genie oder so?«

Der Kleine zuckte die Schultern.

»Also ich denke, so jemanden wie dich könnten wir brauchen.«

»Finde ich auch«, sagte Annika.

»Echt jetzt?« Maltes Wangen glühten. »Heißt das, ich darf mitkommen?«

»Mein Okay hast du«, sagte Eli. »Obwohl ich das gar nicht zu entscheiden habe. Ich habe mich auch nur bei Annika und Tim drangehängt.«

»Na, was meinst du?« Tim sah Annika aufmerksam an. »Sollen wir den Knirps mitnehmen?« Er zwinkerte Malte versöhnlich zu.

»Auf jeden Fall«, antwortete sie entschieden. »Eduardo und Bonehunter haben einen ganzen *Stall* voll Leute eingespannt! Da könnten wir uns doch auch ein wenig Verstärkung dazuholen.« Annika schwieg, während Eli im Hintergrund hüstelte, um ein Kichern zu verbergen.

»Echt jetzt?« Malte riss die Augen auf. Er schien kaum glauben zu können, was er da hörte.

Annika lächelte. »Ja echt. Die Frage ist nur: Kannst du hier so einfach weg?«

»Das ist kein Problem!«, rief Malte. »Ich lebe bei meinem großen Bruder. Aber der ist Künstler drüben in Volkmarsdorf und gerade mit seiner nächsten Ausstellung beschäftigt. Er wird froh sein, wenn ich jetzt in den Sommerferien eine Weile mal nicht im Weg rumspringe. Ich fahr schnell rüber, sag ihm

Bescheid und packe dann mein Zeug. Wo treffen wir uns? Bahnhof, würde ich sagen, oder?«

»Aber was ist mit deinen Eltern«, hakte Annika nach. »Die werden sich doch bestimmt Sorgen machen.«

»Nö. Weil sie nicht mehr leben.«

»Was? Oh, wie schrecklich ...«

Malte winkte ab. »Ist schon ewig her. Autounfall. Mein Bruder und ich sind im Heim aufgewachsen. Als er volljährig wurde, durfte ich bei ihm einziehen.«

»Das ist ...« Von einer Sekunde auf die andere verwandelte sich Annikas Ausdruck von Erstaunen in Mitleid. Tim konnte erkennen, wie schwer es ihr fiel, die richtigen Worte zu finden. Er hingegen spürte sofort eine Verbindung zu Malte.

»Ja, also wenn das so ist ...« Annika räusperte sich. »Na gut. Wie gesagt, meine Zustimmung hast du. Frag aber lieber noch mal bei deinem Bruder nach. Nicht dass wir hinterher Ärger kriegen.«

»Ach, das klappt schon«, sagte Malte zuversichtlich. »Dann ist das für euch alle wirklich in Ordnung? Ich darf mit, als Blogger und so?«

Tim nickte. »Über den Reporter reden wir noch, einverstanden? Jetzt schwirr ab. Wir müssen uns beeilen.«

Malte rannte los. Über seine Schulter rief er ihnen zu: »Ich verspreche euch, keine Bilder oder Filme, wenn ihr das nicht wollt. Hauptsache, ich darf mit. Juhuu!«

Amüsiert beobachteten sie, wie er den Hügel runterrannte.

»Oje, da haben wir uns ja einen Floh eingefangen«, meinte Tim lachend. »Ich hoffe, dass wir das nicht noch bereuen.«

27

Es waren genau zwei Informationen, die sie nach Münster führten. Die Zahl 22 und der Hinweis auf Gaslaternen. Eine einfache Internetsuche ergab, dass es genau zweiundzwanzig dieser historischen Lichtspender vor Ort gab. Eine Spur.

Als sie am Bahnhof eintrafen, hatte bereits die Abenddämmerung eingesetzt. Die Sonne war hinter den Kirchtürmen verschwunden und samtenes Licht lag über den Dächern. Aus einem der vielen Restaurants drang ein verführerischer Essensgeruch. Annika lief das Wasser im Mund zusammen.

Ihr steckte die Müdigkeit in den Knochen. Wie sehr sie sich nach einem richtigen Bett sehnte. Ausstrecken, die Bettdecke bis zur Nasenspitze hochziehen und einfach nur schlafen. Und vorher noch was Richtiges essen.

Seit vierzig Stunden waren sie jetzt nonstop unterwegs. In diesem Tempo konnten sie unmöglich weitermachen, wenn sie nicht riskieren wollten, irgendwann einfach zusammenzubrechen.

»Was haltet ihr davon, wenn wir uns heute Nacht mal ein Hotelzimmer leisten«, schlug sie vor und gähnte ausgiebig. »Ich bezahle.«

»Super Idee«, entgegnete Eli. »Ich kann dringend eine Mütze Schlaf gebrauchen.«

»Und ich 'ne heiße Dusche«, sagte Malte.

Alle lachten und Annika atmete auf: Gut, dass er es selbst einsah und sie ihn nicht auf seinen strengen Geruch aufmerksam machen mussten.

Tim war der Einzige, der nicht spontan aufsprang. »Meint ihr nicht, wir sollten zuerst nachsehen, was es mit dem Rätsel auf sich hat? Nicht dass uns Jeremy und Darius schon wieder zuvorkommen. Oder ausnahmsweise auch mal ein anderer Runner.« Annika fragte sich, wie sehr es ihn wohl belasten mochte, dass er als Einziger von ihnen noch keinen Claim geloggt hatte.

»Später«, sagte sie. »Das Rathaus hat ohnehin schon geschlossen. Vergiss nicht, dies hier ist ein Marathon, kein Sprint.«

»Das wäre ein tolles Zitat«, sagte Malte. »Darf ich das für meinen Blog verwenden?«

»Von mir aus.« Annika ließ Tim nicht aus den Augen. Er wirkte so rastlos, fast schon fiebrig. »Lasst uns erst mal eine Unterkunft suchen. Danach essen wir was, anschließend geht's zum Rathaus und wir sondieren die Lage. Für eine Führung ist es heute ohnehin zu spät.«

Alle waren einverstanden, auch Tim. Da Eli als Einzige von ihnen schon über sechzehn war, wurde sie losgeschickt, um ihr Glück zu versuchen. Die Jugendschutzbestimmungen in Deutschland gehörten zu den härtesten der Welt. Trotz ihres Ausweises blitzte Eli bei zwei Hotels ab. Erst beim dritten hatte sie Glück. Es war ein heruntergekommenes Gebäude in Bahnhofsnähe mit einem schmierigen Besitzer, der keine Fragen stellte. Dass sie zu viert im Doppelzimmer hausten, war ihm vermutlich egal, solange später das Trinkgeld stimmte.

Nachdem sie ihr Quartier bezogen und geduscht hatten, steuerten sie Richtung Restaurant. Annika hatte sich mit ihrem Wunsch nach Pizza durchgesetzt. Immerhin war sie diejenige, die zahlte, also durfte sie auch bestimmen. Sie fanden einen Italiener gleich um die Ecke.

Tim war es sichtlich unangenehm, dass Annika alles bezahlte. Er bestand darauf, dass er nächstes Mal die Rechnung übernehmen durfte. Sein Stolz gefiel ihr.

»Was ist eigentlich mit deinem Dad?«, flüsterte sie, während Eli und Malte noch über ihren Menükarten brüteten. »Hast du dich noch mal bei ihm gemeldet?«

Er schüttelte den Kopf. »Hat sich nicht ergeben«, murmelte er. »Aber ich habe ihm ja gesagt, dass er sich keine Sorgen zu machen braucht.«

Annika bezweifelte, dass es so einfach war. »Und Emily?«

»Die ist okay«, sagte Tim und wich ihrem Blick aus. »Du hast sie ja erlebt. Für ihr Alter ist sie ziemlich reif.«

»Hm …« Annika sah Tim nachdenklich an. »Sie tut zwar erwachsen, aber im Grunde ist sie noch ein kleines Mädchen. Ich bin sicher, dass sie dich schrecklich vermisst. Ich hätte es getan.«

»Hast du keine Geschwister?«

Sie schüttelte den Kopf. »Einzelkind. Aber ich wollte immer einen größeren Bruder haben. Wäre ich an Emilys Stelle, ich hätte mir gewünscht, dass du dich mal bei mir meldest.«

Er starrte in seine Cola.

Annika lag etwas auf den Lippen, doch dann behielt sie es für sich. Sie wollte Tim nicht weiter unter Druck setzen. Es war auch so schon schwer genug für ihn.

Nachdem sie gegessen und gezahlt hatten, machten sie sich mit vollen Mägen auf den Weg in Richtung Zentrum. Das Rathaus lag im Herzen der mittelalterlichen Stadt. Es war nur ein kurzer Fußmarsch bis dorthin, doch es genügte, um sich einen Überblick zu verschaffen.

»Ich glaube, eine Stadt mit so vielen Radfahrern habe ich noch nie gesehen«, staunte Eli, als sie die Promenade passierten, einen Grüngürtel, der rund um die ehemalige Altstadt verlief. »Abgesehen von Amsterdam natürlich.«

»Laut Wikipedia ist Münster die Radfahrerhauptstadt Deutschlands«, berichtete Malte, mit Blick aufs Handy. »Ich hab gerade mal im Netz nachgeschaut. Fünfhunderttausend Fahrräder auf dreihunderttausend Einwohner. Das macht dann fast zwei Fahrräder pro Einwohner.«

»Mir gefällt's«, sagte Annika. »Besser, als wenn alle mit dem Auto unterwegs sind.«

Tim sagte nichts. Er schlurfte schweigend hinter ihnen her, die Hände tief in den Taschen vergraben. Annika hätte gerne etwas Aufmunterndes gesagt, doch ihr fiel nichts ein. Vielleicht konnte sie ihn ja aus seiner trüben Stimmung holen, wenn sie ihm etwas zum Nachdenken gab.

»Lasst uns das Rätsel doch noch mal kurz zusammenfassen«, sagte sie. »Wir haben vierundzwanzig Dreiecke. Vom Ergebnis sollen wir die Zahl 2 subtrahieren – laut der Roten Dame die Verbindung aus Wille und Wissen. Damit erhalten wir die Anzahl der Gaslaternen, die heute noch in dieser Stadt brennen.«

»Wieso überhaupt?«, fragte Eli. »Kein Mensch braucht heutzutage noch Gaslaternen. Warum wurden die nicht längst abgeschafft?«

»Ich vermute wegen der Touristen«, überlegte Tim. »Diese Laternen sind historisch gesehen schon interessant.«

Annika lächelte. Wenigstens sprach er wieder mit ihnen.

»Hoffen wir mal, dass unsere Vermutung richtig war und wirklich Münster gemeint ist«, sagte Tim. »Eine endgültige Bestätigung steht ja noch aus. Wo ist denn nun dieses Rathaus?«

»Gleich da drüben.« Annika deutete nach vorn und prüfte ihren derzeitigen Standort auf dem Navi. »Noch drei Querstraßen, dann sollten wir es sehen können.«

Als sie am Prinzipalmarkt ankamen, gingen in der Stadt die Straßenlaternen an. Rechts und links der Fußgängerzone mit ihrem Kopfsteinpflaster taten sich wunderschöne Arkaden auf. Hinter den Rundbögen luden hell erleuchtete Schaufenster zum Shoppen ein.

»Hier müsste es eigentlich sein«, sagte sie und blickte auf ihr Handy. »Laut GPS ist das die richtige Adresse.«

Der Schock erwartete sie in Form eines Baugerüstes, das den mittelalterlichen Prachtbau wie ein Käfig umzäunte. Offensichtlich fanden am historischen Rathaus gerade umfangreiche Renovierungsarbeiten statt. An der Eingangstür prangte ein großes Schild:

»Wegen Sanierungsarbeiten an der Außenfassade ist das historische Rathaus bis auf Weiteres geschlossen. Wir bitten um Ihr Verständnis.«

Fassungslos sahen die vier sich an. Tim trat an die Tür und

rüttelte daran. Sie war fest verschlossen. »Scheiße«, fluchte er. »Was hat das denn nun wieder zu bedeuten?«

»Das, Süßer, bedeutet, dass du nicht reinkommst.«

Eine weibliche Stimme erklang aus der dunklen Nische links vom Eingang. »Weder heute noch morgen oder in absehbarer Zeit. Jedenfalls nicht auf legalem Weg.«

Annika kniff die Augen zusammen. Im Schatten des Torbogens waren drei Umrisse zu erkennen. Wer auch immer es war, sie waren geschickt getarnt: In ihren graubraunen Kapuzenshirts sahen sie aus, als wären sie Teil des Gebäudes. Glut flammte auf. Zigarettenqualm wehte durch die Luft.

»Wer seid ihr?« Annika legte instinktiv einen Arm um ihre Tasche. »Zeigt euch mal.«

Wie die Maulwürfe kamen die drei ans Licht gekrochen. Zwei Jungs und ein Mädchen, alle etwa in ihrem Alter.

Das Mädchen hielt eine Zigarette in der Hand. »Da sind wir. Zufrieden?« Sie schnippte etwas Asche weg. »Und ihr? Seid ihr auch Runner?«

Annika kniff argwöhnisch die Augen zusammen. »Keine Ahnung, wovon du redest.« Das Lügen fiel ihr immer leichter.

»Komm schon, ihr braucht uns nicht für dumm verkaufen. Ich erkenne Runner, wenn ich sie sehe.« Das Mädchen strich die Kapuze vom Kopf. Ihr blondes Haar fiel wie Wasser auf ihre Schultern.

Sie war hübsch, auch wenn Annika fand, dass sie etwas zu gestylt war. Die Wimpern waren getuscht, die Haut gepudert und die Lippen zentimeterdick geschminkt.

»Also, was ist? Seid ihr's oder nicht?«

»Ja, es stimmt«, gab Tim schließlich zu.

»War ja klar.« Das Mädchen zog noch einmal an ihrer Zigarette, dann warf sie den Rest auf den Boden und trat die Kippe aus. »Willkommen im Club.«

»Dann nehmt ihr also auch an dem Event teil?«, erkundigte sich Tim.

»Na logisch.« Die Fremde kräuselte ihre Lippen. »Und ihr ja wohl auch. Femeiche, Beelitz, Völki?«

Tim nickte.

Annika bemerkte sofort, dass er das Mädchen ziemlich interessant fand. Von einer auf die andere Sekunde wirkte er, als hätte er einen Stock verschluckt. *Männer!* Sie verdrehte innerlich die Augen. Aber natürlich ließ sie sich nichts anmerken.

»Seid ihr diejenigen, die uns in Beelitz zuvorgekommen sind?«, fragte einer der beiden Runner, mit denen das blonde Mädchen unterwegs war – ein stämmiger Typ mit braunem Lockenkopf. Der andere war hager und schmal.

Annika lächelte kühl. »Wer weiß, schon möglich.«

»Ich habe es mir gleich gedacht, als ich euch gesehen habe«, sagte das Mädchen. »Wir waren euch dicht auf den Fersen. Und diesmal haben wir es sogar geschafft, vor euch da zu sein. Nur leider hat es nicht viel genützt.«

»Was ist hier eigentlich los?«, Eli sah die drei fragend an. »Wisst ihr, was das Schild zu bedeuten hat?«

»Tja, wie es aussieht, haben wir ein Problem.« Das Mädchen deutete auf das Schild an der Eingangstür. »Diese Renovierungsarbeiten dauern mindestens noch einen Monat lang. Wir haben uns extra telefonisch erkundigt.«

»Aber in dem Gebäude sind wichtige Informationen versteckt«, sagte Annika. »Wie sollen wir denn da jetzt rankommen?«

»Keine Ahnung«, meinte das fremde Mädchen achselzuckend. »Ich denke, hier ist etwas schiefgelaufen. Die Spieleleiter haben einen Fehler gemacht.«

»Aber das kann nicht sein«, stammelte Malte. »Die machen doch nie einen Fehler. Nicht wenn etwas so Wichtiges auf dem Spiel steht.«

»Wer bist du, das Orakel von Delphi?« Das Mädchen sah Malte amüsiert an. »Kannst du hellsehen oder was? Natürlich können denen Fehler passieren. Jedem passieren Fehler.«

»Dann sollten wir umgehend Beschwerde bei GlobalGames einreichen«, sagte Tim. »Die können uns doch nicht auf eine tote Fährte setzen.«

»Stell dir vor, auch das haben wir schon versucht«, sagte das Mädchen. »*Welcome to Stevenson-Enterprises. Unfortunately we cannot take your call personally, as you have called outside our office hours.* Oder kurz gesagt: Bla, bla, bla ... Niemand zu erreichen.«

»Verdammt ...«

»Du sagst es.«

»Achtung, Muggel-Alarm.« Der zweite Begleiter, ein hagerer Junge, der bislang still am Rand gestanden hatte, winkte ihnen zu. Er schien die Wache übernommen zu haben.

Annika blinzelte um die Ecke. Eine Gruppe von Passanten näherte sich ihrer Position. Noch hatten sie sie nicht entdeckt.

»Ich würde vorschlagen, wir verziehen uns hinters Gebäude«, sagte das Mädchen. »Kommt.«

Sie zog den Kopf ein und tauchte hinter der nächsten Häuserecke ab. Ihre Bewegungen waren wie die einer Katze. Die beiden Jungs folgten ihr.

»Malaka«, fluchte Eli. »Kann denn nicht mal irgendetwas ohne Probleme ablaufen? Was sollen wir jetzt machen?«

»Erst mal schließen wir uns den anderen an«, antwortete Annika. »Die sind zwar ein bisschen merkwürdig, aber vielleicht haben sie ja ein paar brauchbare Ideen. Kommt.« Sie wartete, bis alle verschwunden waren, dann folgte sie ihnen hinter das Gebäude. Sie hatten ein echtes Problem. Aber hatte GlobalGames tatsächlich einen Fehler gemacht?

28

San Francisco …

Im CDC leuchtete ein Licht. Eine einzelne rote LED, deren beharrliches Blinken für Aufmerksamkeit sorgte.

Mortimer Hansen seufzte. Blinkende Lampen, das bedeutete Probleme. Und er hasste Probleme. Mit gerunzelter Stirn stand er vor der riesigen Weltkarte und blickte zu dem nervigen Punkt hinauf. Er hoffte inständig, dass es sich nur um eine Fehlfunktion in der Beleuchtung handelte. Der Punkt lag in Deutschland und betraf das vierte Rätsel.

»Was ist denn da los?«, wandte er sich ungeduldig an den jungen Techniker mit der dicken Hornbrille, der nebenan an seinem Kontrollpult saß und hektisch Knöpfe drückte. Der Name des Manns war Mortimer gerade entfallen.

»Sieht nach Schwierigkeiten aus«, lautete die Antwort.

»Wir haben hier eine Fehlermeldung reinbekommen. *Invalid Request 23.* Ich muss mal kurz schauen, was das bedeutet. Ah, hier ist es. Es sieht so aus, als wäre einer der zentralen Rätselpunkte nicht mehr zugänglich.«

»Wie bitte?« Mortimer glaubte, sich verhört zu haben. »Wie kann er nicht mehr zugänglich sein? Wo genau ist das?«

»Moment, das haben wir gleich.« Die Finger huschten über

das Kontrollpult. »Ah hier. Eine Stadt namens Münster. Wie es aussieht, liegt der Rätselpunkt im Inneren eines historischen Gebäudes.«

»Geht das auch genauer?«

»Ich könnte Ihnen eine Nahansicht liefern, Sir.«

»Das wäre schon mal ein Anfang.«

»Kommt sofort.«

Auf einem der Überwachungsschirme öffnete sich ein Fenster. Das Bild stammte von einer der vielen Überwachungskameras, die von den Behörden in europäischen Städten inzwischen aus Angst vor Terroranschlägen installiert worden waren. Es war Shenmi Stevensons Einfluss zu verdanken, dass sie Zugriff darauf hatten.

Die Aufnahme war aktuell. Deutschland lag zeitlich neun Stunden vor Kalifornien. Dort war es bereits Abend. Gut zu erkennen an den leuchtenden Straßenlaternen.

Mortimer sah das Gebäude und zuckte zusammen. »Moment mal«, murmelte er. »Dieses Gerüst, soll das dort stehen?«

»Ich glaube nicht, Sir.« Der Techniker hackte auf seine Tastatur ein. »Während unserer Vorbereitungen war es noch nicht da. Warten Sie mal, ich lese hier gerade etwas …« Er überflog eine kurze Notiz, die soeben aufgeploppt war. »Hier steht, dass sie dort vor knapp einer Woche mit Sanierungsarbeiten begonnen haben. Tja, das ist jetzt dumm …«

»Dumm? Bitte drücken Sie sich etwas klarer aus.«

»Wie es scheint, wurden die geplanten Bauarbeiten vorgezogen. Nach unserem Terminkalender sollten sie erst nach Abschluss der Spiele beginnen.«

»Und wir wurden nicht darüber informiert?« *Das war ja nicht zu fassen!*

»Nein, Sir. Mir liegt nichts dergleichen vor.«

»Und das Gebäude ist geschlossen?«

»Verriegelt und verrammelt.«

»Aber das ist ja eine Katastrophe«, stieß Mortimer aus. »Das heißt, die Spieler können nicht an den nächsten Claim gelangen.«

»So scheint es, Sir.«

»Wieso erfahre ich erst jetzt davon?«

»Die Meldung ist eben erst eingetroffen. Ich wusste es selbst nicht. Deshalb auch das Warnlicht.«

»Und wie lange wird das Gebäude geschlossen sein?«

»Mindestens drei Wochen, Sir. Es ist ein historisches Bauwerk, dessen Außenfassade saniert werden soll.«

Mortimer ballte wütend die Fäuste. Genau vor solchen Pannen fürchtete er sich am meisten. Vor Idioten wie diesen, die weder Absprachen noch Zeitpläne einhielten. Er presste die Lippen zusammen. »Stellen Sie mir eine Verbindung her. Irgendjemand, der etwas zu sagen hat. Bauamt, Bürgermeisterei, irgendwer.«

»Jetzt, Sir, um diese Uhrzeit?« Der Techniker sah ihn groß an.

»Ja doch. Sie haben doch eine Hotline, oder?«

Mortimer beobachtete, wie der Techniker eine Durchwahl wählte und wartete.

Wartete und wartete.

Nach einer Weile legte er auf. »Keine Chance, Sir. Tut mir leid. Es ist, wie ich befürchtet habe. Sie werden da heute niemanden mehr erreichen. Dort ist schon Samstagabend.«

»Verflucht.« Mortimer trat gegen einen Stuhl. »Wieso halten die sich nicht an Absprachen? Die haben Geld dafür bekommen. Aber das wird ein Nachspiel haben, das sage ich Ihnen.«

»Was sollen wir denn jetzt tun, Sir?«

Mortimer überlegte. »Verbinden Sie mich mit Shenmi Stevenson, Leitung drei. Ich muss mit ihr sprechen. *Sofort.*«

»Ich versuch's, Sir.«

Mortimer ging rüber in sein Büro, startete die Bildübertragung auf seinem Tablet und wartete. Es dauerte nicht lange bis zum Klingelton. Er setzte sein Headset auf und drückte auf Empfang. Das Bild baute sich in Sekundenbruchteilen auf.

»Mortimer?«

»Guten Morgen, Ms Stevenson. Ich hoffe, ich störe nicht.«

»Du störst nie, Morti, das weißt du doch. Für gute Nachrichten habe ich immer Zeit.«

»Nun ja, äh …« Er musste sich räuspern. »Genau genommen, sind es keine guten Nachrichten. Es gibt hier ein technisches Problem, bei dem ich Ihre Meinung bräuchte.«

»Technik?« Ihr Blick bekam etwas Stählernes. »Morti, du weißt doch, dass mich Technik nicht interessiert. Technik muss funktionieren, das ist meine Devise. Wenn sie das nicht tut, rufe jemanden an, der sie repariert.«

»Vielleicht habe ich mich nicht deutlich genug ausgedrückt. Es betrifft die Logistik. Kommunikation und Standortmanagement, solche Dinge. Einer unserer zentralen Knotenpunkte ist unbrauchbar gemacht worden. Die Behörden haben ganz offensichtlich irgendwelche Bauarbeiten vorgezogen und ein Gebäude geschlossen, in dem sich ein für die Spieler wichtiger Rätselpunkt befindet.«

»Wie bitte?«

»Ja, ich weiß. Es ist eine Katastrophe. Wir versuchen herauszufinden, was passiert ist und wie es weitergehen könnte. Solange dieser Knotenpunkt nicht offen ist, kann das Spiel nicht fortgesetzt werden.«

»Was genau ist geschehen?«

»Nun, sie haben das Gebäude eingerüstet. Türen und Fenster sind verschlossen.«

»Keine Möglichkeit, dass die Spieler ins Innere gelangen können?«

»Wie es aussieht, nicht.« Er schüttelte den Kopf. »Mein Mitarbeiter hat versucht, die Verantwortlichen ans Telefon zu bekommen, aber da meldet sich niemand. Samstagabend. Das heißt, dass auch morgen die Büros nicht besetzt sind.«

»Darf ich mir das mal ansehen?«

»Aber gerne. Moment, ich leite Ihnen das aktuelle Bild der Überwachungskameras weiter.« Er drückte einen Knopf. »Hier ist es.«

Shenmi rückte näher an den Monitor ran. Zwischen ihren Brauen bildete sich eine steile Falte. Ihre Lippen wurden zu einem schmalen Strich.

Jetzt kommt's, dachte er. *Jetzt wird sie mir den Kopf abreißen.* Er machte sich innerlich auf das Schlimmste gefasst.

Einen kurzen Moment lang betrachtete sie die Aufnahme, dann lehnte sie sich zurück. »Das sieht doch gar nicht so schlecht aus.«

»Äh …«

War Shenmi so begriffsstutzig oder tat sie nur so? »Wie meinen Sie das?«

Shenmi studierte immer noch die Aufnahme. »Nun, das Gerüst macht den Eindruck, als könnte man problemlos daran hochklettern. Das sind doch alles junge Leute, die schaffen das.«

»Und was soll das bringen? Sie kommen ja trotzdem nicht rein.«

Sie lächelte. Es war ein beunruhigendes Lächeln. Kalt und grausam. Mortimer runzelte die Stirn. »Wollen Sie etwa vorschlagen, die Kandidaten sollen …?«

»Genau das, Morti. Nur wer zielstrebig ist, kommt auch ans Ziel. Wollen mal sehen, was die so draufhaben. Eine gute Prüfung ihrer Fähigkeiten, findest du nicht?«

»Aber das wäre in höchstem Maße kriminell. Und die sind alle minderjährig.«

»Kriminell.« Shenmi schüttelte den Kopf. »Das ist so ein negatives Wort. Wie wäre es mit *erfindungsreich? Clever? Gewieft?* Das hört sich doch viel besser an.«

Mortimer ließ sich zurücksinken. »Aber die müssten einbrechen, um hineinzukommen. Vermutlich würde das irgendwo einen Alarm auslösen.«

»Na und?«

Nachdenklich strich er sich über die Stirn. GlobalGames hatte immer schon an der Grenze zur Legalität operiert. Grundstücke, die unerlaubterweise betreten werden mussten, Claims, die sich auf Privatbesitz befanden. Doch das waren alles Lappalien. Hier wurden die Jugendlichen offen zu kriminellen Handlungen gezwungen. Konnte er das verantworten?

»Verlangen Sie wirklich, unsere Kandidaten sollen Einbrüche begehen, um weiterzukommen?«

Sie zuckte die Schultern. »Wie gesagt, Morti: Wo ein Wille ist, ist auch ein Weg. Ich habe dir das schon mal erklärt. Wir betreiben hier keine simple Schnitzeljagd, das ist GlobalGames. Ein Wettkampf, bei dem die besten und skrupellosesten Runner gegeneinander antreten. Je härter die Bedingungen im Vorentscheid, umso besser wird die Hauptrunde. Nichts wäre schlimmer, als wenn die Öffentlichkeit uns für Waschlappen hält. So etwas würde sich kein Mensch freiwillig anschauen.«

»Und wenn das rauskommt? Was, wenn diese Aktion auf uns zurückfällt? Haben Sie keine Angst, dass man uns den Laden dichtmacht?«

Shenmis Lächeln bekam etwas Bedrohliches. Es erinnerte ihn an das Lächeln der Cheshire-Katze aus Alice im Wunderland. »Du unterschätzt mich noch immer, Morti. Das solltest du nicht tun.«

»Aber ...«

»Keiner von uns ist unersetzlich. Ich kenne Dutzende von Leuten, die liebend gerne deinen Posten einnehmen würden.«

Das war deutlich genug. »Es wird so geschehen, wie Sie wünschen, Ms Stevenson.«

»Gut. Ich fände es schade, wenn sich unsere Wege trennen würden. Sorge dafür, dass die Spiele reibungslos laufen, dann bleiben wir die besten Freunde. Ach, und Morti ...«

»Ja?«

»Das war jetzt schon das zweite Mal, dass du mich wegen so einer Nichtigkeit angerufen hast. Enttäusche mich nicht noch einmal, haben wir uns verstanden?«

Er schluckte.

29

Ungläubig starrte Tim auf sein Handy. Die Rote Dame kam nicht. Weder tauchte sie auf seinem Gerät auf noch auf Elis oder Annikas. Das Spiel ignorierte sie einfach.

»Schöner Mist«, murmelte er. »Seht ihr, das habe ich gemeint. Der grüne Punkt deutet stur ins Innere, auf den Friedenssaal. Dort geht das Rennen weiter und wir kommen nicht rein. Was machen wir denn jetzt?«

»Dürfte doch klar sein«, sagte die Blonde. »Wir werden dort einsteigen. Noch heute Nacht. Wenn alles schläft.«

»Einbruch?« Tim riss die Augen auf. »Seid ihr verrückt geworden?«

»Wir wollen ja nichts stehlen. Wir wollen uns nur mal kurz umschauen und unser Rätsel lösen. Dann sind wir auch gleich wieder weg.« Sie sah die anderen erwartungsvoll an. »Oder habt ihr einen besseren Vorschlag?«

Hilfe suchend blickte Tim zu Annika und Eli, doch die schienen auch keinen vernünftigeren Plan zu haben.

»Na also.« Die Blonde nickte zufrieden. »Wir müssen uns natürlich beeilen. Fix rein, fix raus. Ein paar stehen Schmiere, die anderen lösen das Rätsel. Und dann machen wir uns aus dem Staub.«

Tim bezweifelte, dass es so einfach werden würde. Aber da er ihren Argumenten nichts entgegenzusetzen hatte, blieb der Ball erst mal auf ihrer Seite.

»Es gibt übrigens noch einen anderen Grund, warum wir das heute Nacht durchziehen sollten«, fügte sie hinzu. »Sagen euch die Namen Bonehunter und EduardoElNoble etwas?«

»Darius und Jeremy? Und ob. Was ist mit denen?«

»Die waren auch schon hier, vor nicht mal einer Stunde«, sagte das Mädchen. Haben sich das Ganze angesehen und sind dann wieder verschwunden. Ich konnte sie belauschen. Der eine sagte etwas wie: *Kein Problem, alles im Lot*. Sein Daddy würde seine Kontakte spielen lassen und ihnen den Zutritt ermöglichen. Er schien sich seiner Sache ziemlich sicher zu sein.«

»Verdammter Mist«, fluchte Tim. »Dann sind sie uns schon wieder zuvorgekommen. Hört das denn nie auf?«

»Dann nehmt ihr die Sache also auch ernst? Das ist ja schon mal was. Ich glaube nämlich nicht, dass das nur hohles Geschwätz war.«

Tim presste die Lippen zusammen. »Malte und ich haben uns auf dem Weg hierhin über die beiden unterhalten. Erzähl ihnen, was du mir gesagt hast.«

Malte räusperte sich. »Es geht um das, was mein Freund herausgefunden hat. Ihr wisst schon, der mit den Connections.« Er lächelte schüchtern. »Wusstet ihr, dass Jeremy in den vergangenen Jahren drei Anklagen wegen Körperverletzung bekommen hat? Eine davon wegen der Sache mit der Brücke …«

»… von der er jemanden runtergestoßen hat, richtig?«, fragte Annika.

»Genau. Aber es gab noch zwei weitere. Leider kann ich euch nicht sagen, was da genau vorgefallen ist, aber es muss schlimm genug gewesen sein, dass die Betreffenden Anzeige erstattet haben.«

»Und?«, fragte das blonde Mädchen.

»Einer dieser Vorfälle wurde durch einen Vergleich geregelt, der andere ging bis vors Gericht.«

»Und was wurde daraus?«

»Abgeschmettert«, sagte Malte. »Jeremy sollte eigentlich eine Jugendstrafe bekommen, doch sein Vater hat tief in die Tasche gegriffen und den Richter geschmiert. Mein Freund hat die Protokolle runtergeladen. Ich kann sie euch gerne zeigen.«

»Krass«, murmelte die Blonde.

»Umso unerklärlicher, dass GlobalGames solche Spieler nicht von den Wettkämpfen ausschließt«, sagte Annika erbost. »Die Typen sind doch tickende Zeitbomben.«

Tim stimmte zu. »Malte und ich haben auf der Herfahrt ein paar Erkundigungen über die Stolzenburgs eingezogen. Jeremys Vater ist irgendein hohes Tier in der Bauwirtschaft. Scheint über ausgezeichnete Kontakte zu verfügen. Ich halte die Drohung also keineswegs für übertrieben. Jeremy und Darius werden morgen früh hier reinspazieren und sich die Antworten holen. Es sei denn, wir kommen ihnen zuvor.«

Die Blondine nickte. »Bei uns ist es beschlossene Sache. Wir werden das durchziehen, seid ihr dabei?«

»Hätte nichts dagegen«, erwiderte Tim. »Ich habe endgültig genug davon, dass diese beiden uns ständig die Punkte vor der Nase wegschnappen. Ein paar von uns können Schmiere stehen, während die anderen das Rätsel lösen. Wie wir die Punkte hinterher aufteilen, darüber können wir uns später Gedanken machen. Ich würde vorschlagen, einer geht an uns und einer an euch.«

»Klingt nach einem vernünftigen Vorschlag«, sagte die Blondine. »Ist drei Uhr dreißig für euch okay? Halb vier? Da schläft die Stadt. Die beste Zeit für so etwas.«

»Einverstanden.«

Die Blonde grinste. »Wird nicht einfach werden, aber man muss es auch von der positiven Seite sehen. Alle Spieler, die nach uns kommen, werden vor derselben Entscheidung stehen. Und ich wette, einigen wird es zu heiß sein, in das Gebäude einzusteigen.«

»Weniger Spieler, weniger Konkurrenz«, sagte ihr Begleiter mit dem Strubbelkopf. »Natürliche Auslese.«

Tim schob sein Kinn vor. »Also gut. Drei Uhr dreißig. Wir werden da sein.«

Das fremde Mädchen gab ihren beiden Begleitern ein Zeichen und die drei verschwanden. Erst jetzt fiel Tim auf, dass sie noch nicht mal ihre Namen kannten.

Claim 4

30

Es war kurz nach zwei, als sie zu der Stelle gelangten, an der sie vor ein paar Stunden das andere Team verlassen hatten. Annika hatte fast kein Auge zubekommen. Jetzt fühlte sie sich, als hätte sie drei Tassen Kaffee getrunken. Mit vor Aufregung klopfendem Herzen sah sie sich um.

Abgesehen von ein paar Studentengruppen, die sich noch auf Kneipentour befanden, war es ruhig geworden in der Stadt. Gewiss, sie waren viel zu früh dran, aber erstens war an Schlaf nicht mehr zu denken gewesen und zweitens war Malte auf etwas gestoßen, dem sie unbedingt nachgehen wollten.

»Wo steckt er nur?«, flüsterte Annika. »Er sagte doch, er würde uns ein Zeichen geben.«

»Ich bin hier«, ertönte es von der Seite. Sie sahen ihn hinter einer Hausecke stehen und ihnen zuwinken. »Kommt hierher.«

»Los geht's«, zischte sie und eilte auf die andere Seite. Eli und Tim folgten ihr schlaftrunken.

»Gute Nachrichten«, sagte Malte und schnaufte aufgeregt. »Inzwischen bin ich sicher, dass es einen anderen Eingang gibt. Wir müssen also nicht unbedingt über das Gerüst klettern.«

»Und welchen?« Eli starrte verständnislos auf die Rückseite des Gebäudes. »Hier ist doch nichts.«

»Weil du in die falsche Richtung guckst«, sagte Malte und deutete nach unten. Vor ihren Füßen befand sich ein Kanaldeckel. »Wenn ihr mir mal kurz helfen könnt.«

Aus seiner Tasche zog er ein Seil, an dem ein Haken befestigt war. Sah aus wie ein Spezialwerkzeug. Annika musste lächeln. Es verblüffte sie immer wieder, wie unterschiedlich Runner tickten. Manche, so wie sie, hatten Kletterzeug dabei, andere verlegten sich auf den Untergrund.

»Was ist denn das?«, fragte sie interessiert.

»Werdet ihr gleich sehen«, erwiderte Malte eifrig. »Packt mal mit an. Zu mehreren ist es entschieden leichter.« Er hakte das gebogene Ende in einen der schmalen Schlitze an der Seite des Deckels und zog daran. »Wollen wir es mal versuchen?«

Annika hielt das Seil kurz hinter Malte und auch Tim und Eli griffen zu. Es ging überraschend einfach. Der Deckel klappte auf. Er war an einem Ende mit einem Scharnier versehen, ähnlich wie ein Abfalleimer. Leider roch es auch genauso.

Naserümpfend spähte Annika in die Tiefe. Unter ihnen befand sich eine Eisenleiter. Ein widerlicher Gestank waberte zu ihnen empor.

»Das ist also deine großartige Idee?« Eli verzog das Gesicht. »Wir sollen in die Kanalisation klettern?«

»Ja …«

»Woher willst du wissen, dass dort unten ein Eingang ist?«, fragte Tim.

»Weil ich die alten Baupläne im Internet studiert habe«, entgegnete Malte. »So was findet man bei historischen Gebäuden häufiger im Netz, man muss nur wissen, wo man suchen muss.« Er lächelte verlegen. »An meiner alten Schule haben sie mir den Spitznamen *Kanalratte* gegeben. Keine Ahnung, wieso.« Er lächelte schief. »Ich gehe vor, ihr kommt nach. Der Letzte muss den Gullideckel schließen.«

Tim übernahm freiwillig den Job.

Annika behagte es ganz und gar nicht, in den Mief hinabzusteigen, aber kneifen kam für sie auch nicht infrage. Hauptsache, weg von der Straße. Bis zuletzt hatte sie befürchtet, dass jemand sie bei ihren nächtlichen Aktivitäten beobachtete.

Sie kletterte die rostigen Stufen hinab und schaltete unten die Taschenlampe an ihrem Handy ein.

Trübes, suppiges Wasser strömte um ihre Schuhe. Der Gestank war furchtbar. Ein dicker Tropfen platschte auf ihren Kopf. Sie zog die Kapuze über. Der Schacht war gerade hoch genug, dass man sich nicht den Kopf anstieß. Für Annika kein Problem, sie war neben Malte die Kleinste in der Gruppe. Eli und Tim aber mussten aufpassen.

Die Bausubstanz wirkte, als wäre sie viele Hundert Jahre alt. Grob gemauerte Wände, die von einer schleimigen Schicht aus Flechten und Algen bedeckt waren. Der Boden war uneben und von herabgefallenen Gesteinsbrocken bedeckt. Annika bildete sich ein, das Quieken davoneilender Ratten zu hören. Ehe sie sich vergewissern konnte, ob sie recht hatte, tauchten ihre Freunde neben ihr auf.

»Na, alles klar bei dir?« Tims Gesicht war in dem schummerigen Licht nur undeutlich zu erkennen. Seine Schritte schickten Echos in beide Richtungen. »Keine besonders schöne Umgebung, oder?«

»Ich hasse enge Schächte«, gab sie zu. »Ich hasse Schmutz und Gestank. Aber wenn es hilft, ungesehen ins Gebäude zu kommen, soll es mir recht sein. Wo ist denn nun dieser Eingang?«

»Hier drüben«, rief Malte, der sie überholt hatte und schon ein paar Schritte vorgegangen war. »Folgt mir einfach.«

Annika trat in irgendetwas Feuchtes, Matschiges. Sie entschied sich, lieber nicht näher hinzusehen.

»Ich habe sie gefunden«, hallte Maltes Stimme durch den Stollen. »Die Tür ist hier. Wie ich vermutet hatte. Aber es ist alles total dreckig, also passt gut auf, dass ihr nichts berührt.«

»Das brauchst du mir nicht zu sagen.« Annika unterdrückte ein Würgen. Platschend und schlitternd stolperte sie hinter den anderen her. Malte hatte ein paar alte Handschuhe übergestreift und rüttelte an der Tür. Sie war so stark von Rost und Algenbewuchs überzogen, dass sie Annika auf Anhieb gar nicht aufgefallen wäre. Sie hätte sie für ein Stück Mauerwerk gehalten. Doch offenbar ließ sie sich öffnen.

Ächzend und quietschend drehte sich das Metall in den Scharnieren. Die Luft, die aus der schwarzen Öffnung drang, war weniger schlimm als befürchtet, weswegen Annika sich beeilte hineinzugelangen. Sie erblickte einen weiteren Gang, an dessen Ende eine zweite Leiter ein paar Stufen nach oben führte. Malte untersuchte sie mit seiner Handylampe. »Da oben scheint eine weitere Tür zu sein«, flüsterte er. »Seht ihr?«

Sie kletterten das schwitzende Metall empor und versammelten sich auf einem schmalen Vorsprung. Tim und Malte stemmten sich gegen die Tür und bekamen sie mit einiger Anstrengung auf. Dahinter lag eine Art Abstellraum.

Annika ließ das Licht ihres Handys durch den Raum gleiten. Das Gewölbe war alt und staubig, aber wenigstens waren sie dem Matsch und dem Gestank entkommen. Ein paar wurmstichige Möbel standen herum, Holzkisten und einige steinerne Skulpturen. Sicherheitshalber schloss Malte die Tür wieder. »Nur für den Fall, dass jemand hier runterkommt«, flüsterte er.

Annika nickte zustimmend. Es war immer besser, vorsichtig zu sein.

»Okay …«, sagte Malte und starrte auf die Risszeichnung auf seinem Handy. »Für mehr hat die Zeit nicht gereicht. Aber wenn meine Berechnungen stimmen, müssten wir uns jetzt schon im Rathaus befinden. Ich glaube, da drüben geht's weiter ins Erdgeschoss.«

Mit angehaltenem Atem folgten sie ihm einige Treppen nach oben.

Malte öffnete eine weitere Tür und schaltete seine Lampe aus. Die gotischen Bögen vor den Fenstern ließen Annika vermuten, dass sie wirklich im Erdgeschoss des historischen Bauwerks angelangt waren. Hier unten überzogen die Strahlen der Straßenbeleuchtung den Steinboden mit einem verwirrenden Muster aus Licht und Schatten.

Annika atmete auf. Sie waren drin! Und das, ohne irgendwelche Scheiben eingeschlagen zu haben. Und ohne, dass ein Alarm losgegangen war. Solange sie vorsichtig waren, sollte das auch so bleiben.

»Gut gemacht«, flüsterte sie Malte zu.

»Ehrlich?«

»Ehrlich.« Sie klopfte ihm auf die Schulter und er strahlte sie an.

»Und wie geht's jetzt weiter?«, flüsterte Tim. »Sollen wir zurück und den anderen Bescheid sagen?«

Annika überlegte kurz, dann schüttelte sie den Kopf. »Ich finde, wir sollten uns direkt mal umsehen. Das Signal auf meinem Tracker ist stark und klar. Offenbar kommt es aus einem der oberen Stockwerke.« Sie eilte an ihm vorbei.

Da niemand etwas dagegen einzuwenden hatte, setzten sie ihren Weg fort.

Rechts von ihnen stand ein Tisch mit einer Kasse, auf der etliche Broschüren und Flugblätter auslagen. Annika griff sich eine und blätterte sie durch. Sie enthielt ausführliche Infos zum Friedenssaal. Natürlich hatten sie sich schon im Vorfeld mit dem Rathaus beschäftigt, aber man wusste ja nie, welche Infos es darüber hinaus noch gab. Sie steckte das Heftchen ein und folgte den anderen in den ersten Stock.

Historische Harnische und Schwerter schimmerten über ihren Köpfen. Zum Glück produzierten die Straßenlaternen draußen genug Licht, sodass sie ihre Handylampen ausgeschaltet lassen konnten.

Von der Decke hing ein Schiffsmodell. Eine abgehackte Hand ragte in die Luft. Sie hielt ein Schwert. Fratzenhafte Gesichter starrten auf sie herab.

Am obersten Treppenabsatz angelangt, hielten sie kurz an und orientierten sich. Hinter einer dieser Türen musste die alte Ratshalle liegen. Annika ging voran und sondierte die Lage. Erleichtert lächelnd winkte sie die anderen herbei.

»Das ist er«, flüsterte sie. »Der Friedenssaal. Das Signal kommt von dort.«

Sie betraten einen riesigen, holzvertäfelten Saal, dessen Fenster nach Osten wiesen. Laut ihrer Recherche wurde dieser Raum erst seit dem 18. Jahrhundert Friedenssaal genannt. Das Licht, das durch die vier riesigen Maßwerkfenster fiel, genügte Annika, um die feinen Holzarbeiten zu erkennen.

»In Ordnung«, flüsterte sie mit Blick auf ihr Handy. »Hier sind wir richtig. Das muss der Ort sein, der uns im Rätsel beschrieben wurde.« Sie schaute auf ihre Notizen. »Ah ja, hier steht's: *Subtrahiert die Zahl 2 – die Verbindung aus Wille und Wissen – und ihr erhaltet die Anzahl der Gaslaternen, die heute noch in der gesuchten Stadt brennen. Diese Zahl entspricht exakt der Zahl an geschnitzten Abbildungen, die man in einem bestimmten Saal an einem historisch bedeutsamen Ort in dieser Stadt finden kann.*« Sie hob den Kopf. »Damit kann eigentlich nur diese Wand hier gemeint sein, findet ihr nicht?«

Ihre Begleiter nickten. Es gab nur eine Wand, die so viele Schnitzereien enthielt, dass sie eine besondere Erwähnung verdient hätte. Annika drückte den Startknopf. Sie war gespannt, ob die Rote Dame erscheinen würde.

»Wartet mal«, erklang da Maltes Stimme. »Wollten wir uns jetzt nicht mit den anderen treffen?.«

Annika zögerte. Er hatte recht. Sie war so in ihrem Element, dass sie ihre Verabredung vollkommen vergessen hatte. Sie blickte auf die Uhr. »Viertel vor drei«, sagte sie. »Bis die anderen kommen, haben wir noch eine Dreiviertelstunde.« Ratlos sah sie ihre Freunde an.

»Was machen wir denn jetzt?«, flüsterte sie. »Sollen wir umkehren?«

Die anderen schienen ebenfalls unsicher zu sein. »Jetzt, wo wir schon mal hier sind, können wir auch anfangen, das Rätsel zu lösen, findet ihr nicht?«, flüsterte Eli. »Alles, was wir jetzt erledigt bekommen, müssen wir später nicht nachholen.«

»Ich weiß nicht, was ihr dazu sagt, aber für mich wäre das okay«, erklärte Tim. »Maltes Geheimweg hat uns einen unschätzbaren Vorteil verschafft. Nirgendwo ist ein Alarm losgegangen, niemand ist auf uns aufmerksam geworden. Ehe die anderen anfangen, Scheiben einzuschlagen, können wir ihnen vielleicht schon die Lösung des Rätsels präsentieren.«

Annika nickte. Sie hatte tatsächlich ein schlechtes Gewissen gehabt, weil sie so vorgeprescht war. Für einen kurzen Moment hatte sie sogar überlegt, die Sache ohne das andere Team durchzuziehen. Ein Gedanke, bei dem ihr heftige Schuldgefühle gekommen waren. Der Fair-Play-Gedanke war für sie immer mit das Faszinierendste an GlobalGames gewesen. Andererseits hatten sie in den letzten Tagen die Erfahrung machen müssen, dass sich längst nicht jeder an die Grundregeln hielt. Das Spiel hatte seine Unschuld verloren.

»Abgemacht«, sagte sie erleichtert. »Legen wir los.«

31

Die Rote Dame trug ein eng geschnürtes Oberteil, das in einen weiten Rock mündete. Die Enden der aufwendig bestickten Ärmel waren mit weißer Spitze versehen und ihre Schultern umspielten merkwürdig aufgestellte Polster. Auf ihrem Kopf trug sie eine bestickte und mit Perlen besetzte Haube.

»Hallo Tim, hallo Annika und Eli. Geht es euch gut? Ich begrüße euch im Friedenssaal des historischen Rathauses zu Münster. Ein ganz besonderer Ort, findet ihr nicht?«

Tim runzelte die Stirn. Irgendwie hatte er eine kleine Entschuldigung für die Panne vom Vorabend erwartet. Oder war das am Ende alles Absicht gewesen?

»Hier hinter meinem Rücken seht ihr den Richtertisch«, fuhr die Rote Dame fort, als wäre nichts gewesen. »Genau an diesem Ort wurde 1648 der Westfälische Frieden geschlossen. Er beendete den Dreißigjährigen Krieg in Europa, in dem schätzungsweise sechs Millionen Menschen ihr Leben verloren. Hinter mir seht ihr eine Schrankwand mit zweiundzwanzig Fächern, die in zwei Reihen übereinander eingelassen wurden. Die Schnitzereien darauf entstanden um das Jahr 1536. Um das Rätsel zu lösen, benötigt ihr folgenden Schlüssel.«

Leuchtende Lettern zuckten durch den Raum und ließen sich dann, wie von Geisterhand gezeichnet, auf der Holzvertäfelung nieder. Tim hielt geistesgegenwärtig sein Handy in die Höhe und machte einen Screenshot.

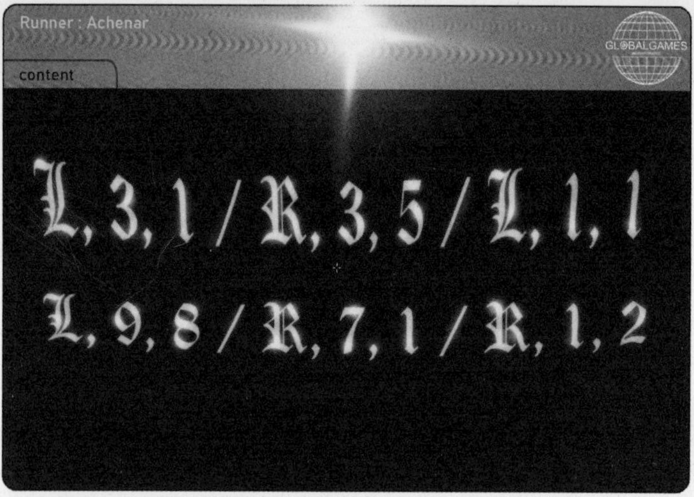

»Könnt ihr schon erraten, worum es geht?« Die Rote Dame sah sie forschend an. »Alle Hinweise, die nötig sind, befinden sich hier in diesem Raum. Für jemanden mit euren Fähigkeiten sollte es nicht allzu schwierig sein, die gesuchten Begriffe zu finden. Ich wünsche euch gutes Gelingen.« Sie bauschte ihr Kleid, deutete eine Verbeugung an und verschwand.

Der Code hing noch einen Moment im Raum, dann begann er zu verblassen.

Malte stand da wie zur Salzsäule erstarrt. Seine Augen waren weit aufgerissen. »War das die Rote Dame? Sie ist echt ziemlich gut gemacht. Und wunderschön.«

Tim hob eine Augenbraue. »Na ja, schön … und wieder einmal höchst knauserig mit Informationen. Nicht einmal eine Entschuldigung für die schlechte Planung. Sie tut einfach so, als wäre nichts geschehen.«

»Was soll sie auch anderes machen, sie ist nur ein Programm«, sagte Eli. »Sie sagt das, wofür man sie programmiert hat. Wenn sie schweigen soll, wird sie schweigen. Ihr Spiel, ihre Regeln. Also los jetzt. Habt ihr eine Ahnung, wie dieser Code zu knacken ist?«

Tim überlegte. »Fest steht, es geht um die zweiundzwanzig Abbildungen auf den Fächern an dieser Schrankwand hinter dem Richtertisch. Zwölf auf der linken Seite, zehn auf der rechten.«

Annika wedelte mit einer Broschüre. »Laut diesem Führer umfasst die Nordwand vier biblische Szenen, sechs Heiligenfiguren, drei Abbildungen, bei denen es vor allem um die Wappen geht, und sieben menschliche Laster.«

»Macht zwanzig«, sagte Eli.

»Zwei Abbildungen lassen sich anscheinend keiner bestimmten Gruppe zuordnen«, ergänzte Annika. »Hier oben links zum Beispiel ist Maria Magdalena mit einer Salbbüchse und einem Beutel und das Bild eines trinkenden, taumelnden Mannes hier drüben.«

Tim ging dichter ran. »Muss man den kennen? Ist das irgendeine Berühmtheit oder so?«

»Steht hier nicht«, erwiderte Annika.

Tim untersuchte die Abbildungen gewissenhaft. Prüfend ging er die Wand entlang. »Seht mal«, sagte er, hier ist ein Drache mit einem Typ, der ein Schwert schwingt.«

»Das ist der heilige Georg«, zitierte Annika aus der Broschüre. »Und noch weiter rechts sehen wir Simson mit dem Löwen.«

Tim entdeckte ihn sofort. Die Bilder waren wirklich von einer unglaublichen Kunstfertigkeit. »Ich weiß nur nicht, wie uns das weiterhelfen soll«, sagte er. »Wie ist dieser Code zu lesen?«

Malte beugte sich zu ihm herüber. »Darf ich den Screenshot noch mal sehen?«

»Klar, hier.« Tim reichte ihm sein Handy.

»L, 3, 1.« Was sollte das heißen? Malte strich mit den Fingern über das Display. »Oh, wartet mal.« Er ging näher ran. Dann hob er den Kopf und betrachtete die Schnitzereien. »L könnte für links stehen, meint ihr nicht?«

Tim folgte seinem Blick und spürte ein Kribbeln im Magen. »Alter ...«, er musste lächeln. »Demnach könnte R für rechts stehen. Nicht schlecht.«

»Ja«, sagte Eli mit vor Erregung bebender Stimme. »Wenn R und L jeweils die Seite angeben, könnte die erste Zahl einen Hinweis auf das jeweilige Bild liefern. Und die zweite Zahl markiert den Buchstaben.«

»Welchen Buchstaben?« Tim runzelte die Stirn. »Da stehen keine Worte unter den Bildern.«

»O Mist, daran habe ich nicht gedacht ...«

»Trotzdem«, sagte Annika. »Vielleicht ist der Buchstabe des dargestellten Hauptbegriffs gemeint. Ich weiß, das klingt ziemlich weit hergeholt, aber einen Versuch ist es trotzdem wert.« Annika ging auf eine der Abbildungen zu und deutete mit dem Finger darauf. »Hier zum Beispiel. L, 3, 1. Linke Seite, drittes

Bild, erster Buchstabe. Was wir hier sehen, ist Georg mit dem Drachen. Die 1 stände dann für das G.«

»Oder für das D von Drachen«, gab Tim zu bedenken. So ganz überzeugte ihn der Lösungsansatz noch nicht. Aber es war immerhin ein Anfang. »Behalten wir das mal im Hinterkopf«, sagte er. »Okay, weiter. R, 3, 5, was ist das?«

Annika überflog die Broschüre. »Scheint was aus dem Alten Testament zu sein. Simson beim Aushebeln der Torflügel. Ich erinnere mich vage an die Geschichte«, sagte sie. »Hatten wir damals im Religionsunterricht. Wenn ich mich nicht irre, geht es da um einen Rätselwettstreit, den Simson gegen die Philister führt. Und gewinnt. Zu Strafe dafür wird er von ihnen geblendet, geschoren und zum Sklaven erniedrigt. Mit der Kraft seines Gottes reißt er aber den Tempel über ihren Köpfen ein und tötet die Philister.«

»Das gute Alte Testament. Ganz schön blutrünstig.« Tim war mächtig beeindruckt von Annikas Wissensschatz. In Sachen klassische Literatur und Musik machte ihr keiner was vor.

»Dann würden die gesuchten Begriffe also *Simson* oder *Tempel* lauten«, folgerte Eli. »Die Buchstaben wären demnach das O oder das E.«

»Alles noch ziemlich vage«, sagte Tim. »Aber lass uns mal weitermachen. Jetzt das L und zwei Mal die 1.«

»Easy«, sagte Annika nach einem weiteren Blick in die Broschüre. »Das hier ist Maria Magdalena. Also das M.«

»Dom«, murmelte Malte.

»Was hast du gesagt?«

»Ich glaube, das gesuchte Wort könnte Dom heißen. *Gom* gibt keinen Sinn.«

Tim nickte. Vielleicht war der Lösungsansatz doch nicht so verrückt. »Klingt gut. Mal sehen. Uns fehlen noch drei Buchstaben.« Tim war so auf das Rätsel konzentriert, dass er das seltsame Licht erst bemerkte, als es über die Holzschnitzereien hinweghuschte. Er zuckte zusammen.

War das ein vorbeifahrendes Auto gewesen? Unmöglich. Dafür waren sie viel zu weit oben.

Er drehte sich Richtung Fenster – *und erstarrte.*

Draußen auf dem Gerüst erkannte er die Umrisse mehrerer Personen. Eine von ihnen leuchtete mit einer Taschenlampe direkt durch die Scheibe.

32

Runter«, keuchte Tim. »Alle sofort auf den Boden!«

Annika tauchte ab und suchte hinter der Richterbank Deckung.

Eli kauerte eng neben ihr. »Wer ist das?«, flüsterte sie.

»Keine Ahnung«, zischte sie. »Vielleicht die Polizei.«

»Bitte nicht«, lautete die Antwort. »Ich will nicht ins Gefängnis.«

Annika biss sich auf die Lippen. Das Herz schlug ihr bis zum Hals. Noch immer zuckte das Licht der Taschenlampe über den Boden.

Jetzt ist es so weit, dachte Annika. *Diesmal erwischen sie uns.* Aber war das überhaupt die Polizei? Hätten die sich nicht längst zu erkennen gegeben? Und wieso war kein Blaulicht zu sehen?

Einer der Typen presste sein Gesicht an die Scheibe. Vorsichtig spähte Annika hinter ihrem Versteck hervor. Was sie sah, ließ sie verblüfft innehalten. Das war kein Polizist. Viel zu jung. Und er trug ein Kapuzenshirt! Annika schlug sich mit der Hand gegen die Stirn.

»Das ist der Typ mit dem Lockenkopf«, wisperte sie in Elis Richtung. Jetzt konnte sie auch das blonde Mädchen sehen.

Annikas Blick streifte ihre Uhr. Kurz vor drei. Viel früher als verabredet.

Schlagartig wurde ihr klar, was hier ablief. Offenbar wollten auch die drei das Ding alleine durchziehen. Die vereinbarte Uhrzeit sollte nur sicherstellen, dass niemand ihnen in die Quere kamen. *Sehr clever.*

Aber nicht clever genug.

Das Licht erlosch. Die drei Runner verschwanden. Vermutlich machten sie sich auf die Suche nach einer anderen Stelle, wo sie einsteigen konnten.

»Ich glaube, sie sind weg«, zischte Annika und stand hastig wieder auf. »Los jetzt. Lasst uns das Rätsel lösen und dann verschwinden. Ich habe das Gefühl, dass wir gleich Besuch bekommen werden.«

»Schon erledigt«, flüsterte Tim. »Malte hatte recht. Das obere Wort heißt wirklich Dom. Die anderen Buchstaben stehen für das Wort *Uhr*. Seht ihr? Linke Seite, neuntes Bild, achter Buchstabe. Der heilige Lambertus, also U. Dann kommt das H von Hund und das R von Greif.«

»Dom. Uhr – *Domuhr!*«, murmelte Eli. »Was bedeutet das?«

»Darüber können wir uns unterwegs den Kopf zerbrechen«, flüsterte Tim. »Lasst uns schnell von hier verschwinden.«

»Moment mal«, sagte Malte. »Sollen wir nicht auf die anderen warten?«

»Am Arsch«, stieß Eli aus. »Hast du nicht kapiert, was hier vorgeht? Die wollten uns linken. Die hatten nie vor, sich mit uns zusammenzutun. Jetzt ist es kurz vor drei. Die halbe Stunde hätten sie genutzt, um uns die Punkte vor der Nase wegzuschnappen. Glück für uns, dass wir dich haben.« Sie legte ihm die Hand auf die Schulter.

Annika war erleichtert, dass die anderen den Betrug ebenfalls bemerkt hatten. Das ersparte ihnen lange Diskussionen.

»Also gut«, sagte sie. Einloggen und dann nichts wie weg.«

Tim schüttelte den Kopf. »Sorry, euch das sagen zu müssen, aber ganz so schnell geht es nicht.«

»Hä, wieso nicht?«

Tim deutete auf den Tracker. »Offenbar handelt es sich um ein zweiteiliges Rätsel. Das hier war nur der erste Abschnitt. Schaut mal auf euer GPS. Da ist noch ein zweiter grüner Punkt aufgetaucht.«

Tim hatte recht. Jetzt sah Annika es auch: Die Jagd ging weiter.

Sie wollte sich schon über den hohen Schwierigkeitsgrad beklagen, als in der Ferne das leise Klirren von zerbrochenem Glas ertönte.

Alarmiert sahen sich die Freunde an. Das konnte nur eines bedeuten.

»Sie sind auf dem Weg«, zischte Tim. »Kommt, raus hier.«

In geduckter Haltung eilten sie durch das Treppenhaus hinunter ins Erdgeschoss. Eli war die Schnellste. Instinktiv rannte sie auf die Eingangstür zu. »Stopp!«, zischte Annika so laut, wie sie es gerade noch verantworten konnte. »Bist du verrückt? Wenn du die Tür öffnest, geht garantiert irgendwo eine Alarmanlage los. Wir müssen auf einem anderen Weg rauskommen.«

Elis Hand zuckte von der Klinke zurück. »Stimmt!«, flüsterte sie. »Mann, bin ich blöd!«

»Bist du nicht«, erwiderte Annika. »Hätte jedem von uns passieren können.«

»Aber wo sollen wir dann lang? Irgendwo müssen wir doch wieder raus.«

Annika presste die Lippen zusammen. Auch wenn sie gerne den einfachen Weg gegangen wäre, so war doch klar, was sie tun mussten.

»Wieder durch die Kanalisation«, sagte sie und wappnete sich innerlich gegen den Gestank.

»Sieht so aus, ja.« Tim warf ihr ein schiefes Grinsen zu. Sie seufzte. Aber was blieb ihnen anderes übrig?

Sie schlugen den Weg ein, den sie gekommen waren. Die Treppen runter, bis in den Gewölbekeller.

Tim hatte gerade die Eisentür aufgezogen, als oben ein infernalisches Bimmeln einsetzte. Annika hob den Kopf. »Die Alarmanlage«, stieß sie aus. »Diese Idioten haben den Alarm ausgelöst. Weg hier, solange wir noch können.«

»Beeilt euch«, rief Tim. »Runter in die Kanäle. Und Vorsicht bei der Leiter. Die ist verdammt rutschig.«

Wieder ging es hinab in den Abwassertunnel. An der Abzweigung angekommen, wählte Malte diesmal den rechten Tunnel. Seine Risszeichnung auf dem Handy mit der Realität vergleichend, wies er ihnen den Weg. Stolpernd und keuchend folgten sie ihm durch den stinkenden Kanal. Wasser strömte aus unzähligen Seitenöffnungen.

Zum Glück erreichten sie nach wenigen Metern ein Trittgitter und mussten nicht länger durchs Wasser waten. Annika befürchtete trotzdem, dass sie den Gestank nie wieder aus ihren Klamotten bekam.

Nach etwa fünfzig Metern tauchte erneut eine Leiter auf.

»Was meint ihr«, fragte sie mit einem sehnsüchtigen Blick nach oben. »Sollen wir es versuchen?«

»Nicht weit genug«, sagte Malte kopfschüttelnd. »Die Umgebung rund um das Rathaus ist zu heiß. Wenn wir Pech haben, landen wir der Polizei direkt vor den Füßen.« Er blickte auf sein Handy. »Laut diesem Plan müssen wir noch ein gutes Stück weiter. Der Dom liegt etwa zweihundert Meter nordwestlich von uns.«

Annika seufzte. »Dann also los.«

Den Kragen ihres Shirts hochgezogen, stolperte sie hinter den anderen her. Plötzlich sah sie eine riesige Ratte in einen der Seitenstollen huschen. Bildete sie sich das nur ein oder war diese Ratte doppelt so groß wie normal? *War* es überhaupt eine Ratte gewesen?

Besorgt drehte Annika sich um, um zu sehen, ob das Vieh wieder auftauchte, als sie am entfernten Ende des Tunnels ein Licht bemerkte. Es blitzte nur kurz auf und war danach sofort wieder verschwunden. Sie verlangsamte ihre Schritte. »He, wartet mal!«

»Was ist denn?«, rief Tim von vorne.

»Schaltet mal für einen Moment eure Lichter aus.«

»Auf keinen Fall!« Elis entsetztes Gesicht glomm im Licht ihres Handys wie ein schimmeliger Käse. »Wir können doch nicht …«

»Kommt schon«, drängte Annika, »tut es einfach.«

Widerwillig folgten die anderen ihrer Bitte.

Schlagartig war es stockduster. Es war die Art von Finsternis, wie man sie nur aus Albträumen kannte. Eine Schwärze, die einen einhüllte, die einen durchdrang und einem den Atem raubte. Wie ein erstickender schwarzer Rauch.

Annika starrte angestrengt in die Ferne, doch das Licht blitzte nicht wieder auf. Dafür hörte sie ein Platschen. Als wäre etwas Großes und Schweres ins Wasser gefallen. Ihre Nackenhaare stellten sich auf.

»Können wir jetzt bitte das Licht wieder anmachen?« Eli klang, als wäre sie einer Panik nah.

»Okay.« Annika schaltete ihr Lampe an.

»Was war denn los?«, flüsterte Tim. »Irgendetwas, worüber wir uns Sorgen machen müssen?«

»Ich dachte, ich hätte ein Licht gesehen«, murmelte Annika. »Offenbar nur eine Täuschung.«

»Können wir jetzt bitte endlich weitergehen? Ich will hier raus.« Eli war scheinbar kurz davor durchzudrehen.

Annika nickte. Auch sie wollte diesen grässlichen Tunnel so schnell wie möglich wieder verlassen.

Bei der nächsten Leiter beschlossen sie, einen Blick nach draußen zu riskieren. Tim und Malte drückten gemeinsam den Kanaldeckel hoch und spähten in die Nacht.

»Gute Neuigkeiten«, verkündete Tim. »Keine Polizei. Und es sieht aus, als hätten wir unser Ziel erreicht.«

Annika stieß einen Seufzer der Erleichterung aus. »Na, worauf warten wir dann noch? Nichts wie rauf.«

Einer nach dem anderen krochen sie ans Licht. Annika schoss durch den Kopf, dass sie für einen Außenstehenden so aussehen mussten wie die Morlocks in *Die Zeitmaschine*. Und dass sie vermutlich auch genauso rochen.

Gerade hatten sie den Gullideckel zurück an seinen Platz geschoben, als in der Ferne das Heulen von Martinshörnern erklang. *Polizei!*

»Zum Dom, schnell.« Tim griff Annikas Hand und zog sie hinter sich her. So schnell sie konnten, verließen sie den Schein der Straßenlaternen und tauchten in den Schatten der Kirchenpfeiler. Keinen Moment zu früh.

Drüben an einer Straßenecke blitzte das erste Blaulicht auf. Ein Einsatzfahrzeug schoss um die Kurve. Zwei weitere folgten. In einem Affenzahn bretterten sie in Richtung Rathaus.

»Puh, gerade noch mal gut gegangen«, stöhnte Annika. »Meint ihr, sie werden ihre Suche auf die gesamte Altstadt ausdehnen?«

»Keine Ahnung«, sagte Tim. »Und ich habe nicht vor, so lange zu warten. Lasst uns diese vermaledeite Uhr suchen und dann nichts wie weg von hier. Sie muss sich im Inneren befinden. Auf meinem Tracker ist der grüne Punkt klar und deutlich.«

»Dann also rein«, sagte Annika. »Und vielleicht haben wir ja diesmal Glück und die Türen sind nicht abgeschlossen.«

33

Natürlich waren sie abgeschlossen. Alle. Und nicht nur das: Es waren schwere Holz- und Metalltüren, die man nicht mal mit einem Panzer aufbekommen hätte.

Tim wusste nicht, ob er lachen oder weinen sollte. *Murphy's Law.* Alles, was schiefgehen konnte, ging auch schief. Als hätte sich das ganze verdammte Universum gegen sie verschworen.

Müde und enttäuscht sackte er zu Boden. »Das war's dann wohl«, murmelte er. »Ich kann nicht mehr.«

Hilfe kam von unerwarteter Seite.

»Vielleicht könnte ich da was machen«, sagte Eli und blickte überraschend schüchtern auf ihre Fußspitzen. »Ich habe da so etwas bei mir …«

Tim beobachtete sie, wie sie ihren Rucksack öffnete und ein Werkzeug herausholte. Es erinnerte Tim an den klassischen *Leatherman,* den sein Dad gerne bei sich trug, allerdings schienen die Werkzeuge andere zu sein. Dieses hier besaß eine Menge Stifte, Haken und Bügel.

Eli wählte einen kurzen, dicken Metallstift, der in einem rechten Winkel endete, schob ihn ins Schloss und fing an, darin herumzustochern.

Tim runzelte die Stirn. »Ist das ein Dietrich?«

Eli verweigerte die Antwort und bearbeitete stattdessen verbissen das Schloss. Die Zunge zwischen die Zähne geklemmt, prüfte sie den Widerstand und lauschte auf die Geräusche aus dem Inneren.

Das Mädchen steckte voller Überraschungen. Nicht nur, dass sie austeilen konnte wie ein Kerl, jetzt entwickelte sie auch noch Einbrecherqualitäten.

Nach einer knappen Minute ertönte ein Klacken. Eli zog das Werkzeug heraus und drückte die Klinke runter. Die Tür öffnete sich mit einem dumpfen Knarren. »Bitte sehr«, sagte sie. »Nach euch.«

»Woher kannst du so etwas?«, fragte Tim völlig baff. »So was lernt man nicht an der Volkshochschule, habe ich recht?«

»Ich habe drei Brüder«, erwiderte Eli grinsend, »mit teilweise sehr speziellen Freunden. Es würde definitiv zu lange dauern, dir jetzt zu erzählen, *wie* speziell die sind. Hauptsache, wir sind drin, oder?«

»Und ob.«

Der Dom empfing sie mit dem altbekannten Duft von Kerzenwachs, Möbelpolitur und Weihrauch. Ein Geruch, wie Tim ihn auch aus anderen Kirchen kannte. Er atmete tief ein, dann betrat er die heiligen Hallen.

Sie fanden die Uhr am südlichen Chor. Wie angewurzelt blieben sie stehen.

»Du meine Güte«, murmelte Tim. »Was ist denn das? Habt ihr so was schon einmal gesehen?«

»Also ich nicht«, sagte Eli. »Was haben all diese Zeichen und Symbole zu bedeuten?«

Annika schien als Einzige zu wissen, was sie da vor sich hatten. »Es ist eine Weltzeituhr«, erklärte sie ihnen. »Ich habe so etwas Ähnliches schon einmal gesehen. Im Straßburger Münster.«

»Sind das Tierkreiszeichen dadrauf?« Malte richtete sein Handy auf die Uhr und begann zu fotografieren.

»Ich denke schon.« Tim kniff die Augen zusammen, in der Hoffnung, trotz der Dunkelheit etwas mehr zu erkennen. »Tierkreiszeichen und Planeten. Ich erkenne auch den Mond und die Sonne«, sagte er staunend.

»Ganz genau«, erwiderte Annika. »Es ist eine astronomische Uhr. Mit ihr lässt sich der Stand der Gestirne am Himmel bestimmen. Die Polhöhe der Sonne, ihre Position zu den Tierkreiszeichen und die aktuelle Mondphase.«

»Einen Minutenzeiger gibt es nicht, oder?«, erkundigte sich Eli. »Ich kann jedenfalls keinen erkennen. Ihr? Außerdem laufen die Zeiger verkehrt herum.«

»Stimmt«, stellte Tim verwundert fest. »Jetzt, wo du es sagst. Die römischen Ziffern sind anders angeordnet als bei uns. Entgegen dem Uhrzeigersinn.«

»Sehr merkwürdig«, sagte Annika. »Was immer das für ein Rätsel sein mag, es muss etwas mit dem Nachthimmel zu tun haben. Höchste Zeit, dass wir die Rote Dame befragen.«

Außer auf Maltes Handy erschien die Rote Dame auf all ihren Geräten, diesmal im Gewand einer Ordensschwester. Ihre Haare steckten unter einem Schleier, während ihre Schultern von einem weiten Mantel bedeckt wurden. Der Rosenkranz in ihren Händen leuchtete, als er wäre er aus purem Gold.

»Seid gegrüßt, Runner«, flötete sie. »Ich freue mich, dass ihr den Weg in diese heiligen Hallen gefunden habt. Der HERR sei mit euch.« Sie machte eine Bewegung, als würde sie alle Anwesenden segnen.

Tim ging ihr Gehabe mittlerweile ziemlich auf die Nerven. Während dieses Spiel sie zu diversen Einbrüchen zwang, schien die Dame nur mit ihrer Fashionshow beschäftigt zu sein. Natürlich hatte Tim in der Vergangenheit bereits die eine oder andere Gesetzesüberschreitung für GlobalGames in Kauf genommen, aber das hatte sich wesentlich harmloser angefühlt als alles, was heute Nacht passierte. Dass die Spielemacher diesen hohen Druck aufbauten und Festnahmen stillschweigend einkalkulierten, fand Tim ganz schön krass.

»Nennen Sie uns einfach das Rätsel, wir haben es nämlich eilig«, raunzte er ungehalten.

Die Rote Dame zog eine Braue empor. »Oho, vernehme ich da leichte Kritik?«

»Allerdings. Falls Sie es nicht bemerkt haben, Ihr Spiel ist verbuggt. Wir mussten einbrechen, um das letzte Rätsel zu lösen. Jetzt ist die Polizei unterwegs. Wegen uns!«

»Du kannst offiziell Beschwerde einreichen, wenn du möchtest.«

»Wie denn? Andere Spieler haben das schon versucht und niemanden erreicht. Geben Sie es ruhig zu, Ihr Spielsystem ist fehlerhaft. Die letzten Rätselpunkte waren nicht zugänglich – zumindest nicht, wenn man sich an den Kodex hält.«

Die Nonne warf ihm einen durchdringenden Blick zu. Alle Freundlichkeit war aus ihrem Gesicht gewichen.

»Mir gefällt dein Ton nicht, junger Mann. Wenn du etwas zu

sagen hast, sag es. Aber bleibe bitte höflich. Denke daran: Wir können dich jederzeit von den Spielen ausschließen.«

Tim wollte etwas erwidern, spürte aber eine Berührung am Arm. Annika. Ihr Mund formte zwei Worte. *Lass es.*

»Nun?« Die rote Nonne blickte streng.

Tim rang mit sich. Er war echt wütend.

Wie immer in solchen Situationen fragte er sich, was seine Mom jetzt wohl getan hätte. Und er kam zu einem eindeutigen Ergebnis.

»Es ist nichts«, murmelte er und senkte den Kopf. »Bitte entschuldigen Sie.«

Die Rote Dame nickte. »Schon besser. Immerhin habt ihr es als Erste bis hierher geschafft, das wollt ihr doch bestimmt nicht aufs Spiel setzen, oder?«

»Nein«, sagte Tim mit gepresster Stimme.

»Hätte mich auch gewundert. Dann also herzlich willkommen zum zweiten Teil unseres Rätsels. Hinter mir seht ihr ein Objekt von großer historischer Bedeutung. Es ist nicht nur ein Instrument zur Zeitmessung, es hängt auch unmittelbar mit dem nächsten Ort zusammen, an den ihr euch begeben sollt. Wie ihr unschwer erkennen könnt, handelt es sich um eine Apparatur, mit der sich astronomische Ereignisse vorherbestimmen lassen. Auf dieser beweglichen Uhr kann man dies sowie vieles andere ablesen. Der Code, den ihr benötigt, lautet wie folgt.« Sie wedelte mit der Hand und wieder flogen leuchtende Zeichen und Buchstaben durch die Luft. Anmutig nahmen sie auf der großen Uhr Platz.

»Nachdem ihr bereits das erste Rätsel so erfolgreich gemeistert habt, bin ich sicher, dass euch dieses hier nicht schwerfallen wird. Das Lösungswort ist identisch mit der Stadt, in die ihr als Nächstes reisen müsst. Loggt euch ein, aktiviert den Claim und dann viel Glück bei eurem nächsten Rätsel. Lebt wohl, Runner, und möge der HERR mit euch sein. *In nomine Patris et Filii et Spiritus Sancti.«*

Sie zeichnete ein Kreuz in die Luft, dann verschwand sie. Allerdings nicht, ohne Tim einen letzten strengen Blick zuzuwerfen.

»Bitch«, flüsterte Tim so leise, dass nur Annika es hören konnte. Ihre Lippen kräuselten sich zu einem amüsierten Lächeln. »Ich habe mich wohl verhört«, murmelte sie und hob eine Augenbraue.

»Hast du nicht«, antwortete er leise. Dann hob er seine Stimme und wandte sich wieder an die anderen. »Und jetzt lasst uns dieses Rätsel knacken!«

Gemeinsam blickten sie auf die Uhr. Was dort zu lesen stand, war alles auf Latein.

Tim hasste Latein. Diese bescheuerte Sprache zog seinen Notendurchschnitt jedes Jahr um ein paar Punkte nach unten. Zum Glück konnte er das Fach mit Beginn des nächsten Schuljahrs abwählen.

»Ich denke, ich hab's«, rief Annika, die offensichtlich mehr Ahnung von dieser Sprache hatte als er. »Das war diesmal wirklich simpel.«

»Echt?« Tim staunte. Andererseits passte es zu ihr, dass sie Latein übersetzen konnte. Mathematik, klassische Musik, Literatur – sein Bild von ihr vervollständigte sich. Dennoch, wie schnell sie das Rätsel gelöst hatte, war wirklich erstaunlich.

»Ja doch, seht mal«, sagte Annika. »Da oben steht: *In hoc horologio mobili poteris haec aliaque multa dignoscere.* Übersetzt heißt das so viel wie: *Auf dieser beweglichen Uhr kann man dies sowie vieles andere ablesen.*«

»Moment mal«, sagte Eli. »Das sind doch exakt die Worte, die die Rote Dame vorhin gesagt hat.«

»Stimmt«, erwiderte Annika lächelnd. »Ich erinnere mich.«

Tim musste sich zwingen, sie nicht dauernd anzustarren. Ein paarmal hatte sie ihn bereits dabei erwischt, allerdings nie etwas gesagt. Vielleicht hatte sie gar nichts dagegen?

»Wenn wir also dasselbe Prinzip anwenden wie bei dem Rätsel im Rathaus, dann bedeutet das, wir müssen vom zweiten Wort den ersten Buchstaben nehmen. Dann vom sechsten den zweiten ...«

»... vom vierten den ersten ...«

»... vom vierten den dritten und so weiter.« Annika nickte. »Und was erhalten wir dann?«

»Hamburg«, stieß Tim aus. »Das Lösungswort lautet Hamburg.«

»Genau richtig.« Sie zwinkerte ihm zu.

»O Mann, es ist so einfach, wenn man weiß, wie es geht.« Er schaute zu ihr und sie erwiderte seinen Blick. Länger als normal. Er musste sich zusammenreißen, nicht rot anzulaufen. Dieser Wettkampf erlaubte keine emotionalen Ausbrüche. Sie mussten cool bleiben oder sie würden scheitern. Abgesehen davon gab es noch ein anderes Problem. Sie mochten zwar in einem Team sein, aber genau genommen, waren sie immer noch Gegner. Irgendwann kam vielleicht der Punkt, wenn es hieß *du oder ich.* Und wenn das geschah, dann wurde ihre Freundschaft auf eine harte Probe gestellt.

Eli und Malte beugten sich gerade über Elis Handy und schienen von alldem nichts mitbekommen zu haben.

»Fantastisch ...« Annika blickte die anderen zufrieden an. »Wir haben unsere Lösung. Jetzt seid ihr dran. Eli und Tim, das ist euer Claim. Loggt euch ein und holt euch die Punkte. Na los! Ich habe keine Lust, hier zu warten, bis die nächsten Spieler aufkreuzen.«

Tim lächelte dankbar. »Und du?«, fragte er trotzdem einmal zur Sicherheit. Es war ein großes Opfer, das Annika hier brachte.

»Keine Sorge«, erwiderte sie. »Ich habe bereits einen Punkt und werde bestimmt noch einen zweiten kriegen. Kommt schon, legt los.«

Tim beeilte sich. Als er das Lösungswort eingab und die Sende-/Empfangseinrichtung mit grünem Leuchten darauf ansprach, fiel eine Riesenlast von seinen Schultern.

Auch Eli beflügelte ihr zweiter Punkt. »Okay«, sagte sie und packte alles wieder ein. »Nach Hamburg also.«

Eli hatte bereits ihre Bahn-App geöffnet und prüfte die Verbindungen. »Da geht ein ICE um kurz vor neun. Bis dahin haben wir noch ein paar Stunden.«

»Ausgezeichnet«, sagte Tim. »Ich schlage vor, wir gehen ins Hotel zurück und schlafen eine Runde. Wir sollten inzwischen einen guten Vorsprung rausgearbeitet haben. Wenn die anderen hier eintreffen ...«

»... falls sie hier eintreffen ...«, ergänzte Eli grinsend.

»Genau, *falls* sie hier eintreffen, werden sie feststellen, dass das Rätsel bereits gelöst wurde.«

»Die Ärmsten!« Eli lachte.

»Aber wohin genau?«, fragte Malte. »Hamburg ist eine ziemlich große Stadt.«

»Ich denke, der Hinweis ist bereits in dem Rätsel enthalten«, sagte Annika. *»Auf dieser beweglichen Uhr kann man dies sowie vieles andere ablesen,* so lauten die lateinischen Worte. Überlegt doch mal. Was sehen wir hier? Sonne, Mond, Sterne. Alles dreht sich um die Sternenkunde. Was läge näher, als einen Ort zu suchen, der sich mit Astronomie beschäftigt?«

»Ein Planetarium«, stieß Malte aus. »Oder eine Sternwarte. Gibt's so etwas in Hamburg?«

Tim tippte mit schweißnassen Fingern aufs Handy. Schon nach einem Suchlauf hatte er gefunden, was er wollte. Sein Herz schlug wie nach einem Hundert-Meter-Sprint. »Volltreffer«, sagte er und hielt sein Gerät in die Höhe. »Wie es der Zufall so will, besitzt Hamburg eines der modernsten Planetarien weltweit. Jahrelang wurde es umgebaut und modernisiert, jetzt ist es wieder geöffnet.« Er grinste.

»Nächster Stopp Hamburg.«

GLOBALGAMES

INCORPORATED

Claim 5

34

Punkt neun Uhr stiegen Tim und seine Freunde in den Zug nach Hamburg. Der Großraumwagen war leer, sodass sie sich an einem Vierertisch ausbreiten konnten. Tim saß Malte gegenüber und beobachtete, wie dieser das Mikrofon mit seinem Handy verband. Malte hatte sie bereits bei ihrer ersten Begegnung am Völkerschlachtdenkmal um ein paar Interviews gebeten, doch damals hatten sie abgelehnt. Inzwischen kannten sie ihn besser und vertrauten ihm. Sein Blog schien ihm viel zu bedeuten und irgendwie mussten sie die zwei Stunden nach Hamburg ja totschlagen.

Tim hatte unruhig geschlafen und fühlte sich ausgelaugt. Die ganze Nacht über hatte er geglaubt, Polizeisirenen zu hören, und selbst, wenn das nur ein Traum gewesen war, so hatte es ihn doch ziemlich belastet. Die Baseballmütze tief ins Gesicht gezogen, damit man ihn nicht erkannte, setzte er sich vors Fenster. Im Gegenlicht sollte er kaum zu erkennen sein. Sicherheitshalber schob er auch noch seinen Mundschutz hoch.

Malte hatte ein kleines Mikrofon aufgebaut und richtete sein Handy auf Tim. Als alles bereit war, gab er Tim ein Zeichen.

*

»Hallo, Achenar«, sagte er. »Ich freu mich, dass du dir Zeit genommen hast, ein paar kleine Fragen für meinen Blog zu beantworten.«

»Aber gerne.« Tim ließ sich auf seinen Sitz zurücksinken.

»Du bist jetzt als Teilnehmer des großen GlobalGames-Contest unterwegs und hast schon ein paar schwere Rätsel gelöst. Wie ist es dazu gekommen?«

»Tja, wie? Es fällt mir schwer, mich an jedes Detail zu erinnern. Eben noch scheint alles normal, die Dinge entwickeln sich, wie man es von ihnen erwartet, und nichts deutet darauf hin, dass dieser Tag anders wird als all die anderen davor.«

»Haha, ja, das kenne ich. Und dann geht etwas schief.«

»Genau. Irgendetwas passiert – und von einer auf die andere Sekunde ist die eigene Welt nicht mehr dieselbe. So ging's mir und vermutlich jedem anderen, der eine Einladung zu den Spielen erhalten hat.«

»Wie hast du überhaupt mit GlobalGames angefangen?«

»Begonnen habe ich vor knapp zwei Jahren«, sagte Tim. »Eigentlich fing das alles mit meiner Mutter an.« Tim suchte nach den passenden Worten. »Meine Mom mochte es nicht, wenn ich zu viel Zeit zu Hause vor dem Bildschirm verbrachte. Sie wollte, dass ich rausgehe, Abenteuer erlebe, Freunde treffe und so. Sie selbst war eine begeisterte Geocacherin und hat mich ein paarmal mit auf ihre *Raubzüge* genommen.«

»Deine Mutter, echt? Was für eine coole Frau.«

»Ja, das war sie.«

»War?«
»Sie ist gestorben. Letztes Jahr. Leukämie.«
»Oh, das tut mir leid. Wenn ich gewusst hätte ...«
»Nein, ist schon okay, ich rede gerne über sie«, sagte Tim. »Wenn ich über sie spreche, bleibt sie für mich lebendig. Zum Beispiel erinnere ich mich an etwas, was sie immer zu meiner kleinen Schwester und mir gesagt hat. *Tut, was ihr liebt, liebt, was ihr tut – und holt euch die Sterne vom Himmel*. Das waren ihre Worte. Nun ist sie selbst dort oben ...« Tim spürte, wie es ihm die Kehle zuschnürte.
»Und dein Vater?«
»Dad hasst Computerspiele. Für ihn ist das reine Zeitverschwendung. Ich bin mir nicht mal sicher, ob er von Moms Vergangenheit als Geocacherin weiß. Muss ihn bei Gelegenheit mal danach fragen. Jedenfalls haben wir ihm gegenüber verschwiegen, dass *ich* Runner bin.
Es war unser kleines Geheimnis.«
»Aber GlobalGames ist doch gar kein reines Computerspiel ...«
»Das macht für Dad keinen Unterschied«, sagte Tim. »Ich glaube, er hasst Games ganz allgemein. Kürzlich lief eine Reportage über GlobalGames im Fernsehen, über die er sich sehr abfällig geäußert hat. In dem Bericht sind wir Runner ganz schön schlecht weggekommen. Wie eine Bande Loser und Kriminelle. Dad hat ziemlich deutlich gesagt, dass er uns alle für verrückt hält. Als die Einladung zu diesem Event kam, bin einfach von zu Hause abgehauen. Ich wusste nicht, wie ich es ihm erklären sollte. Inzwischen

weiß er nicht mal mehr, wo ich stecke. Vermutlich sollte ich mich mal wieder melden.« Tim grinste schief hinter seinem Mundschutz.

»Oha. Das riecht nach Ärger ...«

»Allerdings«, sagte Tim. »Es ist mir aber wichtig, dass ich es zu Ende bringe. Mom würde das verstehen. Klar ist auch das Preisgeld ziemlich cool, aber ich will vor allem meinem Vater beweisen, dass man mit allem Erfolg haben kann, wenn es einem so richtig wichtig ist. Und dass man für das kämpfen muss, was man liebt.«

»Wow, das war ein tolles Schlusswort«, erwiderte Malte. »Ich danke dir für dieses Interview, Achenar. Und noch viel Glück und Erfolg bei den Wettkämpfen!«

*

Malte nahm das Handy runter und schaltete das Mikrofon ab. Er wirkte sehr zufrieden. Eli und Annika saßen mit offenen Mündern da. Annika schien sogar feuchte Augen bekommen zu haben. Malte machte sich ein paar Notizen, dann wandte er sich den beiden Mädchen zu. »Wer will die Nächste sein?«

Tim stand auf und räumte seinen Platz. Gerade in diesem Moment klingelte sein Handy. Stirnrunzelnd las er den Namen auf dem Display. *Farid!* Was wollte der denn? War der nicht noch in der Türkei?

»Sorry, Leute, ich muss mich mal kurz verziehen«, sagte er hastig. »Ihr seid ja hier ohnehin noch eine Weile beschäftigt.« Er stand auf und trat in den Flur zwischen erster und zweiter

Klasse. Er bedauerte zwar, dass er nicht mitbekam, was Eli und Annika sagten – vor allem Annikas Interview hätte ihn interessiert –, aber das hier war wichtiger.

Er nahm das Gespräch an. »Ja?«

Ein kurzes Rauschen, dann hörte er eine Stimme. »Tim?«

»Am Apparat.«

»Super, dass ich dich erwische.«

Es war tatsächlich Farid. Er schien ziemlich laut sprechen zu müssen, jedenfalls klang seine Stimme verzerrt. »Wie geht's dir, Alter?«

»So weit ganz gut, und selbst?« Tim presste das Gerät ans Ohr, um besser hören zu können. »Bist du nicht in Antalya?«

»Doch, ich ...« Es knackte und rauschte, dann war sein Freund weg. Es dauerte eine Weile, bis er wieder zu hören war.

»... Familienfest ist rum, ich komme übermorgen heim. War echt schön. Nur ein bisschen warm.«

Tim amüsierte die Vorstellung, dass Farid einen Anzug tragen musste. Er sah in den Dingern aus wie eine Wurst, die man in einen Gummihandschuh gezwängt hatte. Farids Familie war sehr traditionell. Auf den Festen herrschte Kleiderzwang, was bedeutete, dass Jungs ab einem bestimmten Alter wie aus dem Ei gepellt aussahen. So wie ihre Väter. Bestimmt kein Zuckerschlecken bei den Temperaturen.

»Wo steckst *du* eigentlich, Alter?«, wollte Farid nun wissen. »Dich versteht man auch nicht gerade besonders gut.«

»Bin im Zug auf dem Weg nach Hamburg. Warum?« Tim verschwieg, in welcher Mission er unterwegs war. Farid hätte es als Vertrauensbruch ansehen können, dass Tim ihm nichts von dem Event erzählt hatte. Wenn es dumm lief, würde Farid über WorldRunner darauf aufmerksam werden. Andererseits würde er spätestens dann bestimmt etwas sagen, oder?

»Tja, weißt du …«, sagte Farid und eine Pause entstand. Diesmal nicht durch eine technische Störung. Suchte Farid etwa nach den richtigen Worten? Seltsam. Normalerweise war er nicht auf den Mund gefallen.

»Dein Vater hat mich angerufen.«

»Dad hat dich angerufen?« Tims Hände wurden feucht. Leicht zittrig lehnte er sich gegen die Zugwand.

»Wieso das?«

»Weil er dich nicht erreichen kann. Er sagte, er hätte es ein paarmal versucht, du würdest aber nicht rangehen.«

»Das stimmt, ich möchte nicht mit ihm sprechen. Nicht im Moment jedenfalls«, schob er schnell hinterher, damit es nicht zu hart klang.

»Deine Mailbox hast du wohl nicht abgehört, oder?«

»Nein …«

»Nun, dann sage ich es dir eben. Es scheint was passiert zu sein. Mit deiner Schwester.«

»Mit Emily?« Tim blieb für einen kurzen Moment die Luft weg. »Wieso, was ist mit ihr?«

»Sie hatte wohl einen Unfall oder so. Auf dem Heimweg. War alleine unterwegs. Ein Auto muss falsch abgebogen sein und hat sie erwischt. Irgend so ein rücksichtsloser Vollpfosten, der nicht bemerkt hat, dass Emily Grün hatte.«

Tim spürte, wie seine Knie weich wurden. Er ließ sich auf den Boden sinken. »Ist ihr was passiert?«

»Wie man's nimmt. Glück im Unglück, sagen die Ärzte. Es hätte wohl viel schlimmer kommen können. Ihr Arm ist allerdings gebrochen. Musste operiert und geschient werden. Ich kenne die Details nicht so genau. Sie scheint auch eine leichte Gehirnerschütterung zu haben. Es wäre wohl besser, wenn du mal daheim anrufst.«

»Klar, mache ich«, stammelte Tim. »Natürlich mache ich das. Ist sie denn schon wieder zu Hause?«

»Ja. Aber am besten du sprichst mit deinem Dad. Ich bin sicher, er freut sich. Außerdem kann er dir mehr erzählen. Ich muss jetzt Schluss machen.«

»Ja …« Tim presste die Lippen zusammen. »Danke, dass du mich verständigt hast, Farid.«

»Kein Ding, Alter. Wir sehen uns dann in ein paar Tagen. Und versprich mir, dass du ihn anrufst, okay?«

»Ja okay. Mach's gut und danke noch mal!«

Tim legte auf.

Er atmete tief durch. Ihm war übel.

Emily. Ein Unfall. Wie konnte das nur geschehen?

Eine heftige Welle von Schuldgefühlen überrollte Tim. Er war nicht bei ihr gewesen, hatte nicht auf sie aufgepasst. Er war fortgegangen und hatte sie im Stich gelassen. Statt für seine kleine Schwester da zu sein, tingelte er kreuz und quer durch Deutschland. DAS war etwas, was Mom ihm bestimmt nicht verziehen hätte. Er kam sich richtig mies vor.

Tim öffnete seine Kontakte und wählte die Nummer seines Dads. Zuerst die im Büro, dann sein Mobiltelefon. Auf beiden erreichte er nur die Mobilbox.

Er stand auf und wankte zurück in den Großraumwagen. Annika war offenbar gerade mit ihrem Interview fertig.

»Tim!«, sagte sie. »Du bist ja kreidebleich. Ist was passiert?«

Er sackte zurück auf seinen Sitz. Dann erzählte er ihnen alles. Eli und Malte sahen ihn bestürzt an, Annika legte tröstend ihre Hand auf seine. »Hast du schon mit deinem Vater gesprochen?«

»Ist nicht zu erreichen ...«

»Was willst du jetzt machen?«

Tim starrte auf den Tisch. Annikas Stimme klang, als käme sie von weit her.

»Hier komm, iss erst mal was«, sagte sie. »Wir haben noch Zimtschnecken vom Frühstücksbuffet übrig.« Sie schob ihm die Tüte hin. Er öffnete sie, nahm ein süßes Stückchen und biss hinein. »Ich weiß nicht, was ich tun soll«, murmelte er. »Ich habe das Gefühl, dass ich allen nur Unglück bringe. Meiner Mom, meinem Dad, jetzt auch noch meiner kleinen Schwester.«

»Unsinn, das bildest du dir nur ein. Für so einen Unfall kann niemand was.«

»Ich hätte bei ihr sein sollen ...«, murmelte er. »Meine Aufgabe war es, sie vom Sommercamp abzuholen und dafür zu sorgen, dass ihr nichts geschieht. Jetzt ist sie alleine gegangen und dann passiert so was.«

»Es hätte auch passieren können, wenn du dabei gewesen wärst«, sagte Eli. »Es gibt keine hundertprozentige Sicherheit.«

»Abgesehen davon, was ist denn mit deinem Vater?« Annika sah ihn tröstend an. Ihre Hand lag noch immer auf seiner.

»Wieso kann er sich denn nicht mal ein paar Tage freinehmen? Eine Woche, mehr ist es doch nicht. Steht er wirklich so unter Druck, dass du ihn nicht einmal fragen konntest?«

»Den Stress macht er sich selbst«, sagte Tim. »Er vergräbt sich regelrecht in seiner Arbeit. Als wäre er vor irgendetwas auf der Flucht ...«

»Dann ist es sein Problem und nicht deines.«

»Ich weiß nicht ...« Tim schüttelte den Kopf. »Ich habe gar nicht richtig kapiert, was genau passiert ist. Vielleicht ist ihm etwas dazwischengekommen und er konnte Emily nicht abholen. Ich muss unbedingt mit ihm reden.«

»Musst du, ja. Ich bin aber sicher, du fühlst dich besser, wenn du mit deinem Dad gesprochen hast, meinst du nicht?« Sie lächelte ihm aufmunternd zu, doch er schüttelte nur schweigend den Kopf.

Nein, es würde ihm nicht besser gehen. Inzwischen war ihm kotzübel.

»Letztlich ist es egal, wie es dazu gekommen ist«, sagte er. »Unterm Strich bleibt, dass ich nicht da war und Emily angefahren wurde.« Er ließ den Kopf hängen. »Ich denke, ich werde hier abbrechen. Das Spiel ist für mich zu Ende.«

»Was?« Annika hielt seine Hand fester. »Das kannst du nicht tun. Nur noch drei Tage, dann haben wir es geschafft. Wir stehen so dicht vor dem Ziel, wir können nicht auf dich verzichten.« Sie starrte ihn eindringlich an. »Komm schon, rede mit deiner Familie und dann gib dir einen Ruck.«

Er versuchte zu lächeln, aber er konnte nicht. Seine Gesichtsmuskeln waren wie gelähmt. Er stand auf.

»Sorry, Leute, ich muss erst mal nachdenken und weiter-

versuchen, Dad zu erreichen.« Er wich ihren Blicken aus und setzte sich auf einen anderen Platz. Er musste jetzt eine Weile für sich alleine sein. Nachdem er die Kopfhörer hervorgekramt und aufgesetzt hatte, tauchte er in seine Musik ab. Draußen vor dem Fenster rauschte die Norddeutsche Tiefebene an ihm vorbei.

35

Als sie in Hamburg ankamen, hatte Tim seinen Vater immer noch nicht erreicht. Seine Sorgen waren von Kilometer zu Kilometer größer geworden. Jetzt wog die Last zentnerschwer auf seinen Schultern.

Die vier stiegen in ein Taxi und fuhren direkt zum Planetarium. Es lag nördlich vom Zentrum, in Winterhude. Annika hatte Tim überzeugt, seine Entscheidung davon abhängig zu machen, wie das Gespräch verlief. Wenn Emily oder Dad ihn darum baten, würde er sofort heimfahren. Dann waren die GlobalGames für ihn Geschichte. Wenn nicht ... nun, das blieb abzuwarten.

Der Taxifahrer hielt an der Ohlsdorfer Straße und ließ sie aussteigen. Hinter der Jahnkampfbahn erhob sich ziegelrot der ehemalige Wasserturm, in dem sich das Planetarium befand. Während die anderen schon vorgingen, versuchte Tim es noch einmal. Er wartete, doch niemand ging ran.

Er wollte bereits abbrechen, als er endlich etwas hörte. »Feldmann.«

»Dad? Bist du das?«

»Tim, mein Junge! Ich freue mich, dass es endlich klappt. Ich habe gesehen, dass du es ein paarmal versucht hast. Sorry, dass ich mich nicht früher zurückmelden konnte, aber ich war mit Emily noch bei einer Nachuntersuchung.«

»Jetzt seid ihr aber zu Hause, oder?«

»Ja. Ich sitze hier direkt neben ihr und wir schauen zusammen etwas fern. Hat Farid dich erreicht?«

»Hat er. Er hat mir erzählt, was passiert ist. O Mann, ich mache mir solche Vorwürfe. Wie geht es Emily?«

»Willst du sie sprechen?«

»Klar.«

Eine kurze Pause, dann war seine Schwester am Apparat.

»Hi, du«, ertönte ihre hohe Stimme.

»Hi selber. Was machst du denn für Sachen? Ich habe gehört, du hast dir den Arm gebrochen?« Seine Stimme zitterte. Er war seit Farids Anruf so verdammt nah am Wasser gebaut.

»Ja, es ist so unfair«, beschwerte sie sich. »Ich bin ganz normal über die Straße gegangen und dann war da dieses Auto. Aber die Frau, die mir zu Hilfe gekommen ist, hat das Kennzeichen aufgeschrieben. Der Kerl kann was erleben.«

»Fahrerflucht also? Das ist ja krass! Was macht dein Kopf?«

»Brummt noch ein bisschen«, sagte Emily. »Aber sonst ist alles gut.« Er merkte, dass sie versuchte, ganz erwachsen zu klingen.

»Willst du, dass ich zurückkomme?«, fragte er. »Wenn du das möchtest, steige ich in den nächsten Zug und bin in ein paar Stunden bei dir.«

Eine Pause entstand. Dann fragte sie: »Wo bist du denn gerade?«

»In Hamburg.«

»Das ist weit weg, oder?«

»Geht so. Also, was denkst du? Soll ich heimkommen zu dir?«

»Aber dann müsstest du dein Spiel abbrechen ...«

»Das würde ich tun, ja. Du bist mir entschieden wichtiger.«

»Nein, das will ich nicht«, sagte sie mit voller Überzeugung. »Papa ist jetzt bei mir. Er passt auf mich auf.«

Tim schluckte. »Gib mir mal Dad.«

Im nächsten Moment war sein Vater wieder dran. »Ja?«

»Wie sieht's aus, braucht ihr mich? Wenn ja, kann ich hier sofort aufbrechen.«

»Wie lange bist du denn noch weg?«

»Drei Tage ...«

Wieder entstand eine kurze Pause, dann sagte sein Vater: »Nein, bleib, wo du bist. Emily hat mir alles erzählt. Das Spiel scheint sehr wichtig für dich zu sein. Ich finde es besser, wenn du auch mal nach dir schaust. Ich habe nachgedacht: Mom hätte das auch so gewollt. Komm zurück, wenn alles erledigt ist, dann reden wir. Und mach dir keine Sorgen. Ich habe ein paar Tage freigenommen. Emily und mir tut es ganz gut, etwas Zeit miteinander zu verbringen.« Er lachte. »Tja, Pech für dich, du wirst einen schönen Tag im Zoo verpassen. Übermorgen habe ich für Emily und mich eine Backstage-Führung bei den Elefanten und im Menschenaffenhaus gebucht.«

Tim musste grinsen. »Klingt richtig gut.«

»Das wird es. Ich schicke dir ein paar Fotos. Ich wünsche dir viel Glück und pass gut auf dich auf. Melde dich mal zwischendurch, wenn du Zeit hast. Und keine zu großen Risiken, versprichst du mir das? Ich will nicht, dass dir auch noch etwas passiert.«

»Keine Sorge«, sagte Tim. »Außerdem bin ich ja nicht alleine.

Wir sind inzwischen zu viert unterwegs. Wir passen aufeinander auf.«

»Klingt gut. Dann also bis bald.«

»Bis bald, Dad. Und gib Emily einen Kuss von mir.«

»Mache ich. Alles Gute, mein Junge.«

Sein Dad legte auf.

Einen Moment lang stand Tim da und starrte auf das Handy. Er hatte das Gefühl, als schwebte er vor Erleichterung zehn Zentimeter über dem Boden. Er konnte es noch gar nicht fassen. Als er klein war, hatte er sich auch den Arm gebrochen und wusste, dass es zwar unangenehm, aber nicht welterschütternd war. Emily ging es gut – sehr gut sogar, weil ihr Dad sich endlich einmal freigenommen hatte –, und das war das Wichtigste. Erst jetzt registrierte Tim verblüfft, dass sein Dad nicht mehr wütend auf ihn war. Verrückt, wie gut sich alles gefügt hatte! Und damit war für ihn das GlobalGames-Event noch nicht vorbei.

Mit einem breiten Grinsen eilte er hinter seinen Freunden her. Wie schön die Welt auf einmal war. Er sah sie mit ganz anderen Augen. Ein junges Pärchen schlenderte an ihm vorbei und strahlte vor sich hin. Tim bemerkte sie nur flüchtig aus dem Augenwinkel, hatte aber den Eindruck, als würde die junge Frau ihn anlächeln. Der zarte Geruch einer Zigarette stieg ihm in die Nase. Er hatte das Gefühl, als tanzten Schmetterlinge in seinem Bauch. Er lächelte zurück.

Seine Freunde warteten auf ihn an der Eingangshalle.

»Na, alles okay bei dir?«, erkundigte sich Annika sofort. »Du siehst aus, als wäre das Gespräch gut gelaufen.«

»Ist es.«

Mit wenigen Worten erzählte er von seinem Telefonat. »Dad ist einverstanden, dass ich weitermache«, sagte er lächelnd. »Ich werde euch also noch ein bisschen erhalten bleiben.«

Statt einer Antwort hauchte Annika ihm einen Kuss auf die Wange.

Wow. Was für ein Tag!

»Na, dann schwing die Hufe, Alter«, Eli hatte sich neben ihn gedrängelt und klopfte ihm freundschaftlich auf die Schulter. »Können wir jetzt weitermachen?«

»So bereit, wie man nur sein kann.«

»Perfekt. Dann lass uns mal reingehen.«

In der Cafeteria waren etliche Tische besetzt. Leute unterhielten sich leise und genossen ihre Getränke. Ein paar der Tische waren noch frei und sie wählten einen am äußeren Rand. Um nicht belauscht zu werden, entschieden sie, ihre Kopfhörer zu benutzen.

»Es kann losgehen«, sagte Tim.

»Willkommen zurück, Runner«, erklang die Stimme der Roten Dame. »Falls ihr mich sucht, ich bin hier oben.«

Sie richteten ihre Handys hoch zur Decke. Diesmal war die Rote Dame als Astronautin verkleidet. Mitten in der Eingangshalle schwebend, blickte sie zu ihnen herab. Hinter ihr wölbte sich die riesige, bemalte Kuppel.

»Ich grüße euch in den heiligen Hallen der Sternenkunde, dem Ort, an dem ihr alles über Planeten, Kometen, Meteorite und unseren Kosmos im Allgemeinen lernen könnt«, sagte sie, während sie langsam zu ihnen herunterschwebte. »In unserem heutigen Rätsel geht es um die Astronomie. Wer ein gutes Auge für Zeichen und Symbole besitzt, sollte keine Probleme damit haben. Soll ich loslegen?«

Tim nickte eifrig. Er hatte das Gefühl, dass nichts ihn aufhalten konnte.

»Lasst euch von mir eine kleine Geschichte erzählen«, eröffnete die Rote Dame das Rätsel. »Jetzt, im Zeitraum zwischen Mitte Mai und Anfang August, hält die astronomische Dämmerung die ganze Nacht an. Die Sonne steht nur knapp unter dem Horizont, was dazu führt, dass es nie richtig dunkel wird. Das Sternbild, über das wir heute sprechen, ist in diesem Zeitraum nur schwer zu erkennen, da es keine hellen Sterne umfasst. Man muss schon sehr genau hinschauen, um es überhaupt zu erkennen. In einer Umgebung wie dieser aber ist der Fisch das ganze Jahr über gut zu sehen. Passt auf.« Sie deutete auf eine Reihe von Sternen, die daraufhin größer wurden und sich auf dem Bildschirm zu einer vertrauten Form zusammensetzten. Ganz klar, es war ein Fisch. Fröhlich mit den Flossen wedelnd, schoss er durchs Bild und blieb dann vor ihren Augen stehen.

»Obwohl es ein unauffälliges Sternbild ist, kennt man den Fisch schon sehr lange«, sagte die Rote Dame. »Er ist das Symbol der frühen Christen. Das Sternbild verbindet die Geburt Jesu mit dem Beginn des Frühlings. Auf Abbildungen aus alter Zeit schwimmt er immer von rechts nach links. So wie hier. Der Einfachheit halber habe ich das Symbol in Form kleiner Stäbchen nachgebildet. So könnt ihr das Rätsel einfacher lösen.« Sie wedelte mit der Hand und das Symbol veränderte sich. Es sah nun so aus:

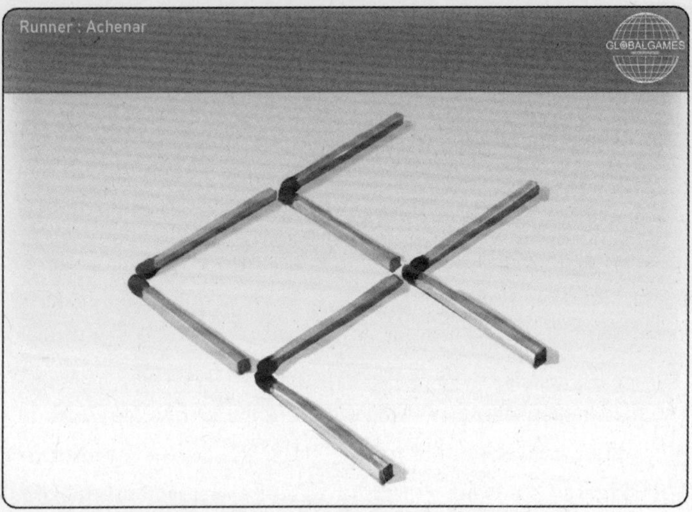

»Meine Aufgabe an euch lautet: Lasst den Fisch von links nach rechts schwimmen. Ihr dürft dafür maximal drei Stäbchen verschieben. Auch dürft ihr sie weder knicken noch übereinanderlegen.« Sie sah sie aufmerksam an. »Sobald ihr die Lösung gefunden und euch mit der Sende-/Empfangseinrichtung verbunden habt, schalte ich euch den Code für den nächsten Ort frei. Alles klar so weit? Dann viel Glück und gutes Gelingen. Wenn ihr die Lösung habt, zeichnet sie in die Box und loggt euch ein. Und wenn ihr noch etwas Bedenkzeit braucht, auch kein Problem. Ich schwebe hier noch ein bisschen herum.«

Mit diesen Worten stieß sie sich ab und flog zu den Klängen von David Bowies *Space Oddity* hinauf in die Kuppel. Der Fisch umrundete sie und schlug leuchtend mit der Schwanzflosse.

Tim starrte auf sein Handy. »Das ist ein Streichholzrätsel«, murmelte er. »Ich habe so etwas schon einmal gesehen.«

»Ich auch«, sagte Annika. »Ich denke, wir alle haben das. Nur nicht dieses spezielle.«

Tim runzelte die Stirn. »In der Realität lassen sich die Hölzchen leicht verschieben, aber wie soll das hier funktionieren? Sie sind ja nur virtuell.«

Annika tippte auf ihr Handy. »Sie lassen sich ebenfalls verschieben, siehst du? Probier's mal, es ist ganz einfach.«

Tim nahm eines der Stäbchen und berührte es. Es funktionierte tatsächlich.

»Okay, verstehe«, sagte er. »Drei Züge also. Na, das dürfte nicht allzu kompliziert sein. Probieren wir es einfach mal aus.«

Er verschob drei Stäbchen, schaffte es aber nicht, den Fisch in die andere Richtung schwimmen zu lassen. Sofort sausten die Stäbchen zurück in ihre Ursprungsposition. Ein Warnton und eine Botschaft erschienen.

NOCH ZWEI VERSUCHE.

Tim klappte der Unterkiefer runter. »He, Moment mal«, stieß er leicht geschockt hervor. »Es war doch nie die Rede davon, dass wir nur drei Versuche haben, oder?«

»Nein«, erklärten Eli und Annika wie aus einem Mund und auch Malte schüttelte den Kopf.

»Das ist so was von unfair. Hätte ich das gewusst, wäre ich natürlich vorsichtiger gewesen.«

Annika lächelte grimmig. »Wieder so ein Trick der Roten Dame, wie ich vermute. Sie liebt es einfach, uns das Leben schwer zu machen.«

»Erzieherische Maßnahmen wegen der Sache in der Kirche, vermute ich.« Eli lächelte grimmig.

»Du meinst, weil ich im Dom mit ihr aneinandergeraten bin?« Tim schüttelte den Kopf. »Ich bin ihr bloß nicht in den Arsch gekrochen, das ist alles.«

»Das macht für die bestimmt keinen Unterschied«, mutmaßte Eli. »Du hast ihr bereits einmal widersprochen und das wird sie sich merken. Lass uns lieber vorsichtig sein. Letztlich sitzt sie am längeren Hebel.«

Tim berührte eines der Hölzchen, ließ es dann aber wieder los, als hätte er sich die Finger verbrannt. Die Gefahr eines weiteren Fehlversuchs war viel zu groß.

»Wartet mal, ich habe eine Idee«, sagte er und stand auf. »Ich bestelle uns was zu trinken und frage, ob sie ein paar Streichhölzer für uns haben. Dann können wir das Rätsel ganz in Ruhe lösen.«

»Gute Idee«, sagte Annika. »Steckt am besten alle eure Handys weg, dann kann sie uns nicht beobachten.«

Also ging Tim zur Bar, bestellte für jeden seiner Freunde etwas zu trinken und fragte die Frau gleich noch nach Streichhölzern.

Amüsiert zwinkerte sie ihm zu. »Ist das ein Schulprojekt oder was?«

»Wie kommen Sie darauf?«, fragte er überrascht.

»Na ja, ich habe mich nur gewundert, weil ihr nicht die Ersten seid, die mich heute danach fragen. Leider habe ich keine Streichhölzer, aber Zahnstocher.«

»Kein Problem, das geht auch«, erwiderte Tim.

»Gut. Rauchen ist hier ohnehin verboten. Bitte schön.« Sie schob ihm einen Plastikspender rüber. »Wenn ihr fertig seid, einfach zurückbringen, okay?« Mit diesen Worten ging sie zu einem anderen Gast, um eine Bestellung entgegenzunehmen.

Tim ergriff Zahnstocher und Getränke, stellte alles auf ein Tablett und ging damit zurück an ihren Tisch.

Kaum hatte er sich zu den anderen gesetzt, sprudelte es aus ihm heraus. »Wisst ihr, was die Bedienung gerade zu mir gesagt hat? Sie hat mich gefragt, ob das ein Schulprojekt ist, an dem wir gerade arbeiten.«

»Und warum regt dich das so auf?«, erkundigte sich Eli.

Annika zählte unterdessen in aller Ruhe acht Holzstäbchen ab, breitete sie auf dem Tisch aus und fing an, sie hin- und herzu schieben.

»Na ja, sie sagte, dass heute schon mal jemand da gewesen wäre und nach Streichhölzern gefragt hätte«, erwiderte Tim.

»Oje«, murmelte Malte besorgt und Eli wiegte nachdenklich den Kopf, während Annika hoch konzentriert weiter die Hölzchen von einer Seite zur anderen schob.

»Und was schließt du daraus?« Eli sah Tim fragend an. »Denkst du, uns ist jemand zuvorgekommen?«

Tim zuckte die Schultern. »Keine Ahnung. Ich hatte kurz so ein eigenartiges Gefühl. Aber vermutlich bilde ich mir das nur ein. Meine Nerven haben in den letzten Tagen etwas gelitten.« Er grinste schief und Eli erwiderte das Lächeln.

»Das glaube ich auch«, sagte sie. »Kommt schon, lasst uns das Ding lösen. So schwer scheint es nicht zu sein.«

Nach einer Weile wussten sie, wie es ging. Es war kein übermäßig schweres Rätsel.

»Das war's«, sagte Annika. »Ein bisschen zu einfach für den Vorentscheid, findet ihr nicht?«

»Ich vermute mal, dass es nur zum Aufwärmen dient und dass die eigentliche Aufgabe noch kommt«, sagte Eli. »Aber jetzt sollten wir erst mal dieses hier einloggen.«

»Zeig doch mal«, sagte Tim. »Wie schaffst du es in drei Zügen, den Fisch nach rechts schwimmen zu lassen?«

»Na so«, sagte Annika und schob drei Hölzchen von einer Position in die andere. Es war wirklich easy. Natürlich nur, wenn man ganz entspannt ausprobieren konnte so wie jetzt. »Wenn ich das erste Hölzchen hierhin schiebe, das zweite dorthin und das dritte dahin, klappt es, seht ihr?«

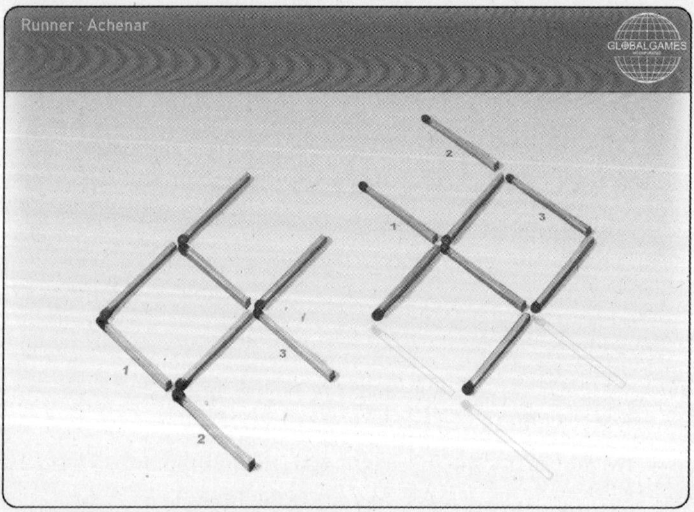

Tim prüfte das Ergebnis und nickte. »Sieht gut aus.«

»Dann lass uns mal versuchen, ob es auf dem Handy auch so gut klappt.«

Voller Spannung beobachteten sie, wie Annika die virtuellen Stäbchen an ihre neue Position schob. Und tatsächlich: Der Fisch flammte auf, wedelte fröhlich mit den Flossen und schwamm einmal im Kreis.

»Super!« Malte klatschte begeistert in die Hände. »Das ist es! Wer von euch wird das Ergebnis einloggen?«

Für Eli war die Sache klar. »Tim und Annika natürlich. Das ist euer Punkt. Ich habe schon zwei.«

Tims Herz klopfte vor Aufregung. »Ist das wirklich okay für dich?«

»Aber ja doch. Jetzt nur keine übertriebene Höflichkeit. Ihr zieht das hier zu zweit durch. Betrachtet mich einfach als das lästige Anhängsel.« Sie grinste. »Loggt euch ein und verbucht den Claim auf eurem Konto.«

Tim lächelte glücklich. Nicht nur, weil das Rätsel diesmal so wunderbar einfach gewesen war, sondern, weil sie sich wegen der Punktevergabe so einig waren. Besser hätte es gar nicht laufen können.

»Darf ich das auch mal ausprobieren?«, bat Malte ihn auf einmal.

»Spricht nichts dagegen.« Tim schob ihm seine Sende-/Empfangseinrichtung rüber. »Am besten machst du alles genau wie Annika, dann kann nichts schiefgehen.«

»Lass uns dort rübergehen«, schlug Annika vor und deutete auf eine freie Stelle, an der sie ihre Ruhe hatten.

»O Mann, is' das aufregend.« Schmunzelnd beobachtete Tim, wie Malte sich die Geräte griff und Annika folgte. Die beiden legten die Geräte auf den Boden und begannen mit ihren Vorbereitungen.

Tim nippte an seiner Cola. Annika ging mit Malte um wie mit einem kleinen Bruder. Sie erklärte ihm alles geduldig, übereilte nichts und beantwortete seine Fragen. Er musste lächeln. Sie hätte bestimmt eine tolle ältere Schwester abgegeben.

Es dauerte nicht lange, bis er bemerkte, dass etwas nicht stimmte. Die beiden brauchten zu lange. Nach einem ersten, offenbar gescheiterten Versuch, probierten sie es noch einmal. Wieder ohne Ergebnis. Verblüfft starrten die beiden auf die Handys, dann winkten sie ihnen zu.

Eli und Tim tauschten einen kurzen Blick.

»Das sieht nicht gut aus«, murmelte Tim. »Lass uns mal rübergehen.«

36

Was ist los?« Tim musterte Annika besorgt. »Funktionieren die Geräte nicht oder was?«

»Schlimmer. Immer, wenn ich mich einloggen will, bekomme ich ein ERROR-Signal. Dabei scheint auf technischer Seite alles in Ordnung zu sein. Ich verstehe selbst nicht ganz, wie das passieren konnte. Wir waren doch die Ersten hier. Oder etwa nicht?«

»Hören wir mal, was die Rote Dame dazu zu sagen hat.« Tim zog sein Handy raus. Auch Eli schaltete ihr Gerät ein.

Die rot gekleidete Astronautin schwebte zu ihnen herab. Ihr Gesicht war hinter der Helmverglasung nicht gut zu sehen, trotzdem glaubte Annika, einen betrübten Ausdruck zu erkennen.

»Hallo Runner«, sagte sie. »Wie ich sehe, habt ihr das Rätsel gelöst und den Claim für euch verbucht. Glückwunsch dazu. Leider wart ihr heute nicht die ersten. Zwei andere Runner sind euch zuvorgekommen und haben den Claim geloggt.«

»Was?«, stieß Annika aus.

»Tut mir leid. Seid beim nächsten Mal einfach ein bisschen schneller, okay?«

»Aber wie ist das möglich?«, stammelte Annika fassungslos. »Wer sollte denn vor uns hier gewesen sein? Das hätten wir doch merken müssen.«

»Darüber darf ich euch leider keine Auskunft erteilen. Ihr

könnt die Ergebnisse aber jederzeit auf WorldRunner einsehen.«

»Wie kann das sein?«, murmelte Annika. »Wir waren doch die ersten im Dom. Wir müssten theoretisch einen Tag Vorsprung haben. Das Rathaus, der Dom – überall waren wir die ersten.« Sie schüttelte den Kopf.

»Offensichtlich waren wir zu selbstsicher«, stellte Eli nüchtern fest. »Wir haben unsere Gegner unterschätzt. Natürlich bestand immer auch die Möglichkeit, dass sie an uns vorbeiziehen könnten.«

»Ja, und ich sag's euch«, verkündete Tim düster. »Das wird uns auf den letzten Metern noch den Sieg kosten.« Er presste die Lippen zusammen.

»Nein.« Annika schüttelte energisch den Kopf. »Das werden wir nicht zulassen.« Sie stand auf. »Zwei Stationen liegen noch vor uns. Wir werden es schaffen, wieder nach vorne zu kommen.«

»Richtig«, stimmte Eli mit ein. *»Am Abend macht man das Licht aus,* wie meine Oma immer zu sagen pflegte. Ich verstehe nur nicht genau, wo wir einen Fehler gemacht haben. An welcher Stelle konnten die uns überholen? Und vor allem *wer?«*

Annika hatte plötzlich ein mulmiges Gefühl. Ihr war etwas eingefallen, was sie fast schon vergessen hatte.

»Die Kanalisation«, stieß sie aus. »Unser Ausflug gestern Nacht, erinnert ihr euch?«

Eli lächelte gequält. »Wie könnte ich den je vergessen?«

»Erinnert ihr euch, als ich euch gebeten habe, das Licht auszumachen? Ich dachte, ich hätte etwas gesehen.«

»Gehört haben wir alle etwas«, sagte Malte.

»Das Platschen.« Er runzelte die Stirn. »Glaubst du, dass uns jemand gefolgt ist?«

»Möglich ...« Annika knabberte an ihrer Unterlippe. »Möglich ... Im Nachhinein ärgere ich mich, dass ich nicht nachgesehen habe.«

Eli sah sie skeptisch an. »Aber die andere Gruppe ist doch durch das zerbrochene Fenster eingestiegen. Wir haben alle das zersplitternde Glas gehört. Und die Alarmanlage.«

»Ja, aber könnte es nicht trotzdem sein, dass uns jemand gefolgt ist? Was, wenn sie uns gesehen haben?« Annika sog tief die Luft in ihre Lungen. Das Gefühl, das sie gestern Nacht gehabt hatte, war wieder da. Das Gefühl, beobachtet zu werden.

»Das Mädchen!«, stieß Tim aus.

Annika zog die Brauen zusammen. »Wie kommst du jetzt plötzlich auf die?«

»Ich glaube, ich bin ihr begegnet.«

»Wem?«

»Der Anführerin, der Blonden. Sie war hier!«

»Was?«

Tim nickte aufgeregt. »Könnte sein, dass ich sie draußen vor dem Planetarium gesehen habe. In Begleitung von einem Typen. Es war aber nur aus dem Augenwinkel. Ich habe sie für ein Liebespärchen gehalten.« Tim hob entschuldigend die Schultern. »Mein Gespräch mit Emily und Dad war gerade vorüber und ich war mit meinen Gedanken einfach komplett woanders. Aber ich erinnere mich, dass ich Zigarettengeruch in der Nase hatte.«

Annika starrte grimmig zu Boden. »Dann ist auch klar, wo

wir den Fehler gemacht haben«, murmelte sie. »Anstatt ins Hotel zurückzukehren, hätten wir alles daransetzen sollen, noch in der Nacht nach Hamburg zu gelangen. Wir hätten uns nicht auf die Bahn verlassen, sondern es wieder mit Trampen versuchen sollen. Das hat doch beim ersten Mal ganz gut geklappt.«

»Tja, leider ist es dafür nun zu spät«, sagte Eli. »Sie sind an uns vorbeigezogen und vermutlich schon auf dem Weg zum nächsten Ziel.«

»Wollt ihr wissen, wer die beiden sind?«, meldete sich Malte. Er hatte seinen Laptop aufgebaut und ins WLAN-Netzwerk des Planetariums eingeloggt. »Ihr Nicknames sind *Rosalia* und *Skullking*. Keine Ahnung, wer der Dritte war.«

Annika beugte sich über Malte und blickte auf den Rechner. Skullking und Rosalia. Beide hatten heute Morgen in Hamburg den Claim geloggt. *Vor nicht mal einer Stunde!*

Sie stieß einen Fluch aus. »Diese verdammten ... ich wusste, dass man dieser Bitch nicht trauen kann. Beim ersten Ansehen habe ich gemerkt, dass sie etwas im Schilde führt. Traue nie einer Blondine. Jetzt stehen wir da wie Idioten.«

»Es ist ein Rückschlag«, sagte Tim mit fester Stimme, »aber aufgeben werden wir deswegen nicht. Das Einzige, was zählt, ist, wer am Ende oben steht. Also aufstehen, Krönchen richten und weitermachen. Apropos: Wie machen wir uns denn so in den Charts?«

Malte scrollte etwas nach unten. »Hier ist die komplette Liste. Jeremy und Darius sind ganz oben. Dann kommen Annika, Eli und Tim. Dahinter Rosalia, Skullking und Spieler, deren Namen ich nicht kenne. Das Feld ist unglaublich dicht.«

»Wie kann es sein, dass es so viele sind?«, fragte Eli ungläubig. »Manche von ihnen haben noch nicht mal einen einzigen Punkt ergattert!«

»Das hat vermutlich mit dem komplizierten Wertungsschlüssel zu tun«, sagte Annika. »Vergiss nicht, es gibt Sonderpunkte für Schnelligkeit, Cleverness und Originalität. Keine Ahnung, wie das funktioniert, aber es soll wohl verhindern, dass ein paar Kandidaten einfach davonziehen und für die anderen nicht mehr einzuholen sind.«

Malte klappte seinen Laptop wieder zusammen. »Und wie geht's jetzt weiter?«

»Es gibt nur eine Person, die uns das sagen kann«, meinte Tim. »Sie schwebt immer noch über unseren Köpfen.«

Annika atmete tief ein. Sie hatte die Rote Dame ganz vergessen. Als sie hochblickte, sah sie sie. Über ihr hing das gigantische Deckengemälde.

»Bereit für die nächste Etappe?«, wandte sich die Spieleleiterin ihnen zu. »Wenn ihr nach oben schaut, werdet ihr die vertrauten Sternenkonstellationen der westlichen Hemisphäre sehen: Kassiopeia, Pegasus, Lyra, Bootes und viele andere. Wenn man sie lange genug anschaut, bilden sich Muster auf der Netzhaut. Zeichen. Manche Kulturen sahen in ihnen göttliche Warnungen, andere konnten die Zukunft daraus lesen. Euch weisen sie den Weg zu euerm nächsten Ziel.« Die Astronautin strich mit der Hand über das gemalte Firmament und geheimnisvolle Zeichen flammten auf. Als würde eine göttliche Hand biblische Schriftzeichen in den Himmel malen.

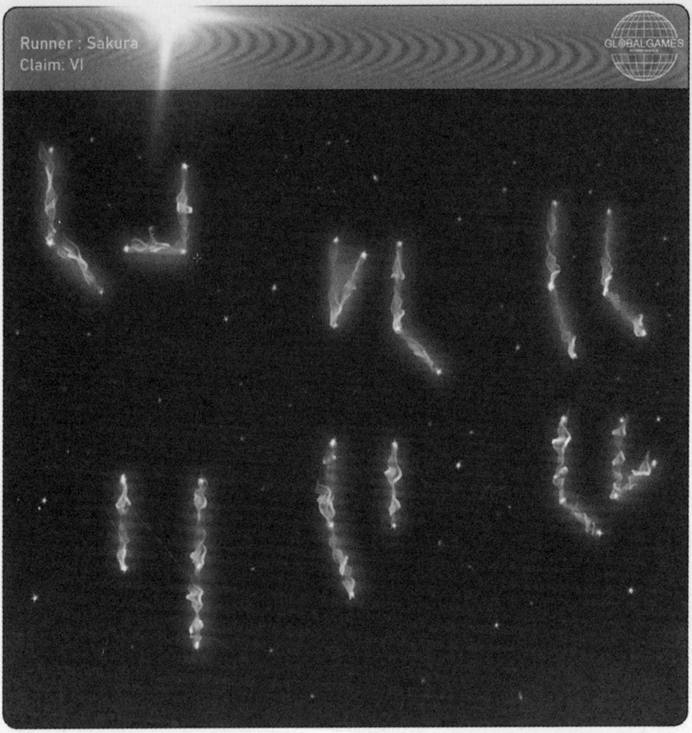

Annika machte sicherheitshalber einen Screenshot. Die Zeichen waren nur für ein paar Sekunden sichtbar, dann erloschen sie wie ein Schwarm Sternschnuppen in einer kalten Novembernacht.

»Sucht nach der *Kathedrale aus Rost«,* sagte die Rote Dame. »Dort findet ihr das *Paradies*. Aber beeilt euch. Ein Sturm zieht auf und er könnte euch alle davonwehen. Viel Glück und bis bald. *Live long and prosper* – lebt lange und in Wohlstand.« Sie hob die Hand zum Spock-Gruß, zündete ihren Raketenrucksack und schwebte zwischen den Sternen davon.

»Wow«, murmelte Malte, als das Bild verblasste. »Starker Auftritt.«

»Starker Auftritt, starkes Rätsel«, sagte Tim.

Annika war immer noch schockiert, dass die anderen so locker an ihnen vorbeigezogen waren. Es fiel ihr schwer, sich zu konzentrieren. Was sollten diese Symbole darstellen, Sternbilder?

Aus irgendeinem unerfindlichen Grund hatte sie plötzlich ein ganz ungutes Gefühl. Sie spürte, dass sie sich an dieser Aufgabe die Zähne ausbeißen würden.

37

Erinnert mich an die Schriftzeichen aus den *Predator*-Filmen«, sagte Tim und erntete dieselben verständnislosen Blicke wie gewöhnlich, wenn er auf einen seiner Lieblingsfilme verwies. Er war nicht nur Fan der Musik der Achtziger, sondern mochte auch die Filme aus dieser Zeit. Harte Actionstreifen mit Stars wie Sylvester Stallone und Arnold Schwarzenegger. *Predator* war einer seiner *all time favourites.*

»Könnten Buchstaben sein«, sagte Eli, ohne auf Tims Kommentar einzugehen. »Eine Geheimschrift vielleicht. Könnten aber auch Noten sein oder Abdrücke von Vogelfüßen.«

»Ich sehe dadrin alles und nichts.« Malte schüttelte ratlos den Kopf.

»Same with me«, sagte Annika. »Passiert nicht oft, dass ich vor einem Rätsel stehe und gar keine Ahnung habe, wo ich anfangen soll.«

»Und dann dieses *Findet dies, findet jenes* der Roten Dame«, mackerte Eli. *»Findet die Kathedrale aus Rost. Findet das Paradies.* Und so was schimpft sich Hinweis! Also falls das Sternzeichen sein sollen ... Ich habe nichts dazu im Internet finden können.«

»Ich auch nicht.« Annika schüttelte frustriert den Kopf. *»Ein Sturm kündigt sich an.* Das ist doch alles Nonsens.«

»Nicht unbedingt«, sagte Tim, der gerade die Wetter-App auf seinem Handy checkte. Was dort zu lesen stand, war ein bisschen besorgniserregend. »Zumindest das mit dem Sturm stimmt.«

»Im Ernst?« Sie reckte ihren Hals und blickte zu ihm herüber. Tim hielt ihr das Display unter die Nase. »Das sieht leider nicht gut aus. Die schreiben hier was von Gewittern, Orkanböen und heftigem Regen. Außerdem soll es kühler werden.«

»Na toll«, stieß Annika aus. »Mir reicht's auch langsam. Für einen Sonntagmorgen ist das alles ziemlich suboptimal.«

Tim grinste. Er fragte sich, wie wohl ein typischer Sonntagmorgen im Hause Siebert aussehen mochte. Bestimmt gab es Kaffee aus edlem Porzellan, frische Brötchen und Omelette.

Selbst Elis Daueroptimismus schien Schaden genommen zu haben. »Was sollen wir denn jetzt tun?«, fragte sie. Es war das erste Mal, dass Tim sie so ernst sah.

»Wenn keiner eine bessere Idee hat, würde ich vorschlagen, dass wir uns auf den Weg zurück in Richtung Innenstadt und Bahnhof machen.« Er seufzte. »Nach meiner Erfahrung nützt es nichts, darauf zu warten, dass etwas passiert. Nichts bringt den Verstand schneller auf Trab als ein strammer Spaziergang. Und bis zum Bahnhof ist es eine gute Stunde.«

»Zu Fuß?« Malte wirkte erschrocken. Er schien nicht der große Spaziergänger zu sein. »Hier gibt es doch Stadträder und Roller. Und vor allem gibt es Bahnen.«

»Nein, zu Fuß. Das ist ja der Sinn der Sache.« Tim wurde immer unruhiger. »Hauptsache, wir holen die verlorene Zeit wieder auf.«

Annika sah ihn besorgt an. »Und wenn wir keine Lösung finden?«

»Daran will ich im Moment nicht denken«, erwiderte Tim. »Die Angst lähmt den Verstand.« Und *unser Verstand ist alles, was wir im Moment haben,* hörte Tim seinen Vater in Gedanken. Er nickte Annika zu. »Wir finden eine Lösung«, sagte er knapp. »So schwierig kann das doch nicht sein.«

*

Es war so schwierig.

Nein, noch schwieriger. Annika sah sich in ihrer Befürchtung bestätigt. Das Rätsel war eine verdammte Katastrophe.

Sie erreichten den Hauptbahnhof, ohne einer Lösung auch nur ein winziges bisschen näher gekommen zu sein. Dabei hatten sie wirklich alles ausprobiert. Von Hebräisch über Armenisch, von Japanisch bis zur Sprache der Eskimos. Nicht eines der Schriftzeichen sah auch nur annähernd so aus wie das, was sie an der Decke des Hamburger Planetariums gesehen hatten. In ihrer Verzweiflung waren sie sogar Tims erster Idee nachgegangen und hatte die Sprache der *Predators* rausgesucht. Aber erst, nachdem sie es mit Keilschrift, Runen und Klingonisch probiert hatten.

Was im Internet über die Schriftzeichen der Yautja – so der Name der kriegerischen Alienrasse aus den Filmen – zu finden war, hatte tatsächlich große Ähnlichkeit mit den Buchstaben an der Decke. Doch auch sie ergaben bei genauerer Betrachtung keinen Sinn.

Es war niederschmetternd.

Als sie den Bahnhof betraten, waren nicht nur ihre Füße

müde, sondern auch ihre Köpfe. Annikas Schädel fühlte sich an wie ein Schwamm, den man bis auf den letzten Tropfen ausgedrückt hatte.

»Was haltet ihr davon, wenn ich uns eine Runde Burger spendiere?«, fragte Eli. »Mit Pommes.« Sie zeigte auf den Burgerladen direkt gegenüber vom Bahnhof.

»Ja, gute Idee!«, stimmte Tim ihr zu. »Bloß kein gesundes Essen. Gutes altes Junkfood, um die Energiezellen aufzuladen. Ich komme mit.«

»Ich auch«, stieß Malte aus.

Während Eli und die Jungs den Burgerladen stürmten, setzte sich Annika lustlos an einen Tisch und sah ihnen beim Bestellen zu.

Warum nur ließ sich dieses Rätsel nicht lösen? Warum verweigerte es sich so hartnäckig jedem logischen Ansatz? Es war zum Verrücktwerden. Das Schlimmste aber war, dass Tims Erzählung in ihr den Eindruck geweckt hatte, ihren Gegnern bereitete das Rätsel keine Schwierigkeiten. Rosalia hätte bei der Begegnung mit ihm gelächelt. Das waren Tims Worte gewesen. *Gelächelt!* Das tat nur jemand, der wusste, wie es weiterging.

Jetzt saß sie also hier und drüben auf der Bahnhofsuhr schritten die Zeiger unerbittlich voran. Es war schon kurz vor zwei.

Wie war es den anderen gelungen, dieses Teil zu lösen? Sie mussten es gelöst haben, schließlich hatten sie glücklich gelächelt. Ganz sicher wusste sie es natürlich nicht, aber es war sehr wahrscheinlich. Nur wie? Waren sie klüger, waren sie cleverer oder hatten sie einfach nur Glück gehabt?

Es gab da ein Sprichwort, was ihr in den Sinn kam: *Selbst eine kaputte Uhr geht zweimal am Tag richtig*. So kaputt wie sie gerade waren, müssten sie doch auch mal Glück haben.

Übersahen sie hier etwas?

Annika starrte so lange auf das Zifferblatt, bis ihre Augen brannten. Als sie zwinkern musste, fühlte es sich an, als hinterließen die Zeiger einen Abdruck auf ihrer Netzhaut. Stunden und Minutenzeiger formten einen Winkel, der ihr merkwürdig vertraut vorkam.

Sie schrak aus ihrem Halbschlaf hoch. Ungläubig starrte sie erst auf die Uhr, dann auf den Screenshot. Dann wieder auf die Uhr. *Nein, nein, nein!* Das *konnte* jetzt nicht so einfach sein. Oder?

»Tim!«, quietschte sie aufgeregt. »Eli! Malte!«

Die Köpfe der anderen Gäste im Schnellimbiss zuckten in ihre Richtung. Dutzende von Augenpaaren waren auf sie gerichtet. Annika kümmerte sich nicht um sie, sondern wedelte aufgeregt mit den Armen.

»Kommt schon her«, schrie sie ungeduldig. »Ich glaube, ich habe die Lösung gefunden.«

38

»Kamera läuft, Ton läuft. Können wir loslegen?«

»Klar ...«

»Hallo Sakura. Magst du dich kurz vorstellen? Wer bist du, woher kommst du?«

Räuspern. »Ich muss gestehen, ich bin etwas nervös ...«

»Keine Sorge, das ist normal. Aber du hast nichts zu befürchten, du bist unter Freunden. Außerdem siehst du toll aus, wenn ich das mal so sagen darf.«

Lacht. »Ha, wer ist jetzt derjenige, der rot wird? Vielen Dank. Aber man kann mich doch gar nicht sehen, oder?«

»Nein, keine Sorge.«

»Also gut, dann hoffe ich, dass mein Gestammel für irgendjemanden interessant ist. Tatsächlich habe ich noch nie für ein Interview vor der Kamera gesessen.«

»Ich bin sicher, deine Fans hängen an deinen Lippen. Und wenn irgendetwas dabei sein sollte, was dir nicht gefällt, können wir es später noch rausschneiden.«

»Also gut.« *Seufzt.* »Geboren und aufgewachsen bin ich in Köln. Ich bin fünfzehn Jahre alt und gehe noch zur Schule. Meine Hobbys sind Klavierspielen – Musik ganz allgemein – und Fechten.«

»Fechten, ehrlich? Das finde ich megaspannend. Gibt es viele Mädchen, die diesen Sport ausüben?«

»Mehr, als man glaubt. Es sind fast so viele Mädchen wie Jungs. Ich glaube, das Verhältnis liegt bei fünfundvierzig zu fünfundfünfzig Prozent.
»Und hilft dir dein Sport bei den GlobalGames?«
»Absolut. Fechten trainiert Körper wie Geist gleichermaßen. Fitness und Schnelligkeit, aber auch Ausdauer, Koordination und Konzentration. Alles Dinge, die man bei GlobalGames brauchen kann.«
»Wann hast du mit Fechten angefangen?«
»Etwa zum gleichen Zeitpunkt wie mit dem Klavierspielen. Da muss ich sieben gewesen sein. Ich bin dazu gekommen, weil ich supergerne Mangas lese und die alte japanische Schwertkunst bewundere. Ich liebe Japan. Alles, was damit zusammenhängt. Ich würde da echt gerne mal hinreisen.«
»Daher auch der Name Sakura.«
»Kirschblüte, ja. Ich weiß, das klingt ein bisschen abgedroschen, besonders als Mädchen. Aber als ich mit Global-Games begonnen habe, war ich noch jünger.«
»Wie kam es dazu?«
»Zufall. Eine Freundin erzählte mir davon. Wir beide haben damals Pokémon Go gespielt. Sie erzählte mir, dass es da noch was anderes gäbe. Etwas, bei dem man mehr Grips und Mut brauche. Klar, dass ich da sofort Feuer und Flamme war.«
»Aus deinen Erzählungen von zu Hause meine ich, herausgehört zu haben, dass du keine Geschwister hast. Stimmt das?«
»Allerdings. Einzelkind, Einfamilienhaus, Einbahnstraße.« *Lacht.* »Klingt etwas seltsam, ich weiß.«

»Vor allem klingt es etwas einsam.«
»Schon möglich. Vermutlich war das der Grund, warum mich das Spiel gleich so gepackt hat. Mir fällt zu Hause so oft die Decke auf den Kopf. Ich wollte raus. Mal was Aufregendes machen, mit dem meine Eltern bestimmt nicht einverstanden wären, wenn sie davon wüssten.«
»Ich denke, das können viele Spieler nachvollziehen. Dann wissen deine Eltern also nicht, dass du gerade an einem Wettbewerb teilnimmst?«
»Nein ...«
»Das bringt mich gleich zur nächsten Frage. Hast du denn keine Angst, dass deine Eltern mitbekommen, was du gerade tust? Was, wenn du gewinnst? Spätestens dann dürfte alles herauskommen, oder?«
»Darüber mache ich mir keine Gedanken. Wenn es so weit ist, ist es so weit. Bis dahin liegt noch viel Arbeit vor uns. Zuerst mal muss es uns überhaupt gelingen zu gewinnen.«
»Tausend Euro ist ganz schön viel Geld, findest du nicht?«
»Schon, wobei es mir nicht um das Geld geht. Ich bin eher neugierig, was es noch für eine Überraschung gibt. Im Briefing stand ja, dass es das Größte, Verrückteste und Großartigste sein wird, was es in der Runner-Community jemals gegeben hat.«
»Alle reden sich den Mund fusselig, aber niemand weiß etwas Genaues. Da es von GlobalGames selbst kommt, muss allerdings schon was dran sein, findest du nicht?«
»Sehe ich auch so ...«
»Stell dir mal vor, sie würden am Ende bloß einen öden

Pokal verteilen, dann wären doch sicher eine Menge Leute enttäuscht. Spieler und auch Sponsoren ...«

»Das Risiko würde GlobalGames nie eingehen ... na ja, wir werden sehen. Jedenfalls habe ich mir während der letzten zwei Jahre eine der obersten Positionen erkämpft. Ich habe mich allerdings vorher nur mit Spielern aus meiner Stadt gemessen. Mit einem von ihnen – Achenar – hast du ja schon ein Interview geführt. Er ist wirklich gut. Die meisten anderen sind nur unteres Mittelfeld. Sorry, wenn ich das jetzt hier so offen sage, ich will nicht arrogant rüberkommen ...«

»Keine Sorge, tust du nicht.«

»Jedenfalls war das vermutlich der Grund, warum ich gedacht habe, dass dieser Wettkampf ein Spaziergang werden würde. Eine krasse Fehleinschätzung. Auf einmal bin ich nämlich in einem Topf mit einigen der besten Spieler Deutschlands. Und da zieht das Niveau mächtig an. Ich habe jetzt zum ersten Mal die Erfahrung gemacht, wie es sich anfühlt, von jemand anderem überflügelt zu werden. Ein echtes Scheißgefühl, das kann ich euch sagen.« *Lacht.* »Wenn ich mir das Scoreboard so anschaue, scheint es auf ein Kopf-an-Kopf-Rennen hinauszulaufen. Das heißt, wir müssen eine Schippe drauflegen und hoffen, den Anschluss nicht zu verlieren. Wie gesagt, das ist eine neue Erfahrung für mich.«

»Ihr spielt also im Team?«

»Ein Dreierteam, ja. Wir haben festgestellt, dass es damit einfacher geht. Manche haben besondere Fähigkeiten. Ich bin ganz gut im Klettern und kann abstrakte Rätsel lösen. Alte Sprachen, Mathematik, solche Sachen. Achenar ist auch sehr sportlich und kann unheimlich schnell logische Zusammenhänge herstellen. Querverbindungen, auf die noch niemand gekommen ist. Zorba hingegen ist unser Kommunikationstalent. Sie redet mit allen, findet Dinge raus und ist ziemlich gut darin, Gegenspieler auf Abstand zu halten.«

»Dann hattet ihr also bereits mit anderen Spielern zu tun?«

»Allerdings. Mit EduardoElNoble und Bonehunter. Doch denen haben wir eine Lektion erteilt, die sie so schnell nicht vergessen werden. Ich denke, die werden nächstes Mal vorsichtiger sein, wenn sie versuchen, uns zu bedrohen und zu fesseln.«

»Im Ernst?«

Nickt. »Das war auch nicht der erste Vorfall in dieser Richtung. Damit dürfte auch klar sein, dass dieses Spiel auf einer anderen Ebene ausgetragen wird als die normalen GlobalGames. Das hier kann noch richtig ernst werden.«

»Hast du irgendeine Vorstellung, was euch am Ende erwarten könnte?«

»Nope.«

»Okay. Noch eine letzte Frage, dann entlasse ich dich wieder. Wenn du einen Wunsch für deine Zukunft frei hättest, was wäre das?«

»Oh, schwierige Frage. Vor allem natürlich, dass wir gewinnen und keinem meiner Freunde etwas zustößt. Dass alle gesund und munter sind, wenn diese Spiele enden.«

»Sakura, ich danke dir für dieses Gespräch.«

Claim 6

39

Montagmorgen …

Der Himmel über Völklingen wirkte wie mit Stahlplatten vernagelt. Windböen fegten durch die Straßen und peitschten Blätter und Staub vor sich her. Dunkle Wolken waren von Westen heraufgezogen und die Luft roch nach Regen.

Missmutig blickte Tim empor. Der angekündigte Wetterumschwung war da. Eine Zeit lang hatte es so ausgesehen, als würden sie verschont bleiben, doch dann hatte sich das Tiefdruckgebiet anders entschieden und steuerte seither mit vollem Tempo auf sie zu.

Vor dem Hintergrund der schwefelgelben Wolken wirkte das Bauwerk, dem sie sich näherten, wie ein Horrorschloss aus braunem Eisen. Oder, um es mit den Worten der Roten Dame zu sagen, wie eine Kathedrale aus Rost.

Tim hatte sich auf der Fahrt hierher mit ihrem neuen Ziel vertraut gemacht und alles darüber gelesen, was es im Internet zu finden gab. Und das las sich wirklich gruselig.

Einst war die Völklinger Hütte eines der größten Stahlwerke der Welt, heute stand sie still und rostete vor sich hin. Die UNESCO hatte sie zum Weltkulturerbe erklärt – als *mahnen-*

des Beispiel für eine Industrie, die jedes Maß und jede Verantwortung verloren hatte.

Während des Zweiten Weltkriegs waren hier Hunderte von Zwangsarbeitern und Kriegsgefangene einen schrecklichen Tod gestorben. Was bedeutete, dass das ehemalige Stahlwerk nur äußerlich etwas von einer Kathedrale hatte. Innerlich atmete es Feuer und Ruß.

Tim war immer noch verblüfft darüber, wie einfach das Rätsel am Ende doch zu lösen war – vorausgesetzt, man wusste, wie man es lesen musste. Annika war das schier Unmögliche gelungen: Sie hatte die kryptischen Zeichen entschlüsselt. Keine Buchstaben, sondern Ziffern. Wie auf einer Uhr. Jedes der Symbole stand für den Winkel, den Minuten- und Stundenzeiger auf einem klassischen Zifferblatt einnahmen. Zusammengefasst waren sie in Gruppen zu sechs Paaren.

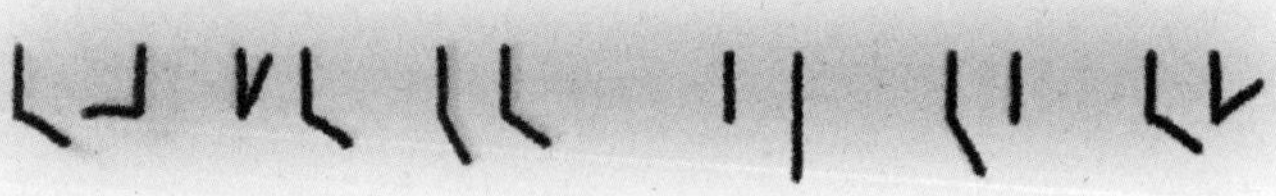

Zahlenpaare also. Ihnen allen war schlagartig klar gewesen, dass sie für Koordinaten standen. Für Längen- und Breitengrade, gestaffelt in Grade, Minuten und Sekunden. Mit einer Sechserkombination war jeder von ihnen in der Lage, einen Ort auf der Weltkarte bis auf wenige Meter punktgenau anzusteuern. Entschlüsselt stellten die Ziffern die Zahlen 49, 14, 54, 6, 50, 42 dar. In Koordinaten ausgedrückt: 49°, 14′, 54″ nördlicher Breite und 06°, 50′, 42″ östlicher Länge. Ein Punkt im Saarland, nahe der französischen Grenze.

Der Ort, an dem sie jetzt standen.

»Scheiße, ist das Ding riesig«, murmelte Tim. »Da kann man bestimmt einen ganzen Tag drin verbringen und hat immer noch nicht alles gesehen. Hat jemand eine Ahnung, wo wir hinmüssen?«

»Auf jeden Fall ins Innere«, sagte Eli. »Laut GPS-Tracker ist unser Ziel irgendwo dort drüben.« Sie wedelte mit der Hand.

»Dann würde ich vorschlagen, dass wir erst mal zur Kasse gehen.« Annika deutete auf ein Schild, auf dem groß und deutlich EINGANG zu lesen stand. »Den Gang entlang und dann rechts.«

Tim hielt prüfend die Nase in den Wind. Über der Anlage lag ein schwerer Geruch nach Teer und Schmieröl. Erinnerte ein bisschen an die alte Ölheizung im Keller ihres Hauses in Köln.

Zumindest eines musste man den Spieleleitern lassen: Wenn es ihr Ziel gewesen war, möglichst düstere und schaurige Schauplätze zu finden, dann war ihnen das gelungen.

Die junge Frau hinter dem Schalter empfing sie mit einem freundlichen Augenzwinkern. »Hallo zusammen. Was kann ich für euch tun?«

»Wir hätten gerne vier Eintrittskarten«, sagte Tim. »Gibt's auch Schülerermäßigung?«

»Besser als das.« Sie deutete auf ein Schild über ihrem Kopf. »Für Kinder und Jugendliche bis achtzehn ist der Eintritt frei. Cool, oder? Darf ich kurz eure Ausweise sehen?«

Tim und die Mädchen kramten ihre hervor, während Malte

unruhig auf der Stelle trippelte. »Hab meinen grade nicht dabei. Darf ich trotzdem rein?«

»Bist du denn schon vierzehn? Ansonsten bräuchte ich die Bevollmächtigung deiner Eltern …«

»Klar bin ich vierzehn«, behauptete Malte im Brustton der Überzeugung. »Sehen Sie mich doch mal an.« Er zog den Bauch ein und ging auf Zehenspitzen. Die Frau hinter der Kasse lachte und reichte ihnen die Tickets.

»Wir haben bis neunzehn Uhr geöffnet. Ich muss euch allerdings vorwarnen. Uns liegt eine Unwettermeldung vor. Sollte ein Gewitter im Anmarsch sein, wird das Gelände geräumt. Ihr könnt euch sicher vorstellen, dass eine solche Menge Eisen und Stahl jeden Blitz im Umkreis von einem Kilometer magnetisch anzieht. Glaubt mir, das wollt ihr nicht erleben.«

»Klar, kein Thema«, sagte Tim.

»Wenn ihr die Ansage über die Lautsprecher hört, müsst ihr sofort umkehren. Zu eurem eigenen Schutz. Ich bitte euch, diese Warnung ernst zu nehmen. Den anderen habe ich das auch schon gesagt.«

»Den … anderen?« Da war es wieder, dieses mulmige Gefühl in Tims Magen.

»Na ja, die vor euch reingegangen sind. Sind nicht viele. Nur eine Handvoll, was aber ganz normal ist für einen Montagmorgen.«

Tim vermied es, genauer nachzufragen. Er hatte eine Ahnung, wer das war.

»Besorgt euch Helme und achtet auf eure Füße«, fuhr die Frau fort. »Manche der Durchgänge sind ganz schön niedrig.

Und immer eine Hand am Geländer, okay? Hier eine Broschüre, in der der ganze Rundgang beschrieben ist. Schaut euch auch unbedingt die Kunstausstellung an, die lohnt sich.«

Eli tippte auf die Karte. »Gibt es hier einen Ort, den man *Paradies* nennt?«

»Klar gibt es den«, sagte die Frau. »Der Rundweg führt euch direkt dorthin. Er liegt am hintersten Ende, ihr könnt ihn gar nicht verfehlen. Und jetzt viel Spaß. Wie gesagt: Achtet auf die Lautsprecherdurchsage.«

Zuerst durchquerten sie die große Maschinenhalle, dann stiegen sie über eine Brücke und hinunter in die Ausstellungsräume. Hier fanden sie Multimediainstallationen, abstrakte Gemälde und Skulpturen vor. Die Ausstellung, von der die Frau gesprochen hatte.

Tim machte sich nicht viel aus Kunst. Aber was er sah, beeindruckte ihn. Gespenstisch, wie gut die Objekte hierherpassten. Sie erzeugten eine gewisse Weltuntergangsstimmung – wie in den *Mad-Max*-Filmen, die in einer menschenfeindlichen Zukunft spielten. So wurde aus einem Ort der Vergangenheit plötzlich ein Ort der Zukunft, der erahnen ließ, wie die Welt aussehen würde, wenn es die Menschheit nicht mehr gab. Alles würde zerfallen, die Natur würde sich jeden einzelnen Bereich zurückerobern. Ein echt seltsames Gefühl.

»Creepy, oder?« Malte machte ein paar Aufnahmen. »Stellt euch mal vor, wie es wohl wäre, hier eine Nacht zu verbringen«, sagte er, während er ein ums andere Bild knipste. »Wäre das nicht cool, zwischen all diesen alten Maschinen?«

»Nein danke«, sagte Annika. »Mir hat Beelitz vollkommen

gereicht. Ich würde heute Nacht wirklich gerne mal wieder in einem normalen Bett schlafen.«

Tim hörte nur mit halbem Ohr zu. Das verrottete Stahlwerk, das bedrohliche Wetter – es schien, als wollte das Schicksal ihnen etwas mitteilen.

»Wir sollten besser aufpassen«, sagte er. »Kann sein, dass hier bereits andere Spieler sind. Ich habe keine Lust, ihnen in die Arme zu laufen.«

»Die Anlage ist ziemlich verwinkelt«, stimmte Annika ihm zu. »Sehr unübersichtlich. Wir sind besser vorsichtig. Eli, würde es dir etwas ausmachen, am Ende zu gehen? Wäre cool, wenn du ein bisschen die Augen aufhältst.«

»Okey-dokey. Ich melde es, wenn mir etwas Ungewöhnliches auffällt.«

Tim begrüßte Annikas Entscheidung. Er fühlte sich ebenfalls wohler, wenn Eli ihnen den Rücken freihielt. Er hatte keine Lust, dass ihnen dasselbe passierte wie in Münster.

»Malte, du bleibst am besten in der Mitte«, fuhr Annika fort. »Dort kann dir nichts passieren. Außerdem ist es der ideale Platz zum Filmen und Fotografieren.« Sie zwinkerte ihm zu und Malte strahlte übers ganze Gesicht.

Tim fand es klasse, wie selbstverständlich Annika die Führung übernommen hatte. Sie füllte die Rolle hervorragend aus, und soweit es Tim betraf, war das völlig in Ordnung. Jeder von ihnen hatte seine Schwächen, doch gemeinsam glichen sie diese aus. Jeder wusste, wofür er gebraucht wurde. Es hätte kaum harmonischer laufen können. Doch wie lange noch? Während sie ihren Weg fortsetzten, grübelte Tim über das Problem nach.

Am Ende konnten nur zwei gewinnen und dafür waren sie definitiv einer zu viel. Doch es war sinnlos, sich bereits im Vorfeld den Kopf zu zerbrechen. Wenn die Entscheidung anstand, würden sie sie treffen. Nicht vorher. Er wischte die trüben Gedanken schnell weg und konzentrierte sich auf ihre Aufgabe.

Sie verließen die Werkshalle und traten ins Freie. Auf der gegenüberliegenden Seite befanden sich Unterstände, in denen sie Helme zum Ausleihen fanden. Annika schlug vor, die blauen zu nehmen. Die orangefarbenen wären zu auffällig, sagte sie. Wenn hier wirklich noch andere Spieler rumliefen, war es besser, unerkannt zu bleiben.

»Seht mal«, sagte Eli mit Blick auf ihren Tracker. »Ich habe endlich ein klares Signal. Könnte unser Zielort sein.«

Tim schaute ihr über die Schulter. Tatsächlich, der grüne Punkt war deutlich zu erkennen. Er befand sich in dem Gebiet, das auf ihrem Übersichtsplan wie ein kleiner Park oder ein verwildertes Areal wirkte: dem sogenannten *Paradies*.

Ein Kribbeln lief ihm über den Rücken. Die vorletzte Aufgabe stand an. Tim spürte, dass das Spiel langsam in seine entscheidende Phase kam.

40

Darius starrte auf die Bilderwand. Was verflucht war das? Sah aus wie das Geschmiere eines Wahnsinnigen.

Einige der Bilder hatten Ausmaße von wenigen Zentimetern, andere waren einen halben Meter groß. Wieder andere bedeckten großflächig ganze Wände. Eine dieser Darstellungen war besonders auffällig. Sie umspannte die komplette hintere Wand eines zerfallenen Gebäudes. Darius konnte kleine Figuren sehen, die wild umeinanderwuselten. Manche schaurig, manche witzig, manche kaum zu erkennen. Sie sahen aus, als wären sie in einem verrückten Tanz gefangen. Wie Blätter, die der Herbstwind durcheinanderwehte. Mehrfarbige Scheinwerfer strahlten das Bild von unten an und tauchten es in geisterhaftes Licht.

Unterdessen schritt Jeremy vor dem Gemälde auf und ab und betrachtete es kritisch. Das Bild schien ihn zu faszinieren. Darius war schon öfter aufgefallen, dass sein Freund sich besonders für die düsteren, unheimlichen Elemente interessierte, die GlobalGames mit sich brachte. Gemeinsam erwarteten sie das Eintreffen der Roten Dame.

Sie trug diesmal einen roten Arbeitsanzug, einen Helm und schwere Schuhe. Ihr Gesicht war rußverschmiert und ihr Overall strotzte vor Dreck. Jedes Mal, wenn sie sich bewegte, rieselten Staubschleier von ihr herab. Diesmal sollte sie scheinbar eine Stahlarbeiterin darstellen.

Darius hatte Mühe, sie zu erkennen. Das Bild war pixelig, als würde etwas mit dem Empfang nicht stimmen. Vermutlich eine Folge des Unwetters, das immer näher rückte.

»Hallo Darius, hallo Jeremy«, sagte die Rote Dame. »Seid ihr gut hergekommen? Hattet ihr schon ein wenig Zeit, euch diesen ungewöhnlichen Ort anzusehen? Ihr steht hier vor einer der wichtigsten Arbeiten des Street-Art-Künstlers Banksy. Er hat das Kunstwerk eigens für dieses Stahlwerk angefertigt und es trägt den Titel *Fegefeuer*. Gewidmet ist es den Opfern beider Weltkriege – den Strafgefangenen, den Zwangsarbeitern, den Ausgestoßenen und Unterdrückten. Wenn ihr tiefer in das Bild eintaucht, werdet ihr viele einzelne Geschichten entdecken. Erlebnisse von Menschen, die hier gelebt und gearbeitet haben und die Banksy in diesem Fresko wiederaufleben lässt. Versteckt in dieser Darstellung ist eine Szene, die ein wenig an sein wohl bekanntestes Werk erinnert. *Girl with a balloon.* Sicher ist es euch ein Begriff.«

Darius und Jeremy schüttelten die Köpfe.

»Nie gehört, tatsächlich?« Sie sah die beiden vorwurfsvoll an und Darius fühlte sich mit einem Mal wie in der Schule. »Nicht mal im Kunstunterricht? Es gab einen Riesenskandal um das Werk.« Sie wartete kurz, doch da weder Darius noch Jeremy reagierten, fuhr sie fort. »*Girl with a balloon* wurde bei Sotheby's für gut eine Million britische Pfund versteigert. In dem Moment, als der Hammer fiel und der Käufer den Zuschlag bekam, fing ein verborgener Schredder im Bilderrahmen an, das Bild in schmale Streifen zu zerschneiden. Es zerstörte sich selbst, und zwar vor den Augen sämtlicher Anwesenden. Ein Skandal!«

»Jetzt wo Sie's sagen, ich glaube, ich habe davon gehört«, sagte Jeremy gelangweilt. »Ich verstehe nur nicht, was das mit uns zu tun hat.«

»Wenn ihr dieses Wandgemälde absucht, werdet ihr ein ähnliches Motiv entdecken. *Boy with a balloon.* Er trägt eine Baseballmütze und Turnschuhe. Habt ihr ihn schon entdeckt?«

»Klar«, sagte Jeremy. »Hier drüben. Was soll mit dem sein?«

»Er stellt euch eine Rechenaufgabe. Lasst euch Zeit. Seht euch das Bild gewissenhaft an. Merkt euch die Lösung, aber tragt sie noch nicht in die Antwortbox ein. Dazu kommen wir später. Jetzt zeigt erst mal, ob ihr gute Beobachter seid. Bis später.« Und weg war sie.

Darius betrachtete die Aufgabe. Sah nicht allzu schwierig aus. Trotzdem gehörte das in Jeremys Aufgabenfeld. Sein Freund zählte Finger ab, prüfte, addierte, subtrahierte und lächelte am Schluss triumphierend. »Pfft, das ist ja simpel«, sagte Jeremy. »Eine popelige Additionsaufgabe.«

Darius konnte das nicht nachvollziehen. Er hatte es nicht so mit Mathematik. Selbst Additionsaufgaben stellten ihn mitunter vor unlösbare Probleme.

»Lass uns die Sache logisch angehen«, sagte Jeremy und Darius war froh, ihn an seiner Seite zu haben. »Die Schuhe stehen für die Zehn. Ist klar, oder?«

»Klar«, log Darius. Er hatte keine Ahnung, glaubte ihm aber.

»Wenn das stimmt, dann steht der Junge für die Fünf und die Ballons für die Vier«, fuhr Jeremy fort. »Der Haken ist, dass in

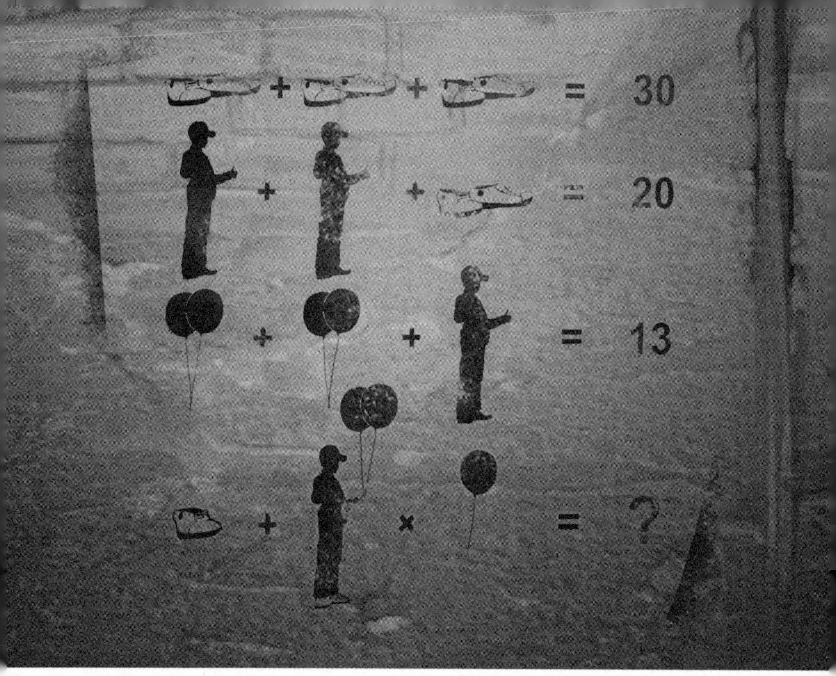

der untersten Zeile nur ein Schuh und ein Ballon zu sehen sind. Da müssen wir also halbieren.«

»Der Junge hält zwei Ballons in der Hand …«

»Habe ich auch gesehen. Die Rechnung muss also lauten: 5 + 9 + 2. Was 16 ergibt. Easy. Lass uns die Rote Dame rufen und dann nichts wie weg hier. Das Unwetter ist schon sehr nahe. Ich habe keinen Bock, auf dem Rückweg vom Blitz getroffen zu werden.«

Für Darius war das in Ordnung. Wie Jeremy immer wieder betonte, war er sein *Mann fürs Grobe.* Er wollte schon per Rufknopf die Spieleleiterin herbeizitieren, als hinter ihnen eine weibliche Stimme erklang.

»Wenn das eure Lösung ist, seid ihr am Arsch. Sie ist falsch.

Aber ich will mich nicht aufdrängen. Macht, was ihr wollt. Ist eure Entscheidung.«

Darius fuhr herum.

Verflixt. Niemand zu sehen!

Er ballte seine Hände zu Fäusten. »Wer ist da? Komm sofort raus.«

Da, hinter einer der Steinsäulen! Da bewegte sich jemand.

Darius kniff die Augen zusammen. Lange blonde Haare, Jeans, Sportjacke. Sie war recht hübsch, aber als sie näher kam, bemerkte er ein Glitzern in ihren Augen, das nichts Gutes ahnen ließ.

Jeremy schien sie ebenfalls als Bedrohung zu empfinden und suchte spontan Schutz hinter Darius' breitem Rücken. Doch dann merkte er anscheinend, wie peinlich das war, und trat eilig neben Darius. »Wer bist du«, fuhr er sie an. »Wie heißt du?«

Das Mädchen zog aus ihrer Tasche eine Packung Zigaretten und zündete sich eine an. Mit einem ironischen Lächeln sagte sie: »Gestatten, Vanessa Krüger, Nickname Rosalia. Vielleicht habt ihr schon von mir gehört.«

»Rosalia?« Jeremy runzelte die Stirn. »Ja, von dir habe ich allerdings schon gehört. Das Ding auf dem Berliner Fernsehturm. Nicht schlecht. Wo sind denn deine beiden Anhängsel?«

»Du meinst *Skullking* und *Theoden?*« Lachend schnippte sie Asche von ihrer Zigarette. »Die hab ich abserviert. Erst den einen, dann den anderen. Die beiden waren nur hinderlich. Ohne sie bin ich schneller unterwegs.«

Darius musterte das Mädchen aufmerksam. Ihm war nicht ganz klar, wieso er sie trotz ihrer offensichtlichen Schönheit als

Bedrohung empfand. Lag das an ihren Augen? Sie standen ein bisschen zu eng beisammen und schimmerten kalt wie Bergseen.

»Ihr seid Eduardo und Bonehunter, nicht wahr? Oder sollte ich besser sagen: Jeremy Stolzenburg und Darius Wolf? Ihr braucht es nicht zu leugnen, ich habe meine Hausaufgaben gemacht.«

Jeremys Blick wurde finster. »Klarnamen sind streng vertraulich. Wie bist du daran gekommen?«

»Unwichtig.« Sie winkte ab. »Ich will euch nicht mit technischen Details langweilen. Da ich eure Klarnamen weiß, fand ich es nur fair, dass ihr auch meinen kennt. Damit stellen wir unsere Beziehung gleich auf eine solide Ebene. Was mich viel mehr interessiert: Wie ist es euch gelungen, so schnell hierherzukommen? Wieder mal mit Papas Luxuskarosse unterwegs gewesen?« Sie zwinkerte ihnen zu. »Ja, es hat schon Vorteile, wenn man einen Sack Geld im Hintergrund hat. Ich habe diesen Luxus leider nicht, ich muss mir alles hart erkämpfen.« Ihr Gesicht verzog sich zu einem grimmigen Lächeln. »Das ist auch der Grund, warum ich die beiden anderen abgeschossen habe. Ich bin der Meinung, wir drei würden uns viel besser ergänzen.«

»Ergänzen?« Jeremy hatte endlich seine Sprache wiedergefunden. »Du meinst, du willst dich mit uns zusammentun? Vergiss es.«

»Tja, dann wünsche ich euch viel Vergnügen mit dem Rätsel«, sagte Vanessa. »Nur so als Tipp: Ihr seid nicht mal annähernd dran.«

»Blödsinn.« Jeremy verschränkte die Arme vor der Brust. »Das Ergebnis stimmt doch. Oder nicht?«

Er rechnete noch mal nach, aber Darius spürte, wie sein Freund zunehmend unsicher wurde. Seine Lippen bewegten sich, während er mit den Fingern das Ergebnis nachrechnete.

»Na, schon draufgekommen, wo der Fehler liegt?« Das Mädchen lächelte provokant – und es funktionierte: Jeremy wurde knallrot vor Wut.

Darius tat das alles sehr leid, aber helfen konnte er seinem Freund trotzdem nicht.

»Nun rück schon raus damit«, knurrte er.

»Erst wenn ihr mir versprecht, dass ihr mich als Teil eures Teams aufnehmt.«

»Wir könnten das Ergebnis aus dir rausprügeln.«

»Das würde ich dir nicht empfehlen«, sagte Vanessa. »Die anderen sind euch dicht auf den Fersen und ich kann ziemlich laut schreien. Und dann werde ich mein Glück bei ihnen versuchen.«

»Welche anderen?«

»Sakura, Achenar und Zorba. Sie sind schon auf dem Gelände und auf dem Weg hierher.«

»Woher willst du das wissen? Hast du Augen im Hinterkopf?«

»Brauche ich nicht«, sagte Vanessa selbstsicher. »Informationen sind das A und O für einen Runner. Ich habe dem Mädel an der Kasse zwanzig Euro in die Hand gedrückt, damit sie mir eine Nachricht schickt, sobald eine zweite Gruppe hier eintrifft. Die SMS ist vor fünf Minuten eingegangen.«

Darius fuhr herum. Niemand zu sehen. Aber das musste nichts heißen.

»Beeilt euch mal besser«, empfahl Vanessa ihnen. »Das Rätsel ist komplizierter, als es aussieht. Kostet eine Menge Zeit dahinterzukommen. Ihr könntet natürlich auch jemanden fragen, der es schon gelöst hat. Und ich wäre bereit, mein Wissen mit euch zu teilen.«

»Zu welchem Preis?«

»Habe ich dir doch schon gesagt.« Sie grinste. »Außerdem will ich, dass ihr mir beim zweiten Teil der Aufgabe helft. Was ihr nämlich nicht wisst, ist, dass mit der richtigen Zahl nur der erste Teil des Rätsels gelöst ist.«

Darius runzelte die Stirn. »Und der zweite?«

»Wart's ab, das dürfte in dein Ressort fallen.« Sie sah ihn an. »Jedenfalls will ich, dass ihr das Einloggen für mich übernehmt und mir so zu meinem zweiten Claim verhelft. Einen für mich, den anderen könnt ihr unter euch aufteilen. Mir egal, wie ihr das macht. Hauptsache, ich bin anschließend Teil eures Teams. Wenn ihr clever seid, geht ihr auf mein Angebot ein und kassiert dank mir gleich euren dritten Claim.«

»Na gut«, sagte Jeremy. »Sag uns das Ergebnis und du bekommst, was du willst.«

»Und ich kann mich auf dein Wort verlassen?«

»Klar. Was denkst du denn?« Jeremy blinzelte ihr zu.

Vanessa verzog keine Miene. Sie traute ihm nicht, das konnte Darius erkennen.

»Wenn du mich übers Ohr haust, wirst du es bereuen«, sagte sie. »Ich weiß mehr über dich und deinen Vater, als dir lieb sein dürfte. Glaubt mir, den Ärger willst du nicht haben.«

Jeremys Augen wurden schmal. »Drohst du mir etwa?«

»Worauf du deinen Arsch verwetten kannst. Also, was ist jetzt, haben wir einen Deal oder nicht?«

Jeremy schwieg. Dann stieß er einen leisen Fluch aus – und nickte. »Also gut«, sagte er und streckte seine Hand aus. »Deal.«

41

Das *Paradies* war ein verwildertes Areal im rückseitigen Abschnitt des Stahlwerks. Aus der Broschüre hatte Annika erfahren, dass dies früher die Kokerei gewesen war – der Teil der Anlage, in dem aus Kohle mittels eines speziellen Verfahrens Koks hergestellt wurde. Koks war deswegen so wichtig, weil er beim Verbrennen in Hochhöfen weniger Rauch, Ruß und Schwefel als normale Kohle produzierte. Weiter stand dort: *Die Arbeit in der Kokerei galt als die schwerste und gesundheitsschädlichste in der gesamten Stahlfabrik. Nicht nur, weil sie körperlich unglaublich anstrengend war, sondern, weil die Arbeiter mit der Hitze, den Gasen, dem Qualm und dem Gestank zurechtkommen mussten. Viele von ihnen erreichten nicht mal das fünfzigste Lebensjahr.*

Die meisten der Gebäude waren unter der dichten Vegetation kaum noch zu erkennen. Über allem lag ein Hauch des Verwunschenen. Dass die Natur sich diesen schrecklichen Ort zurückerobert hatte, wirkte auf Annika irgendwie tröstlich. Zwischen den Birken blühte der Schmetterlingsflieder und in den ehemaligen Teerbecken schwammen Fische. Es war buchstäblich Gras über die Sache gewachsen. Aus der Hölle war ein Paradies geworden.

Das Gemälde war atemberaubend. Ein echter Banksy! Nie hätte Annika damit gerechnet, an diesem Ort so ein Meisterwerk zu entdecken. Dass es der Künstler eigens hierfür erschaffen hatte, machte die Sache nur noch großartiger.

Fegefeuer lautete der Titel. Der Ort, an dem die Seelen auf ihrem Weg in den Himmel durch Feuer geläutert wurden. Irgendwie schaurig und doch ziemlich passend für diese Umgebung.

Der *Junge mit den Luftballons* stellte sie und ihre Freunde vor ziemliche Probleme. Das Rätsel war schwieriger, als es zunächst den Anschein gehabt hatte.

Während jeder die Aufgabe zunächst für sich zu lösen versuchte, ging Malte um sie herum und dokumentierte alles mit seiner Kamera.

»Also gut«, sagte Annika nach einer Weile. »Gehen wir die Sache mal systematisch an. Das Paar weiße Schuhe steht für die Zehn, ein einzelner Schuh entspricht also der Fünf, ein Junge ebenfalls, ein Paar Ballons steht für die Vier.«

»Womit ein einzelner Ballon der Zwei entspricht«, sagte Eli. »Damit müsste sich das Rätsel doch relativ einfach lösen lassen.«

»Vorsicht«, sagte Tim. »Falls ihr es noch nicht bemerkt habt, der Junge trägt in der untersten Zeile weiße Schuhe.«

»Verdammt, das hätte ich fast übersehen«, sagte Eli.

»Außerdem ist das zweite Rechenzeichen kein Plus, sondern ein Mal«, sagte Tim. »Damit steht da: 5 + 19 × 2. Macht 48, stimmt's?« Tim grinste. Ihm war anzusehen, wie stolz er war, die Rechnung vor den anderen gelöst zu haben, doch leider musste Annika ihn enttäuschen.

»Du hast die Regel *Punktrechnung geht vor Strichrechnung* vergessen«, sagte sie. »Es muss lauten: 19 × 2 + 5.«

»Was wiederum 43 ergibt«, sagte Eli.

Tim wirkte überfordert. »Herrje, das ist aber wirklich ganz schön vertrackt. Seid ihr sicher?«

Annika rechnete noch einmal alles durch, dann nickte sie. Eli kam zu demselben Ergebnis.

»Na gut, wollen wir der Roten Dame sagen, dass wir das Ergebnis haben?« Eli sah sie der Reihe nach an. »Da sich seit Hamburg nichts verändert hat, finde ich immer noch, dass ihr die Punkte bekommen solltet.«

»Von mir aus gerne.« Annika lächelte dankbar. »Lasst sie uns rufen.« Sie drückte die entsprechende Taste auf dem Spieledisplay. Sofort erschien die Rote Dame: »Ich grüße euch, Runner. Habt ihr das Ergebnis?«

»Haben wir, ja«, sagte Annika. »Die Lösung lautet dreiundvierzig.«

Die Spieleleiterin nickte zufrieden. »Gut gemacht. War doch gar nicht so schwierig, oder? Um die Aufgabe etwas zu würzen, müsst ihr jetzt noch eine zweite Arbeit erledigen. Während der erste Teil eine Herausforderung für den Verstand darstellte, soll der zweite euch körperlich prüfen.«

Tim grinste schief. »Was verlangen Sie von uns, sollen wir ein paar Gewichte stemmen?«

»Nein.« Sie sah ihn tadelnd an.

Annika, die Tim davor bewahren wollte, es sich mit der Roten Dame zu verscherzen, legte beschwichtigend eine Hand auf seinen Arm. »Was genau sollen wir tun?«

»Der Ort, an dem ihr das Ergebnis einloggen müsst, liegt etwa hundert Meter von hier entfernt. Verlasst diese Halle und wendet euch nach rechts. Dort werdet ihr ein paar Türme mit runden Kuppeln erkennen. Auf einer von ihnen weht die UNESCO-Flagge. Seht es euch am besten selbst an.«

Sie ging nach draußen und Malte, Tim, Annika und Eli folgten ihr.

Tatsächlich, dort waren die Türme. Wie riesenhafte Roboter ragten sie düster und rostig in den stetig dunkler werdenden Himmel auf.

»Das sind die alten Winderhitzer«, erklärte die Rote Dame. »In ihnen wurde früher der Heißwind für die Hochofenprozesse hergestellt. Um euren Punkt zu machen, müsst ihr bis zur Spitze gelangen und euch dort mit der Sende-/Empfangseinrichtung einloggen. Aber seid vorsichtig, der Weg ist steil und voller Gefahren. Gutes Gelingen.«

Annika blickte besorgt nach drüben. Die Dinger waren hoch. Verdammt hoch. Wie es aussah, konnte man über das Außengeländer des Hochofens zur Spitze gelangen. Aber es war ein weiter Weg. Und die Zeit lief ihnen davon.

Ein Licht zuckte auf. Donner rollte über die alte Industrieanlage. Der Boden vibrierte. Das Gewitter war nicht mehr fern.

Wie aufs Stichwort ertönte ein Knacken aus den Außenlautsprechern. Eine blecherne Stimme war zu hören.

»Achtung, Achtung. Sehr geehrte Besucher, aufgrund besonderer Witterungsbedingungen müssen wir Sie leider auffordern, umgehend das Gelände zu verlassen und zum Haupteingang zurückzukehren. Wir möchten Sie darauf hinweisen, dass dies eine polizeiliche Anweisung ist, die Ihrem eigenen Schutz dient. Bitte begeben Sie sich umgehend zurück zum Haupteingang. Vielen Dank.«

»Na, das kommt ja wie gerufen«, stieß Annika aus. »Während alle sich vor den Blitzen in Sicherheit bringen, sollen wir hoch auf die Spitze.«

»Ich weiß, das Timing hätte kaum schlechter sein können«, stimmte Eli ihr gelassen zu. »Aber ich weiß, wie wir es trotzdem schaffen können, und zwar ehe es ungemütlich wird.« Eli deutete auf die Türme. »Seht ihr die Leiter, die seitlich am Winderhitzer hinaufführt? Scheint nicht für die Öffentlichkeit freigegeben zu sein, aber ich bin mir ziemlich sicher, dass sie mich trägt. *Und* ich bin schnell.«

Annika runzelte die Stirn. »Was hast du vor?«

»Gebt mir eure Handys, schnell.«

»Noch einmal«, sagte Annika. »Was. Hast. Du. Vor?«

»Ich logg euch da oben ein, das habe ich vor. Also her mit den Dingern. Und keine Widerrede.«

Zögerlich reichte Tim ihr seines. »Bist du sicher? Was, wenn das Gewitter vor dir da ist?«

»Das wird bestimmt passieren, wenn ihr nicht endlich aufhört zu quatschen und mir eure Handys gebt.«

Annika schluckte. Eli hatte Mut, das musste man ihr lassen. Allerdings bestand ein Unterschied zwischen Mut und Tollkühnheit. Leider kannte sie Eli nicht gut genug, um zu wissen, was bei ihr überwog.

Sie traf eine Entscheidung.

»Hier«, sagte sie und gab ihr das Handy. »Aber sei um Gottes willen vorsichtig, hörst du? Ich wette, da oben weht ein krasser Wind. Geh bitte kein Risiko ein. Wenn du merkst, dass die Zeit nicht reicht, brich ab. Versprich es mir.«

Eli schulterte ihre Tasche, lächelte kurz, dann rannte sie los. »Wünscht mir Glück«, rief sie noch über die Schulter. Dann war sie weg.

Sie war wirklich schnell. Annika hielt sich selbst für eine gute Läuferin, aber Eli toppte sie.

»Kommt«, sagte sie. »Folgen wir ihr. Habt ihr alles eingesteckt? Nichts vergessen? Dann los.«

Sie waren ein kleines Stück gegangen, als Malte plötzlich anhielt. »He, Leute, wartet mal.«

Er hatte die Kamera seines Handys auf den Winderhitzer gerichtet. Annika stellte fest, dass das Objektiv an seinem Gerät deutlich besser war als ihres. Es besaß sogar eine Zoomfunktion.

»Was ist los?«, fragte sie.

»Ich glaube, da sind Leute auf dem Außengeländer. Ungefähr auf halber Höhe, seht ihr? Ich zähle drei.«

»Gib mal her.« Tim griff nach dem Handy und blickte auf das Display. An seinem Gesichtsausdruck erkannte Annika, dass ihm nicht gefiel, was er sah.

»Nun sag schon«, drängte sie ihn. »Lass dir doch nicht jedes Wort aus der Nase ziehen.«

»Sieh es dir am besten selbst an.« Er reichte Annika das Handy. Sie richtete das Objektiv auf den Winderhitzer. Es dauerte einen Moment, bis sie die drei im Visier hatte. Malte hatte das Zoom auf stärkste Vergrößerung eingestellt. Die Kamera funktionierte wie ein Fernglas.

Dann sah sie es.

In dem Moment, als sie erkannte, wer da oben auf dem Außengeländer rumturnte, wusste sie, dass das Gewitter nicht ihr größtes Problem war. »Sind das Eduardo und Bonehunter?«

»Allerdings.« Tims Stimme bebte vor unterdrückter Wut.

»Und das Mädchen?«

»Dreimal darfst du raten. Ich sag nur: blonde Haare.«

Annika strengte ihre Augen an und plötzlich blickte das Mädchen exakt in ihre Richtung. »Das ist nicht wahr«, stieß Annika aus. »Wieso ist sie jetzt mit Jeremy und Darius unterwegs?«

»Der Feind meines Feindes ist mein Freund, schätze ich mal«, zitierte Tim grimmig. »Sieht so aus, als hätten die drei sich zusammengetan.«

Annika suchte nach Eli. Ihre Freundin war inzwischen am Fuße des Winderhitzers angekommen und begann damit, die rostige Leiter emporzuklettern. Sie war schnell. Bereits nach wenigen Minuten hatte sie ein knappes Drittel zurückgelegt.

Noch schienen Jeremy, Darius und Rosalia keine Notiz von ihr genommen zu haben. Doch das galt umgekehrt genauso. So wie es aussah, würden alle ungefähr zum selben Zeitpunkt an der Spitze eintreffen. Das war nicht gut. Gar nicht gut. Nach dem Zwischenfall in Beelitz traute Annika Jeremy und Darius alles zu.

Hastig drückte sie Malte sein Handy in die Hand. »Schnell!« Sie rannte los. »Vielleicht gelingt es uns noch, das Schlimmste zu verhindern.«

42

Schnaufend schleppte sich Darius die letzten Stufen empor. Sie hatten es fast geschafft. Nur noch ein Stockwerk, dann waren sie auf gleicher Höhe mit dem Claim.

Wurde aber auch höchste Zeit. Das Gewitter war jetzt verdammt nah. Soeben hatte drüben in den Hügeln ein Blitz eingeschlagen. Darius glaubte, noch immer das Donnergrollen im Magen zu spüren. Er konnte das Licht der elektrischen Entladung immer noch auf seiner Netzhaut erkennen.

Er hatte gerade seinen Fuß auf die unterste Stufe des letzten Abschnitts gesetzt, als er sah, wie Jeremy plötzlich stehen blieb. Mit weit aufgerissenen Augen starrte er rüber zum Winderhitzer. Dann stieß er einen Schrei aus.

»Was zum …? *Nein!*«

Jeremy rannte vor bis zum Geländer und blickte auf das gegenüberliegende Dach.

Darius und Vanessa tauschten einen überraschten Blick, dann folgten sie Jeremy. Sie brauchten nicht lange, um zu erkennen, was ihn so in Aufregung versetzte. *Da stieg jemand die Leiter hinauf.*

Darius kniff die Augen zusammen. War das nicht diese kleine Griechin? Bei dem Gedanken an den Tritt, den sie ihm in Beelitz verpasste hatte, verkrampfte sich alles in ihm.

Was tat sie da? Sah aus, als wollte sie eine Abkürzung neh-

men. Und es war abzusehen, dass sie vor ihnen am Claim eintreffen würde.

Sein Blick glitt die Leiter hinunter. War sie etwa alleine unterwegs? Wo steckten die anderen?

Er beugte sich weiter vor. Der Wind pfiff um ihn herum, zerrte an seiner Kleidung. Tief unter sich, am Fuß des Winderhitzers erkannte er Sakura. Sie stand dort neben so einem pummeligen Kerl. Wo war der dritte? Wo war Achenar?

Sein Blick wanderte zurück zu der Griechin. Das hinterlistige Stück war fast oben.

»Jetzt steh hier nicht dumm rum, tu was.« Jeremy fuhr herum und sah ihn mit blutunterlaufenen Augen an. »Halt die Schlampe auf. Egal wie. Wir brauchen diesen Punkt!«

Darius blickte nach oben. Es gab dort eine Brücke zwischen ihrem Gebäude und dem Winderhitzer. Doch um die zu erreichen, musste er noch ein Stockwerk höher gelangen. Er spurtete los.

Zwei Stufen auf einmal nehmend, rannte er die Treppen hoch. Hinter ihm hallten seine Schritte nach, als würde jemand mit einem Hammer auf Metall schlagen. Der Himmel über ihm war eine brodelnde Masse. Jeden Moment konnte es anfangen zu regnen.

Ein weiterer Blitz zuckte auf. Für einen kurzen Augenblick war die Anlage in gleißendes Licht getaucht. Der darauffolgende Donner war ohrenbetäubend. Darius hatte das Gefühl, als würde die Stahlkonstruktion ins Wanken geraten. Er musste sich festklammern, um nicht zu stolpern. Verdammt, das war knapp gewesen. Wenn der nächste Blitz sie hier traf, waren sie alle tot.

Die Griechin war inzwischen auf dem Dach der Kuppel angelangt. Mit schnellen Handgriffen verrichtete sie ihre Arbeit. Darius befand sich jetzt auf einer Höhe mit ihr. Nur zehn Meter trennten sie voneinander. Was er vorhin für eine Brücke gehalten hatte, entpuppte sich beim näheren Hinsehen nur als schmaler Steg. Darius musterte ihn kritisch. Er besaß weder ein Geländer noch eine andere Sicherungsmöglichkeit. Obendrein sah das Ding verdammt rostig und wackelig aus. Ein einfacher, nackter Eisenträger.

Jetzt wurde ihm klar, warum Vanessa von ihnen verlangt hatte, dass er den Claim für sie einloggte. Sie hatte keine Lust, sich bei dem Stunt den Hals zu brechen.

»He, du, hör auf damit!«, schrie er der Griechin zu.

Sie blickte kurz auf, machte dann aber weiter.

»Hast du nicht gehört, du sollst aufhören. Soll ich zu dir rüberkommen und dir eine Abreibung verpassen?«

»Was ist, worauf wartest du noch?« Jeremy war hinter ihm hergekommen. »Geh rüber und mach sie fertig!« Fuchsteufelswild sah er aus. Der Wind verzerrte seine Stimme auf unnatürliche Weise. »Hast du nicht gehört? Du sollst rübergehen! Schalte sie aus, *mach sie kalt.*«

Darius schluckte.

»Los jetzt!«

Vorsichtig setzte Darius einen Fuß auf den Steg, begleitet von einem Gefühl nackter Panik. Völlig verrückt, da rüberzugehen. Und das bei dem Wind. Was, wenn er den Halt verlor? Unter seinen Füßen ging es dreißig, vierzig Meter in die Tiefe. Einen solchen Sturz überlebte niemand.

Es war eigenartig, aber mit einem Mal hatte er nicht nur Angst um sein eigenes Leben. Auch um das der Griechin. Was sie da tat, war viel zu riskant. Was, wenn der Blitz einschlug? Wenn sie den Halt verlor? Die Jagd nach dem Claim war kein Spiel mehr – sie war auf einmal blutiger Ernst. Feindschaft hin oder her, hier ging es ums Überleben.

»He du«, rief er rüber und streckte seinen Arm aus. »Komm, nimm meine Hand. Hör auf damit, lass das sein. Das ist doch Wahnsinn!«

Ein weiterer Blitz fuhr krachend zur Erde. Er bestand nicht aus einem massiven Strang, sondern aus Hunderten von feinen Einzelblitzen.

Dann setzte der Regen ein.

Als hätte jemand die Schleusen über ihren Köpfen geöffnet, donnerten Wasserfluten auf sie herab. Rasend schnell drang der Regen erst durch seine Jacke und dann durch Shirt und Hose. Nach nur wenigen Sekunden war Darius bis auf die Haut durchnässt. Etwas Hartes traf ihn am Kopf. Einen Augenblick dachte er, jemand hätte einen Stein nach ihm geworfen. Doch dann wurde ihm klar, woher das Geschoss stammte. Unter den Regen mischten sich immer mehr kleine weiße Körner. *Hagel!* Um ihn herum ratterten und schepperten die Körner aufs Metall. Sie verursachten einen riesigen Lärm.

Vom Rand des Steges sah Darius mit Entsetzen, wie Zorba auf der Kuppel ins Rutschen geriet. Das Unglück spielte sich wie in Zeitlupe vor seinen Augen ab. Instinktiv wollte er rübereilen und ihr helfen. Doch er konnte nicht. Seine Beine waren wie angewachsen. Reglos stand er und starrte hinüber. Deswegen bemerkte er den anderen Jungen erst, als dieser neben ihm stand.

*

Tim eilte wie ein Irrer die Treppe empor. Keuchend und mit Herzrasen, nahm er Stufe für Stufe. Er durfte jetzt nicht schlappmachen. Nicht jetzt.

Schlitternd nahm der die nächste Wende. Die vorletzte, soweit er es sehen konnte. Er war fast oben. Das Gewitter war jetzt sehr nah. Wieder zuckte ein Blitz auf. Tim meinte, ein feines Knistern auf seiner Haut zu spüren. Donner krachte wie Kanonengebrüll über sie hinweg. Er fühlte sich wie in einem Kriegsfilm. Und dann sah er sie. Jeremy und Rosalia. Sie standen am Fuß der letzten Treppe und starrten nach oben.

»Geh rüber und mach sie fertig«, brüllte Jeremy. »Hast du nicht gehört? Du sollst rübergehen! Schalte sie aus, mach sie kalt.«

Tim riss die Augen auf. *Mach sie kalt?* Der Typ war ja noch viel gestörter, als er vermutet hatte. Ohne nachzudenken, ging Tim zum Angriff über. Es war, als wäre das Gewitter in ihn eingedrungen, als hätte es in ihm ein Spiegelbild gefunden.

Er stieß Jeremy aus dem Weg und nahm die letzte Treppe. Hinter ihm knallte sein Gegner mit dem Kopf gegen den Handlauf und schrie schmerzerfüllt auf. Tim ignorierte die wüsten Beschimpfungen und stürmte auf die oberste Plattform. Ein weiterer Blitz flammte auf, dann begann es, wie aus Eimern zu regnen.

Durch den Schleier des herabrauschenden Wassers konnte Tim Darius erkennen. Rasch ging er zu ihm. Die Hände fest um das Absperrgitter geschlossen, blickte der kräftige Kerl zum Winderhitzer hinüber. Tim folgte seinem Blick …

… und erstarrte.

Eli war in Schwierigkeiten. Die Stahlkuppel war durch den Regen und den einsetzenden Hagel rutschig geworden. Ihre Schuhe schlitterten über das nasse Metall. Das Dach musste glatt wie Schmierseife sein. Die Finger in eine Schweißnaht gekrallt, strampelte sie verzweifelt bei dem Versuch, Halt zu finden. Es war absehbar, dass sie das nicht lange durchstehen würde. Tim stürmte nach vorne und blickte hinunter. *Fuck, war das tief!*

Die Kaskaden herabstürzenden Wassers verloren sich in der Dunkelheit. Von Annika und Malte fehlte jede Spur. Eli stieß einen Schrei aus. Eine ihrer Hände war abgerutscht. Mit der anderen klammerte sie sich weiterhin verzweifelt fest.

Darius sah Tim entsetzt an. »Hilf ihr«, stieß er aus, sein Gesicht bleich vor Schrecken. »Rette sie. Ich kann es nicht.«

Tim kroch tiefer in sich hinein, versuchte, die Bilder und den Lärm auszublenden. Er dachte an *Stirb Langsam* und den todesmutigen Sprung vom Nakatomi Tower.

In einem Anflug von Wahnsinn und Selbstüberschätzung stieg er über die Brüstung und trat auf den Stahlträger hinaus. Die herabdonnernden Fluten hatten das Metall in glitschiges Quecksilber verwandelt. Tim prüfte Halt und Haftung seiner Schuhe. Als er sicher war, dass sie ihn nicht bereits nach den ersten Schritten auf einen Todesflug schicken würden, sandte er ein Stoßgebet ins Universum, biss die Zähne aufeinander und rannte los.

Der Träger ächzte und knarrte wie ein alter Baum, doch er hielt. Binnen eines Atemzugs war Tim auf der anderen Seite.

Eli hing noch immer an der Schweißnaht.

»Halt durch«, schrie Tim mit heiserer Stimme. »Ich bin gleich bei dir. Halt dich um Gottes willen fest.«

»Bitte beeil dich, ich schaff das nicht mehr lange.« Elis Stimme war ein dünnes Wimmern, das der Regen fast verschluckte.

Genau dort, wo der Stahlträger in die Kuppel mündete, befand sich ein Haltegriff. Daneben verlief ein isoliertes Kabel, von der Spitze des Winderhitzers ausgehend, senkrecht in die Tiefe. Ein Blitzableiter vielleicht.

Wenn Tim es bis zu dem Haltegriff schaffte, konnte er sich unterhalb von Eli in Stellung bringen und sie notfalls auffangen. Das war zwar ein irrsinniger Plan, aber der einzige, der ihm in der kurzen Zeit einfiel.

Er legte sich bäuchlings auf den Stahlträger, ließ ein Bein herunterbaumeln und fand Halt auf der schmalen Kante, der die Kuppel von dem gemauerten Brennschacht trennte. Der Steg bestand aus einem Metallgitter, das gerade so breit war, dass ein einzelner Mann darauf stehen konnte. Er war ziemlich löchrig und an manchen Stellen komplett vom Rost zerfressen.

»Ich versuche, dich aufzufangen«, rief Tim nach oben. »Lass jetzt los und rutsche so langsam wie möglich zu mir runter. Hier ist ein dünner Steg, auf dem du stehen kannst. Komm schon, trau dich. Ich bin hier, ich fange dich auf.«

»Ich … kann … nicht. Das ist doch Wahnsinn. Ich …«

Tim wollte etwas erwidern, doch dazu kam es nicht. Ein unfassbar helles Licht zuckte auf und brannte sich tief in seine Netzhaut. Das Krachen war so ohrenbetäubend, dass es alle anderen Geräusche schluckte. Heißer Wind schlug ihm ins Gesicht. Um ihn herum breitete sich auf einmal durchdringender Gestank nach Ozon und verschmorter Elektronik aus. Nur ein hohes Pfeifen blieb übrig. Oder war das ein Schrei?

Panisch blickte Tim nach oben und sah, wie Eli auf ihn zugesaust kam. Die Arme weit ausgebreitet, versuchte sie, ihren Sturz zu bremsen, doch das nasse Metall bot keinerlei Halt. Ihre Kletterhandschuhe glitten über den Stahl, als wäre er eine Schlittschuhbahn.

Mit wachsender Panik beobachtete Tim sie: Bei dieser Geschwindigkeit würde sie ihn wie einen Kegel von der Bahn fegen. Den Haltegriff mit seiner rechten Hand umklammernd, duckte er sich zur Seite weg. Mit der anderen Hand versuchte er, Elis Landung abzubremsen. Doch sie war zu schnell. Ihre Füße trafen den Steg und durchschlugen ihn, als bestünde er aus Styropor. Tim gelang es gerade noch, ihren Arm zu packen, doch er konnte ein Durchbrechen nicht verhindern.

Ihre Beine baumelten im Freien. Ihr gesamtes Gewicht hing jetzt an seinem Arm. Ein schreckliches Reißen zuckte durch seine Schulter. Die Muskeln verkrampften, die Bänder dehnten sich – ein Gefühl, als hätte ihn jemand auf eine Streckbank geschnallt. Elis Augen waren weit aufgerissen, ihr Mund zu einem Schrei geöffnet, doch es kam kein Laut hervor.

»Kann … dich … nicht … halten«, presste Tim zwischen seinen zusammengebissenen Zähnen hervor. »Zu … schwer.«

Millimeter um Millimeter entglitten ihm ihre Finger. Eli schüttelte den Kopf. Zum Glück hatte sie noch ihre Kletterhandschuhe an – ohne diese wäre sie längst weggerutscht und in die Tiefe gestürzt. Doch es war absehbar, dass er sie nur noch wenige Sekunden halten konnte.

Tim erkannte, dass sie nur noch eine Chance hatten. Er musste Eli irgendwie zu dem Kabel rüberschleudern. Hochziehen war unmöglich, aber vielleicht konnte er sie in Schwingung versetzen, damit sie das Kabel zu packen bekam. Doch als er genau das versuchte, fing sie an, verzweifelt zu schreien. Sie begriff nicht, was er vorhatte.

»Nicht ...«, stieß er aus. »Das Kabel ... du musst es greifen und daran runterrutschen. Verstehst du? *Das. Kabel!*«

Er nahm all seine Kraft zusammen – und schleuderte sie hinüber. Elis Schreie verstummten. Tim sah sie abwärtstaumeln. Wild mit den Armen rudernd, fiel sie, packte das Kabel und umschloss es mit ihren Händen. Ein heftiger Ruck fuhr durch den Blitzableiter. Die Halterung neben Tim ächzte. Eine Schrecksekunde lang glaubte er, die Stahlschellen, mit denen das Kabel am Mauerwerk befestigt war, würden das Gewicht nicht tragen, doch wie durch ein Wunder hielt die Konstruktion. Allerdings wurde Eli kaum langsamer. Tim sah sie mit viel zu hoher Geschwindigkeit Richtung Boden sausen und in der Dunkelheit verschwinden. Er hörte einen panischen Schrei, gefolgt von einem lauten Poltern und Scheppern. Dann wurde es ruhig.

»Eli?«, brüllte er in die Tiefe. »Bist du okay?«

Doch nur der Regen antwortete.

43

Piep ...

Piep ...

Piep ...

Die Geräusche der Behandlungsgeräte hatten für Annika etwas Beruhigendes. Solange die Maschinen keine unerwarteten Warntöne ausstießen, bedeutete dies, dass ihre Freundin stabil war.

Annika beobachtete jeden Handgriff des Arztes, während er die Geräte prüfte. »Und«, fragte sie beklommen. »Wie geht's ihr?«

»So weit ganz gut«, lautete die Antwort. »Die Werte sehen vielversprechend aus. Medikamentös ist sie gut eingestellt und bald sollte sie schlafen können.« Er beugte sich über Eli. »Kannst du mich hören, Eli?«

»Ja ...« Eli blinzelte benommen.

»Am besten verabschiedest du dich möglichst bald von deinen Freunden und machst die Augen zu«, empfahl der Arzt und nickte Tim und Malte zu, die unsicher an der Tür standen. »Du brauchst vor allem Ruhe.«

»Danke«, sagte Eli leise. »Danke, dass Sie sich so lieb um mich kümmern.«

»Das ist mein Job, kleine Lady.« Der Arzt lächelte. »Ich lasse euch jetzt allein. Nur ganz kurz, okay?«

Alle nickten.

Er verließ das Zimmer und machte die Tür hinter sich zu.

Piep …

Piep …

Piep …

Am Kopfende von Elis Bett stand ein Computer, dessen Monitor alle Messdaten ihrer Körperfunktionen abbildete: Puls, Herzschlag, Blutdruck, Atemfrequenz. Eine Menge Kabel führten aus dem Apparat zu verschiedenen Messfühlern auf Elis Haut. An ihrem Handrücken hatte man einen Zugang gelegt, der zu einer Spritzenpumpe führte, über die ihrem Körper langsam und kontinuierlich Medikamente zugeführt wurden. Selbst ein Blasenkatheter war gelegt worden.

Annika schauderte.

»Ganz schön viel Zeuch, was?«, murmelte Eli.

»Stimmt.« Annika versuchte zu lächeln, doch es wollte ihr nicht gelingen. Der Schock saß zu tief.

Elis Körper war in einen Streckverband gewickelt, der an eine ägyptische Mumie erinnerte. Nur ihr linker Arm und ihr Hals waren frei beweglich.

»Wie fühlst du dich?«

»Ausgezeichnet«, sagte Eli. »Die Drogen sind der Hammer. Ich kann ja mal fragen, ob sie euch auch ein bisschen was abfüllen.«

Unter anderen Umständen hätte Annika über den Witz lachen können, doch im Moment fiel ihr das schwer.

Eli drehte den Kopf in Richtung der beiden Jungs. Tim und Malte blickten drein, als wären sie auf einer Beerdigung. »He, nun lasst euch mal nicht so hängen«, sagte sie. »Schenkt mir ein Lächeln. Tim, du hast mir das Leben gerettet. Darauf kannst du echt stolz sein.«

»Stolz?« Er sah sie an, als habe sie den Verstand verloren. »Ich wäre vielleicht stolz, wenn ich dich unversehrt von dort oben runtergebracht hätte. Aber so ...?« Er presste die Lippen zusammen. »Ich war zu schwach. Ich konnte dich nicht halten.«

»Unsinn«, widersprach sie. »Ich bin einfach zu schwer. Und zu leichtsinnig. Hätte mich halt angurten sollen, wie man das so macht. Aber nein, ich musste die Heldin spielen. Hab mich wohl für unbesiegbar gehalten ...«

»Keiner von uns ist unbesiegbar«, sagte Annika mit leiser Stimme. Auch sie war schon mal abgestürzt. Allerdings nicht aus so großer Höhe. Sie fragte sich, wie viele Meter genau Eli in die Tiefe gestürzt war. Vierzig, fünfzig?

Eli bedachte sie mit einem amüsierten Augenaufschlag. »Was macht ihr nur für Gesichter? Das ist ein kleiner Rückschlag, nicht das Ende. Ihr werdet jetzt verdammt noch mal da rausgehen und diesen Wettkampf gewinnen.«

»Aber ...«

»Ihr wollt mir doch wohl nicht erzählen, dass das alles umsonst gewesen sein soll. Ich habe da oben meinen Arsch für euch riskiert. Wehe, ihr werft das jetzt einfach weg.«

»Moment mal ...« Annika sah sie erstaunt an. »Willst du damit sagen, du hast ...?«

»... die Lösung eingetragen und euch eingeloggt, ja genau. Deswegen bin ich doch da hochgeklettert. Und ich habe es hingekriegt, *yes!* Da drüben ist meine Tasche mit euren Geräten. Vergesst nicht, sie wieder einzustecken.« Sie verzog den Mund zu einem schmerzhaften Lächeln. »Meine Landung ist ja nur deswegen so hart ausgefallen, weil ich versucht habe, die blöden Dinger zu schützen. Deine Idee mit dem Kabel war super, Tim. Normalerweise hätte es hundertpro funktioniert. Aber die Isolation war natürlich nass und dann musste ich auf die verflixte Tasche aufpassen.«

»Du bist vollkommen durchgeknallt, weißt du das?«, stellte Tim mit einem erleichterten Grinsen fest.

Annika stand unterdessen auf und holte Elis zerschlissenen Armeerucksack. Etwas nervös öffnete sie ihn und fischte die Handys raus. Tims hatte einen leichten Riss im Display, das war alles.

»Alles okay mit ihnen?«, fragte Eli besorgt.

Sie schalteten sie ein und prüften die Funktionsfähigkeit.

»Alles okay«, bestätigte Annika.

Auch Tim wirkte zufrieden.

»Seht nach, ob der Punkt auch wirklich gezählt wurde. Ansonsten müsst ihr euch beschweren.«

»Du gibst wohl nie auf, oder?« Tim lächelte gequält.

»Nie. Also, wie sieht's aus?«

Annika drückte den Startknopf. Nach einer bangen Sekunde leuchtete das Display auf und die Rote Dame erschien. Verwundert blickte sie sich um. Es war offensichtlich, dass sie eine andere Umgebung erwartet hatte.

»Ja«, sagte Annika. »Der Punkt wurde gezählt.«

»Meiner auch«, sagte Tim.

»Herzlichen Glückwunsch, ihr beiden.« Die Rote Dame lächelte unsicher. »Wie ich sehe, habt ihr den Claim eingeloggt und den Punkt gemacht. Seid ihr bereit für die letzte Runde? Ich …« Sie runzelte die Stirn. »Wo ist Eli? Wo sind wir hier?«

»In einem Krankenhaus«, antwortete Annika. Es fiel ihr schwer, ihre Wut im Zaum zu halten. »Es hat einen Unfall gegeben. Eli ist beim Versuch, sich einzuloggen, vom Dach des Winderhitzers gestürzt. Sie hat mehrere Knochenbrüche!«

»Eli ist verletzt? Wo ist sie?« Offenbar erkannte die KI Eli nicht unter ihren Verbänden.

»Na hier, direkt vor Ihnen.« Annika richtete das Handy auf ihre Freundin. Jetzt endlich reagierte die Rote Dame.

»Oh, wie furchtbar. Das tut mir sehr leid. Geht es dir gut?«

»Wie konnten Sie nur den Claim auf das Dach dieses Turms verlegen?«, stieß Annika aus. »Ihnen hätte doch klar sein müssen, dass wir uns dabei in Lebensgefahr begeben.«

»Was meinst du?« Die Rote Dame sah Annika verständnislos an.

»Ich sagte, dass ich es unverantwortlich finde, dass Sie von uns verlangen, bei einem solchen Unwetter auf einen Turm zu klettern.«

»Aber ihr wisst doch, Risiko gehört zum Spiel.«

»Doch nicht bei einem Gewitter!« Annika spürte, wie sie sich gerade richtig in Rage redete. »Haben Sie nicht mitbekommen, was hier los war? Blitz, Donner, sintflutartiger Regen und Hagel? Wir können froh sein, dass wir so heil da rausgekommen sind. Ausgenommen Eli.« Ihre Stimme bebte. Natürlich hatte niemand sie gezwungen, bei dem Wetter da hochzusteigen. Sie hätten genauso gut den Sturm abwarten und sich erst dann einloggen können. Nur hätten sie dann ihren Punkt verloren.

»Ja, es gab eine Sturmwarnung in der Region. Ich selbst hatte euch darauf aufmerksam gemacht, erinnert ihr euch? Aber bestimmt wurdet ihr auch von den Betreibern der Völklinger Hütte auf die Gefahren aufmerksam gemacht.«

»Das schon, aber ...«

»Dann obliegt die Sache nicht unserer Verantwortung.« Die Rote Dame schnippte und der Schirm verschwand. »Schäden oder Verletzungen, die aus Witterungbedingungen resultieren, unterliegen nicht der Verantwortlichkeit von GlobalGames. In Fällen höherer Gewalt haftet der Spieler für eventuelle Schäden. Ihr findet den Passus in den Haftungsbeschränkungen römisch zwei, Absatz drei.«

»Jaja«, Annika winkte ab. Irgendwie war ihr klar gewesen, dass man der Roten Dame nicht mit moralischer Verantwortung kommen brauchte. Sie war nur eine Simulation. Hinter der hübschen Fassade steckte ein kalter Algorithmus, der für menschliches Leid unempfänglich war.

»Es ist mir schon klar, dass wir selbst verantwortlich sind«, sagte sie. »Ich wollte Ihnen nur vor Augen führen, was passiert, wenn man Spieler bis an ihre Grenzen treibt.«

Die Rote Dame zuckte die Schultern. »Die Entscheidung, wie weit jeder zu gehen bereit ist, liegt allein bei euch. Die Spieleleiter haben darauf keinerlei Einfluss. Gibt es sonst noch Fragen?«

Annika schüttelte niedergeschlagen den Kopf. Es war sinnlos, mit einer Maschine zu streiten. »Nein«, stieß sie zwischen zusammengepressten Zähnen aus. »Von meiner Seite ist alles gesagt.«

»Ich hätte aber noch eine Frage«, meldete sich Eli.

»Ja, bitte?« Die Rote Dame hob interessiert ihre Brauen.

»Es geht um den Paragrafen römisch sieben, Absatz vierundzwanzig der allgemeinen Geschäftsbedingungen.«

»Aha? Was genau meinst du?«

Annika sah ihre Freundin verwundert an. Sie hätte nie damit gerechnet, dass Eli das Kleingedruckte las. Und auch noch aus dem Gedächtnis Paragrafen zitieren konnte.

»Ich spreche von meinem Recht, meinen Account auf einen anderen Spieler zu übertragen.« Eli deutete mit der unbandagierten Hand auf ihr Handy. »Tim, wärst du so gut und rufst die Nutzungsbedingungen auf? Lies bitte mal laut vor, was da steht.«

Tim scrollte, bis er den betreffenden Absatz fand, und räusperte sich. »Der Spieler hat das Recht, einen Nachfolger zu ernennen, für den Fall, dass er den Wettkampf nicht weiter fortführen kann. Das Recht kann nur an ein angemeldetes Mitglied der Community übertragen werden und auch nur unter der Voraussetzung, dass dieses das zwölfte Lebensjahr überschritten hat. Ausgenommen sind Geschwister sowie andere nahe Verwandte. Die Übertragung der Rechte darf nur im gegenseitigen Einvernehmen und unter Anwesenheit von Zeugen erfolgen.«

Annika war sprachlos. Eli redete über eine Nachfolgeregelung.

»Tja, im Gegensatz zu euch lese ich immer das Kleingedruckte«, sagte Eli, als hätte sie ihre Gedanken erraten. »Ich komme aus einer Familie von Gastronomen.«

Die Rote Dame wirkte wie erstarrt. Vermutlich liefen gerade zahlreiche Rechenprozesse im Hintergrund des Programms ab. Als sie abgeschlossen waren, setzte sie wieder ihre geschäftsmäßige Miene auf. »Dieser Abschnitt gilt nur für Mitglieder, die aus gesundheitlichen Gründen nicht in der Lage sind, weiterzumachen«, sagte sie mit roboterhafter Sachlichkeit. »Trifft das bei dir zu?«

Eli stieß ein Lachen aus. »Ist das Ihr Ernst? Vielleicht schauen Sie mich noch mal an. Oder das Zimmer, in dem wir uns gerade befinden. Dies ist das Klinikum Saarbrücken. Ich wäre wohl kaum hier, wenn es mir gut ginge.«

»Hm ...« Die Rote Dame wirkte ratlos. »Einen Moment. Ich muss kurz Rücksprache halten.« Sie erstarrte mitten in der Bewegung, was ziemlich seltsam aussah, da sie die Augen geschlossen hatte.

»Was hast du vor«, flüsterte Annika. »Was soll das mit den Übertragungsrechten?«

»Machen wir uns nichts vor«, erwiderte Eli. »Für mich ist das Rennen zu Ende. Aus und vorbei. Seid nicht traurig, ich habe viel riskiert und hoch gepokert. Dass ich so weit gekommen bin, habe ich nur euch zu verdanken. Ich will nicht, dass das alles verloren geht, versteht ihr?«

»Eli ...«

Ihre Freundin schüttelte den Kopf. »Malte bekommt die Punkte, die ich erkämpft habe, gutgeschrieben, und damit basta. Er wird an meiner Stelle an den Wettkämpfen teilnehmen.

Ansonsten würde nämlich einer eurer Gegner nach vorne rücken. Und das wollt ihr sicher nicht, oder?«

»Nein …«

Annika sah Tim betroffen an. »Und wen willst du …?«

Eli legte ihren Finger auf die Lippen. »Pssst, die Rote Dame kommt zurück.«

Die Simulation zuckte kurz auf, dann bewegte sie sich wieder normal. »Also gut«, sagte sie. »Ich habe Rücksprache gehalten. Es scheint alles rechtmäßig zu sein. Wir erlauben dir, einen Nachfolger zu ernennen. Auf wen fällt deine Wahl?«

Eli stemmte sich ein wenig hoch. »Malte, ich hätte gerne, dass du meinen Platz einnimmst. Würdest du mir die Ehre erweisen?«

Malte stand da, den Blick wie gewohnt auf das Display seines Handys gerichtet. Als er merkte, dass über ihn gesprochen wurde, hob er langsam den Kopf. Seine Augen wurden groß wie Unterteller. »Ich … was soll ich?«

»Meinen Account übernehmen. Das Spiel an meiner Stelle fortsetzen. Ich trete alle Rechte und Pflichten an dich ab und ziehe mich offiziell von dem Event zurück. Vorausgesetzt natürlich, du möchtest das überhaupt.« Sie lächelte, was unter den Verbänden etwas seltsam aussah.

Malte ließ das Gerät jetzt endgültig sinken. »Ihr macht euch über mich lustig, oder? Ich kann doch unmöglich …«

»Du bist ein festes Mitglied unseres Teams und hast dich prima geschlagen. Außerdem bist du nicht auf den Kopf gefallen und ein echt netter Kerl. Wie sieht's aus, nimmst du mein Angebot an? Du würdest mir damit eine große Freude machen.«

»Uns auch«, sagte Annika spontan und ergriff Maltes Hand. Sie spürte, wie er zitterte. Am liebsten hätte sie ihn in den Arm genommen, aber das hätte ihn vermutlich noch mehr verunsichert. Er war so bereits völlig verdattert.

»Komm schon, Malte«, sagte jetzt auch Tim. »Eli hat recht, wir sind ein prima Team.«

Malte schien hin- und hergerissen zwischen Begeisterung, Rührung und Sorge. »Puh«, sagte er. »Das trifft mich etwas unvorbereitet. Seid ihr wirklich sicher, dass ihr das wollt?«

»Aber ja.« Annika und Tim nickten heftig.

»Also gut«, murmelte er. »Dann bin ich dabei. Aber unter einer Voraussetzung.«

Eli runzelte die Stirn. »Und welcher?«

»Dass ich weiter unter deinem Namen spielen darf. Ich möchte als ZorbaTheGreek ins Rennen gehen. Zorba mit ’nem großen Z.« Er grinste. »Dann habe ich das Gefühl, dass du weiterhin Teil des Teams bist.«

Jetzt glänzten ein paar Tränen in Elis Augen. »Also abgemacht. Danke, Malte. Das bedeutet mir viel.« Sie sah die Spieleleiterin an. »Sie können alles für eine formelle Accountübergabe vorbereiten. Nicht dass es hinterher Probleme gibt. Sie wissen ja, ich lege besonderen Wert auf das Kleingedruckte.«

44

Space Needle, Seattle …

Mortimer Hansen starrte besorgt in die Wolken hinauf. Heute kam ihm das Gebäude kalt und Furcht einflößend vor. Wie ein medizinisches Gerät, dessen Stahlnadel sich tief in den Himmel bohrte. Sobald er den Aufzug betrat, gab es kein Zurück mehr. Dann war er nur noch ein kleines Molekül, das nach oben geschossen wurde.

Schmerzhaft wurde ihm bewusst, dass dies vermutlich seine letzte Amtshandlung sein würde. Er würde vor Ms Stevenson treten, sich entschuldigen und reumütig um Entlassung bitten. Er hatte keine Ahnung, wie so etwas ging, schließlich tat er es zum ersten Mal. Aber darauf würde es hinauslaufen. Warum sonst hätte Shenmi ihn so eilig ins Hauptquartier einbestellt?

Ihre Worte klingelten ihm noch in den Ohren. *Enttäusche mich nicht noch einmal,* hatte sie ihm zum Abschied mitgegeben. *Ich kenne Dutzende von Leuten, die liebend gerne deinen Posten übernehmen würden.*

Tja, nun durfte sich wohl ein anderer freuen.

Die Public-Relations-Abteilung hatte mächtig Alarm geschlagen. Die Geschichte schlug Wellen wie Seewasser, in das man einen Stein geworfen hatte. Die Medien würden sich auf diese

Story stürzen wie Piranhas auf ein blutiges Steak. Sie würden seinen Kopf fordern und sie hatten allen Grund dazu. Er war der Verantwortliche von GlobalGames. Sein Gesicht stand stellvertretend für die ganze Firma und die Firma hatte versagt. Menschenleben waren in Gefahr gebracht worden, es gab eine Schwerverletzte. Schlimmer noch, der Vorgang war gefilmt worden und jemand hatte diesen Clip ins Internet gestellt. Die Community reagierte sofort. Threads füllten sich auf World-Runner. Hunderte empörte Mails fluteten den Account. Es war ein wahrer Shitstorm, der sich da über ihren Köpfen zusammenbraute.

Shenmi musste davon erfahren haben, anders war ihre Vorladung nicht zu verstehen. Sie würde ihn enthaupten und dann den Medien seinen Kopf auf einem Silbertablett präsentieren. Was für ein Fest, o ja!

Der Aufzug hielt an und spuckte das kleine Mortimer-Molekül aus. Hilflos und verlassen stand er im Vorraum, blinzelte gegen das helle Licht und wartete darauf, abgeholt zu werden.

Es dauerte nicht lange und ein junger Mann kam ihm entgegen. Perfekt frisiert, der schlanke Körper in einem maßgeschneiderten Anzug. Seine Bewegungen waren sparsam und präzise, der Händedruck kühl und sachlich. Ein wenig hatte Mortimer das Gefühl, einem Roboter gegenüberzustehen. Woher nur immer diese aalglatten Typen kamen? Gab es dafür spezielle Aufzuchtstationen?

»Mr Hansen. Bitte folgen Sie mir, Sie werden bereits erwartet.«

Mortimer fiel auf, dass er besser vorher noch mal aufs Klo

gegangen wäre. Seine Blase stand kurz vorm Platzen. Jetzt war es zu spät.

Shenmi saß auf einem überwältigend roten Sofa, die Füße hochgelegt, eine Multimediabrille über ihren wunderschönen Augen. In ihrer Hand hielt sie ein Glas Champagner. Ihr zu Füßen lag Posh, die ihn, kaum hatte er den Raum betreten, argwöhnisch beobachtete.

»Danke, Russel«, sagte Shenmi. »Jetzt lass uns allein. Morti und ich haben wichtige Dinge zu besprechen.«

»Sehr wohl, Ms Stevenson.« Mit einem Klacken, das Mortimer zusammenzucken ließ, fiel die Tür ins Schloss.

Shenmi setzte die Brille ab und legte sie zur Seite. »Setz dich doch, Morti. Danke, dass du so schnell gekommen bist. Unangenehme Neuigkeiten sollte man nie auf die lange Bank schieben.«

»Da haben Sie wohl recht, Ms Stevenson.« Steif wie ein Brett ließ er sich nieder. Der Sessel duftete herrlich nach altem Leder. »Es tut mir leid.«

»Leid?« Shenmi legte die Multimediabrille beiseite und sah ihn verwundert an. »Wovon sprichst du?«

»Na, von dem Vorfall im Stahlwerk in Deutschland. Das ist doch sicher der Grund Ihrer Einladung, nicht wahr? Ja, wir hätten das voraussehen müssen. *Ich* hätte das voraussehen müssen. Ich hätte wissen müssen, dass diese Art von Wettkampf manche Spieler zu leichtsinnigen Aktionen treiben würde. Anderseits, ich hatte Sie vor den Sicherheitsrisiken gewarnt. Auch über die Frage, ob wir potenziell gewaltbereite Spieler zu dem Event zulassen, hatten wir gesprochen. Sie haben Ihre Meinung sehr klar zum Ausdruck gebracht.« Er verstummte.

War es klug, in seiner jetzigen Position zum Gegenangriff überzugehen? Machte er damit nicht alles noch schlimmer? Er stellte fest, dass er das nicht wirklich durchdacht hatte.

Betroffen ließ er die Schultern hängen. »Na ja, jedenfalls haben wir versucht, den Schaden einzudämmen. Wir haben die Social-Media-Plattform kurzfristig vom Netz genommen. Das verschafft uns ein paar Stunden Zeit.«

Sie hob ihre wohlgeschwungenen Brauen. »WorldRunner ist down?«

Er nickte. »Wir haben so getan, als hätten wir Serverprobleme. Durchaus glaubwürdig bei der Menge Traffic, den wir in der letzten Woche hatten. Ewig werden wir diese Lüge natürlich nicht aufrechterhalten können, aber unser Hauptaugenmerk gilt der Schadensbegrenzung. Da wir so schnell reagieren mussten, fehlte mir bislang die Zeit, Sie persönlich zu informieren. Dafür möchte ich mich in aller Form entschuldigen.«

Jetzt kommt's, dachte er. *Jetzt wird sie ihr Schwert ziehen und mich um einen Kopf kürzer machen. Aber du hast es nicht anders verdient.*

Dieses Event war von Anfang an ein Risiko gewesen. Viel zu kurzfristig geplant und viel zu riskant. Er atmete tief ein und erwartete sein Urteil.

Doch statt eine Standpauke zu bekommen, spürte er plötzlich eine Berührung am Hosenbein. Verwundert blickte er nach unten.

Posh war unter ihm aufgetaucht. Vorder- und Hinterpfoten eng um Mortimers Bein geschlungen, fing ihr Körper an, seltsame rhythmische Bewegungen zu vollführen. Aus ihrem Maul baumelte eine rosige Zunge.

Mortimer verzog angewidert das Gesicht. Er war gerade drauf und dran, Posh mit einem Tritt zur Seite befördern, als Shenmis entzücktes Lachen ihn innehalten ließ. »Oh, sieh nur«, rief sie. »Posh hat dir verziehen. Sie möchte sich mit dir vertragen, ist das nicht goldig?«

»Äh …«

Die Anstrengungen der Hundedame wurden intensiver. Ihr Blick wirkte, als stünde sie unter Drogen. Goldig war nicht unbedingt der Begriff, den er verwendet hätte. *Zudringlich* traf es eher. Aber Shenmi kriegte sich gar nicht wieder ein. »Falls du es nicht weißt, das ist eine Liebesbezeigung«, rief sie. »Damit möchte sie dir zeigen, wie gern sie dich hat. Aber jetzt zurück zum Geschäft. Ich habe dich nicht kommen lassen, um unwichtige kleine Details bezüglich dieses Unfalls mit dir auszutauschen.«

Augenblicklich war Posh vergessen. »Nicht?«

»Nein. Das ist zwar unangenehm, aber nicht weiter erwähnenswert. Ich würde ohnehin empfehlen, WorldRunner dauerhaft vom Netz zu nehmen. Eine Social-Media-Plattform, über deren Inhalte wir keine Kontrolle haben, ist kontraproduktiv.«

»Aber …«

»Wir bekommen stattdessen etwas viel Besseres. Die volle Aufmerksamkeit der Medien. Radio, Fernsehen, Internet. Vierundzwanzig Stunden am Tag, sieben Tage die Woche. Sie dürfen nur senden, was wir ihnen liefern, und nur über das berichten, was von uns abgesegnet wurde. Was uns in die komfortable Position bringt, unser Programm selbst zu bestimmen.«

»Aber …«

»Schluss mit diesen kleinen Bloggern, Schluss mit dem Guerillajournalismus. Ab heute benötigen wir keine halb legale Website mehr. Jetzt übernehmen die Profis. Dies wird die größte Realityshow, die der Planet je gesehen hat. Unschöne kleine Vorfälle wie der im Stahlwerk werden in Zukunft nirgendwo mehr auftauchen. Stattdessen präsentieren wir den Zuschauern strahlende Helden, attraktive Teenagerinnen und Abenteuer pur. Geschichten von Liebe und Hass, von Hoffnung und Verzweiflung, von Sieg oder Niederlage. Geschichten, bei denen am Ende wir – die Veranstalter – als die wahren Gewinner vom Platz gehen.«

»Aber …«

»Storytelling, das ist es, worum sich alles dreht. Gefühlte Wahrheiten sind viel wichtiger als harte Fakten. Wen interessiert heute noch, ob die Geschichten stimmen oder nicht. *Emotional* müssen sie sein.«

Mortimer wusste nicht, was er sagen sollte. Er war so verblüfft, dass sogar Posh zur Nebensächlichkeit geworden war. Sein mangelndes Interesse führte dazu, dass der Köter ihn endlich losließ und zu seiner Herrin zurückkehrte.

»Und warum haben Sie mich dann einbestellt?«

»Um dir zu sagen, dass wir einen Tag früher als geplant nach London fliegen werden und du schon mal deine Koffer packen darfst.«

Mortimer runzelte die Stirn. »Die Pressekonferenz …?«

»... ist vorgezogen worden, ja. Es gab Terminprobleme mit einigen der Sponsoren. Du weißt ja, Morti, dass die Finanzierung noch nicht hundertprozentig steht und wir dringend auf Geldgeber angewiesen sind. Das ist der Grund, warum wir das hier alles veranstalten. Wir haben entschieden, dass es besser ist, einen Tag früher zu starten, um auch den Spielern Gelegenheit zu geben, früher zu ihren Familien zurückzukehren. Ich hoffe, das lässt sich mit deinem Terminkalender vereinbaren?«

Sie lächelte und er wusste genau, dass dies keine ernst gemeinte Frage war. Wenn Shenmi sagte, *spring*, dann musste seine Frage lauten, *wie hoch?*

»Ich werde bereit sein.«

»Wunderbar.« Shenmi klatschte in die Hände und stand auf. »Dann will ich dich nicht weiter von der Arbeit abhalten. Sieh zu, dass dein Laden ein paar Tage ohne dich auskommt, und mach dich bereit für das Event deines Lebens. Poshilein und ich können es kaum erwarten, endlich vor die Presse zu treten. Das wird ein Fest.«

GLOBALGAMES

INCORPORATED

Claim 7

45

Am nächsten Morgen ...

Ich versteh das nicht.«

»Was ist denn los, Malte?«

»Die Website ist down. Ich komme nicht mehr rein.«

Tim hob eine Braue. »Was denn für eine Website?«

»Na WorldRunner. *Unsere* Seite. Bis vor einer Stunde war sie noch on, jetzt bekomme ich nur noch Fehlermeldungen. Hier, siehst du?«

Tim reckte den Hals. *This site is currently offline.*

Er zuckte die Schultern. »Na, und wennschon. Ist bestimmt nur ein technisches Problem, mach dir keine Gedanken. Hilf uns lieber mit dem Rätsel.«

»Aber das ist wichtig«, maulte Malte. »Das Völklinger Video hat uns so hohe Klickzahlen wie noch nie verschafft. Du warst der Held des Tages, Tim. Und du hast enorm viel Unterstützer hinzugewonnen.«

»Echt jetzt?«

Malte nickte aufgeregt. »Das Forum war voll von Usern, die diese Quest als viel zu schwierig abgestraft haben. Wie du da rübergelaufen bist und versucht hast, Eli vor dem Sturz zu retten, das war der Hammer. Ich habe mir das Video bestimmt noch dreimal angeschaut und mir ist es jedes Mal kalt den Rücken runtergelaufen. Ich wüsste so gerne, wo wir punktemäßig gerade stehen, aber ich bekomme keinen Zugriff auf das Scoreboard. Es ist zum Verrücktwerden …«

»Malte, bitte …«, seufzte Annika.

»Ja okay.« Ihr neues Teammitglied presste die Lippen zusammen und schaltete ab. »Versuche ich's halt später noch mal.«

Malte mochte nicht der Sportlichste sein, doch er war außergewöhnlich intelligent. Vor allem hielt Tim ihn für einen Querdenker. Tim fühlte sich mit ihm verbunden, da er ebenfalls seine Eltern verloren hatte, in seinem Fall sogar beide. Möglicherweise gelang es ja ihm herauszufinden, worin das letzte Rätsel bestand. Das Problem war nämlich, es gab keines.

»Lasst mich noch mal sehen, was die Rote Dame gesagt hat«, sagte Malte. »Vielleicht haben wir etwas übersehen und es gibt eine versteckte Botschaft.«

»Hm …« Tim hatte wenig Hoffnung, drückte aber die Repeat-Taste und öffnete die letzte Botschaft noch mal. Ein Flimmern und Flackern, dann tauchte die vertraute Erscheinung auf.

»Kommen wir nun zum finalen Teil unseres Events«, sagte die Rote Dame. »Wie ihr alle wisst, schuf Gott die Welt in sechs Tagen. Am siebenten ruhte er. Diesen Luxus können wir uns leider nicht leisten. Trotzdem ist der siebente Tag auch bei uns ein besonderer. Ihr werdet diesmal keine Hinweise bekommen. Ja, ihr habt richtig gehört. Alles, was ihr über den finalen Standort wissen müsst, wisst ihr bereits. Ich will damit sagen, dass ihr die Information darüber bereits habt, da ihr die vorangegangenen Orte kennt. Das Rätsel speist sich gewissermaßen aus seinen Vorgängern. Wenn ihr in der Lage seid, die Zeichen richtig zu deuten, werdet ihr den Weg zu uns finden. Folgt dieser Spur und ihr gelangt ans Ziel. Der Zeitpunkt ist entscheidend. Heute Abend, Punkt zwanzig Uhr müsst ihr den Zielort erreicht haben. Keine Minute später, versteht ihr? Danach wird sich das Zeitfenster schließen. Jeder, der zu spät kommt, verliert seine Teilnahmeberechtigung. Das klingt härter, als es ist. Eigentlich sollte jeder von euch in der Lage sein, den Ort zu erreichen – vorausgesetzt, ihr denkt scharf nach. Ich freue mich sehr auf das Wiedersehen, denn zum ersten Mal werden wir uns von Angesicht zu Angesicht gegenüberstehen. Lebt wohl, Runner, und möge der beste von euch gewinnen.«

Wusch – weg war sie.

»Das war's«, sagte Tim. »Das waren ihre einzigen Hinweise.«

»Nicht sehr viele ...«, sagte Malte.

»Oder viel zu viele«, entgegnete Annika. »Bei dieser Menge an Rätseln, ist es fast unmöglich, den richtigen Hinweis zu finden. Das ist schlimmer als die doofe Suche nach der Nadel im Heuhaufen.«

»Die eigentlich nie besonders schwierig war«, gab Malte zu bedenken. »Die Sache mit dem Heuhaufen, mein ich. Man braucht nur einen Magneten, der stark genug ist, und – zack – hat man sie. Easy. Aber das hier ...?« Malte schüttelte enttäuscht den Kopf. »Es sind keine versteckten Botschaften enthalten. Zumindest kann auch ich keine erkennen.«

»Und nun?« Tim war flau im Magen. »So kurz vorm Ziel werfen uns die Spielemacher noch mal so einen Brocken hin. Ganz schön heftig. Einziger Trost: Die anderen werden an dieser Aufgabe genauso scheitern. Hoffe ich zumindest.« Er seufzte. »Was sollen wir denn jetzt machen?«

»Darüber grübele ich schon die ganze Zeit nach«, sagte Annika. »Ich bin im Geiste noch mal die Rätsel durchgegangen, die wir gelöst haben – Rätselreime, ein Lichterrätsel, Dreiecke, Bildsymbole, Sternzeichen, Rechenaufgaben –, aber ich komme nicht drauf.«

»Tausend versteckte Möglichkeiten«, sagte Tim. »Tausend Hinweise und null Ideen. Diesmal hat sie uns wirklich gelinkt.« Er hätte vor Frust losheulen können.

Doch Annika schien es sehr viel gelassener zu nehmen. Sie streckte sich und sagte: »Was haltet ihr davon, wenn wir erst mal in Ruhe frühstücken gehen? Mit leerem Magen denkt es sich so schlecht.«

»Gute Idee«, stimmte Malte ihr zu. »Nach einem leckeren Brötchen und einem Glas O-Saft sieht die Welt schon wieder anders aus.«

Tim sah Malte einen Moment lang schweigend an. »Na gut«, brummelte er. »Lasst uns gehen. Auch wenn ich nicht weiß, ob ich überhaupt einen Bissen runterkriege.«

Der Frühstücksraum war winzig. An den Wänden hingen Landschaftsgemälde, Karten und ein Fotokalender. Die Einrichtung war einfach, aber funktional. Gehäkelte rosa Untersetzer und Pfeffer- und Salzstreuer in Form kleiner Hasen ließen einen gewissen Hang zum Kitsch bei den Dekorateuren vermuten.

Betrieben wurde die Pension von einer lebenslustigen älteren

Dame mit roten Wangen und einem strahlenden Lächeln. Tim war sie auf Anhieb sympathisch.

Als die sie eintreten sah, rief sie entzückt: »Da sind ja meine drei Abenteurer. Ich habe euch schon erwartet. Nehmt Platz, nehmt Platz. Tee und Kaffee stehen dort drüben. Auf dem Buffet findet ihr alles, was das Herz begehrt. Vorzugsweise Spezialitäten aus der Region. Saarländer Lyoner, Blut- und Leberwürste sowie Käse aus Frankreich. Wie sieht es mit Eiern aus? Wer möchte welche? Ihr seht aus, als könntet ihr eine kleine Stärkung brauchen.«

»Gerne.« Malte nickte eifrig. Das Frühstück schien ganz nach seinem Geschmack zu sein. Aber essen konnte er ohnehin wie kein Zweiter. Das war Tim schon in Hamburg aufgefallen.

Tim selbst wusste nicht, was er von dem Buffet halten sollte. Blutwurst zum Frühstück, echt jetzt?

Sie wählten den Tisch neben der großen Deutschlandkarte und breiteten sich dort aus. Annika griff nach dem Tee, Tim nahm Kaffee und rührte zwei Löffel Zucker hinein. Dann bestellten sie noch ein paar Rühreier. Die Wirtin brachte das Gewünschte und, da sie die einzigen Gäste waren, leistete ihnen danach Gesellschaft.

»Ganz schön aufregend«, sagte sie. »Drei Jugendliche, auf eigene Faust unterwegs, das finde ich großartig. *Entdeckt die Welt, solange ihr jung seid,* sage ich immer. Später wartet noch genug Arbeit auf euch. Ich habe meine erste Tochter mit neunzehn bekommen. Mit dem Effekt, dass ich kaum aus Saarbrücken rausgekommen bin.« Sie lachte. »Seltsam nur, dass ihr euch ausgerechnet Völklingen für eure Deutschlandtour ausgesucht habt. Es gibt doch so viel bekanntere Orte. Schloss Neuschwanstein zum Beispiel oder Heidelberg. Die Kreidefelsen auf Rügen, Kloster Maulbronn oder die Loreley. Stattdessen Völklingen.« Sie lächelte schief. »Na, ich denke, ihr werdet eure Gründe haben. Ich lass euch jetzt mal in Ruhe frühstücken. Ihr habt sicher viel zu bereden. Wenn ihr etwas braucht, ruft einfach. Ich bin gleich nebenan.« Sie verließ den Raum und klapperte in der Küche herum.

Tim biss in sein Brötchen und richtete dabei den Blick auf die Deutschlandkarte. Im Geiste wanderte er noch einmal alle Orte ab, an denen sie gewesen waren. Sie lagen kreuz und quer verteilt. Auffällig war, dass sie sich überwiegend in grenznahen Gebieten befanden. Münster und die Femeiche lagen nahe der Grenze zu Belgien und den Niederlanden. Das Saarland grenzte an Frankreich. Leipzig lag Richtung Tschechien und Beelitz nicht allzu weit von Polen entfernt. Bei Hamburg war das Meer nicht weit. Es gab keinen Ort zentral in der Mitte. Gut, vielleicht waren Erfurt, Kassel und Fulda in den Augen der Spielemacher nicht attraktiv genug, aber Tim war sicher, dass man selbst dort Orte für reizvolle Claims und Rätsel finden konnte. Vor allem fiel ihm auf, wie sehr die Spieleleiter sie hin- und her- gescheucht hatten. Von Borken nach Beelitz, von Leipzig nach Münster, von Hamburg nach Völklingen. Was ein völlig irrwitziges Muster ergab. Mit entsprechender Planung hätte man die Distanzen deutlich kürzer halten können.

Tim schrak zusammen. Annika hatte ihre Hand auf seine gelegt.

Sie sah ihn einen Moment lang aufmerksam an. Dann verzog sich ihr Gesicht zu einem erfreuten Lächeln. »Ha, du brütest eine Idee aus!« Es war keine Frage.

»Nicht wirklich.«

»Na, komm schon. Raus mit der Sprache.«

»Ich weiß nicht ...« Seine Hand wurde warm und plötzlich fiel es ihm schwer, sich zu konzentrieren. Wusste Annika überhaupt, was das bei ihm auslöste? Er musste höllisch aufpassen, nicht rot anzulaufen. »Na ja, sie hat ja eigentlich den Nagel auf den Kopf getroffen.«

»Unsere Wirtin?«

Er nickte. »Es stimmt, was sie über die Auswahl der Orte sagte«, erwiderte er. »Warum genau diese Orte und nicht irgendwelche anderen? Ein Touristenguide hätte garantiert eine andere Tour zusammengestellt.«

Annika zuckte verständnislos mit den Schultern. »Also erstens ist das keine Touristentour gewesen«, erwiderte sie, »und zweitens geht es hier um Orte, die bestimmt abgelegen sein *sollen.* Damit sie nicht so viel Aufsehen erregen.«

»Tim hat recht«, schaltete sich nun Malte mit vollem Mund ein und deutete auf die Karte. »Das Muster ist komisch, ich seh's von hier aus.«

»Tatsächlich?« Annika kniff die Augen zusammen. »Ich kann dabei nichts Ungewöhnliches entdecken.«

»Wartet mal einen Moment ...« Tim nahm sein Handy vom Tisch und machte ein Foto von der Karte. Dann öffnete er seine Grafik-App und zog schnell ein paar Linien. Das Ergebnis hielt er seinen Freunden hin. »Seht ihr? Das meinte ich.«

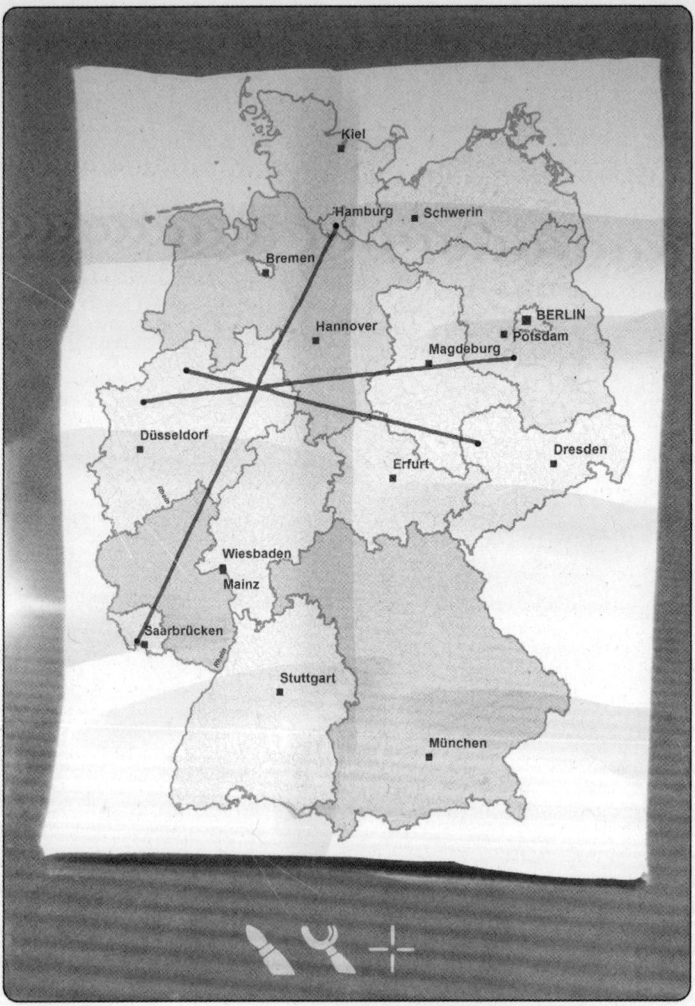
Kiel
Hamburg
Schwerin
Bremen
BERLIN
Hannover
Potsdam
Magdeburg
Düsseldorf
Dresden
Erfurt
Wiesbaden
Mainz
Saarbrücken
Stuttgart
München

Malte sah aus, als habe er ein Gespenst gesehen. »Alter …«

Er riss Tim das Handy aus der Hand und vergrößerte den Ausschnitt. Als Annika den Namen las, der neben dem Schnittpunkt stand, sprang sie auf. Sie packte Tims Kopf und drückte ihm einen Kuss auf die Wange. Er wusste gar nicht, wie ihm geschah. Verständnislos glotzte er sie an. Gewiss, die Linien trafen sich alle an einem Punkt, aber war das Anlass genug für so einen Freudentanz?

»Darf ich mal wissen, was los ist?«, sagte er verwirrt. »Haben sie euch was in den Tee gemischt?«

»Nein, du Blödmann«, rief Annika. »Ich feiere nur. Du hast die Lösung gefunden. Schau doch mal, was am Kreuzungspunkt all dieser Linien steht.« Sie tippte auf das Handy.

Tim beugte sich vor und las. »*Ex … Tern … Steine.*« Er hob den Kopf. Da klingelte was. Er hatte den Namen schon einmal gehört, wusste aber nichts damit anzufangen. Rasch googelte er den Begriff – und erschrak. Plötzlich war ihm klar, warum sie so gute Laune hatte.

Die Externsteine bei Detmold waren einer der Hotspots für Touristen in Deutschland. Einer der Orte, die man unbedingt mal gesehen haben musste. Dass sich hier alle Linien kreuzten, konnte kein Zufall sein. Unmöglich.

Annika streckte die Hand aus und zog Tim hoch. Dann umschlang sie ihn und presste ihren Kopf an seine Brust.

»Für Eli«, flüsterte sie und sein Herz schlug so heftig, dass es beinahe wehtat.

46

Tim griff nach dem Handy und startete die Abspielfunktion. Ein leichtes Wackeln des Bildes, dann tauchte Eli auf. Die Aufnahme war während ihrer Fahrt nach Hamburg entstanden.

*

»Hallo Zorba, schön, dass du ebenfalls Zeit für ein kleines Interview hast.«

»Klar gerne.«

»Wir befinden uns gerade auf dem Weg von Münster nach Hamburg und ich dachte mir, dass jetzt vielleicht ein ganz guter Zeitpunkt für eine Aufnahme wäre. Sag uns bitte deinen Namen und wo du herkommst.«

»Klarname oder Nickname?«

»Was dir besser gefällt.«

»Ach, was soll's, man lebt nur einmal. Mein Name ist Elissavet Sakalidis, Spielername ZorbaTheGreek. Ich komme aus Hannover. Meine Eltern besitzen dort ein Restaurant. Es heißt Meteora und serviert griechische Nationalgerichte. Unser Werbeslogan: *Die besten gegrillten Kalamari* nördlich des Weißwurstäquators. Wer in der Gegend ist, darf uns gerne besuchen.« *Grinst.*

»Wie bist du zu GlobalGames gekommen?«
»Das ist ziemlich schnell erklärt. Ich bin mit sechs Brüdern aufgewachsen. Der älteste ist fünfzehn, der kleinste drei. Da ich die Älteste bin und meine Eltern immer viel zu tun haben, hatte ich bereits früh eine Menge Verantwortung. Ich war Babysitter, hab im Haushalt geholfen, bei der Erziehung und den Hausaufgaben. Die einzige Chance auf ein bisschen Freizeit war der Schulweg. Also bin ich früh aus dem Haus und spät zurück. Ich habe mit den ein, zwei Freunden, die ich damals hatte, rumgehangen, manchmal auch geschwänzt …« *Zögert.* »Darf ich das hier so offen sagen? Ach, was soll's. Jedenfalls waren das die Momente, in denen ich Zeit für mich hatte. Irgendwann habe ich dann GlobalGames entdeckt. Ich habe herausgefunden, dass schon auf meinem Schulweg zig Claims versteckt lagen, die ich bergen konnte. Spiele, Puzzles, Schätze – was kann es Schöneres geben? Außer Jungs natürlich, aber das ist ein anderes Thema.« *Zwinkert in die Kamera.* »Na, jedenfalls fing ich an, meinen Radius zu erweitern. Ich stieß auf die Seite von WorldRunner, und ehe ich mich versah, war ich Teil einer Community.«
»Hat dich das verändert?«
»Und wie!« *Lacht.* »Ich war immer eher die Außenseiterin an unserer Schule. Äh, was sollen die *scheißpink Haare, äh, was soll das Tattoo?* Meine Freunde konnte man an einer Hand abzählen. Doch mit der Community ist das alles anders geworden. Niemand von denen interessiert sich dafür, wie ich aussehe, wie ich mich anziehe, ob meine Eltern Geld

haben und was für ein Auto sie fahren. Was zählt, ist das Spiel. Wer hat die besten Ideen, wer traut sich was, wer gibt auch mal schwächeren Spielern eine Chance. Solche Sachen. Für mich war GlobalGames der Beginn eines neuen Lebensabschnitts. Ich hab neue Freunde gefunden, wir haben uns getroffen, gemeinsam Aufgaben gelöst, hatten Spaß. Ich hab gemerkt, wie schön es ist, wenn man nicht alleine unterwegs ist, sondern im Team zusammenarbeitet. Deswegen war ich auch so begeistert, gleich am zweiten Tag Sakura und Achenar begegnet zu sein. Ich habe sofort gespürt, dass bei uns die Chemie stimmt. Beide sind brillante Runner, aber sie lassen das nicht raushängen. Sie sind bescheiden und gleichzeitig zielstrebig. Außerdem haben wir viel Spaß zusammen.«

»Klingt, als hättest du eine zweite Familie gefunden.«

»Ja, das stimmt. Dabei könnte man ja annehmen, dass mir die eine schon reichen würde.« *Lacht.*

»Was erhoffst du dir von diesem Event?«

»Reichtum und Macht natürlich.« *Lacht wieder.* »Einen Prinzen auf einem weißen Pferd, einen Stall voll Kinder und eine Jacht in Piräus. Und sollte das nicht klappen, eine schöne Zeit mit ein paar neuen Freunden. Das würde mir schon reichen.«

»Wie bescheiden.«

Lacht. »Nicht wahr? Worum es mir geht, ist, dass wir zusammen Spaß haben und was von der Welt sehen. Ich möchte am liebsten ständig reisen und unterwegs sein. Deshalb will ich auch nach dem Abi erst mal ins Ausland.

Was ich hier toll finde, ist, dass ich Leute gefunden habe, die genauso viel Freude am Abenteuer haben wie ich und bei denen es einfach menschlich passt. Die Spiele sind uns allen wichtig, aber die Gesundheit ist immer noch das Wichtigste. Aber ich mache mir da keine Sorgen, wir passen schon gut aufeinander auf. Wie heißt es bei den drei Musketieren? Einer für alle und alle für einen.« Sie malte ein Z in die Luft. »So sehe ich das.«

»Danke für dieses Gespräch, Eli.«

*

Tim standen die Tränen in den Augen. Mit einem Kloß im Hals gab er Malte die Kamera zurück. »Hast du das schon irgendwo hochgeladen?«

»Nein. Ich wollte es, aber nach der Sache in Völklingen habe ich mich nicht getraut. Ich wäre mir dabei irgendwie schlecht vorgekommen.«

Tim blickte aus dem Fenster. Draußen schickte sich die Sonne an, hinter den Bäumen zu versinken. Das Taxi fuhr sie vom Detmolder Hauptbahnhof direkt zu den Externsteinen. Nur eine kurze Strecke, aber sie kam ihm trotzdem zu lang vor. Sie mussten sich beeilen. Es war schon nach sieben.

»Danke, dass du mich das hast sehen lassen«, sagte Tim. »Das bedeutet mir viel.«

»Kein Ding.« Malte schloss die Powerbank an sein Handy an. »Immer noch keine Info, wann WorldRunner wieder freigeschaltet wird?«

Malte zuckte betrübt die Schultern. »Nada.«

»Sehr merkwürdig«, erwiderte Tim. »Kleinere Ausfälle hat es immer schon gegeben, aber noch nie so lange. Da stimmt was nicht.«

»Es hat was mit meinem Video vom Stahlwerk zu tun, das spüre ich«, sagte Malte. »In dem Moment, als die Zugriffszahlen in die Höhe schossen, wurde die Seite offline gestellt. Vielleicht ist den Betreibern ja mulmig geworden.«

»Aber dann hätten sie doch das Video einfach löschen können«, gab Tim zu bedenken. »Ich bin zwar kein Experte in solchen Dingen, aber wäre das nicht die simpelste Lösung gewesen?«

»Schwierig.« Malte wiegte den Kopf. »Erstens hätte das nach Zensur gerochen und zweitens hatten zu dem Zeitpunkt bereits viele Spieler den Film auf ihren eigenen WorldRunner-Accounts verlinkt. Solche Sachen gehen unglaublich schnell viral. Für jedes Video, das du löschst, kommen zehn neue hinterher. Wie Pilze schießen die aus dem Boden. Da ist es einfacher, die ganze Seite stillzulegen. Zumindest bis sich die Lage beruhigt hat.«

Der Taxifahrer stieß ein Grunzen aus und trat auf die Bremse.

»Na, so was. Was ist denn da los?«

»Was denn?« Alle reckten ihre Hälse.

»Na, da vorne. Die ganzen Fackeln.« Er deutete zur Windschutzschreibe raus. Sie waren in eine schmale Seitenstraße abgebogen und dann ein kurzes Stück durch den Wald gefahren. Vor ihnen erhob sich ein modernes, einstöckiges Gebäude aus Metall und Glas. *Informationszentrum* stand über der Eingangstür und auf einigen Flaggenmasten prangte der Schriftzug: *Landesverband Lippe.*

Eine Allee aus Fackeln führte Richtung Westen und verlor sich dort im Wald. Für Autos war die Durchfahrt gesperrt.

Der Taxifahrer runzelte die Stirn. »Wisst ihr, was hier los ist? Scheint eine Abendveranstaltung zu sein.«

»Na klar«, sagte Tim. »Deswegen sind wir doch hier.«

Der Mann warf ihm einen argwöhnischen Blick zu. Vermutlich war er der Meinung, sie seien für eine *Abendveranstaltung* nicht angemessen gekleidet. »Macht zweiundzwanzig fuffzig.«

Annika drückte ihm fünfundzwanzig Euro in die Hand und sie stiegen aus. Tim sah auf die Uhr: halb acht. Sie mussten sich jetzt echt beeilen.

Zwei schwarz uniformierte Männer standen vor dem Infozentrum und rauchten Zigaretten. Als sie die Neuankömmlinge bemerkten, warfen sie ihre Glimmstängel auf den Boden und kamen ihnen entgegen.

»He, ihr drei, Zutritt verboten. Geschlossene Gesellschaft.«

»Aber wir müssen da rein«, sagte Tim außer Atem. »Wir haben etwas zu erledigen.«

»Etwas zu erledigen?« Der Vollbart lachte. »So, so. Na, dann werdet ihr wohl nichts dagegen haben, wenn wir uns mal den Inhalt eurer Taschen ansehen.«

»Wieso denn?« Tim umklammerte seine Umhängetasche. Er konnte gut darauf verzichten, dass diese Typen in seinen Privatsachen herumwühlten. Aus dem Augenwinkel bemerkte er, dass die beiden bewaffnet waren. Griffbereit in einem Lederholster trugen sie Pistolen bei sich. War das üblich bei Parkpersonal?

»Wollt ihr jetzt rein oder nicht? Taschen auf, habe ich gesagt. Ihr müsst euch ausweisen.«

Malte war der Erste, der reagierte. Er öffnete seinen Umhängebeutel und ließ die Männer seine Geräte inspizieren. Der Bärtige nahm Elis Sende-/Empfangseinrichtung und den GPS-Tracker und unterzog beides einer gründlichen Inspektion. »In Ordnung«, sagte er. »Scheinst ein Runner zu sein. Darfst passieren.«

Tim und Annika sahen sich an, dann öffneten sie ebenfalls ihre Taschen. Der Mann blickte hinein und nickte. »Sieht gut aus. Ihr gehört zusammen? Na, dann schwingt mal eure Hufe und beeilt euch. Viel Zeit habt ihr nicht mehr.« Er stieß ein raues Lachen aus.

*

Ihre Tasche fest an die Brust gedrückt, strebte Annika dem Ziel entgegen. Düstere Wolken fegten über den Himmel. Die Fackeln zuckten unruhig im Wind.

Niemand sprach ein Wort.

Leicht beklommen, fragte Annika sich, was wohl bei den Steinen auf sie warten mochte. Und wieso gab es hier keine anderen Spieler?

Die Fackeln legten eine feurige Spur in die Dämmerung. Wie glimmende Brotkrumen in einem Märchenwald sahen sie aus. Die Luft roch nach Rauch.

Annika drehte sich zu Malte um, der einige Schritte hinterherhechelte. Die Geräusche, die er von sich gab, erinnerten sie an die kleine Lok aus Lummerland. Sie verlangsamte ihren Schritt. »Alles klar bei dir?«

»Rennt … ruhig … vor.« Sein Kopf sah aus, als stünde er kurz vorm Platzen. »Ich komme schon … nach.«

»Gib mir doch deine Tasche«, schlug Tim vor. »Bei dem ganzen Gerümpel, das du mit dir rumschleppst, ist es ja kein Wunder, dass du so außer Atem bist.«

»Nein.« Vehementes Kopfschütteln. »Jeder … Runner muss alleine … klarkommen. Ist eine Frage der … Ehre.« Sein Atem rasselte.

»Dann gehen wir eben etwas langsamer.« Malte wirkte so fertig, dass Annika Mitleid empfand. Dennoch wuchs ihre Unruhe und Sorge, nicht rechtzeitig ans Ziel zu gelangen. »Ich bin sicher, sie werden uns nicht gleich disqualifizieren, nur weil wir ein, zwei Minuten zu spät kommen, oder?«

»Da wäre ich mir nicht so sicher.« Missmutig starrte Tim auf seinen GPS-Tracker. »Ich finde, bisher waren sie immer sehr streng, was die Regeln betraf.«

Der grüne Punkt war noch immer ein gutes Stück entfernt. Ein Blick auf die Uhr sagte Annika, dass sie nur noch eine Viertelstunde hatten.

Der Wald wurde lichter und endete schließlich. Die Bäume wichen auseinander und machten einer weiten Wiese Platz. Links lag eine sanfte Anhöhe, rechts ein kleiner See. Begrenzt wurde die Wiese durch eine gewaltige geologische Formation. Die Schichten des Sandsteins waren durch innere Erdprozesse dermaßen verbogen worden, dass sie wie eine Mauer senkrecht in die Höhe ragten. Unzählige Fackeln beleuchteten das Naturdenkmal und ließen es aussehen, als würde es in Flammen stehen.

Annika fand, diese Externsteine hatten etwas Bedrohliches. Vor sehr langer Zeit dienten sie als keltisches Heiligtum, aber danach waren sie eine pseudogermanische Nazi-Kultstätte – vielleicht deswegen. Sie hatte auf der Zugfahrt gelesen, dass diese Externsteine besonders auf gläubige Menschen eine große Anziehungskraft ausübten. Beinahe täglich pilgerten Leute hierher, um an magischen Ritualen teilzunehmen, und das nicht erst seit heute.

Archäologen waren an drei Stellen auf Hinterlassenschaften gestoßen, die den Aufgangspunkt der Sonne am Tag der Sommersonnenwende markieren. Was bedeutete, dass schon die Urmenschen diesen Ort als etwas Besonderes angesehen hatten.

Annika wurde immer kribbeliger. Am liebsten wäre sie vorgerannt, aber das hätte bedeutet, Malte zurückzulassen, und wäre Eli sicher nicht recht gewesen. Noch ein Teammitglied wollten sie auf keinen Fall verlieren.

Zu Füßen des Naturdenkmals befand sich ein Kassenhäuschen, das im Vergleich zu der riesigen Felsformation geradezu winzig wirkte.

»Wieso ist denn hier niemand?« Tim sah sich argwöhnisch um. »So wie sich die zwei Typen am Eingang aufgeführt haben, dachte ich, hier wär sonst was los …«

»Wär doch toll, wenn wir die Ersten wären«, schnaufte Malte. »Kein Jeremy, kein Darius …«

»Ich muss dich leider enttäuschen.« Annika deutete auf die Felsen. Zwischen ihnen befand sich ein riesiger Spalt, durch den ein Weg hindurchführte. Zwischen diesem Durchgang und dem Kassenhäuschen hatte sie eine Bewegung erspäht. Sie kniff die Augen zusammen. Eindeutig: Da war jemand!

Verstohlen huschten drei Gestalten an den Steinen entlang. Die zuckenden Flammen machten es schwer, ihre Umrisse genauer zu erkennen, aber Annika musste die drei gar nicht so genau sehen, um zu wissen, wen sie da vor sich hatten.

»Mist.« Sie blickte ihre Freunde fragend an. »Was sollen wir jetzt tun?«

»Das fragst du noch?«, gab Malte ohne Zögern zurück. »Rennt«, er schnappte erschöpft nach Luft. »Du und Tim, ihr braucht nicht auf mich zu warten. Gebt mir eure Taschen, dann seid ihr schneller. Ich komme nach ...«

Sie nahmen Maltes Angebot gerne an, drückten ihm ihre Taschen in die Hand und rannten los. »Wir treffen uns bei den Steinen«, rief Annika zum Abschied.

»Schon okay.«

Kurz vor den Steinen erreichte sie Tim. Er war genauso außer Atem wie sie.

Von rechts drangen Geräusche zu ihnen. Stimmen. Gelächter. *Das Klirren von Gläsern!*

Tim versteckte sich hinter dem Kartenhäuschen und gab Annika mit einem Zeichen zu verstehen, neben ihm in Deckung zu gehen. Vorsichtig spähten beide um die Ecke.

Im ersten Moment begriff Annika nicht, was sie da sah. Ein Kreis von Fackeln umschloss einen höhlenartigen Eingang, der tief in den Felsen hineinführte. Ein Tisch war dort aufgebaut, auf dem verschiedene Getränke, Snacks und Appetithäppchen angeboten wurden. Drei supergestylte Damen standen daneben und vermittelten den Eindruck, als würden sie auf jemanden warten. Sie trugen Uniformen von Stevenson-Enterprises.

»Wo sind Jeremy, Darius und Rosalia?«, flüsterte Annika. »Eben waren sie doch noch hier.«

»Sind vermutlich schon in die Höhle gegangen«, mutmaßte Tim.

Hinter ihnen ertönte ein Schnaufen. Malte hatte sie endlich eingeholt. Sein schweißnasses Gesicht glänzte im Fackelschein.

»Was ist denn los? Warum steht ihr hier rum?«

»Pst.« Annika legte den Finger auf ihre Lippen und deutete nach vorne. »Sieht aus wie ein Stehempfang. Wir wissen auch noch nicht, was das alles soll.«

»Die sehen aus, als würden sie auf jemand warten«, sagte Malte.

»Ja, aber auf wen?«

»Gibt wohl nur einen Weg, das herauszufinden. Kommt mit.« Er trat ins Freie.

Als die Frauen ihn bemerkten, winkten sie ihn heran. Die Hände in die Hosentaschen gesteckt, schlenderte er lässig zu ihnen hinüber. Annika und Tim zuckten die Schultern und folgten ihm.

»Die machen nicht den Eindruck, als wären sie sonderlich gefährlich«, murmelte Annika beschämt. Schon wieder war Malte mutiger gewesen als sie. »Im Gegenteil.«

Sie traten aus dem Schatten des Kartenhäuschens.

»Guten Abend und herzlich willkommen«, wurden sie freundlich begrüßt. Ehe sie sich versahen, hatte jeder von ihnen ein Glas in der Hand. »Keine Sorge, das ist alkoholfreier Sekt«, sagte die Frau. »Schmeckt sehr gut, probiert mal. Wir freuen uns, dass ihr da seid. Die anderen sind schon drin. Möchtet ihr noch schnell etwas essen, ehe ihr reingeht?«

Die Frauen waren auffallend attraktiv. Wie Models, die extra für dieses Event gebucht worden waren.

»Nein danke.« Annika konnte sich beim besten Willen nicht vorstellen, wie sie in dieser Situation etwas essen sollte.

Zögernd nippte sie an ihrem Sekt. Er war wirklich ausgezeichnet. Sie leerte das Glas in einem Zug. Erst jetzt merkte sie, wie viel Durst sie hatte.

»Noch einen?«

»Wenn ich darf …«

Umgehend hatte sie ein zweites Glas in der Hand. Aus dem Höhleneingang drangen Sprachfetzen und Gelächter zu ihnen herüber.

»Besser, ihr geht jetzt rein«, sagte die Frau. »Ihr habt es gerade noch rechtzeitig geschafft. Das Treffen wird jeden Moment beginnen.«

Das Treffen? Tim runzelte die Stirn. »Was erwartet uns dort drin?«

»Lasst euch überraschen.« Die Frau zwinkerte ihnen zu.

Annika schüttete auch das zweite Glas in einem Zug runter, dann war sie bereit. Gemeinsam mit ihren Freunden betrat sie den hell erleuchteten Stollen.

47

Der Raum maß etwa fünf mal fünf Meter und erinnerte Tim an eine urzeitliche Steinkammer. Dreißig oder fünfunddreißig Personen drängten sich dicht zusammen und warfen einander neugierige Blicke zu. Tim genügte ein kurzer Moment, um zu wissen, wen er da vor sich hatte. Es waren alles Runner. Ihre Ausrüstung verriet sie: Umhängetaschen oder Rucksäcke, wetterfeste Kleidung, gute Schuhe, Smartphones mit Powerbanks.

Im hinteren Teil der Höhle entdeckte er Jeremy, Darius und Rosalia. Als sein Blick den von Jeremy kreuzte, funkelte Hass in dessen Augen. Tim ballte seine Hände zu Fäusten. Sollte der Typ irgendetwas versuchen, würde er sein blaues Wunder erleben.

In diesem Augenblick ertönte eine Glocke. Tim sah auf die Uhr. Punkt acht. Er konnte kaum erwarten zu erfahren, was hinter alldem steckte. Hinter dem geheimnisvollen Gewinn und vor allem, wer ihn erhalten würde.

Erwartungsvolle Stille senkte sich über den Saal. Gedämpftes Raunen und das leise Knistern der Fackeln. Alle Blicke waren nach vorne gerichtet.

Tim bemerkte ein kleines Podest, das vor einer Vertiefung im Boden aufgebaut worden war. Darauf standen ein Pult, ein Mikrofon und ein elektrisches Steuerungsgerät.

Der Mann, der soeben die Bühne betreten hatte, war schon etwas älter. Älter zumindest als Tims Vater. Er trug einen Bart und hatte eine hohe Stirn. Sein Haar war dünn und an den Schläfen leicht ergraut. Hinter seiner Brille leuchteten lebhafte Augen.

Einen Moment lang ließ er seinen Blick über die Menge gleiten, dann stellte er sich hinters Mikrofon.

»Freunde, Spieler, Runner. Ladies and Gentlemen, boys and girls.« Seine Stimme klang tief und voll und er sprach mit unverkennbar englischem Akzent. »Geht es euch gut?«

Alle nickten. Niemand wagte, etwas zu sagen.

»Ihr ahnt nicht, wie sehr ich diesem Moment entgegengefiebert habe. Ich begrüße euch herzlich zur ersten nationalen Championship von GlobalGames. Bitte verzeiht, wenn mein Deutsch etwas holperig ist, aber ich komme direkt aus den USA zu euch. Mein Name ist Raleigh und ich werde für den heutigen Abend euer Gastgeber sein.« Er deutete eine leichte Verbeugung an, dann sprach er weiter. »Sicher habt ihr euch schon gefragt, was euch hier erwartet, ob es noch ein weiteres Rätsel gibt und ob es sehr complicated wird. Die Antwort darauf lautet: Nein!« Er zwinkerte ihnen zu. »Ihr dürft eure Geräte getrost wegstecken. Ihr werdet sie heute nicht mehr brauchen. Jeder, dem es gelungen ist, heute hier zu erscheinen, hat die Prüfung bestanden. Das war euer letzter Test, die finale Aufgabe. Mit Erreichen dieses Ziels erwarten euch automatisch eintausend Euro Preisgeld. Na, wie gefällt euch das? Findet ihr nicht, das ist einen kleinen Applaus wert?«

Atemlose Spannung lag über dem Raum. Die Spieler sahen

einander verdutzt an. Nie im Leben hätte Tim mit so einem Ende gerechnet. Offensichtlich ging es den anderen genauso wie ihm. Um ihn herum klammerten sich die Runner an ihre Geräte wie an einen Rettungsring, der sie vorm Ertrinken bewahrte. Doch als die ersten ihre Smartphones und Tracker wegsteckten, wurde auch den anderen klar, dass kein neues Rätsel auf sie wartete. Sie hatten es tatsächlich geschafft.

Und dann brach der Applaus los. Nicht vereinzelt und zaghaft, sondern wie ein Sturm. Tosender Beifall setzte ein. Tim hörte Freudenrufe. Einige Spieler fielen sich gegenseitig in die Arme. Es dauerte eine ganze Weile, bis wieder Ruhe einkehrte. Tim atmete tief durch. Die eintausend Euro hatte er schon mal sicher, die konnte ihm keiner mehr nehmen. Aber was war mit dem Hauptgewinn? Mit wild klopfendem Herzen wartete er auf die nächsten Worte des Spieleleiters.

Raleigh, der ein geduldiger Typ zu sein schien, ließ zufrieden seinen Blick über die Menge schweifen. Als er Annika, Malte und Tim hinten am Eingang stehen sah, winkte er ihnen zu. »Nur nicht schüchtern«, rief er. »Kommt ein bisschen näher. Das ist ein Familientreffen. Alle, die wir hier versammelt sind, gehören zusammen. Wir nennen uns Gamer, Runner oder Scavenger. Wir sind Schatzjäger, Freibeuter, Rätselsucher. Doch egal, wie man uns nennt, im Geiste sind wir Brüder und Schwestern. Uns eint die Liebe zum Abenteuer. Und als Abenteurer habt ihr jetzt von mir ein paar Antworten verdient.«

Wieder brandete Applaus auf. Raleigh drückte einen Knopf auf seinem Pult und wie von Zauberhand erschien ein Hologramm über der kreisförmigen Aussparung im Boden. Tim ging auf die Zehenspitzen, um besser sehen zu können. Eine Karte schwebte über dem Raum. Unterschiedliche Orte waren als rote Punkte markiert. Tim erkannte, dass unter anderem Punkte dabei waren, die sie im Verlauf der letzten Woche besucht hatten.

»Einhundert Runner wurden ausgewählt, um an diesem Wettkampf teilzunehmen«, fuhr Raleigh fort. »Ihr alle wurdet von uns benachrichtigt und habt spezielle Geräte erhalten. Um nicht alle Spieler auf ein einziges Ziel loszulassen und eine heillose Konfusion zu verursachen, haben wir den Hauptstrang in vier einzelne Quest-Reihen aufgeteilt, jede gespickt mit speziellen Aufgaben und Rätseln. Vier Gruppen zu je fünfundzwanzig Spielern also.« Er blickte in die Runde. »Mit Stolz darf ich verkünden, dass es Spielern einer Gruppe gelungen ist, sowohl die Spitzenposition zu belegen als auch die vordersten fünf Plätze zu ergattern. Für uns ebenso überraschend wie für euch, aber das ist eben die Eigendynamik des Spiels. Darauf haben wir keinen Einfluss.« Er sah sie erwartungsvoll an. »Wie euch bekannt sein dürfte, ist Deutschland nur ein kleiner Teil der weltumspannenden GlobalGames-Community. Tatsächlich wurde die Challenge zeitgleich in achtundvierzig Ländern der Welt ausgetragen. Von Schanghai bis Timbuktu, vom Südpol bis nach Grönland. Ich darf euch verraten, dass das Ergebnis unsere Erwartungen weit übertroffen hat. Die Spiele waren ein voller Erfolg. Ihr werdet demnächst mehr darüber erfahren. Viel mehr. Lasst euch überraschen.« Er wandte sich nach rechts. »Und damit möchte ich das Wort weitergeben an meine zauberhafte Assistentin Martina. Sie wird euch jetzt mitteilen, worin der Preis für die fünf glücklichen Gewinner besteht und natürlich, wer sie sind. Komm zu mir auf die Bühne, Martina. Einen großen Applaus bitte.«

Die Spieler reckten ihre Köpfe. Herein kam eine gut aussehende Frau mit schwarzen Haaren und strahlendem Lächeln. Sie winkte ihnen zu, dann stieg sie neben Raleigh auf die Bühne. Tim hielt den Atem an. Er kannte diese Frau, er hatte sie schon einmal gesehen.

»Hallo Runner«, rief Martina. In ihrer Hand hielt sie einige Medaillen. »Geht's euch gut?«

»Jaaa!«

Tim runzelte die Stirn. Es war vor allem die Stimme, die ihm so vertraut vorkam. Dann traf es ihn wie ein Blitz. *Es war die Rote Dame!*

»Wie ich an euren Gesichtern sehen kann, komme ich einigen von euch bekannt vor«, rief Martina lächelnd und ihre Wangen glänzten dabei wie Christbaumkugeln. »Ja, es stimmt, ich hatte die große Ehre, während der letzten sieben Tage eure Spieleleiterin zu sein. Natürlich war ich es nicht selbst, sondern nur eine virtuelle Projektion, aber ich durfte mein Äußeres und meine Stimme zur Verfügung stellen. Haben euch meine kleinen Auftritte gefallen? Ich hatte euch ja versprochen, dass wir uns von Angesicht zu Angesicht wiedersehen würden.« Sie strahlte. »Ich freue mich riesig, heute hier sein und die Trophäen für die besten Spieler überreichen zu dürfen. Glaubt mir, ich bin ebenso aufgeregt wie ihr. Raleigh erwähnte ja bereits, dass die heutigen Sieger alle aus einer Gruppe stammen. Es sind Runner, deren Können wir schon lange mit großer

Aufmerksamkeit verfolgen. Ich bitte mal alle diejenigen, die Hand zu heben, die bei der Femeiche in Borken angefangen haben.« Sie sah sich um. »Ist jemand aus dieser Gruppe hier heute anwesend? Bitte Hände hoch.«

Tim stand da, wie vom Donner gerührt. Hatte die Spieleleiterin gerade wirklich *Femeiche* gesagt? Schnell zuckte seine Hand nach oben. »Hier«, rief er. »Ich habe bei der Femeiche begonnen. Und meine Freunde ebenfalls.« Er packte Annikas und Maltes Hand und riss sie mit hoch.

48

»**Ihr** drei, kommt nach vorne«, rief die Spieleleiterin Annika, Malte und Tim zu. »Ist sonst noch jemand aus dieser Gruppe hier? Meldet euch bitte.« Jeremy, Darius und Rosalia reckten ebenfalls die Hände in die Luft.

»Super. Wer noch?«

Zwei Jungs, die Annika nicht kannte, streckten ihre Hände hoch.

»Wunderbar.« Martina nickte anerkennend. »Kommt bitte alle nach vorne und stellt euch vor mir auf. Und keine Sorge, ich beiße nicht.« Ihr Lächeln war bezaubernd.

Annika zählte im Geiste durch und kam auf acht. Acht von ehemals fünfundzwanzig.

»Macht mal ein bisschen Platz«, rief die Spieleleiterin. »Lasst eure Kollegen durch. Ja, so ist es gut. Kommt schon, Applaus für unsere Runner.«

Wieder brandete Beifall auf, diesmal allerdings etwas verhaltener. Annika wunderte das nicht – natürlich waren etliche enttäuscht, dass sie es nicht geschafft hatten. Die Blicke, die Annika beim Gang zum Podium aufschnappte, schwankten zwischen Bewunderung, Enttäuschung und Neid.

Annika drängte sich hinter Tim durch die Reihen. Als sie vor der kreisförmigen Aussparung angelangt waren, blieben sie stehen.

Martina nickte ihnen zu. »Ich grüße euch, Runner.«

Annika musste schmunzeln. Wie oft sie diese Begrüßung schon gehört hatte. Aber diesmal stammte sie von der realen Person.

»Stellt euch hier vorne auf, ja, so ist es gut. Wie schön, euch alle von Angesicht zu Angesicht zu sehen.«

Annika trat zur Seite, um nicht neben Jeremy und Darius stehen zu müssen. Auf keinen Fall wollte sie beiden Kriminellen zu nah kommen.

»Bestimmt seid ihr schon ungeheuer gespannt, wer von euch zu den fünf glücklichen Gewinnern zählt, nicht wahr?«, fuhr Martina fort. »Nun, ich will euch nicht länger auf die Folter spannen. Schreiten wir zur Siegerehrung. Ich verkünde die Plätze eins bis fünf, und zwar rückwärts beginnend. Seid ihr bereit?« Alle Augen waren auf die Rote Dame gerichtet. Es war so still geworden, dass Annika glaubte, ihren eigenen Herzschlag hören zu können.

»Platz Nummer fünf. Ein Spieler oder eine Spielerin namens ZorbaTheGreek. Zorba, bist du hier?«

»Ja«, krächzte Malte und blinzelte nervös. Er erinnerte Annika an einen Maulwurf, der am liebsten in seinem Erdloch verschwunden wäre. Aber da musste er jetzt durch.

»Ich bin das. Eigentlich ist es Eli, aber die konnte aus gesundheitlichen Gründen nicht kommen. Sie hat ihren Account auf mich übertragen.«

Martina hob ihre geschwungenen Brauen. »Dann hast du den Platz des Mädchens eingenommen, das im Stahlwerk so böse gestürzt ist?«

»Ja.« Er nickte heftig. »Mein Name ist Malte. Malte Steinhäuser.« Er lief rot an. Vereinzelt ertönten Lacher.

»Schön, dass du hier bist, Malte«, sagte die Spieleleiterin. »Ich freue mich, dass du Elis Platz eingenommen hast. Dann komm mal zu mir aufs Podium.«

Mit eingezogenem Kopf stieg Malte die kleine Holztreppe empor. Verglichen mit dem Rest der Spieler, wirkte er klein und zerbrechlich. Oben angelangt, überreichte ihm Martina die erste Medaille.

»Der Name des nächsten Spielers lautet Bonehunter. Jemand hier mit diesem Namen?«

»Ja.« Darius marschierte nach vorne.

»Sehr gut. Auch dir einen herzlichen Glückwunsch.« Sie legte ihm die zweite Medaille um.

»Dann haben wir hier einen Spieler namens Achenar. Achenar, kommst du hoch?«

Annika bemerkte aus dem Augenwinkel, wie Tim sich versteifte. Er schien gar nicht fassen zu können, was hier gerade passierte. Aber er genoss es sichtlich und in vollen Zügen. »Ich freu mich so für dich«, flüsterte sie. »Du hast es verdient.« Sie drückte seine Hand.

»Herzlichen Glückwunsch zu einem wohlverdienten dritten Platz.« Martina hängte auch Tim eine Medaille um.

»Kommen wir nun zu den beiden besten Spielern in dieser Runde. Auf Platz zwei haben wir ein Mädchen. Eine Runnerin namens Sakura. Sakura, wo steckst du?«

»Hier!« Annika ging nach vorne. Sie spürte, wie ihr Gesicht vor Aufregung glühte. Wenn doch nur Mama und Papa sie jetzt sehen könnten. Andererseits – vielleicht besser nicht. Als sie die Medaille umgehängt bekam, rollte eine Freudenträne ihre Wange herunter. »Gut gemacht«, flüsterte die Spielleiterin ihr zu. »Sehr gut.«

Sie hob den Kopf. »Und damit kommen wir zur unangefochtenen Nummer eins. Dem besten Runner, dem ehrgeizigsten Spieler und skrupellosesten Scavenger: EduardoElNoble. Wo steckst du, Eduardo?«

Jeremy trat mit hocherhobenem Kinn und stolzgeschwellter Brust auf das Podium. Als Martina ihm die Medaille umhängte, lag ein Ausdruck von Hochmut in seinen Augen. Annika konnte sich nicht erinnern, jemals so viel Verachtung für jemanden empfunden zu haben.

Wieder ertönte höflicher Applaus. Raleigh erhob seine Stimme. »Was für eine großartige Runde. Ihr fünf seid die Besten der Besten eures Landes und darauf dürft ihr stolz sein. Jeremy, als Runner mit der höchsten Punktzahl wird dir eine besondere Ehre zuteil. Als Einziger aus der Runde darfst du einen sechsten Spieler nominieren. Er wird ebenfalls eine Medaille erhalten. Hast du schon eine Ahnung, wen du gerne auswählen würdest?«

Jeremy blickte durch die Reihen und deutete dann auf ein Mädchen. Annikas Blick wanderte hinüber auf die linke Seite. Es war Rosalia! Mit einem Gewinnerlächeln schritt sie nach vorne. Sie wirkte kein bisschen überrascht. Eher so, als hätte sie gewusst, was passieren würde.

Wie war das möglich?

Ganz gelassen trat sie auf das Podium. Martina hängte auch ihr eine Medaille um den Hals.

»Darf ich fragen, wie du heißt?«

»Vanessa Krüger, Nickname Rosalia.«

»Herzlich willkommen, Vanessa. Ich freue mich, dass du den weiblichen Teil der Spielerschaft verstärkst. Wir können den Jungs doch nicht das Feld alleine überlassen, oder?«

»Auf keinen Fall.« Sie nickte Jeremy zu. Die beiden tauschten wissende Blicke. In diesem Moment ertönte von draußen ein tiefes Brummen, das zunehmend lauter wurde. Der Boden erzitterte. Was war denn *das?*

Raleigh hob den Kopf. »Perfektes Timing!«, rief er. »Ich möchte die sechs Gewinner bitten, mir nach draußen zu folgen. Die anderen warten bitte noch einen Moment und kommen dann mit Martina hinterher. Come on, folgt mir.«

Alle sechs trabten hinter Raleigh her und verließen die Grotte. Als sie im Freien anlangten, blieb Annika einen Moment lang wie angewurzelt stehen. Über den Bäumen war ein riesiges schwarzes Insekt aufgetaucht, das auf sie zusteuerte. *Ein Helikopter!*

Wie es aussah, setzte er zur Landung an.

»Bitte dicht hinter mir bleiben«, rief Raleigh gegen den anschwellenden Lärm an. »Rennt bloß nicht auf die Wiese!«

Der Helikopter war inzwischen so nah an sie herangeflogen, dass der Luftstrom der Rotoren zu spüren war. Das Gras wurde platt gedrückt, das Wasser des Sees zu weißem Schaum verwirbelt. Einige der Fackeln erloschen.

Nur wenige Meter von ihnen entfernt, setzte der Helikopter auf.

Weitere Spieler drängten nach draußen. Alle wollten sehen,

was hier vor sich ging. Die Rotorblätter kreisten langsamer und kamen dann zum Stillstand. Die Tür des Hubschraubers ging auf und schwarz uniformierte Männer stiegen aus.

Annika runzelte die Stirn. Die sahen fast aus, als wären sie vom Militär.

Einer der Typen – vermutlich der Boss der Gruppe – lief strammen Schrittes auf Raleigh zu und salutierte.

»Sind das die Kandidaten?«, erkundigte er sich und warf den sechs Jugendlichen einen kurzen Blick zu.

»Das sind sie«, sagte Raleigh. »Bitte seien Sie recht freundlich zu ihnen. Sie haben keine Ahnung, was sie erwartet.«

Der Mann grinste. »Da sind sie bei mir in den besten Händen. Wir werden euch wohlbehalten am Zielort abliefern. Macht euch keine Sorgen.«

»Sehr schön«, sagte Raleigh. »Dann also ab mit euch. Folgt Colonel Sanders in den Hubschrauber.«

»Hallo?«, schaltete sich Tim leicht irritiert ein. »Würden Sie uns erst einmal erklären, wohin Sie uns bringen?«

»Hör auf, dumme Fragen zu stellen, und steig ein, du Lauch.« Jeremy lächelte höhnisch. »Sag bloß, du hast Schiss.«

Tim erwiderte zum Glück nichts darauf. Annika war froh, dass er sich von Jeremy nicht provozieren ließ. Mit zusammengepressten Lippen stieg er ein, wandte sich dann jedoch noch einmal um. »Kommen Sie auch mit?«, wollte er von Raleigh wissen.

Der Mann schüttelte den Kopf. »So gerne ich's täte, aber nein. Mein Platz ist hier. Wir werden die restlichen Spieler gleich zum Informationszentrum begleiten, wo es noch eine

Abschlussparty geben wird. Euer Weg ist ein anderer als meiner.«

»Einen guten Flug wünschen wir euch«, rief Martina und winkte ihnen zum Abschied zu. »Wir sehen uns irgendwann. Und nicht vergessen: *Eine gerade Linie ist nicht immer der kürzeste Weg.*«

49

London …

Mortimer Hansen zupfte nervös an seiner Krawatte. Die Warterei brachte ihn um den Verstand. Er war seit sechs Uhr früh auf den Beinen, jetzt war es beinahe zwölf und er hatte noch keinen Bissen im Magen. Nicht dass man ihm nichts angeboten hätte. Auswahl gab es genug. Aber vermutlich wäre ihm sofort schlecht geworden. Nervosität und Essen, das ging bei ihm zusammen wie Feuer und Benzin. Eine explosive Mischung.

Drüben im Konferenzsaal hatte sich die Presse inzwischen vollzählig versammelt. Einhundertfünfzig Korrespondenten aus allen Teilen der Welt drängelten sich auf der rechten Seite des Saals. Dahinter schloss sich eine Tribüne für das geladene Publikum an. Gäste aus Londons Upperclass, Persönlichkeiten aus Politik, Fernsehen, Sport, Literatur und Kunst. Die Liste las sich wie ein *Who's who* der englischen Prominenz.

Anlässlich dieses Großevents war die komplette oberste Ebene des Wolkenkratzers für normale Besucher gesperrt worden. Die Panoramaetage bildete eine spektakuläre Bühne für die wohl wichtigste Pressekonferenz in Mortimers Leben.

Verstohlen sah er sich um. Ob er nicht vielleicht doch einen kleinen Happen essen sollte? Die Lachskanapees dufteten verführerisch. Auch das Roastbeef sah fantastisch aus. Gänzlich ohne Grundlage, lief er Gefahr, wegen Unterzuckerung ohnmächtig zu werden. Aß er etwas, konnte es sein, dass ihm schlecht wurde. Es war, als müsse er zwischen Pest und Cholera wählen.

Seufzend entschied er sich für die Cholera. Er griff nach einem Lachshäppchen. Zwei Bissen, dann war es weg. Oh, die schmeckten göttlich! Nervös blickte er sich um. Eigentlich war das Buffet noch nicht eröffnet. Doch da ihn niemand beobachtete, griff er erneut zu. Binnen einer Minute hatte er fünf der Dinger verspeist.

Jetzt hatte er Durst.

Wasser gab es keines, aber eine der Champagnerflaschen stand offen. Vermutlich zu Prüfzwecken. Da das Servicepersonal gerade nicht hinsah, nahm er ein Glas, füllte es halb und kippte das Zeug in einem Zug runter.

Das zitterige Gefühl in seinen Beinen verschwand. Die Bläschen stiegen empor, schäumten bis in seine hinteren Gehirnwindungen und entlockten ihm ein Kichern. Ein Teufelszeug, dieser Champagner. Aber jetzt ging es ihm besser.

»Nanu, Morti? Feierst du etwa ohne uns?« Die Stimme erklang direkt neben seinem Ohr. Er fuhr herum – und erstarrte.

Shenmi stand hinter ihm, lächelnd und wunderschön. Wieso hatte er sie nicht kommen hören? Diese Frau konnte sich anschleichen wie eine Katze.

Sie trug ein eng anliegendes schwarzes Kleid, auf dem Tausende winziger Sterne blinkten. Ihre blonden Haare hatte sie mit zwei schwarzen Holzstäbchen hochgesteckt, was wiederum ihre Smaragdohrringe zur Geltung brachte.

Mortimer war so überwältigt, dass er nicht wusste, ob er sich entschuldigen, hinknien oder ihr einen Kuss geben sollte. Die beiden finster dreinblickenden Bodyguards hielten ihn davon ab, Letzteres zu tun.

»Ähm ...« Mortimer räusperte sich. Ein Stückchen Baguette hing ihm quer in der Kehle. »Ich ... ich brauchte eine kleine Stärkung, bevor es losgeht. Ich hätte sonst die Aufregung nicht ertragen. Möchten Sie ebenfalls ein Gläschen?«

Sie zwinkerte ihm zu. »Ich trinke niemals Alkohol.«

»Ach so ...«

Argwöhnisch sah er sich um. Wo war Posh? Seltsam, dass Shenmi die kleine Töle nicht bei sich hatte. Vermutlich lag sie in ihrem Körbchen und wartete darauf, Mortimer ihre Zähne in die Waden zu rammen.

Shenmi hob ihr Kinn und lächelte. »Ich habe soeben erfahren, dass sämtliche Runner eingetroffen sind. Vollzählig. Alle zweihundertachtundachtzig. Ist das nicht unglaublich? Ist das nicht ein gutes Omen?«

»Das ist es, in der Tat. Herzlichen Glückwunsch dazu.« Dieser verdammte Krümel saß immer noch quer. Er musste husten.

Shenmi schloss die Augen und breitete die Hände aus. »Es liegt etwas in der Luft, Morti, kannst du es spüren? Alle Augen sind auf uns gerichtet. Es fühlt sich an, als wäre das Gebäude elektrisch aufgeladen. Alles um uns herum summt und vibriert vor Energie. Als wären wir direkt an ein Kraftwerk angeschlossen.«

Ihm stiegen Tränen in die Augen. Ein letztes Räuspern, dann war das verdammte Ding endlich draußen.

»Komm, lass uns hinübergehen«, sagte Shenmi und nahm ihn beim Arm. »Lass uns den Abend einleiten. Ich kann es kaum noch erwarten.«

Das *Gherkin,* englisch für *Gewürzgurke,* war ein hundertachtzig Meter hoher Wolkenkratzer im Finanzbezirk der *City of London.* Mit einundvierzig Stockwerken und einer Außenhaut aus ineinander verschlungenen Helixsträngen war es eines der architektonisch aufsehenerregendsten Gebäude der Welt.

Das Restaurant, in dem die Veranstaltung stattfand, umfasste die gesamte neununddreißigste Etage. Die Ausstattung war vom Feinsten. Angefangen vom pechschwarzen Glasboden, über die Bars und Möbel bis hin zur Deckenbeleuchtung, die akzentuiert Lichtpunkte in den Raum setzte – Mortimer kam sich vor, als wäre er auf der Brücke eines futuristischen Raumschiffs gelandet. Sanfte Barmusik durchwehte den Saal und erzeugte eine angenehme Stimmung. Draußen zogen dunkle Wolken vorbei, die vermutlich bald ihre Regenlast über der Stadt verteilen würden. Typisches Londoner Schmuddelwetter.

Mit sechshundert Sitzplätzen war der Saal voll bestuhlt. Die eine Seite war den Vertretern von Rundfunk, Fernsehen und Presse vorbehalten, die andere Hälfte war für die Sieger des Vorentscheids reserviert. Zweihundertachtundachtzig Runner aus allen Teilen der Welt würden gleich den Saal betreten und Shenmis Rede live mitverfolgen.

Mortimer erschauerte, als er daran dachte, welchen Gefahren

die Jugendlichen ausgesetzt gewesen waren. Rückblickend kam es ihm immer noch wie ein Wunder vor, dass nicht mehr passiert war. Der Unfall im Völklinger Stahlwerk war ein Einzelfall geblieben, *weltweit!* Bei viertausendachthundert Spielern eine unvorstellbar gute Quote. Vor allem, wenn man bedachte, welchen Ehrgeiz manche Runner an den Tag legten. Er hatte unterschätzt, dass einige der Spieler alles riskierten, um einen Punkt zu ergattern. Und das war erst der Vorgeschmack. Was würde passieren, wenn das Hauptevent startete? Verglichen damit, waren die zurückliegenden sieben Tage ein Witz gewesen.

Bei dem Gedanken daran wurde Mortimer schwindelig. Oder lag das an dem Champagner? Er fühlte, wie es in seinem Magen zu rumoren begann. Er suchte den Platz, der für ihn reserviert war, und setzte sich.

*

Die Kabine fasste dreißig Personen und war voll besetzt mit Runnern aus allen Teilen der Welt. Jungen, Mädchen, mit dunkler Haut und heller, mit schwarzen Haaren, blonden Haaren und unterschiedlichen Augenformen. Aufgeregt und mit strahlenden Gesichtern standen sie beisammen und ließen sich vom Fahrstuhl in die Höhe schießen. Spanisch hatte Annika schon gehört, Französisch und Portugiesisch ebenfalls. Doch die Dialekte waren so vielfältig, dass es unmöglich war zu sagen, woher sie alle kamen.

Im großen Empfangsraum im Parterre hatten sie Chinesen

getroffen, Japaner, Russen, Australier, US-Amerikaner und Kanadier – es schienen alle Nationalitäten versammelt zu sein. Erst dort war Annika bewusst geworden, welche Größenordnung dieses Spiel hatte. Und noch haben würde. Denn dass es weiterging, daran schien niemand einen Zweifel zu haben.

Tim zupfte an seinem roten Overall herum und Jeremy bedachte ihn mit einem verächtlichen Blick.

»Na, Feldmann, aufgeregt? Ameisen in der Hose?« Seine beiden Begleiter lachten höhnisch.

»Nö«, antwortete Tim. »Aber diese Kleidung ist unbequem. Ich hätte lieber ganz normale Sachen getragen.«

Jeremy rümpfte die Nase. »Normale Sachen sind was für Loser. Es ist eine Ehre, dass du die offizielle Runner-Uniform tragen darfst. Also benimm dich gefälligst.«

»Oder was?«

»Oder mein Kollege hier poliert dir die Fresse. Hat er schon mal gemacht, kann er gerne wiederholen. Wehe, du erlaubst dir irgendwelche Aussetzer, Feldmann. Diese Veranstaltung ist für uns alle von *größter Wichtigkeit,* also versau es nicht.«

Wie viel lieber wäre Annika mit Tim und Malte unterwegs gewesen, doch die Veranstalter hatten sie in Ländergruppen aufgeteilt und so waren sie gezwungen, in der Gesellschaft von Jeremy, Darius und Vanessa zu bleiben.

»Kümmere dich nicht um diese Idioten«, flüsterte sie Tim ins Ohr. »Am besten, du tust so, als wären sie gar nicht da.«

»Nichts leichter als das«, flüsterte Tim zurück und drehte den dreien einfach den Rücken zu.

Annika musste lächeln. Sie kannte Tim mittlerweile gut genug, um zu wissen, dass Nervosität bei ihm schnell in schlechte Laune mündete. Alle trugen die gleiche Kleidung. Rote Overalls, bestehend aus demselben ultraleichten Material. Aber der Ärger über den Anzug war nur vorgeschoben, da war sie sich sicher.

Die Kabine war rundherum mit Spiegeln versehen, sodass sie sich selbst betrachten konnten.

»Wenn man uns so ansieht, könnte man uns glatt für Strafgefangene halten«, murmelte Annika grinsend. »Fehlen nur noch die Handschellen und die Nummern auf der Brust.«

»Ich sehe uns eher als Raumfahrer«, sagte Malte mit leuchtenden Augen. »Entdecker neuer Welten.«

Annika strich über das Firmenemblem auf ihrem Overall. Das Logo von Stevenson-Enterprises bestand aus einer Metallfolie, die vom Licht angestrahlt in allen Farben des Regenbogens schimmerte. »Etwas weniger Schnickschnack und dafür mehr Informationen wären ganz schön gewesen«, sagte sie. »Ich hatte nicht mal Zeit, zu Hause anzurufen.«

Tim hob überrascht seine Brauen. »Willst du damit sagen, deine Eltern wissen nichts davon, dass du in London bist?«

»Nö, deine?«

»Ich habe Dad noch vom Hubschrauber aus Bescheid gegeben.«

Annika biss sich auf die Lippe. Ihre Eltern glaubten fest daran, dass sie mit Freundinnen in einem Feriencamp an der Ardèche unterwegs war.

»Zu dumm, dass sie uns die Handys abgenommen haben«, sagte sie. »Jetzt wäre ein guter Zeitpunkt gewesen.«

»Die wollen halt nicht, dass jemand die Show heimlich mitfilmt«, sagte Malte grinsend. »Um ehrlich zu sein, das kann ich verstehen. Manche Runner sind tierisch erfinderisch, wenn es um technisches Spielzeug geht. Vor uns ist kein Gadget sicher.«

Tim sah sie besorgt an. »Warum hast du gestern nicht angerufen, als du die Möglichkeit dazu hattest?«

Sie zuckte die Schultern. Sie wusste es selbst nicht so genau. Vermutlich weil es so schön bequem war. Jetzt wünschte sie, sie hätte Tims Mut gehabt.

Er berührte sie tröstend an der Schulter. »Ist doch nicht schlimm«, sagte er. »Sobald wir die Dinger zurückbekommen, kannst du es nachholen. Erklär es ihnen einfach. Ich bin sicher, sie werden es verstehen.«

Der Aufzug hielt an und die Türen glitten auseinander. Dreißig rote Overalls strömten in die oberste Etage. Annika wurde vom Strom der Spieler mitgerissen. Unter der futuristischen Kuppel erwarteten sie mehrere Stuhlreihen und eine Tribüne. Batterien von Kameras waren auf die Bühne gerichtet, umringt von einem Wald von Mikrofonen. Der Präsident der Vereinigten Staaten hätte kaum mehr Aufmerksamkeit bekommen können. Wen erwarteten die hier, *Taylor Swift?*

Platzanweiser kümmerten sich um die Sitzordnung und wiesen den Spielern ihre Stühle zu. An jedem befand sich ein kabelloses Headset. Vermutlich für die Übersetzungsfunktion.

Annika nahm auf dem ihr zugewiesenen Stuhl Platz und sah sich um. Jeremy, Darius und Vanessa saßen links von ihr, Tim und Malte rechts. Noch weiter drüben saß das kanadische Team.

Annika spürte die Anspannung. Mit jeder Sekunde, die verstrich, wurde sie aufgeregter.

Zum Glück mussten sie nicht lange warten.

Ein Gong ertönte und eine Frau betrat den Saal. Flankiert wurde sie von zwei grimmig aussehenden Bodyguards – ihrem Äußeren nach waren sie vermutlich Polynesier oder Hawaiianer.

Shenmi Stevenson war eine Person des öffentlichen Lebens. Ständig war ihr Konterfei auf irgendwelchen Magazincovern zu sehen. Doch keines davon wurde der Realität gerecht. Die Frau sah atemberaubend aus. Ihr schwarzes Kleid funkelte im Licht der Scheinwerfer wie ein sternenübersäter Nachthimmel. Ihre weißblonden Haare lagen wie Schlangen über ihrer Schulter und der Lippenstift glänzte wie Blut. Annika war beeindruckt. Allerdings empfand sie den Anblick auch als ein wenig einschüchternd.

Kalt und bezaubernd wie die Eiskönigin glitt die Firmenchefin an ihnen vorbei, ließ sich von ihren Bodyguards auf die Bühne helfen und trat schließlich vors Publikum.

»Ladies and gentlemen, may I kindly ask you to put on your headphones now? Thank you.«

Annika bemerkte ein goldenes Körbchen zu Füßen der Dame, in dem ein kleiner weißer Hund lag. Er beobachtete die Ankunft der Gastgeberin mit wackelndem Schwänzchen. Als Shenmi ihn dazu aufforderte, hüpfte er in ihre ausgebreiteten Arme.

Annika nestelte an ihrem Headset herum. Als sie den Kontrollschalter betätigte, erklang ein Ton. Eine sanfte Stimme begrüßte sie auf Deutsch. Dann hörte sie wieder Shenmis Stimme.

»Hallo zusammen. Mein Name ist Shenmi Stevenson und ich bin Firmengründerin und Aufsichtsratsvorsitzende bei Stevenson-Enterprises. Ich freue mich, dass Sie alle so zahlreich erschienen sind, und begrüße Sie ganz herzlich zur Pressekonferenz der internationalen GlobalGames-Competition.

Bevor wir beginnen, schnell noch ein paar Danksagungen. Als Erstes an die City of London und ihren Oberbürgermeister Sekar Singh, der es uns gestattet hat, unsere Konferenz hier in diesen herrlichen Räumlichkeiten abzuhalten. Thank you, Mister Mayor …« Sie warf ihm eine Kusshand zu. Ein indisch aussehender Mann in maßgeschneidertem Anzug saß auf der Zuschauertribüne und nahm den Dank mit einem Nicken zur Kenntnis.

»Ferner bedanke ich mich bei den Pressevertretern aus dem In- und Ausland für ihr zahlreiches Erscheinen. Bitte lassen Sie uns gut aussehen.« Shenmi setzte ihr schönstes Lächeln auf.

Annika bemerkte, dass auch Tim vollkommen in ihren Bann geraten war. Mit offenem Mund saß er da und starrte ihre Gastgeberin an. Als Annika ihn anstupste, klappte sein Mund zu.

»Was ist?«

»Du sabberst.«

»Tue ich nicht …«

»Und ob. Ist aber nicht weiter schlimm. Ich kann's verstehen. Sie sieht großartig aus, oder?«

»Der Hammer. Wie eine Zylonin aus der Serie *Battlestar Galactica.*«

»Du schaust eindeutig zu viele Filme.«

Er grinste.

Shenmi war mit ihren Danksagungen fertig und wandte sich nun dem Projektionsschirm hinter ihrem Rücken zu. Auf einen durchsichtigen Rahmen von mehreren Metern Breite wurde eine Weltkarte projiziert. Es war das schärfste und kontrastreichste Abbild der Erde, das Annika jemals gesehen hatte.

»Meine sehr verehrten Damen und Herren, lassen Sie mich Ihnen kurz eine kleine Geschichte erzählen«, leitete Shenmi ihre Rede ein. »Seit ich ein kleines Mädchen war, hatte ich diesen Traum. Er führte mich fort von zu Hause und hinein ins Abenteuer. So wie bei unseren tapferen Runnern hier, aber noch weiter.« Der Bildschirm hinter ihr wurde schwarz. Sterne erschienen, Planeten, Monde. Dann war die Erde zu sehen. Ein schimmernder blauer Kristall in der Unendlichkeit des Weltraums.

»Schon von klein auf wusste ich, dass wir Menschen zu etwas Höherem bestimmt sind. Unser Schicksal ist es, unser Zuhause zu verlassen und den Schritt ins große Unbekannte zu wagen. In den Weltraum.« Annika hatte das Gefühl, dass Shenmis Blick genau auf sie gerichtet war.

»Wir Menschen sind die erste Spezies, die es bewerkstelligt hat, unseren Heimatplaneten zu verlassen. Keinem anderen Organismus ist das bisher gelungen. *Ein kleiner Schritt für den Menschen, ein großer Sprung für die Menschheit.* Bis zum Mond haben wir es schon geschafft, doch das wird erst der Anfang sein.«

Annika fühlte ein Kribbeln über ihren Rücken kriechen.

Shenmi Stevenson buk keine kleinen Brötchen, so viel stand fest. Aber was hatte sie vor?

»Der Mensch war immer ein Entdecker«, fuhr die Firmenchefin fort. »Männer ebenso wie Frauen. Wir wurden geboren, um zu forschen. Die Neugier ist unsere ursprünglichste Antriebsfeder. Niemand wird das besser bestätigen können als diese wunderbaren jungen Menschen hier vor mir. Warum seid ihr hier? Was hat es mit dem GlobalGames-Vorentscheid auf sich? Nun, das werde ich euch in wenigen Minuten erklären.« Wieder blickte sie in die Runde und wieder hatte Annika das Gefühl, Shenmi würde sie direkt ansehen. Es konnte keinen Zweifel geben. Ihre Augen trafen sich. Es entstand eine Verbindung. Wie eine elektrische Entladung, die von einem Pol zum nächsten zuckte.

Annikas Blick wanderte hinüber zum Bildschirm mit der Aufnahme des Weltalls. Es war nur ein kurzer Moment, doch der genügte: Auf einmal wusste sie, was Shenmi vorhatte. Einbildung oder Intuition? Schwer zu sagen, jedenfalls hatte sie eine ziemlich genaue Vorstellung davon, was kommen würde.

Und das Gefühl war einfach atemberaubend.

50

Tim ergriff besorgt Annikas Hand. »Alles klar bei dir?«, flüsterte er. »Du guckst so merkwürdig.«

»Alles okay«, kam es zurück. »Ich hatte nur gerade ... ach, nicht wichtig.«

Tim spürte, dass dies nicht stimmte. »Sicher?«

»Ich kann dir das jetzt nicht erklären. Lass uns hören, was sie zu sagen hat.« Annika lächelte schief und Tim wusste nun ganz sicher, dass etwas nicht stimmte, doch er wollte nicht weiter nachbohren. War es etwas, was Shenmi gesagt hatte? Er richtete seinen Blick nach vorne.

»Wir alle sind Spieler«, fuhr die Firmenchefin fort. »Spielen liegt uns im Blut. Wie Ovid einst sagte: *Im Spiel verraten wir, wes Geistes Kind wir sind.* Wer mich kennt, weiß, dass ich zwar eine Träumerin bin, allerdings eine, die sich nicht mit Träumen zufriedengibt. Ich will, dass die Dinge Realität werden. Und so sieht es aus, wenn Träume Realität werden.«

Das Bild auf dem Schirm veränderte sich. Die Kamera sauste näher an die Planeten heran, streifte den Mars und rückte dann den Mond in den Mittelpunkt – hochauflösend und mit ungewöhnlicher Klarheit und Schärfe. Das war besser als jeder Science-Fiction-Film. Diese Show war wirklich beeindruckend.

»Wir bei Stevenson-Enterprises arbeiten bereits seit mehreren Jahren an einem streng geheimen Projekt, dessen langfristiges Ziel es ist, den Mars zu besiedeln«, erklärte Shenmi. »Seine Eroberung stellt die größte technische Herausforderung dar, der sich der Mensch je gegenübergesehen hat. Eine solche Mission setzt natürlich ausgiebige Tests und Vorbereitungen voraus. Und wo fänden wir ein besseres Testgelände als auf unserem Trabanten?«

Die Kamera sauste hinunter auf die Mondoberfläche. Tim verschlug es den Atem. War das eine Computersimulation oder eine reale Aufnahme? Wie hatten die das gemacht? Man konnte jeden einzelnen Stein und jeden Felsbrocken erkennen. Die Gebäudestrukturen, die jetzt am Horizont auftauchten, waren ebenfalls von bestechender Schärfe und Klarheit.

»Der Mond ist unser erster Standort auf dem Weg zum Mars«, sagte Shenmi. »Hier gibt es wichtige Rohstoffe wie Gold, Platin, Iridium, Rhenium und Helium-3. Doch wir wollen nicht nur Bodenschätze abbauen, sondern den Menschen etwas bieten. Wir wollen, dass Reisen zum Mond irgendwann genauso normal und selbstverständlich sind wie Langstreckenflüge. Die Vorbereitungen zur Eröffnung unseres ersten Mondhotels laufen auf Hochtouren. Die Grundsteinlegung erfolgte vor einem Jahr und wir haben den Bau in aller Heimlichkeit vorangetrieben. In etwa einem halben Jahr werden wir das Lunarhotel eröffnen. Biokuppeln produzieren Nahrungsmittel, während Fotovoltaikanlagen die Energieversorgung sicherstellen. Nicht mehr lange und Sie werden die ersten Fotos von diesem Bauwerk zu sehen bekommen. Ja, dort drüben scheint eine Frage aufgetaucht zu sein?« Eine Reporterin hatte ihre Hand erhoben.

»Monica Abercrombie von der BBC«, sagte die Frau. »Ja, ich habe eine Frage. Dieses Projekt, haben Sie es aus eigener Tasche finanziert oder wurde es auch mit Staatsmitteln und Steuergeldern unterstützt?«

»Eine sehr gute Frage, Monica«, sagte Shenmi und streichelte dem Hund, der gerade etwas zappelig wurde, über das Köpfchen. »Dieses Unternehmen ist ausschließlich privat finanziert. Eine Meisterleistung, wenn Sie mir dieses Eigenlob gestatten. Wie Sie sich vorstellen können, ist so etwas mit ungeheuren Kosten verbunden. Kosten, die in die Milliarden gehen. Einen Teil des Geldes habe ich selbst aufgebracht, ein anderer wird von Sponsoren, Spenden, Aktien und Anteilsnehmern getragen. Doch es ist noch längst nicht alles beisammen. Um auch den Rest finanzieren zu können, haben wir das Global-Games-Event ins Leben gerufen. Wie Sie über Ihre Pressebüros erfahren haben, fand in der vergangenen Woche ein internationaler Vorentscheid statt. Achtundvierzig Nationen wurden über unsere Internetplattform WorldRunner aufgerufen, Entscheidungskämpfe auszutragen, die das Ziel hatten, die jeweils sechs besten Spieler eines Landes zu ermitteln. Mit Stolz darf ich Ihnen verkünden, dass es uns gelungen ist und dass die zweihundertachtundachtzig besten Runner der Welt heute bei uns sind. Bitte mal einen großen Applaus für unsere Kandidaten.«

Die Kameras schwenkten herum und nahmen die Gruppe der Runner ins Visier. Der Beifall war ohrenbetäubend. Die Leute in den hinteren Reihen hielt es nicht mehr auf den Sitzen.

Als sich die Begeisterung gelegt hatte, tauchte ein neues Bild auf. Eine Weltkarte, bei der achtundvierzig Nationen rot umrandet waren.

»Ladies and Gentlemen, was Sie hier sehen, ist eine Übersicht aller Staaten, die für die GlobalGames-Competition infrage kamen, gestaffelt nach ihrer Bevölkerungszahl«, sagte Shenmi stolz. »Da haben wir China, Indien, die Vereinigten Staaten, Indonesien, Brasilien, Pakistan, Japan, Frankreich, die Russische Föderation und viele andere. Um das Lunarprojekt zu bewerben und es in den Fokus jedes einzelnen Bewohners dieser Erde zu rücken, haben wir die GlobalGames-Competition ins Leben gerufen. Unsere Kandidaten werden gegeneinander antreten und in einem Rennen rund um die Erde beweisen, was in ihnen steckt. In Teams von jeweils sechs Spielern werden sie Aufgaben lösen und uns als Zuschauern dabei vor Augen führen, wie wunderschön und erhaltenswert unser Planet ist.«

Tim spürte, wie ihm das Blut ins Gesicht schoss. Ein weltweiter GlobalGames-Wettkampf, zu dem er eingeladen war? Niemals hätte er sich erträumt, so etwas mal live zu erleben. Das war mehr als gut, das war atemberaubend. Was seine Mom wohl gesagt hätte, wenn sie ihn jetzt gesehen hätte? Bestimmt wäre sie megastolz.

Er blickte zu Annika und Malte hinüber, die mit offenen Mündern und glasigen Augen nach vorne starrten. Sie konnten es offenbar selbst kaum fassen.

»Achtundvierzig Teams bestehend aus je sechs Spielern werden also ausgeschickt, um rund um den Erdball hochkomplexe und anspruchsvolle Rätsel zu lösen«, fuhr Shenmi fort. »Es geht darum, Claims zu finden, sich einzuloggen und Punkte zu sammeln, genau wie in dem Vorentscheid. Allerdings mit drei wesentlichen Änderungen. Erstens: Die Aufgaben erstrecken sich diesmal nicht nur über das eigene Land, sondern den ganzen Erdball. Ein Ereignis, wie es Jules Verne in *In achtzig Tagen um die Welt* schon vor Jahrzehnten beschrieben hat. Zweitens: Die sechs Kandidaten des jeweiligen Landes müssen als Team zusammenarbeiten. Einzelaktionen wird es nicht geben. Aus ehemaligen Konkurrenten muss jetzt ein Team entstehen – eine große Herausforderung.

Und drittens: Wir von GlobalGames werden die Runner auf Schritt und Tritt begleiten. Es wird eine weltweite Übertragung. Sieben Tage, rund um die Uhr. Achtundvierzig Nationen, fünf unterschiedliche Locations. Je zwei Teams pro Claim und das schnellere Team gewinnt – vorausgesetzt, alle Spieler loggen sich im Ziel ein. Denn nur dann wird der Punkt gezählt. Die Zuschauer werden die Anstrengungen unserer Helden hautnah miterleben können. Jeder Mensch, ob groß oder klein, alt oder jung, mit dunkler oder heller Hautfarbe, wird live mitverfolgen können, ob seine Favoriten siegen oder scheitern. Wir werden Freude und Hoffnung mit ihnen teilen, Leid und Schmerz erleben und bei ihnen sein, wenn sie uns ihre privatesten Geheimnisse anvertrauen. Eine Woche lang. So lange, bis das beste Team die finale Aufgabe gelöst und den Sieger aus seinen eigenen Reihen gewählt hat. Er oder sie wird dann mit uns zusammen zum Mond reisen und dort den ersten Lunarclaim setzen.«

Tim hing an Shenmis Lippen. Allmählich begann er zu verstehen, in was er da hineingeraten war. Vor Aufregung hielt es ihn schier nicht mehr auf dem Sitz. Er war so fasziniert, dass ihm erst jetzt auffiel, wie still es im Saal geworden war. Was hatte sie da gesagt? *Lunarclaim?*

»Ja, Sie haben ganz recht gehört, Ladies and Gentlemen«, sagte Shenmi in die Stille hinein. »Der Sieger dieser Competition kann eine Million Dollar in bar wählen oder er entscheidet sich, zusammen mit einem Freund oder einer Freundin eine Reise zum Mond anzutreten. Den Sieger oder die Siegerin erwartet nicht nur das beste Zimmer unseres Hotels, sie werden auch an Mondausflügen teilnehmen, Erkundungstouren unternehmen und den Erschließungsprogrammen unseres Trabanten beiwohnen. Ein unvergessliches Erlebnis mit einem Gesamtwert von fünf Millionen Dollar.«

Diesmal hielt es die Leute nicht mehr auf den Sitzen. Das Publikum sprang auf, die geladenen Spieler ebenso, ja sogar die Leute von der Presse. Alle applaudierten begeistert angesichts dieser kühnen und spektakulären Idee.

Tim wurde von einer Welle der Euphorie überrollt. Sie riss ihn förmlich mit. Es war berauschend und herrlich. Doch in das Gefühl der Begeisterung mischte sich noch etwas anderes. Eine leise Stimme erst, die langsam und stetig lauter wurde. So lange, bis sie nicht mehr zu überhören war.

Eigenartig.

Das Flüstern formte sich zu Worten, die Worte wurden zu Gedanken. Wie etwas, das einen eigenen Willen besaß.

Als alle Platz nahmen, blieb Tim als Einziger stehen. Annika schien zu bemerken, dass etwas nicht stimmte, und zupfte ihn an seinem Ärmel. »He, was ist denn los? Setz dich doch wieder hin.«

Aber er konnte nicht. Er bekam diese Gedanken nicht aus seinem Kopf. Zu Beginn war ihm das gar nicht aufgefallen, aber je länger er über Shenmis Worte nachdachte, umso mehr entwickelte sich das Gesagte zu einer erschreckenden Vorstellung. Er musste erst wissen, was es damit auf sich hatte, ehe er sich wieder setzen konnte.

51

Mortimer Hansen drehte sich um und reckte den Hals. Etliche der Pressevertreter hatten den Jungen ins Visier genommen und richteten die Objektive ihrer Kameras auf ihn.

Er mochte fünfzehn Jahre alt sein, war mittelgroß und wirkte sympathisch. Niemand, der einem auf der Straße aufgefallen wäre. Und doch war er derjenige, auf den sich gerade das Interesse der Weltpresse richtete.

Über irgendetwas regte sich der Bursche sichtlich auf, aber noch hatte er nichts gesagt. Was mochte wohl nicht mit ihm stimmen? Mortimer spürte, dass es mit dem zusammenhing, was Shenmi gerade gesagt hatte. Über die Teams und so.

Die Firmenchefin hatte ihn jetzt ebenfalls bemerkt und richtete ihre stählernen Augen auf ihn. Mortimer kannte sie gut genug, um zu wissen, dass sie solche Unterbrechungen nicht schätzte.

»Kann ich dir helfen?« Schön und furchterregend wie eh und je, stand sie vorne auf der Bühne, während sie den Jungen fixierte. »Hast du eine Frage?«

»Ja …« Die Stimme des Jungen war leise. Normalerweise hätte man ihn bitten müssen, lauter zu sprechen, aber dank des Übersetzungsprogramms auf ihren Headsets war er gut zu verstehen.

»Mein Name ist Tim. Tim Feldmann. Ich gehöre zum Team Deutschland.«

»Oh, wie schön«, säuselte Shenmi. »Ich freue mich, dass du heute hier bist, Tim. Was kann ich für dich tun?«

Der Junge knabberte auf seiner Unterlippe.

»Einfach frei heraus.« Shenmi lächelte, doch es wirkte etwas verkrampft. Mortimer wusste, dass sie einen straffen Zeitplan verfolgte. Sie wollte mit ihrem Programm weitermachen – und der Junge behinderte den Ablauf.

Posh starrte den Jungen mit unfreundlichen Knopfaugen an. Ihre Schnauze war leicht gekräuselt und die Eckzähne entblößt. Ein leises Knurren drang aus ihrer Kehle.

»Es geht um das, was Sie eben gesagt haben«, sagte Tim. »Die Sache mit den Länderteams.«

»Was ist damit?«

»Heißt das, wir sind gezwungen, mit denen zusammenzuarbeiten, gegen die wir in der Vorrunde gekämpft haben?«

Shenmi wirkte überrascht, Mortimer konnte es ihr ansehen. Eine steile Falte hatte sich zwischen ihren Brauen gebildet. Anfangs schien sie die Frage nicht zu verstehen, doch dann hellte sich ihr Gesicht auf. »Ah, jetzt weiß ich, wo der Schuh drückt. Du hast recht, ich hätte das noch ausführlicher erläutern sollen.

Es stimmt, im kommenden Wettbewerb werden die Spieler, die im Vorentscheid noch als Konkurrenten gegeneinander gekämpft haben, nun zusammenarbeiten. Eine besondere Herausforderung. Aber die Aufgaben lassen sich nur im Team lösen. Punkte können nur gewertet werden, wenn jedes Gruppenmitglied sich eingeloggt hat. Es nützt also nichts, wenn die schnellsten vorpreschen. Ein Team ist nur so gut, wie sein schwächstes Glied. Beantwortet das deine Frage?«

»Ja.«

»Sehr schön.«

»Und nein.«

Mortimer sah, wie Shenmis Ausdruck sich verdüsterte. Sie hatte ganz offensichtlich fest damit gerechnet, dass die Angelegenheit damit erledigt wäre, und sah sich nun einer weiteren Verzögerung ausgesetzt. »Wie meinst du das?« Ungeduldig kraulte sie ihrem Hund über den Kopf. Posh war jetzt spürbar genervt.

Mortimers Blick wanderte an Tim vorbei zu den drei Runnern, die neben ihm saßen. Zwei Jungen und ein Mädchen. Die drei starrten ihn mit unverhohlener Missachtung an.

»Was, wenn aus den Spielern kein Team werden kann?«, fragte Tim mit klarer Stimme. »Was, wenn sich Vorfälle ereignet haben, die das unmöglich machen?«

Sein Einwand sorgte für überraschte Gesichter. Mortimer zückte seinen Minicomputer und scrollte den Namen. Tim Feldmann. Irgendwie klingelte da etwas bei ihm. Dann fand er ihn – und erstarrte. Jetzt wusste er, wovon der Junge sprach. *Die Femeiche.* Die Prügelei. Und schlimmer noch: Völklingen. Das Unglück am Stahlwerk. Mortimer spürte, wie seine Hände feucht wurden.

»*Dinge, die das unmöglich machen?*« Shenmis Augen wurden schmal. »So etwas gibt es nicht.« Sie war jetzt sichtlich angefressen. Ihre Fassade begann zu bröckeln.

»Wer ist alles in deiner Gruppe? Bitte mal die Hände heben.«

Fünf Hände schossen in die Höhe. Zwei Mädchen und drei Jungs. Jetzt erkannte er auch die beiden, die Tim so schlimm zugesetzt hatten. Ihre Namen tauchten ebenfalls in seiner Datenbank auf. Jeremy Stolzenburg und Darius Wolf.

Das nervöse Kribbeln verwandelte sich in handfeste Panik. Er hatte Shenmi gewarnt. Mehr als einmal hatte er sie ermahnt, vorsichtiger zu sein und diese kriminellen Subjekte aus dem Spiel zu entfernen. Doch sie hatte nicht auf ihn hören wollen.

Er wusste, was dem Jungen auf der Seele lag. Und es war keine Kleinigkeit. Irgendwo existierte noch immer dieser Film. Das Originaldokument, das zur Sperrung der WorldRunner-Seite geführt hatte. Shenmis Problem war, dass sie Menschen nur als Dinge betrachtete, die man beliebig hin und her schieben konnte. Wie Schachfiguren. Aber sie waren keine Dinge, sie waren empfindsame Wesen mit einem guten Gedächtnis. Und manchmal gaben sie Widerworte.

Mortimer versuchte, seine Chefin mit Gesten auf sich aufmerksam zu machen, doch sie beachtete ihn nicht. Viel zu sehr war sie auf den Jungen fixiert.

Verdammt!

»Ihr seht doch alle sehr nett aus«, sagte Shenmi beschwichtigend. »Ich wüsste nicht, wo es da ein Problem geben könnte. Wie auch immer: Die Regeln besagen, dass sich bei den kommenden Spielen die Regeln ändern. In der Vergangenheit wart ihr Konkurrenten, jetzt müsst ihr zusammenarbeiten. Aus Gegnern müssen Freunde werden, so lauten die Bestimmungen. Wenn es Differenzen gibt, müsst ihr daran arbeiten. Sonst verliert ihr alle.« Shenmi sprach jetzt direkt in die Kameras. Der Junge war zur Nebensache geworden.

»Ich glaube nicht an unüberbrückbare Hindernisse. Meiner Überzeugung nach können alle Schwierigkeiten aus dem Weg geräumt werden, wenn man nur aufeinander zugeht und miteinander redet.«

Einzelne Klatscher ertönten, doch es waren weniger als erhofft.

Aalglatt und professionell gekontert, dachte Mortimer. Sätze wie aus dem Lehrbuch. Da machten sich die vielen Rhetorikseminare bemerkbar, die sie besucht hatte. Das Problem war nur, weder das Publikum noch der Junge ließen sich davon überzeugen. Noch immer hatte er sich nicht gesetzt.

Trotz seiner beruflichen und persönlichen Loyalität gegenüber Shenmi spürte Mortimer eine wachsende Sympathie für den Jungen. Gut möglich, dass der Knirps schlecht fürs Geschäft war, aber sein Mut und seine aufrechte Haltung waren bewundernswert. Dass er einfach stehen blieb und trotz der einschüchternden Umgebung seinen Standpunkt vertrat, nötigte Mortimer Respekt ab.

»Ich denke, Sie irren sich.« Tim runzelte angestrengt die Stirn. Ihm war anzumerken, wie schwer es ihm fiel, vor der Öffentlichkeit zu sprechen. »Menschen ändern sich nicht so schnell. Vor allem nicht, wenn es um etwas Großes und Wichtiges geht. Druck und Stress bringen doch oft die schlechten Eigenschaften nur noch stärker hervor. Wie gedenken Sie in der Zukunft, Dinge wie das Unglück in Völklingen zu verhindern?«

Bravo, Kleiner, dachte Mortimer. *Gut gesprochen!*

»Ein Mädchen wurde schwer verletzt«, fuhr Tim fort. »Was werden Sie tun, damit solche Unfälle künftig nicht mehr passieren?«

Shenmi sah den Jungen ratlos an. Mit so viel Widerstand hatte sie nicht gerechnet. Doch die Frage war natürlich berechtigt. Die Frage nach der Verantwortung der Spieleleiter.

»Aber genau das ist doch die Herausforderung«, sagte Shenmi ausweichend. »Sowohl für uns, die wir die Spiele planen, als auch für euch Runner. Absolute Sicherheit gibt es nicht. Nirgendwo. Das weißt du selbst am besten. Deswegen ist es ja so wichtig, dass ihr gegenseitig auf euch aufpasst. Aus den ehemaligen Kontrahenten muss jetzt ein Team werden. Alle müssen an einem Strang ziehen.«

»Und wenn das unmöglich ist?«

»Nichts ist unmöglich.«

»Vielleicht sind Sie über die Vorfälle in Völklingen nicht richtig informiert worden. Dieses Mädchen ist dabei fast zu Tode gekommen. Ich kann Ihnen den Film gerne schicken, wenn Sie mögen. Haben Sie ihn bereits gesehen? War das der Grund, warum Sie die WorldRunner-Seite haben schließen lassen, weil Sie keine negative Publicity wollten?«

Oha, dachte Mortimer. *Der lässt tatsächlich die Bombe platzen. Und es gibt keine Möglichkeit, das aufzuhalten.*

Alle Kameras waren auf den Jungen gerichtet. Die Stimmung war aufs Äußerste gespannt.

In die Stille hinein erklang eine einzelne, schnarrende Stimme. »Hör auf zu labern, Feldmann, und pflanz deinen Hintern auf den Stuhl.«

Mortimer reckte den Hals. Es war dieser Jeremy. Sein Gesicht weiß vor Zorn.

»Siehst du nicht, dass du den ganzen Betrieb aufhältst? Die Nummer, die du hier abziehst, ist einfach nur peinlich.«

Tim presste die Lippen zusammen und starrte seinen Kontrahenten an. Er schien etwas sagen zu wollen, aber es kam kein Ton aus seinem Mund. Auch Shenmi war sprachlos. Jegliche Farbe war aus ihrem Gesicht gewichen. So hatte Mortimer sie noch nie erlebt.

Tim stand immer noch da, doch der Mut verließ ihn, Mortimer konnte es sehen. Die Wut und die Anspannung verwandelten sich in Hilflosigkeit. Offenbar war ihm gerade klar geworden, in was für eine schwierige Situation er sich manövriert hatte. Niemand stand auf seiner Seite, er war ganz allein. Er schien regelrecht in sich zusammenzusacken. Mortimer tat der Bursche leid.

Doch dann regte sich das Mädchen an seiner Seite. Sie nahm Tims Hand, zog ihn zu sich herunter und flüsterte ihm etwas ins Ohr. Tim, der jetzt neben ihr saß, nickte kurz.

Mortimer spürte, dass er die ganze Zeit den Atem angehalten hatte. Er schnappte nach Luft wie jemand, der kurz vorm Ertrinken stand.

Doch es passierte nichts weiter. Tim blieb sitzen, Jeremy grinste triumphierend und alles war gut.

Wirklich?

Das war verdammt knapp gewesen. Er mochte den Jungen irgendwie – aber das änderte nichts daran, dass er es um ein Haar geschafft hätte, die Spiele zu ruinieren, noch ehe sie richtig angefangen hatten. Zum Teil war der Schaden schon angerichtet. Die Presse hatte einen Riecher für unbequeme Geschichten. Sie würden nachhaken, um herauszufinden, wovon der Junge da gesprochen hatte. Es würde sie alle viel Mühe und etliche Dollar kosten, die Spuren zu verwischen. Doch für den Moment war die Situation geklärt.

»Na also, geht doch.« Jeremy drehte sich nach vorne. Er wirkte äußerst zufrieden. Sein Freund warf ihm einen beifälligen Blick zu. Mortimer waren die beiden auf Anhieb unsympathisch.

Shenmi stieß ein Lachen aus, das jedoch eher hysterisch als fröhlich klang. »Schön, dass wir das Problem aus der Welt schaffen konnten«, rief sie mit einer zu hohen Stimme. »Und Sie, sehr verehrte Anwesende: Bitte haben Sie Verständnis. Wir haben es hier mit leidenschaftlichen jungen Menschen zu tun. Ein wahrer Spieler gibt alles und scheut keine Herausforderung. Ein Charakterzug, den wir nur bewundern können. Danke, Tim, dass du so klar und offen gewesen bist.«

Sie lächelte den Jungen an, doch Mortimer spürte, dass sie ihn am liebsten mit Laseraugen zu Staub verwandelt hätte. Niemand lehnte sich ungestraft gegen Shenmi Stevenson auf.

»Wenn du merken solltest, dass du auf keinen Fall mitmachen willst, so gibt es auch dafür eine Lösung«, sagte sie kühl. »Niemand wird gezwungen, an den Spielen teilzunehmen. Alles hier bei uns ist vollkommen freiwillig. Wem das Rennen um die Welt zu riskant erscheint, der darf gerne zurücktreten und erhält rückwirkend die Siegerprämie von umgerechnet eintausend Euro. Damit verliert er allerdings den Anspruch auf die

Teilnahme und den großen Gewinn. Du musst dich nicht sofort entscheiden. Lass es dir in Ruhe durch den Kopf gehen und teil uns in ein paar Tagen mit, wie dein Entschluss ausfällt.« Sie breitete die Arme aus. »Und damit wären wir am Ende unserer Pressekonferenz angelangt. Den genauen Termin, wann die Spiele starten, erfahren Sie rechtzeitig von unserer Pressestelle. Ich danke Ihnen für Ihre Aufmerksamkeit und würde mich freuen, Sie gleich noch auf ein Glas Champagner und ein reichhaltiges Buffet einladen zu dürfen.« Der Rest ihrer Worte ging unter, im Beifall und Blitzlichtgewitter.

Mortimer erhob sich mit einem leisen Ächzen von seinem Stuhl. Seine Rückenmuskulatur war vollkommen verkrampft. Dass die Spiele so begannen, ließ nichts Gutes für den weiteren Verlauf erahnen. Man musste kein Pessimist sein, um zu spüren, dass hier eine Zeitbombe tickte.

Heimfahrt

52

Zwei Tage später …

Am Horizont zeichneten sich die Türme des Kölner Doms gegen den Himmel ab. Wie zwei ausgeschnittene Hasenohren ragten sie aus der Rheinebene

Es war so weit, das Ende ihrer Reise stand unmittelbar bevor. Oder war es erst der Anfang?

Nachdenklich blickte Tim aus dem Fenster. Merkwürdig. Je länger er über ihre gemeinsamen Abenteuer nachdachte, desto unwirklicher kamen sie ihm vor. Als hätte er das alles nur geträumt.

Annika schien es ähnlich zu gehen. Sie saß ihm gegenüber und blickte ebenfalls gedankenversunken aus dem Fenster. Ihr Gesicht spiegelte sich in der Scheibe. Es war nicht nötig zu reden, sie verstanden sich auch so. Manchmal war Schweigen wirklich Gold. Er berührte ihr Knie. Sie erwiderte seinen Blick.

Der Moment wurde jäh durch eine Lautsprecherdurchsage unterbrochen. »Sehr geehrte Damen und Herren, in wenigen Minuten erreichen wir den Kölner Hauptbahnhof. Bitte beachten Sie, dass alle Anschlusszüge erreicht werden. Wir wünschen Ihnen eine gute Weiterreise und bedanken uns für die Fahrt mit der Deutschen Bahn.«

Annika beugte sich vor. »Es ist so weit. Bist du auch so aufgeregt?«

»Und wie.« Er grinste. »Ich kann es kaum erwarten, Emily und Dad endlich wiederzusehen. Komisch … Mir war gar nicht bewusst, wie sehr ich die beiden vermisst habe. Farid natürlich auch und meine anderen Freunde.«

»Geht mir auch so«, erwiderte Annika. »Ich bin echt froh, dass ich meinen Eltern alles erzählt habe. Jetzt, da wir offiziell darüber sprechen können, fiel mir das viel leichter. Und es fühlt sich deutlich besser an. Klar … es wird noch einige Gespräche geben, aber viel unternehmen können sie nicht. Die Show wurde live in alle Teile der Welt übertragen und war ein Riesenerfolg. Wir beide sind jetzt Stars.« Sie warf ihm einen schwer zu deutenden Blick zu. »Hast du inzwischen entschieden, was du machen wirst?«

»Hm …« Er zuckte mit den Schultern und sah sie unschlüssig an.

»Nun komm schon«, sagte Annika. »Gib dir einen Ruck. Du kannst doch Jeremy, Darius und Vanessa nicht kampflos das Feld überlassen. Die drei werden auf jeden Fall dabei sein, ob du nun mitmachst oder nicht. Sollen Malte und ich im Ernst ohne dich losziehen?«

Tim verzog den Mund zu einem gequälten Lächeln. Annika setzte ihm schon die ganze Zeit zu. Genau genommen, seit ihrem Abflug von London. Doch auch, wenn das etwas anstrengend war – ihre Hartnäckigkeit begann, Wirkung zu zeigen. Anfangs noch fest entschlossen, das Geld zu nehmen und aus der Worldchampionship auszusteigen, wurden seine Vorsätze langsam, aber systematisch von ihr aufgeweicht. Wie bei dieser chinesischen Wasserfolter, bei der einem immerzu Tropfen auf dieselbe Stelle fallen. Nur viel schöner.

»Natürlich will ich euch nicht im Stich lassen«, gab er fast ein wenig beleidigt zurück. »Aber ich habe nicht das geringste Bedürfnis, die beiden je wiederzusehen. Du glaubst doch nicht wirklich, das würde gut gehen? Mit Jeremy, Darius und dieser Vanessa in einem Team? Das ist, als würde man versuchen, Wasser und Öl zu mischen. Unser Team wäre von Anfang an zum Scheitern verurteilt.«

»Das weißt du nicht …«

»Hast du die Chinesen gesehen? Die stehen wie ein Mann zusammen. Die haben sogar schon einen Teamleiter gewählt, einfach mal so nebenbei.« Er schnippte mit dem Finger.

»Ich habe auch nicht behauptet, dass es leicht wird«, erwiderte Annika leise. »Aber einen Versuch ist es wert. Was haben wir denn groß zu verlieren?«

»Unsere Gesundheit, unser Leben, unsere Seele? Such dir was aus.« Tim grinste sie an.

»Ach, komm schon«, sie stupste ihn in die Seite. »Red kein Blech. Du *willst* doch mitmachen! Und selbst, wenn wir scheitern, dann können wir uns wenigstens auf die Schultern klopfen und sagen, dass wir nicht aufgegeben haben.«

Ein Räuspern erklang. Ein kleiner Junge war vor ihnen aufgetaucht. Mit hochrotem Kopf hielt er einen Schreibblock vor die Brust gepresst. Seine Mutter stand hinter ihm und lächelte.

»Dürfte Max euch um ein Autogramm bitten? Er ist zu schüchtern, euch das selbst zu fragen, aber ich weiß, dass es ihm viel bedeuten würde.« Sie neigte den Kopf. »Ihr seid doch die beiden aus dem Fernsehen, oder? Die GlobalGames-Spieler?«

Tim lächelte verblüfft. »Sind wir, ja.«

»Wärt ihr so nett …?«

»Klar doch.« Tim nahm den Block und schrieb: *Für Max. Hol dir die Sterne vom Himmel. Liebe Grüße, Tim Feldmann.* Annika unterschrieb ebenfalls.

Der Junge las, was sie ihm geschrieben hatten, und rannte dann mit einem begeisterten Quietschen zu seinem Vater zurück.

Die Mutter lächelte. »Er war so aufgeregt deswegen. Er bewundert euch. Wir alle haben euch im Fernsehen gesehen und finden, dass ihr ganz großartig wart. Ich finde, du hast recht mit dem, was du gesagt hast, Tim. Den Veranstaltern schien deine Kritik gar nicht in den Kram zu passen, aber es ist wichtig, sie daran zu erinnern, dass ihr nicht nur Spielfiguren seid. Und daran, dass sie selbst eine Verantwortung euch gegenüber tragen. Na ja, jedenfalls viel Glück für die kommenden Spiele und passt gut auf euch auf.«

»Das werden wir«, versprach Tim.

Viele der Mitreisenden hatten das Gespräch verfolgt und warfen ihnen neugierige oder wissende Blicke zu.

Mit hocherhobenen Augenbrauen wandte sich Annika in Richtung der Reisenden und sah diese fragend an, woraufhin die sich rasch wieder ihren eigenen Angelegenheiten zuwandten.

Grübelnd betrachtete Tim die Reisenden. Offenbar hatte

Annika recht. Die Übertragung war von viel mehr Menschen gesehen worden als ihm bewusst gewesen war. Klar, die Überschriften der Londoner Zeitungen waren ihnen geradezu ins Gesicht gesprungen, aber darauf hatte er nicht viel gegeben. Erst nachdem sie auf dem Airport und im Flugzeug mehrfach auf die Wettkämpfe angesprochen worden waren, hatte er begriffen, dass sie tatsächlich so etwas wie Stars waren.

»Was habe ich dir gesagt?«, raunte Annika ihm augenzwinkernd zu. »Du bist jetzt ein Promi, ob du willst oder nicht. Gewöhn dich besser daran.«

»Quatsch …«, murmelte er. »Die Leute werden uns schon bald wieder vergessen haben. Komm, lass uns gehen.« Sie standen auf, nahmen ihre Taschen und marschierten in Richtung Tür.

Der Zug fuhr langsamer als sonst in den Bahnhof ein. Verwundert blickte Tim nach draußen. Wie es aussah, war der Bahnsteig gerammelt voll. Die Menschen drängelten sich, als gäbe es etwas umsonst.

»Krass.« Tim riss verblüfft die Augen auf. »Da sind wohl ein paar Züge ausgefallen. Hoffentlich kommen wir bei dem Gedrängel überhaupt raus aus dem Zug.«

»Ich glaube nicht, dass die auf einen Zug warten«, murmelte Annika.

»Sondern?«

Seine Frage blieb unbeantwortet, denn in diesem Augenblick stoppte der Zug und die Türen gingen auf. Gemeinsam schoben sie sich in Richtung Ausgang. Annika ging vor ihm. Als sie die Tür erreichte, hörte Tim jemanden rufen: »Da sind sie!«

Aufgeregtes Stimmengemurmel erklang. Blitzlichter zuckten auf. An die fünfzig Handys waren auf sie gerichtet, fotografierten und filmten ihre Ankunft. Tim drehte sich um, um zu sehen, ob da jemand hinter ihnen war, dem der Rummel galt, aber da war niemand. Erst jetzt kapierte er, dass die Leute vielleicht ihretwegen hier waren.

Eine gut gekleidete Dame in Begleitung zweier Polizeibeamter empfing sie. Die Beamten sorgten dafür, dass die Leute ein bisschen auf Abstand blieben.

»Annika, Tim, ich freue mich, euch hier persönlich begrüßen zu dürfen. Mein Name ist Susanne Brinkhorst. Ich bin die rechte Hand unseres Oberbürgermeisters. Wie ihr sehen könnt, warten hier schon jede Menge Fans auf euch. Euer Ruf ist euch vorausgeeilt. Hattet ihr eine gute Reise?«

»Sehr gut, ja.« Tim blinzelte gegen das helle Licht. Auf einer riesigen LED-Reklamewand stand in großen Lettern zu lesen: »Willkommen in Köln, Annika und Tim.«

»Hättet ihr zwei Zeit und Lust, mich auf einen kleinen Begrüßungstrunk ins Rathaus zu begleiten? Der Oberbürgermeister würde sich bestimmt sehr freuen, euch beide kennenzulernen.«

Tim sah Annika ratlos an. »Eigentlich wollten wir erst mal nach Hause zu unseren Familien. Ich bin sicher, die warten auf uns. Wir waren doch recht lange weg ...«

Die Frau lachte. »Dafür habe ich größtes Verständnis. Und da mir das klar war, habe ich mir erlaubt, eure Liebsten hierhin einzuladen. Seid ihr bereit für eine kleine Überraschung?« Sie gab den Beamten ein Zeichen, worauf diese eine Gasse bildeten.

Tim bekam weiche Knie, als er sah, wer da auf ihn zugerannt kam.

»Emily!«

Die Kleine hüpfte in seine Arme und ließ sich von ihm hochheben. Er konnte spüren, wie ihr Körper vor Lachen bebte. Hinter ihr kam sein Dad auf ihn zu und legte seine Arme um ihn.

»Hallo Tim«, sagte er ruhig. »Na, gut wieder heimgefunden?«

Tim nickte. Er hatte einen Kloß im Hals.

Unmittelbar neben ihm wurde Annika stürmisch von ihren Eltern begrüßt. Auch Farid und einige seiner Klassenkameraden waren zur Begrüßung gekommen. Sie hielten ein selbst gemaltes Schild in der Hand auf dem stand: *Go, Tim, go!*

Es war überwältigend.

»Na, Überraschung gelungen?« Die Assistentin des Bürgermeisters strahlte übers ganze Gesicht.

»Allerdings«, erwiderte Tim. »Schöner hätte ich es mir nicht vorstellen können.«

»Na, dann folgt mir. Ich denke, es wird Zeit, dass wir den Bahnsteig wieder frei machen.«

Nachdem Tim seine Freunde mit Handschlag und Schulterklopfen begrüßt hatte, ging es los. Emily wich die ganze Zeit keinen Meter von ihm und hielt seine Hand fest umklammert. Dad half ihm mit der Umhängetasche.

Während sie auf die Treppe zumarschierten, die nach unten führte, sah er die stählernen Bögen der Hohenzollernbrücke im Licht der Nachmittagssonne aufglühen. Er musste daran denken, wie alles begonnen hatte. Dort drüben unter den Bögen hatte es angefangen. Vor gar nicht so langer Zeit.

Mit dem Song *Walking on the Moon* …

»Und, hast du dich schon entschieden?« Annika sprach so leise, dass nur Tim sie verstehen konnte. »Wirst du uns auf die Worldchampionship begleiten?«

Er sah sie an. Ihre kastanienbraunen Haare glänzten im Schein der Leuchtreklame. Noch nie hatte sie schöner ausgesehen. Tim wusste, dass er es nicht übers Herz bringen würde, sie alleine auf eine solche Reise gehen zu lassen. Wie hätte er das vor sich selbst verantworten können? Annika und Malte waren seine Freunde geworden – auch wenn sie das alle vielleicht so nicht geplant hatten. Und Freunde ließ man nicht im Stich. Eli hätte bestimmt genauso entschieden. Abgesehen davon, fiel es ihm schwer, sich vorzustellen, die nächsten Wochen ohne Annika verbringen zu müssen. Er würde sie ganz furchtbar vermissen.

»Ja«, sagte er mit pochendem Herzen. »Ja, ich habe mich entschieden.« Er atmete tief ein. »Let the games begin.«

Challenge completed.

Welcome to the GlobalGames Worldchampionship

Wie es weitergeht ...

Der Vorentscheid ist beendet, die qualifizierten Runner stehen fest, nun startet ihr WETTLAUF UM DIE WELT.
Die GlobalGames-Worldchampionship ist das größte Medienevent des Jahrzehnts. Vor laufenden Kameras liefern sich die besten Teams der Erde einen nervenaufreibenden Wettlauf um Schätze, Rätsel und Aufmerksamkeit. Der Preis ist groß, ihr Einsatz noch größer.

Tim hörte es noch vor Malte. Ein dumpfes Schnauben. Es kam von außerhalb des Tempels. Definitiv kein Kojote. Vermutlich war der Erkundungstrupp zurück und Darius beklagte sich darüber, dass immer noch kein Feuer brannte.

Doch es war ein Glück, dass sie das Feuer nicht entzündet hatten. Niemals sonst wären sie auf die Spur der geheimnisvollen Botschaft gekommen.

Diese sechs kleinen Strichmännchen, das waren sie selbst, oder? Sechs, das entsprach genau der Größe ihres Teams. Tim war überzeugt, dass dies kein Zufall war.

Wieder hörte er das Schnauben.

»Ja doch«, rief Tim. »Wir sind hier drin. Kommt einfach rein, es gibt einiges zu sehen.«

»Tim?« Maltes Stimme war so verzerrt, dass Tim sie um ein Haar nicht erkannt hätte. Was war los, hatte der Kleine einen Krümel im Hals?

»Ja, was ist denn?«

»Dreh dich mal um.«

Tim runzelte die Stirn. Malte klang, als stünde er kurz davor durchzudrehen.

Langsam wandte Tim den Blick in Richtung Türeingang und stockte. Da war etwas.

Weißes Mondlicht umrahmte Kopf und Schultern des Wesens. Es war groß und haarig und schien auf sie zu warten.

»Großer Gott, was ...« Tim stolperte vor, wollte den Hebel an der Tür ziehen, doch das Ding auf der Schwelle schien seinen Gedanken erraten zu haben. Eine Schnauze reckte sich vor. Ein tiefes Grollen ertönte, dann sprang das Ding ihm entgegen.

Tim schrie auf. Der Aufprall war so hart, dass es ihn nach hinten schleuderte. Er strauchelte und landete japsend auf dem harten Lehmboden.

Das Wesen richtete sich drohend auf und stemmte seine Vorderpfoten auf seine Brust. Das Gewicht presste Tim die Luft aus der Lunge.

Malte neben ihm starrte ihn aus riesigen Augen erschrocken an.

»Hilf ... mir ...« Tim versuchte, seinen linken Arm zu befreien, aber wieder schien das verfluchte Mistvieh zu erraten, was er vorhatte. Es packte seine Schulter und drückte sie zurück auf den Boden. Messerscharfe Krallen bohrten sich in Tims Kleidung. Ein roter Schleier vernebelte seinen Blick. Seine Augen tränten, tauchten seine Welt in Schmerz und Angst.

In diesem Moment trat eine zweite Kreatur ins Licht, die mindestens ebenso bösartig aussah. Die Krallen erzeugten beim Näherkommen ein klapperndes Geräusch auf dem Boden. Tim stockte der Atem. Was waren das für Kreaturen?

Sie wurden gepackt und ins Freie gezerrt. Der Gestank nach vergammeltem Fleisch und Pilzen ließ Tim würgen. Hustend und wimmernd, wand er sich auf dem Boden, versuchte, sich loszureißen, aber vergebens. Malte neben ihm ging es genauso. In diesem Augenblick hörte er, wie irgendwo jemand einen Pfiff ausstieß. Er hob den Kopf: Eine dunkle, hochgewachsene Gestalt schritt auf sie zu.

Tim schluckte. War das ein Medizinmann, ein Schamane? Sein Gesicht war mit dunkler Farbe beschmiert. Über den Schultern hingen Wolfsfelle, auf dem Kopf trug er einen Bisonschädel. Die Hörner des toten Tiers waren schwarz und ragten steil in die Höhe. In seiner Hand hielt der Ankömmling einen geschnitzten Stab. Riesenhaft sah er aus, breit wie ein Bär. Umrahmt von Mondlicht, wirkte er wie ein Urzeitwesen, das sich in die Gegenwart verirrt hatte.

»Wer seid ihr?« Tim fühlte sich wie benebelt. »*Was* seid ihr?«

Statt einer Antwort rammte der Schamane den Stab auf die Erde. Die größere der beiden Kreaturen packte Malte am Kragen und schleifte ihn die Stufen hinunter. Dann war Tim an der Reihe. Die Bewegung des Wesens war so kraftvoll, dass es ihm erneut die Luft abschnürte. Strampelnd versuchte er, sich zu befreien, doch er konnte nichts ausrichten.

Als ihm ein Sack über den Kopf gezogen wurde, versank seine Welt in Dunkelheit.

Band 2: WorldRunner – Die Gejagten

ISBN 978-3-401-60507-4

Thomas Thiemeyer

Evolution

978-3-401-51041-5

Die Stadt der Überlebenden

Ahnungslos reisen Lucie und Jem mit einer Austauschgruppe in die USA. Doch als ihr Flugzeug am Denver Airport notlandet, wird ihnen schnell klar: Die Welt, wie sie sie kennen, gibt es nicht mehr. Die Flugbahn überwuchert, das Terminal menschenverlassen, lauern überall Gefahren. Sogar die Tiere scheinen sich gegen sie verschworen zu haben …

978-3-401-51042-2

Der Turm der Gefangenen

Mit letzten Kräften erreichen Lucie und ihre Freunde die Stadt der Überlebenden. Während Jem vor den Toren gegen angreifende Tiere kämpft, hofft Lucie im Inneren endlich Antworten zu finden. Als die Jugendlichen aus verbotenen Büchern erfahren, dass sie nicht die ersten Zeitreisenden sind, entlädt sich der Zorn des Burgherrn.

978-3-401-51043-9

Die Quelle des Lebens

Endlich am Ziel! Nach einer strapaziösen Flucht durch Sümpfe und Wüsten erwacht Jem in der Oase der Zeitspringer. Doch wie ist er hierher gekommen und wo sind seine Freunde? Katta ist verschwunden, Lucie und der kleine Squid liegen im Koma. Als Anführerin GAIA sich seiner annimmt, keimt in Jem Hoffnung: auf Rückkehr, auf ein neues Leben.

Jeder Band:
Klappenbroschur • Auch als E-Books und Hörbücher bei Rubikon Audio erhältlich
www.arena-verlag.de